SARAH NISI

ICH BRINGE DICH ZUM SCHWEIGEN

PSYCHOTHRILLER

btb

Ein Teil der Schauplätze dieses Psychothrillers entspricht realen Gegebenheiten. Sämtliche Personen und Handlungen sind frei erfunden. Ähnlichkeiten mit lebenden Personen sind zufällig und nicht beabsichtigt.

Das Zitat auf S. 5 stammt mit freundlicher Abdruckgenehmigung aus Ludwig Marcuse, *Argumente und Rezepte. Ein Wörterbuch für Zeitgenossen.* Copyright © 1973 Diogenes Verlag AG Zürich.

Sollte diese Publikation Links auf Webseiten Dritter enthalten, so übernehmen wir für deren Inhalte keine Haftung, da wir uns diese nicht zu eigen machen, sondern lediglich auf deren Stand zum Zeitpunkt der Erstveröffentlichung verweisen.

Penguin Random House Verlagsgruppe FSC® N001967

1. Auflage
Originalausgabe Juli 2023
Vermittelt durch die Literarische Agentur Kossack, Hamburg.
Copyright © 2023 by btb Verlag
in der Penguin Random House Verlagsgruppe GmbH,
Neumarkter Str. 28, 81673 München
Umschlaggestaltung: semper smile, München
Umschlagmotiv: © getty images / THEPALME; © Arcangel / James K. SmithR;
© shutterstock / Siam SK; Tong Minho
Satz: GGP Media GmbH, Pößneck
Druck und Einband: GGP Media GmbH, Pößneck
MA · Herstellung: sc
Printed in Germany
ISBN 978-3-442-71892-4

www.btb-verlag.de
www.facebook.com/penguinbuecher

»Die Stärke des Irrtums und der Lüge liegt gerade darin, daß sie ebenso klar sein können wie Wahrheiten; weshalb das Falsche ebenso einleuchtend sein mag wie das Richtige.«

Ludwig Marcuse, *Argumente und Rezepte*

I

Dem toten Fuchs fehlt ein Eckzahn. Von einem Präparator bis in alle Ewigkeit zu einem hämischen Grinsen verdammt, legen die hochgezogenen Lefzen das fehlerhafte Gebiss in aller Schonungslosigkeit frei.
Vom Rest seines Körpers getrennt, hängt der Fuchskopf über der Rezeption. Die ausgestopften Tiere an den Wänden der Pension stellen einen irritierenden Kontrast zu dem modernen Parkett aus Nussbaum und den weißen Sprossenfenstern dar. »Erlegt 1934« steht in kaum lesbaren Buchstaben auf einem von Rissen durchzogenen Holzschild unter den Kinnhaaren des Fuchses.
Sie starrt in seine leblosen Pupillen aus Glas und stellt sich die Augen ihrer Schwester vor.

Sie wollte ihre Muskeln zum Schreien und ihren Kopf zum Schweigen bringen. Ihre Lunge sollte verzweifelt nach Sauerstoff wimmern. Der Reflex, nach Luft zu schnappen, immer wieder, dieses gewaltige, kraftvolle Verlangen, die Atemnot mit aller Macht unter Kontrolle zu bringen, sollte von ihr Besitz ergreifen.

Die Reaktion ihres Körpers auf Anstrengung würde ihr das tröstliche Gefühl geben, am Leben zu sein. Sport bedeutete, die Kontrolle zu haben. *Man vermisst Dinge erst dann, wenn sie plötzlich unerreichbar sind.*

Es kostete sie Überwindung aufzustehen, denn die Bewegung war in dieser Situation reine Energieverschwendung.

Sie ging drei Schritte, und schon stand sie vor der Wand. Der Putz hatte ein helles Gelb, doch wenn sie lange genug darauf starrte, verschwand die Farbe. Gelb symbolisierte Licht. Optimismus. Die Farbe war Absicht. *Sorgfältig ausgewählt für Menschen, deren Leben dunkle Schatten werfen.*

Drei Schritte waren die Realität ihrer Situation. Doch der Schock über diese Erkenntnis hatte auch etwas Positives: Die Flut an Gedanken in ihrem Kopf machte eine Pause.

Sie ließ sich zurück auf das Bett fallen. Der Lattenrost ächzte. Das Gestell bewegte sich jedoch keinen Millimeter; es war an der Wand festgeschraubt.

Sie guckte zur Tür. Hatte sie gerade Schritte gehört? Um diese Uhrzeit? Ihr Herz schlug plötzlich gegen den Brustkorb, so stark, als wollte es ihre Rippen brechen.

Mit einem Ruck wurde die Kommunikationsklappe geöffnet. Dieses Wort hatte sie gelernt. Kommunikationsklappe.

Das Neonlicht aus dem Flur ließ sie die Augen zusammenkneifen. Ein Gesicht tauchte in der Öffnung auf. Es war dasselbe Gesicht wie gestern. Und am Tag davor. Sie fühlte sich ertappt, als hätte sie mit ihren drei Schritten gegen eine Regel verstoßen. Dabei hatte man ihr die Vorschriften genau erklärt. *Verstanden? Verstanden.*

Was sah der Mann, der sie jetzt musterte? Eine Frau, die ihre Kleidung in der Kinderabteilung aussuchen könnte, weil sie nie über 1,55 Meter gewachsen war? Die beim Kauf von Alkohol nach ihrem Ausweis gefragt wurde, obwohl der achtzehnte Geburtstag schon elf Jahre zurücklag? Lief in seinem Kopf ein Film ab, dass diese Frau mit der tiefen Stimme, die man nicht erwartete bei ihrer Statur, doch sicherlich nicht zu so einer Tat fähig war? *Nein, nicht die.*

Oder hatte er genug Berufserfahrung?

Mit einem Ruck drehte sie sich zur Seite. Sie wollte mit niemandem kommunizieren. Schon gar nicht durch eine Klappe. Sie spürte seinen Blick zwischen ihren Schulterblättern. Sie wusste, was er dachte. *Was hat diese Frau ihrer Schwester angetan?*

Eine Frage, die keine Antwort verdiente.

Sie war nicht ihre Schwester.

Zwölf Monate vor der Premiere

CHARLIE

Sie hätte das Unheil kommen sehen müssen. Die Tatsache, dass die letzten Monate zu glatt gelaufen waren, ihr Leben eine Wendung zum Guten genommen hatte, hätte sie warnen müssen. Sie hatte ein Gefühl von Hoffnung zugelassen, während das Erdbeben sich unter der Oberfläche unbemerkt aufgebaut hatte. Doch ihre Vorstellungskraft hätte ohnehin nicht ausgereicht, sich den Abgrund auszumalen, in den sie fallen würde.

Wind peitschte Regen gegen das Fenster in Phoebes Küche, so stark, dass man die Welt draußen nicht mehr sehen konnte. Charlie beobachtete ein Rinnsal, das innen am Fensterrahmen die Wand hinunterlief. Die alte Bausubstanz war der Witterung nicht gewachsen. Ein dunkler Fleck auf dem Holzboden unter dem Fenster verriet, dass es nicht zum ersten Mal in die Küche ihrer Stiefschwester regnete. Das Fenster schloss nicht.

Charlie war noch nie in Phoebes Wohnung in der Elizabeth Avenue gewesen. Und sie wollte auch jetzt nicht hier sein. Nur fünfzehn Minuten Fußweg trennten ihre Wohnungen, eine Ironie des Schicksals. Phoebe wohnte in Islington, sie in Hackney. Zwei Nachbarstadtteile, deren Grenzen verschwammen, doch in London reichte diese Distanz, um in verschiedenen Lebenswelten zu sein. Ihr Verhältnis kam der zufälligen Begegnung zweier Fremder auf der Straße gleich. *Nein, der Vergleich hinkt*, dachte Charlie. *Gegenüber einem Fremden auf der Straße verspürt man keinen Hass.*

Trotzdem stand sie jetzt hier, in Phoebes Küche. In der Früh waren sie zusammen beim Notar gewesen. Wie ganz normale Geschwister. Charlie hatte die Minuten gezählt, bis der Termin vorbei war. Sie hatte den Druck auf ihrem Brustkorb kaum ausgehalten. Auf dem Rückweg wurde ihr dann klar, dass die Qual noch kein Ende hatte.

»Setz dich doch!« Phoebe hatte ihr einen Platz angeboten. Damit hatte Charlie nicht gerechnet. Doch schon als ihre Stiefschwester die Worte ausgesprochen hatte, wussten sie beide, dass Charlie der Einladung nicht nachkommen würde.

Sie zwang ihren Blick weg von dem Fenster, durch das der Regen lief.

Phoebe hielt den Ring in den Händen, den ihr der Notar am Morgen ausgehändigt hatte. »Fast zweihundert Jahre alt«, sagte sie jetzt. »Wow!« Ihre Stimme hatte einen Tonfall angenommen, der erkennen ließ, dass sie die Gelegenheit, die ihr in den Schoß gefallen war, ohne Rücksicht verfolgen würde. Sensationsgier, Eigennutz, Gewissenlosigkeit – alles durch ein einziges Wort zum Ausdruck gebracht. *Wow.* Phoebes Intention schwebte unmissverständlich im Raum wie eine Warnung: *Der Ring gehört mir.*

Phoebe steckte den Ring auf ihren linken Ringfinger und streckte Charlie die Hand entgegen, als würde sie eine Verlobung kundgeben.

Kälte breitete sich mit einem Schlag in Charlie aus, als wäre sie in ein Eisbecken getaucht worden. Frieren war ein Schutzmechanismus. Der Körper entzog den Extremitäten Wärme, um die Organe und das Gehirn zu schützen. Galt das auch für innere Kälte? Versuchte ihr Körper, sie zu schützen? Vor Phoebe?

Charlies Welt war schon so oft in tausend Teile zersprungen, dass sie sich fast wunderte, warum ihr das Ganze etwas ausmachte. Dabei hatten die Worte des Notars in der Kanzlei zunächst ganz harmlos geklungen. »Ich habe Kenntnis erlangt über ein weiteres Schließfach der Verstorbenen, Dorothy Jean Buckley.«

Doch Charlie wusste aus Erfahrung, dass Worte, die harmlos klangen, und Überraschungen, die man nicht kommen sah, selten hielten, was sie versprachen.

PHOEBE

»Dorothy hat also vor ihrem Tod ein letztes Theaterstück verfasst«, sagte Phoebe und zog das Papier aus dem Umschlag.

Bisher hatte sie keinen Blick auf das Manuskript geworfen. Der Notar hatte ihr in der Früh den Stapel Papier zusammen mit dem Ring ausgehändigt. Langsam blätterte sie durch die Seiten, die nun auf ihrem Küchentisch verstreut lagen. Ihr Blick flog über die Zeilen. »Das Manuskript ist nur ein Entwurf.« Sie schlug die letzte Seite des Theaterstücks auf. »Das Ende ist …« Sie stockte. »… kein Ende.« Sie schaute zu ihrer Stiefschwester. »Da fehlt echt der Schluss.«

Charlie stand wie ein Zinnsoldat in der Mitte der Küche. Steif und ungelenk. Sie trug kein Make-up. Nicht mal eine Vorladung zum Notar war für Charlie ein Grund, sich Mühe zu geben.

Phoebe hatte ihrer Stiefschwester einen Platz angeboten, aber gewusst, dass diese ablehnen würde.

Sie hatte die Einladung auch nur ausgesprochen, weil Charlie durch ihre Ablehnung in die Defensive gedrängt wurde, denn eine Einladung auszuschlagen war immer irgendwie unhöflich.

Diese kleinen Verschiebungen im Machtgefüge ließen Phoebe die Nähe zu ihrer Stiefschwester aushalten, denn Charlies Anwesenheit in der Küche fühlte sich an wie eine Invasion. Die Stunde, die sie mit ihr beim Notar verbracht hatte, war bereits eine echte Herausforderung gewesen.

Doch sie musste Charlie Einhalt gebieten. *Und ich weiß auch schon, wie,* dachte Phoebe.

»Warum taucht nach sechs Monaten plötzlich der Rest von Dorothys Nachlass auf?« Charlie schüttelte den Kopf.

Phoebe unterdrückte ein Lächeln. Ihre Stiefschwester konnte ihre Niederlage einfach nicht begreifen. Vermutlich redete Charlie sich jetzt ein, das alles wäre nur ein Albtraum.

»Der Ring und das Manuskript sind letzte Woche in einem Schließfach der Privatbank *Reuben & Co* in Knightsbridge gefunden worden. Der Notar hat uns den Sachverhalt doch erklärt.« Phoebe zuckte mit den Schultern. Ein Grinsen huschte jetzt über ihr Gesicht, eines von der Sorte, das man nicht kontrollieren konnte und meist in den falschen Situationen passierte.

Zum ersten Mal, seit sich der Parasit im Alter von sieben Jahren in Phoebes Leben gedrängt und fortan ohne Rücksicht die Aufmerksamkeit auf sich gezogen hatte, spürte Phoebe, was Gerechtigkeit bedeutete.

»Es macht keinen Sinn«, sagte Charlie. Sie klang nun wie ein nörgeliges Mädchen. Phoebe liebte diesen Tonfall.

Eine jüngere Schwester, und Charlie war ja nicht einmal ihre Schwester – sie war Phoebe in ihrer Kindheit per Gerichtsbeschluss aufgezwungen worden –, konnte der älteren nie gewachsen sein. Dabei hatten die Jüngeren zunächst einen Vorteil. Es war ihr Geburtsrecht. Als ältere Schwester wurde man immer um Nachsicht gebeten. »Die süße Kleine.« Oder »Gib doch nach.« Oder »Du bist doch die Vernünftige.« Das Kindchenschema gewann immer. Ein Trick der Natur, der das Überleben der Jüngeren sicherte.

Mit der Zeit entwickelte man als älteres Geschwisterkind Strategien, die Manipulation der Eltern unter Kontrolle zu bringen. Man holte sich den Vorteil und die Aufmerksamkeit zurück. Das war reiner Selbstschutz, denn die Alternative wäre, für den Rest des Lebens unsichtbar zu bleiben.

Und so wuchs man praktisch damit auf, immer um die Ecke zu denken, das eigene Handeln in eine Richtung zu steuern, in der ein Parasit keine Chance hatte. Auf diese Weise war man der Jüngeren immer einen Schritt voraus. Irgendwann prallten diese Sätze an einem ab; sie hatten einfach keine Bedeutung mehr. Dann hatte man das System besiegt. Man wurde wieder sichtbar.

In seltenen Fällen war das Schicksal auf der Seite der Älteren. Ein kurzer Moment, so kostbar wie rar, eine Sonnenfinsternis, die einen Schatten auf das Leben der Jüngeren warf.

Deswegen war Charlie jetzt so aus der Bahn geworfen. Sie kannte das nicht. Die süße Kleine.

CHARLIE

War das Ganze ein Albtraum? Am liebsten würde Charlie sofort aus Phoebes Wohnung stürmen und irgendeine Nummer abziehen, um aufzuwachen. Sie musste fallen, egal von was, egal wie tief, vom Dach, die Treppe hinunter, es machte keinen Unterschied, denn in einem Traum wachte man auf, in der Sekunde, in der man ins Leere fiel. *Was hat Dorothy sich bloß gedacht?*

Dorothy J Buckley. Gefeierte Dramatikerin. In den Achtzigern gab es kaum jemanden in der Londoner Theaterszene, der sie nicht kannte. Im Alter von 49 Jahren schmiss Dorothy alles hin. Und setzte sich zur Ruhe. »Künstlerin zu sein bedeutet, mit dem Zirkus wegzulaufen. Alles hinter sich zu lassen, Abenteuer, Freiheit zu spüren. Ich fühle mich zu alt für den Zirkus.«

Ruhe hatte in Dorothys Fall bedeutet: eine Anstellung als Drama Teacher an der Norlington Community School. Niemand hatte sich ihrer Freundlichkeit, gepaart mit Charisma und Intelligenz, entziehen können. Jeder wollte in der Nähe dieser Frau sein, in der Hoffnung, dass sich etwas Glanz auf den eigenen Charakter übertrug – ein vergebliches Unterfangen, denn der Trostlosigkeit in Norlington entkam niemand. Eine Industriestadt in Lincolnshire, die vor Jahrzehnten florierte und später dem Untergang geweiht war. Dank Dorothy hatte Charlie ihre Kindheit und Jugend überstanden. Der Fels in der Brandung.

Dorothy hatte sie und Phoebe als ihre Haupterbinnen eingesetzt. Bereits vor sechs Monaten waren sie bei dem Notar gewesen. »Sie beide erben zu gleichen Teilen das Vermögen von Dorothy Jean Buckley. Der Sohn geht leer aus«, so die Worte des Notars vor einem halben Jahr. »Das Testament ist allerdings mit einer Bedingung versehen. Der Betrag wird erst ausgezahlt, wenn Sie beide 30 Jahre alt sind.« Der Notar hatte sie angeschaut. »Miss Buckley wollte, dass Sie reif genug sind, mit dieser stattlichen Summe umzugehen.«

Da Charlie die Jüngere war, musste Phoebe warten, bis Charlie ihren 30. Geburtstag feierte.

»Sollten wir das Geld nicht mit Verantwortung einsetzen?«, hatte Charlie später gefragt. »Eine Spende, für einen guten Zweck?« Die Summe machte sie nervös. Sie wollte das Geld nicht. *Ich verdiene es nicht.*

»Ich bin nicht die beschissene Wohlfahrt.« Damit war die Angelegenheit für Phoebe erledigt gewesen.

Und nun war plötzlich ein weiterer Teil des Erbes aufgetaucht. Die Worte, auf Papier, von Dorothy mit der Hand niedergeschrieben, schmerzten, als seien sie mit einem Messer in Charlies Haut geritzt worden. »Phoebe, der Ring und das Manuskript sollen dir zum Erfolg verhelfen.« Das stand da, direkt vor ihr, auf dem Papier. Auch nach zehnmal lesen noch. Für Charlie blieb der Trostpreis: »Charlie, das Manuskript braucht eine Überarbeitung.«

Hatte Dorothy kurz vor ihrem Tod den Verstand verloren? Dorothy, die Gerechtigkeit stets als höchstes Gut angepriesen hatte? Dorothy, der moralische Kompass in ihrem Leben? Phoebe bekam diesen wertvollen Ring und damit eine Finanzspritze sowie ein Manuskript auf dem Silbertablett präsentiert. Und Charlie ging leer aus? *Es macht alles keinen Sinn.*

Das Geld kümmerte sie nicht. Nein, es ging um ihren Traum von einer eigenen Theaterproduktion. Dorothy zwang sie beide zu einer Zusammenarbeit – zu *Phoebes* Vorteil.

Was bezweckte Dorothy mit diesem Pulverfass? Dorothy musste doch gewusst haben, was dann passierte. Eine Zusammenarbeit mit Phoebe konnte nicht gut gehen. *Es ist schon einmal nicht gut gegangen.*

Charlies Blick klebte auf den handgeschriebenen Worten auf dem Deckblatt des Manuskripts. »Opus Magnum« stand dort. »Jedes Stück ist das wichtigste Werk«, hatte Dorothy stets gesagt. Charlie stellte die Qualität des Materials nicht für eine Sekunde in Frage. Das Manuskript war eine Sensation.

»Das wird mein Durchbruch als Regisseurin«, sagte Phoebe jetzt und nahm einen Schluck von ihrem Kaffee. »Das ist *meine* Chance.«

»Die Regisseure sind nur die Handlanger der Dramatiker«, platzte es aus Charlie heraus. Sie verkniff sich den Kommentar, dass Phoebe noch nie Regie geführt hatte. »*Ich* soll das Stück fertig schreiben.«

Und dann war die Welt zu Ende.

»Ich hatte heute Morgen ein Gespräch mit Sophie Jones«, riss Phoebe Charlie aus ihren Gedanken. *Worte, die harmlos klingen …*

»Sophie Jones aus Norlington?« Die Kälte in Charlies Innerem wurde zu Frost und der Frost zu Eis. Der Themenwechsel versetzte sie mit einem Schlag in Alarmbereitschaft. Norlington war kein gutes Thema.

Charlie sah, wie Phoebe eine Haarsträhne hinter ihr Ohr strich.

»Die Alte wohnt seit ein paar Jahren mit ihren vier Katzen auf der Southgate Road.« Phoebe zuckte mit den Schultern. »Sophie wollte wissen, ob du Julia noch immer vermisst. Hast du die Sache im Wald je vergessen?«

Kalter Schweiß brach aus Charlies Poren. Ihr Leben war ein Kartenhaus, ein Stoß reichte, und ihre Existenz fiel in sich zusammen. *Julia.*

Die Warnung war unmissverständlich. Ein gezielter Stoß. Charlie schloss die Augen. *Die Katastrophe.*

Phoebe wollte alles für sich, den Ring, das Manuskript. Ihr Durchbruch war das Einzige, was zählte. Und die einfachste Lösung, um freie Bahn zu haben, war, Charlie unter Druck zu setzen. Schachmatt.

»Du lügst«, brachte Charlie mit brüchiger Stimme hervor. Ihr Körper hatte vor dem Eis kapituliert. »Wer stellt nach dreizehn Jahren so eine Frage?«

Phoebe zuckte mit den Schultern. »Wenn du meinst.« In ihren Augen blitzte Verschlagenheit auf.

Das Eis in Charlies Adern zerbrach. Sie wusste, was passieren konnte. Sie wusste, wozu Phoebe fähig war. *Hast du die Sache im Wald je vergessen?*

Einen Moment blieb Charlie die Luft weg. Ein Abgrund tat sich auf. Sie stürzte in die Tiefe. Das Erbe, das Theaterstück – nichts zählte mehr.

Dunkelheit griff nach ihr, das Schwarz zog sie nach unten. Immer tiefer. Bis die Finsternis absolut war.

Dann akzeptierte ihr Verstand die Erkenntnis, ganz nüchtern. Sie hatte keine Wahl. Es gab nur eine Lösung. Sie war seit langer Zeit überfällig.

Charlie würde einen Mord begehen.

Freitag – Vier Tage vor der Premiere

HAWK

»Alles in Ordnung?« Das war das Netteste, was seit langer Zeit ein Mensch zu ihm gesagt hatte. Die Radfahrerin sah erschrocken aus. Schweiß stand auf ihrer Stirn, und sie schnappte nach Luft.

Er hob die Hände zu einer Entschuldigung und ging weiter. In Gedanken versunken war er über die Holford Road gelaufen, das Ziel direkt vor Augen, und hatte nicht richtig geguckt. Durch seine Unachtsamkeit hätte er beinahe eine Kollision mit der Frau auf dem Mountainbike verursacht. Dabei wäre ein Unfall das Letzte, was er jetzt gebrauchen konnte. Vor allem ein Unfall, der dem Elend seiner Existenz kein Ende setzte, sondern in einer Verletzung resultierte, die ihn Monate außer Gefecht setzte.

Die Radfahrerin fuhr jetzt mit einem Kopfschütteln den Berg runter. »Beim nächsten Mal aber aufpassen!«, rief sie.

Er verzog das Gesicht. *Jaja.*

Wie er sie alle hasste! Die Kollegen, als er noch Kollegen hatte, die Kundschaft, als er noch Kundschaft hatte, seine Familie, als er noch Familie hatte, und die gesamte Bevölkerung Londons. Die Menschheit. Alle. Als wäre das nicht deprimierend genug, ein Leben voller Frustration und Abscheu nicht nur gegen das eigene Umfeld, sondern gegen die Welt als Ganzes zu führen, die Ungerechtigkeit und Machtlosigkeit, die einem – wenn man sie erst einmal begriffen hatte – jeden Tag neu den Boden unter den Füßen wegzog – nein, zu allem Übel gab es in einer Großstadt keine Möglichkeit, dieser Qual zu entkommen: In London war er der Nähe zu Menschen völlig ausgeliefert.

Er vermied dennoch, so gut es ging, jeden Kontakt, und zurzeit war dieses Unterfangen ein Selbstläufer: Die Leute gingen ihm freiwillig aus dem Weg. Seine ungekämmten Haare. Der vor Dreck strotzende Anzug. Die Leute wechselten die Straßenseite. Nach einem kurzen Blick auf sein Äußeres öffneten sie eine Schublade, keine gute, und schon war er verschwunden. Bettler, Obdachloser, Penner. Bezeichnungen ohne Ende. Er wusste, was er für eine Wirkung hatte – selbst in einer Stadt wie London, in der Gleichgültigkeit ein hohes Gut war. Doch ein Mann mit seinem Aussehen, ein *rough sleeper*, der sich, wie sie mit ihrem flüchtigen Blick analysierten, unter Brücken, auf Gehwegen und im Park aufhielt, sein bester Freund ein Hund, fiel selbst hier auf. Nie war ihm aufgrund seiner Erscheinung eine derartige Abwehr entgegengebracht worden, auch nicht als Musiker oder Handwerker. Und er hatte schon zig Jobs gehabt, echten Dreck – immer war ihm auf eine Weise Respekt gezollt worden.

Seinen Anzug aus Tweed hatte er sich in einem Charity Shop besorgt, Hose und Jackett für 18 Pfund – ein Vermögen für Leute von der Straße. Die Verkäuferin hatte ihm einen Rabatt gewährt. »Ausgezeichnete Qualität. Sechzigerjahre. Glasgow.« Er hatte sie angestarrt. »Von den Witwen Schottlands wurden die Anzüge ihrer toten Männer gesammelt und teuer in London auf den Märkten verkauft. Der letzte Schrei«, hatte sie erklärt.

Am Saum seiner Anzughose, die also irgendwann der letzte Schrei gewesen war, klebte Erde aus einem Vorgarten in der Well Road. Er hatte das Gleichgewicht verloren, als Harrison ihn ohne Vorwarnung in ein Blumenbeet gezogen hatte.

Sollten sie alle sehen, dass saubere Kleidung ein Privileg war und mit welch miserablen Mitteln Obdachlose in London ihre Existenz bestritten. Am liebsten würde er jedem, der ihn anschaute, Geringschätzigkeit im Blick, seinen vor Schmutz starrenden Anzug durch die Visage ziehen.

Er beugte sich zu Harrison runter und streichelte dem Staffordshire-Mischling über das Fell. »Wir sind gleich da, Kumpel.«

Hawk überquerte jetzt den Hampstead Square, eine winzige Nebenstraße, und ließ seinen Blick über die Pension gleiten, die neben der Kirche stand. Das Waverly Inn. Sein Puls beschleunigte sich. Er hob den Kopf, genau wie Harrison; als witterten sie beide, dass etwas in der Luft lag. Hawk kniff die Augen zusammen, seine Sinne waren hellwach.

Der trotzige Altbau war erst in den letzten Jahren zu einem Hotel umgebaut worden. Rote Backsteine zierten die Außenfassade. Giebel und Erker schmückten die oberen Etagen, und unter dem Dach waren Balkone an die Fenster gemauert. Es war das einzige Gebäude auf dieser Straßenseite. Nur die aus grauem Kalkstein gebaute Christ Church mit ihrem spitz zulaufenden Kirchturm, der an eine in die Luft ragende Nadel erinnerte, befand sich einige Meter entfernt. Alte Ulmen säumten die Gebäude, und Blauregen schmückte die Eingänge der Häuser.

Mit Harrison im Schlepptau lief Hawk an der Pension vorbei, schielte durch die weißen Sprossenfenster im Erdgeschoss. Im rechten Teil des Gebäudes befand sich das Restaurant, er konnte eine Bar erkennen. Direkt neben dem Saal war die Außenterrasse. Auf einer Seite war diese von einer Mauer aus verwitterten Backsteinen umfasst, auf der anderen Seite offen. Nur ein niedriger Zaun trennte den Gehweg ab. Nichts schützte die Gäste vor ungewollten Beobachtungen. Genau hier, an diesem Platz, würde er sein Quartier aufschlagen.

Er wusste, man würde ihn verscheuchen. Niemand wollte das Elend, die Versager der Gesellschaft, am Frühstückstisch vor Augen haben. Schon gar nicht in dieser Gegend.

New End, nordöstlich vom elitären Hampstead Village im Norden Londons, hatte in der Vergangenheit als ärmerer Teil von Hampstead gegolten, ursprünglich bevölkert von Bohemiens und Intellektuellen. Von der Geldnot war nichts mehr zu sehen. Umgebaute Cottages und sorgfältig restauriertes Kopfsteinpflaster zeichneten ein anderes Bild. Armut war relativ, zumindest in einem der heute reichsten Stadtteile Londons. Doch ihn loszuwerden würde kein leichtes Unterfangen, er konnte wiederkommen. Er war ein freier Mensch.

Gegen eine Mauer gelehnt setzte er sich auf den Gehweg in den Schatten. Sein Anzug aus Tweed, der letzte Schrei, war viel zu dick. Die Hitze war erbarmungslos, selbst hier auf dem Berg, umgeben von Wäldern und Parks. Mit einer Grimasse zog er seine Baseballkappe vom Kopf, überlegte es sich anders, setzte sie wieder auf und knotete das Tuch von Harrisons Hals. Sorgfältig breitete er es auf dem Asphalt aus. »Es wird alles gut.«

Harrison schaute ihn mit rot unterlaufenen Augen an. Der Hund war kein Optimist.

Hawk hatte ihn vor zwei Jahren aus dem Tierheim geholt. Die Entscheidung, dass es Harrison sein musste, war in nur einer Sekunde gefallen. Der Hund hatte ein Tattoo. Am rechten Hinterlauf, fast unter dem Bauch, dort, wo das Fell dünn und kurz war, nicht weiß und dicht wie am restlichen Körper. Dort, wo die Haut zartrosa durchschimmerte, stand das Wort, in schwarzen Buchstaben auf Lebzeiten eintätowiert: Harrison. Diese Art von Tierquälerei hatte ihm die Sprache verschlagen. Als Zeichen der Verbundenheit hatte er sich seinen eigenen Namen, Hawk, auf den linken Unterarm stechen lassen.

Er griff in eine Plastiktüte, er hatte gleich drei dabei, und zog eine Dose Lager raus. Mit einem Zischen öffnete er den Verschluss.

Wo war er bloß in der Vergangenheit falsch abgebogen? Warum zur Hölle war sein Leben so aus der Spur?

Nun, um ehrlich zu sein, könnte er mehrere Ereignisse aufzählen, an denen er falsch abgebogen war, nicht alle waren seine Schuld gewesen, einige aber eben doch.

Der Geschmack des Biers war so bitter wie sein Lachen, als er den Blick auf das Waverly Inn heftete. *Stunde Null*, dachte Hawk und spuckte auf den Gehweg.

Er wollte sein Leben zurück. Das Wasser stand ihm bis zum Hals.

Seine Zukunft, ja seine gesamte Existenz, hing von diesem Wochenende ab.

CHARLIE

Die Luft war zum Schneiden. Die Julihitze, die Enge der Stadt und zwölf 1000-Watt-Höchstleistungsscheinwerfer ließen keinen Raum für Sauerstoff im Perlman Theatre an der Dalston Junction im Osten Londons. Die Backsteinwände hatten die Wärme gespeichert und gaben von allen Seiten Hitze in den Saal ab wie ein einziger, riesiger Heizkörper. Klimaanlagen kamen gegen die Temperaturen nicht mehr an, Ventilatoren waren seit Wochen ausverkauft. Die Bevölkerung litt unter Schlaflosigkeit und dem Verlangen nach Abkühlung. Die Hitze verwandelte die Londoner in Zombies.

Hinter Pizza Union und McDonald's versteckt stand das Perlman Theatre, abseits des Verkehrs der Kingsland High Street, in der Ashwin Street. Die Stahlstreben an der Decke und die Mauern aus Backstein waren letzte Zeugen der Vergangenheit als Farbenfabrik. Die Fenster des Theaters waren zugemauert. Die Welt des Theaters duldete keine Blicke von draußen.

Charlie trank einige Schlucke Wasser direkt aus der Flasche. Beinahe konnte sie fühlen, wie ihre Zellen die Flüssigkeit aufsaugten. Doch in der nächsten Sekunde war ihr Mund schon wieder trocken. Ihr ganzer Körper war überzogen von Schweiß.

Sie stand mitten im Saal des Studio 1 und starrte Phoebe an. Mehrere Filme, nein, Theaterstücke geisterten gleichzeitig durch ihren Kopf, buhlten um ihre Aufmerksamkeit, gepaart mit der Befürchtung, dass irgendetwas bei dieser Probe oder in den nächsten Tagen schiefgehen könnte.

»Zu hell.« Phoebe schüttelte den Kopf. »Die Bühne sieht nach Sommer aus. Ich will keinen verdammten Sommer.« Phoebe war auf dem besten Weg, die Premiere in völliger Dunkelheit stattfinden zu lassen. Auf der Stirn des Lichttechnikers schwoll eine Ader an. »Wir müssen über das Gesamtkonzept sprechen.«

Es war die letzte Woche vor dem großen Tag. Technische Probe. Morgen folgte die Kostümprobe, dann die Preview am Montag, die als Voraufführung diente, mit Publikum, bevor die Kritiker das Stück zu sehen bekamen. Am Dienstag war die Premiere. Nervosität war zu einem allumfassenden Zustand geworden. Die Atmosphäre glich einem Bienenstock, mit gehörigem Respekt vor der Königin.

Der Lichttechniker schaute Phoebe an. »Ich muss die *Qualität* des Lichts wissen. Fokus, Intensität, Streuung.«

»Wie wird der Plot durch das Licht erzählt?«, fragte Charlie.

»Wie wird der Plot durch das Licht erzählt?« Phoebe lachte. »Du kannst froh sein, heute überhaupt hier zu sein.«

Charlie biss die Zähne zusammen. Phoebe hatte ihr in den letzten Wochen mehrfach die Teilnahme an den Proben untersagt.

Der Klang von Phoebes Absätzen auf dem Holz hallte jetzt durch den Saal. Mit einer Kapazität von dreihundert Plätzen war das Fassungsvermögen des Studio 1 limitiert, dennoch wirkte der Raum riesig. Ein leerer Theatersaal betonte das Fehlen des Publikums. Man wusste nicht, wie man den Raum einordnen sollte, der voll mit Menschen sein musste und gerade wegen der Masse an Zuschauern eine beängstigende Wirkung haben konnte.

Dies hier war Charlies Welt. Ein Zirkus, wie Dorothy es immer genannt hatte. »Du darfst keinen Plan B haben«, waren die Worte ihrer Lehrerin gewesen. »Wenn du einen Plan B hast, will der Zirkus dich nicht. Man verliert den Fokus, wenn es eine Alternative gibt.«

Charlie war raus aus Norlington. Und nicht mehr lange, dann würde auch Norlington raus aus ihr sein. *Ich bin mit dem Zirkus weggelaufen.*

»Seit wann kümmern sich Dramatikerinnen um das Licht?« Phoebe ging von der einen Seite der Bühne zur anderen. »Du bist eine Theaterautorin. Mehr nicht.« Die Absätze ihrer High Heels bohrten sich in das Parkett. Ihr Gang strotzte vor Kraft, dabei hatte sie heute Morgen noch eine Rede über ihre Erkrankung geschwungen. Die Krankheit, die sie für Aufmerksamkeit nutzte, wo sie nur konnte. Phoebe kannte jedes Detail, war besser informiert als die meisten Ärzte. »Fibromyalgie«, hatte sie jenen Angestellten des Perlman Theatre erklärt, die nichts von ihrem Leiden wussten. Auf mehreren Stellen ihres Körpers klebten Schmerzpflaster, eines war am Nacken zu sehen. Sie trug ein T-Shirt mit einem weiten Ausschnitt. »Ich habe einen Schub. Aber ich möchte es nicht thematisieren«, sagte sie dann, nachdem sie es thematisiert hatte und alle im Saal betroffen schwiegen. Das war ihr Ziel: Betroffenheit auslösen, dann Bewunderung. Über ihre Stärke.

»Die Autorin eines Stücks kann Impulse geben«, warf Dmitri ein. Die Stimme des Lichtdesigners hatte einen versöhnlichen Tonfall angenommen. Doch sein guter Wille wurde nicht belohnt.

»Ich bezahle nicht für dumme Ratschläge.« Phoebe griff nach Dmitris Arm und zog ihn Richtung Bühnenrand.

»Ich brauche die Schauspieler für die Streuung des Lichts«, erwiderte er säuerlich. »Eine leere Bühne bringt nichts.«

Charlie stieg jetzt die Stufen zum oberen Rang hinauf, brauchte Abstand von ihrer Stiefschwester. Dies war ein Vorgeschmack, und sie durfte nicht die Nerven verlieren.

In den nächsten zwei Tagen würde ihre Geduld auf das Äußerste getestet werden. Phoebe und sie würden eine Nacht in einer Pension verbringen, im Waverly Inn, auf neutralem Boden. Ihr letztes Arbeitstreffen vor der Premiere. Charlie hatte es »Strategiebesprechung« genannt. Das war die offizielle Version. Verdammt, es *ist* eine Strategie, dachte Charlie und musste nun fast ein Lächeln unterdrücken. *Der Stein, der alles ins Rollen bringt.*

Das Wochenende im Waverly Inn würde der Start einer neuen Zeitrechnung werden, mit Auswirkungen auf alle folgenden Tage, Monate – ja, auf den Rest ihrer Lebenszeit. *Und auf die Premiere.*

Charlie würde eine Tat begehen, die andere nicht verstanden, vielleicht sogar verabscheuten, doch die Wahrheit war, dass es zu jedem Zeitpunkt eine Person gab, die einen anderen Menschen für eine Tat oder ein Verhalten verabscheute.

Sie war 29 Jahre und 63 Tage alt. Das waren 10 655 Tage auf dieser Erde. An 10 654 dieser Tage hatte sie sich nach bestem Gewissen an alle Regeln gehalten. Was war ein Tag gegen 10 654 Tage?

Sie lehnte sich gegen die Balustrade und sah, wie Dmitri nach ihr Ausschau hielt. Charlie hatte eine Idee für das Licht, doch jeder Vorschlag stellte eine Bedrohung für Phoebe dar. Man konnte sie nur mit ihren eigenen Waffen schlagen, selbst wenn es um einen Scheinwerfer ging.

»Charlie …«, rief Phoebe, sie wusste immer, wo jemand war, wie ein Radar, »… sag den Schauspielern Bescheid.« Ihre Worte hallten durch den Saal. »Wo bleibt denn die Bagage?« Selbst im oberen Rang verlor der Spott in Phoebes Stimme nicht an Intensität. »Wir wollen doch alle Dorothy stolz machen.« Die Worte klangen hohl aus Phoebes Mund. Am liebsten würde Charlie die Schmerzpflaster von Phoebes Haut reißen und über ihre Lippen kleben.

Allein der Gedanke an Dorothy ließ Charlies Augen brennen. Trauer kam in Wellen. Sie riss einen mit, stieß einen um, besonders in Momenten, in denen man nicht damit rechnete. Dorothy war die einzige Person auf dieser Welt gewesen, die je etwas für Charlie getan hatte.

Dorothy hatte nicht den Verstand verloren. Das hatte Charlie in der Zwischenzeit verstanden. Dorothy hatte ihr das Manuskript zur Überarbeitung überlassen in der Annahme, es würde auch Charlie zu *ihrem* Durchbruch verhelfen. Auf diese Weise würde Charlie ihren Namen unter das Werk setzen können, zusammen mit Dorothys Namen. Ein cleverer Schachzug.

Der Notar hatte Phoebe deutlich gemacht, dass Charlie die Überarbeitung machen durfte, so stand es im Testament, und es gab keinen Ausweg.

Die Premiere musste ein Erfolg werden, das war Charlie Dorothy schuldig. Und, oh ja, sie würde den Ansprüchen ihrer Mentorin gerecht werden.

Die Premiere von *The Greatest Happiness* fand in vier Tagen statt, eine Premiere, die mehr Aufmerksamkeit bekommen würde, als Dorothy es sich in ihren kühnsten Träumen je hätte vorstellen können.

PHOEBE

Die Temperaturen waren in den letzten Tagen nach oben geschossen. Doch sie nahm diese Tatsache nicht über ihre Haut auf. Nein, es waren ihre Augen, die ihr diesen Sachverhalt verrieten. Schweißflecke unter den Armen. Glänzende Gesichter. Fakten wurden über die Augen nach innen gespiegelt, dort zu einer Information und im besten Fall zu einer Emotion verarbeitet. Doch Phoebes Geist und ihre Seele hatten sich von jeder Emotion getrennt. Gefühle gehörten der Vergangenheit an. *Ich bin ein Roboter.*

Phoebe befand sich in einem Tunnel, und das Licht am Ende dieses Tunnels war das Einzige, was zählte. Das Licht, das in Form von 1000-Watt-Strahlern auf sie gerichtet sein würde: Anerkennung. Berühmtheit. Wertschätzung. Ihre gesamte Wahrnehmung war auf einen einzigen Tag gerichtet. Dienstag. Der Tag ihres Triumphs. Von Dienstag an würde sie sagen können: »Wissen Sie nicht, wer ich bin?«

Diesen Druck musste man aushalten können. Das Wissen, dass die eigene Person plötzlich in aller Munde sein würde. Man befand sich in einem Schwebezustand, man sah es kommen und stand doch im Nebel, denn so richtig konnte man sich den eigenen Durchbruch nicht vorstellen. Man wollte nach einem Halt greifen, doch da war keiner, denn das ganze Konstrukt des Ruhms war das Gegenteil von Halt.

»Wo bleibt denn die Bagage?«, fragte sie erneut. »Ich bezahle nicht für ein Versteckspiel hinter der Bühne.«

Charlie kam die Treppe runter, nachdem sie zuvor wie von der Tarantel gestochen hochgelaufen war. Das war ein typisches Verhalten. Schweigen oder Reißausnehmen. Es gab nur diese zwei Möglichkeiten. Ihre Stiefschwester holte jetzt zu einem Gegenschlag aus. Wie ein verwundetes Tier, das in Deckung ging, um dann mit voller Kraft einen letzten Angriff zu starten.

»Lass uns die Wirkung des Lichts bei der Kostümprobe morgen testen. Mit Maske und Kleidung können wir die Farben besser eingrenzen«, sagte Charlie jetzt.

Dmitri nickte, und auch Daniel, vom Ton, stimmte zu. Der Parasit machte Vorschläge immer gern, wenn andere Leute in der Nähe waren. Oft ergab sich dann eine Diskussion, und ehe man sichs versah, war der Vorschlag ihrer Stiefschwester die einzige Option, die für alle Beteiligten Sinn machte. Und keiner wusste, warum. Es gab kaum eine Verteidigungsstrategie gegen dieses Vorgehen.

Phoebe gab ihrer Stiefschwester keine Antwort. Manchmal war selbst ein Nein schon zu viel.

Die Menge an Entscheidungen, die Phoebe hatte fällen müssen, hatte jedes vorstellbare Maß übertroffen. Sie war zu einer verdammten Regisseurin, Produzentin, Executive und Artistic Director geworden. Ständig hatte sie Charlie abwehren müssen, die es sich zum Ziel erklärt hatte, das Stück für Dorothy zum größtmöglichen Erfolg zu führen. Es war nur um Dorothys Vision gegangen, wie wichtig die Premiere war – *für Dorothy*. Phoebe konnte den Namen nicht mehr hören.

»Drei Wochen Laufzeit sind das Minimum, um Kritiken in der Presse zu generieren. Vier Wochen Laufzeit sind besser. Du willst in die Zeitung«, hatte Charlie gesagt.

Wie sollte man gegen so ein Argument ankommen?

»Willst du große Namen im Cast? Dann musst du eine hohe Gage zahlen. Bei kleinen Namen reicht der Mindestlohn.« Charlie hatte sie angeguckt: »Du könntest Leute aus dem East End engagieren, um der Inszenierung Authentizität zu verleihen.«

»Ich will keine Gruppe von Idioten, deren einzige Qualifikation ist, dass sie in der Gosse geboren wurden.«

Phoebe hatte kein Geld für große Namen. Kleine Namen mit einem Skandal an der Backe waren eine Option. Das brachte Aufmerksamkeit, aber darauf konnte sie sich nicht verlassen.

Sie wollte einen Artikel in der Zeitung. Sie wollte ein ausverkauftes Haus. Sie wollte alles. Und um *alles* zu kriegen, würde sie *alles* tun. Das Scheinwerferlicht gehört *ihr*. In diesem Licht, zu hell, zu warm, würde sich niemand mit ihr sonnen. Schon gar nicht der Parasit. Sie waren kein verdammtes Mode-Design-Duo.

»Ich will keinen beschissenen Sommer auf der Bühne.« Phoebe ließ Dmitri auf der Bühne in seiner Beleuchtung stehen und ging zu dem Karton, der neben der Tür stand. Unscheinbar. Grau. Explosiv. Sie war jetzt bereit für die Exekution. Mit präziser Berechnung hatte sie sich diesen Moment aufgespart. Charlie hatte keine Ahnung, was gleich passieren würde. Jetzt, kurz vor dem Wochenende in der Pension, war der perfekte Zeitpunkt.

Phoebe stand nun vor dem Karton mit den Programmheften, den sie zu Beginn der Probe neben der Tür abgestellt hatte. Niemand der Anwesenden hatte der Kiste Beachtung geschenkt. Charlie hatte ihre Handtasche und mehrere Notizbücher direkt auf dem Stuhl daneben abgelegt. Ihre Stiefschwester hatte die Angewohnheit, sich in jedem Raum auszubreiten. Ein Parasit eben.

Phoebe starrte einen Augenblick auf Charlies Notizbücher. Sollte sie einen Blick riskieren? Sie spürte ein Kribbeln in ihren Adern. Nein, keine Ablenkung jetzt. »Charlie!« Sie zog ein Programmheft heraus. Der Geruch von frischer Druckfarbe stieg in ihre Nase. Sie hielt das Booklet in die Höhe. Die Seiten hatten einen leichten Glanz. Das Licht der Scheinwerfer reflektierte auf dem Cover.

Ihre Stiefschwester zeigte gerade auf einen Spot unter der Decke. Doch in wenigen Sekunden würden die Strahler ihr geringstes Problem sein. Phoebe wedelte mit dem Programmheft zu *The Greatest Happiness*.

»Ja?« Charlie schaute sie fragend an. Ihr Zopf hatte sich gelöst, die Wangen waren gerötet. Sie sah aus, als hätte sie eine Schlacht hinter sich. Dabei war die Explosion noch gar nicht erfolgt. Die Detonation war nicht mehr aufzuhalten, die Lunte war gezündet. In Phoebes Innerem regte sich nun doch beinahe so etwas wie eine Emotion, ja, Vorfreude.

In den wenigen Sekunden, die blieben, bis Charlies Blick auf das Cover des Programmhefts fiel, sie nach dem Booklet griff und hektisch begann, durch die Seiten zu blättern, auf der vergeblichen Suche nach ihrem Namen, Charlotte Raeburn, musste Phoebe sich nur noch zwischen zwei Erklärungen entscheiden, warum ihre Stiefschwester nicht erwähnt wurde: »Die Druckerei hat einen Fehler gemacht.« Bedauern im Blick. *Eine Lüge.*

»Die Druckerei hat keinen Fehler gemacht.« Kein Bedauern im Blick. *Die Wahrheit.*

LUKE

Menschen begingen Dummheiten. Es lag in ihrer Natur. Eine Kleinigkeit konnte ausreichen, und das sorgfältig aufgebaute Konstrukt der eigenen, wie man glaubte, vernunftorientierten Existenz implodierte. Shit happens? Ja, aber eigentlich doch nur anderen. In solchen Augenblicken zeigte sich die Gratwanderung zwischen Dummheit und Intelligenz. Je nach Ausmaß ließ sich später mit Freunden über diese Situation lachen. Ein gemütlicher Abend, Alkohol; es waren jene Geschichten, die mit Freude erzählt wurden. Ein Lachen, ein Schulterklopfen – schon herrschte Einigkeit: Was für ein Missgeschick!

Überschritt die Dummheit eine bestimmte Größenordnung, war statt Gelächter in geselliger Runde allerdings Schweigen die Reaktion. Man warf sich dann pikierte, ja wissende Blicke zu, falls ein besonders unsensibler Zeitgenosse die Angelegenheit ansprach. Das Problem war, dass man vorher nie wusste, ob die Dummheit in die eine oder andere Kategorie fallen würde.

Luke hatte ganze Arbeit geleistet. Es gab keine Erklärung und erst recht keine Entschuldigung für das, was er getan hatte. Sein Kopf schaltete nie ab, niemals – und bei der einen Gelegenheit, einer absoluten Ausnahme, hatte er sich nicht auf sein Urteilsvermögen verlassen können.

Er hatte einen Verrat begangen. Und Charlie hatte keine Ahnung.

War der Vorfall erst drei Wochen her? Das Einzige, was er tun konnte, war, zu versuchen, das Ganze wiedergutzumachen.

Vorfall – der Begriff versteckte das Ausmaß seiner Unzulänglichkeit. Doch ob Vorfall oder Verrat, egal wie man es nannte, dies war der Grund, warum er eingewilligt hatte, heute Abend nach Islington zu kommen.

Er hatte schon zweimal geklingelt. Sie ließ ihn warten. Im Nachbarhaus briet jemand Speck, und der Geruch von verbranntem Fett und gepökeltem Fleisch ließ seine Kehle zusammenziehen. Er ging einige Stufen zurück, in der Hoffnung, dem Gestank zu entkommen. Beinahe stolperte er über eine schiefe Gehwegplatte, er stand schon fast wieder auf der Straße.

Sein Herz schlug bis zum Hals, als sie schließlich die Tür aufriss. Ihr Anblick brachte alles zurück. Sein Versagen. Das schlechte Gewissen.

Phoebe stand im Türrahmen. »Traust du dich nicht hoch?« Auf ihrem Nacken klebte ein großes Pflaster.

»Geht es dir nicht gut?«, fragte er.

»Ich habe einen Schub.« Phoebe zuckte mit den Schultern.

»Das tut mir leid«, sagte er und wollte eigentlich nur weg.

Unbestimmt deutete er Richtung de Beauvoir Square, ein Park, der von schmalen, im holländischen Stil erbauten Häusern umsäumt wurde. »Lass uns ein paar Meter gehen. Ich habe nicht viel Zeit.« Er sah Ärger in Phoebes Gesicht. Sie mochte es nicht, wenn jemand anders den Ton vorgab.

»Meinetwegen«, sagte sie.

Gemeinsam gingen sie kurz darauf die Northchurch Road runter, dann an der St Peter's Church vorbei. Trostlose Sozialbauten zierten die Straße, und aus einem Fenster klang Geschrei. Die Hitze in der Stadt war nicht gut für die Nerven. Er schob seine Ärmel hoch, doch das machte die Wärme auf seiner Haut fast noch schlimmer.

Was wollte Phoebe? Sie hatte ihn heute Abend hergebeten.

Er verzog das Gesicht, als sie an einer Reihe umgestoßener Mülltonnen vorbeiliefen. Tüten und Essensreste lagen auf dem Gehweg. Ein Grund, warum er aus dem Osten der Stadt in den Westen gezogen war, aus einer naiven Vorstellung heraus, das Leben dort wäre sauberer, weniger chaotisch. Auf eine gewisse Weise war es das. Richmond war so langweilig, wie man sich nur vorstellen konnte. *Und schon verstößt man gegen seine Prinzipien.*

»War es ein Fehler?«, fragte Phoebe unvermittelt, als könnte sie Gedanken lesen.

Sein Mund wurde trocken. »Natürlich war es ein Fehler.«

Ein Radfahrer kreuzte jetzt ihren Weg, fuhr zu schnell in eine Kurve, stürzte fast. Ein Fluch hallte über die Straße. Das Rücklicht des Fahrrads erleuchtete den Gehweg so lange, bis das Rad in die Culford Road abbog und der Schein verschwand.

Phoebe räusperte sich. »Ich musste sicherstellen, den größtmöglichen Profit aus dem Erbe zu schlagen. Das bin ich Dorothy schuldig.«

»Wovon sprichst du?« Luke starrte sie an.

»Von der Verpfändung des Rings. War das ein Fehler?« Phoebe hob die Hände. »Hätte ich den Ring an die Universität spenden sollen? Dank des Urteils der Forscher vom University College London wurde die Echtheit des Rings zertifiziert. Er gehörte Jeremy Bentham. Hätte das UCL den Klunker verdient? Eine Schenkung in Dorothys Sinne? Der Ring ist eine Rarität.«

»*Deswegen* wolltest du mich sehen?« Luke blieb stehen. Jeremy Bentham, der englische Philosoph, Jurist und Vordenker seiner Zeit, hatte vor seinem Tod sechsundzwanzig Ringe für Freunde und Verwandte anfertigen lassen. Nur sechs dieser Trauerringe waren offiziell wiederaufgetaucht. Phoebes Ring war der siebte.

»Dorothy war eine leidenschaftliche Sammlerin von Antiquitäten. Sie hat das ganze Zeug an die Lebowitz Collection vererbt, ohne Ausnahme. Nur den Ring nicht.« Phoebe seufzte. »Ich habe nur an das Geld gedacht, nicht an meinen Ruf.«

»Ich kann dir nicht folgen.«

»Falls mich die Presse nach dem Ring fragt, wie sieht das aus? Die Regisseurin hinterlegt einen Ring von Jeremy Bentham als Pfand für einen Kredit, nur damit er bei einer Auktion später an den Höchstbietenden versteigert werden kann. Das wirkt, als wäre es mir nur um die Kohle gegangen.«

»Es *ist* dir nur um die Kohle gegangen. Du brauchtest das Geld für die Finanzierung der Theaterproduktion. Dorothy hatte es doch genau so geplant. Deine Überlegungen machen keinen Sinn. Die Auktionshäuser werden sich um den Ring reißen. Die Bank hat dir aus diesem Grund ein Darlehen gegeben.«

»Das Richtige wäre gewesen, den Ring an UCL zu spenden oder an die Lebowitz Collection«, wiederholte Phoebe ihr Anliegen. »Der letzte Ring, der entdeckt wurde, in New Orleans, wurde am Ende auch der Universität übergeben.«

»Welche Alternative hättest du gehabt? Das große Erbe kommt erst nächstes Jahr, und im Lotto hast du nicht gewonnen. Auf wie viel wurde der Ring geschätzt? Zehntausend?

Fünfzehntausend?« Er hätte nicht kommen dürfen. Phoebe spielte ein Spiel.

»Kann ich den Vorgang rückgängig machen?«, fragte sie.

»Ich bin Historiker, kein Jurist.«

Sie verzog das Gesicht. »Jetzt werde ich am Wochenende in der Pension an nichts anderes denken können. Ich hoffe ...«

»Pension?«, unterbrach er sie. »Was?«

»Strategiebesprechung.« Sie schaute ihn an. »Charlie und ich. Morgen nach der Kostümprobe geht es los. Wir bleiben eine Nacht im Waverly Inn. Das war nicht meine Idee.« Sie lachte.

Er merkte, wie sein Herz anfing, schneller zu schlagen. Eine körperliche Reaktion auf Stress. Angst vor den Konsequenzen seines Verrats breitete sich in ihm aus. Doch das war nicht seine einzige Sorge. Charlie und Phoebe in einem Hotel, abseits der Arbeit, die ein gewisses Maß an Professionalität erforderlich machte. Das war nicht gut. *Gar nicht gut.*

Sie standen jetzt vor dem Park, auf dem de Beauvoir Square, dessen Tore bereits verschlossen waren. Eine Eisenkette verhinderte den Zugang.

»Phoebe ...« Sein Mund war plötzlich trocken. Aus seinem Rucksack zog er eine Flasche Wasser und nahm einige Schlucke. Das pappige Gefühl auf seiner Zunge verschwand. Er hielt Phoebe die Flasche hin, doch sie schüttelte den Kopf.

»Die Kohlensäure reizt meine Magenschleimhaut.«

»Du wirst Charlie doch nichts sagen?«

Phoebe lachte auf. Sie legte ihm eine Hand auf den Arm. Eine Geste wie von einer Mutter, die ihrem Kind zur Seite stand und es gleichzeitig unter Kontrolle hielt.

»Gute Nacht, Luke«, sagte sie mit einem Lächeln und drehte sich um.

Mit großen Schritten ging sie davon. Seine Frage blieb ohne Antwort. Wie betäubt schaute er ihr nach, ein hoch aufgerichteter Schatten in der Nacht. *Scheiße.*

Er hatte noch Zeit, bis in Whitechapel die letzte U-Bahn fuhr. Die Aussicht, bei dieser Hitze in der Londoner Tube zu sitzen, war nicht gerade verlockend. Er entschied sich daher, ein paar Stationen zu Fuß zu gehen.

Zur Sekunde, als er auf die Kingsland Road einbog, begann in seinem Kopf etwas zu nagen. Etwas stimmte nicht. Doch er konnte es nicht greifen. Seine Konzentrationsfähigkeit hatte in den letzten Monaten gelitten. Die Zusammenarbeit mit Charlie hatte ihn strapaziert, vor allem die Anstrengung, seine Gefühle zu unterdrücken. *Trotzdem habe ich sie verraten.*

Phoebe hatte etwas gesagt. Was war es? Eine Kleinigkeit, die ihn hatte aufhorchen lassen und ihm sofort wieder entglitten war.

CHARLIE

Ihr Gehirn brauchte Dunkelheit. Dunkelheit bedeutete Trost. Die Nacht relativierte die Schonungslosigkeit des Tages. Jede wichtige Entscheidung, die Charlie getroffen hatte, war in einer Nacht gefällt worden. Es gab dann keine Ablenkung und keine Störung, alle ihre Sinne waren geschärft, auf Wachsamkeit getrimmt. Sie verstand Zusammenhänge, die am Tag keinen Sinn ergaben. *Schwarz ist die Abwesenheit von Licht, und Licht ist für andere Menschen.*

Charlie rannte durch die leeren Straßen des East Ends, steigerte ihre Geschwindigkeit mit jedem Schritt und atmete gegen die Wand aus Hitze an. Der Asphalt unter ihren Füßen reflektierte die Wärme bis hoch in ihr Gesicht. Ihre Schläfen brannten, sie wischte sich über die Augen. Sie lief die Queensbridge Road runter, dann über die Brücke am Regent's Canal. Die Brücken im East End waren bei der Polizei berüchtigt und sogar die Krays, die in den Sechzigerjahren den Osten Londons dominiert hatten, waren der Legende nach dafür bekannt, Messer und Waffen hier in den Kanal entsorgt zu haben.

Wie so oft hatte Charlie das Gefühl, die Geister jener Zeit fast spüren zu können, mehr als in anderen Stadtteilen Londons, als wäre die Luft im East End eine andere, als hätte sich das Böse in die Häuserfassaden, Bäume und Straßen geprägt, ein bisschen auch in die Menschen. Das Leben hier war kantiger, roher – daran hatten auch die teuren Mietpreise, Bars, Restaurants und gut verdienenden Hipster nichts ändern können. Das nächste Verbrechen wartete stets um die Ecke.

»Tut mir leid, ein Versehen der Druckerei«, hatte Phoebe

nach der Probe gesagt. Allein am Klang ihrer Stimme hatte Charlie gewusst, dass etwas nicht stimmte. Als ihre Hände nach dem Programmheft griffen, wusste sie schon, was passiert war. Das Programm ohne ihren Namen hatte sich in Charlies Netzhaut eingebrannt.

Die Werbeplakate für *The Greatest Happiness* waren bereits vor Wochen gedruckt worden. Charlies Name wurde auf den Postern nicht erwähnt. Sie hatte keine Wahl gehabt, denn man konnte nicht zig Namen auf ein Plakat drucken. Es war Dorothys Theaterstück. Der Name ihrer Lehrerin stand neben Phoebes Namen.

Der Kompromiss war gewesen, dass Charlies Name im Programmheft genannt wurde. Irgendwo *musste* ihr Name ja auftauchen. Sie hatte das Manuskript schließlich überarbeitet und zu Ende geschrieben. Und jetzt? Nichts!

Die Wut, die bei der Probe vorhin im Perlman Theatre über sie eingebrochen war, hatte ein episches Ausmaß erreicht. Ein Tsunami an Wut. Welle um Welle überkam sie diese Wut jetzt noch, Stunden später, nicht *ein* Tsunami, nein – ein zweiter, ein dritter. Doch die Wut konnte Schaden anrichten, und sie durfte sich keine Ablenkung leisten. Zumindest keinen Tsunami. Ein Tsunami ließ die Sinne absaufen. *Sie will mich nur provozieren.*

Charlie joggte, nein, rannte jetzt Richtung Islington gegen die Wut an. Hackney hatte sie fast hinter sich gelassen. Sie überquerte gerade die Hoxton Street, als in ihrer Hand plötzlich das Handy klingelte. Sie starrte auf das Display. Luke. Ihr Herz schlug bis zum Hals. Hatte er Wind von ihrem Plan bekommen? Nein. Natürlich hatte er keinen Wind von ihrem Plan bekommen. Niemand kannte ihren Plan.

Das Klingeln verstummte, und im nächsten Moment zeigte ihr Handy wieder den Sperrbildschirm. *Ein verpasster Anruf.*

Jeder Mensch hatte in seinem Leben eine Person, die von allen Freunden oder Familienangehörigen immer noch etwas gradliniger war. Dieser Mensch war ein guter Zuhörer, der die Sachlage analysierte und dann eine Meinung abgab, der man vertrauen konnte. Der Ratschlag war nie radikal, nie riskant, aber mit der Garantie, keine Auswirkungen auf das eigene Leben in Kauf nehmen zu müssen. Die sichere Bank.

In ihrem Leben war Luke Anderson diese Bank.

Charlie hatte die Beziehung vor über zwei Jahren beendet. Es hatte nicht mehr funktioniert. *Sie* hatte nicht mehr funktioniert.

Und doch hatte Charlie ihren Exfreund letztes Jahr kontaktiert. Ein Historiker an der Seite war für die Überarbeitung des Manuskripts von unschätzbarem Wert gewesen. Denn Dorothy hatte nicht nur einen Ring von Jeremy Bentham besessen, sondern auch ein Theaterstück über ihn und seine Theorie zu Moral und Recht geschrieben. Zeile für Zeile hatte Charlie mit Lukes Unterstützung auf das Papier gebracht.

»Bentham hat sich nach seinem Tod 1832 mumifizieren lassen. Seine sterblichen Überreste sitzen seit über hundertsiebzig Jahren in einer Glasvitrine im University College London«, hatte Luke ihr erklärt und gegrinst. »Du kannst ihn dort besuchen.«

»Was?« Fassungslos hatte sie ihren Exfreund angestarrt. »Bentham hat sich ausstopfen lassen wie ein Tier?«

»Ein Wachskopf ersetzt mittlerweile den echten Schädel«, sagte er. »Studenten des King's College haben im Jahr 1975 den Kopf der Mumie geklaut und ein Lösegeld vom University College London gefordert. Aus Sicherheitsgründen liegt der echte Schädel seither getrennt vom Körper in einem Safe.«

Charlies Leben hatte sich nur noch um das Schreiben gedreht. Ihre Welt war klein geworden – mit der Aussicht, wenn alles überstanden war, sehr groß zu werden. Die Tür zu dieser Welt war nicht mehr verschlossen, sondern angelehnt, einen Spalt geöffnet, und Charlie musste sie nur mit einem ordentlichen Stoß versehen, um Zugang zu bekommen.

Sie schaltete ihr Handy aus, steckte es in den Rucksack und rannte weiter. Kurze Zeit später erreichte sie den Shoreditch Park. Ihre Schritte waren das einzige Geräusch, die Stille war merkwürdig. Die Temperaturen hatte die Stadt in eine bleierne Nachtruhe geschickt. London befand sich im Hitzekoma.

Plötzlich hatte sie das Gefühl, beobachtet zu werden. Die Schatten im Park kitzelten ihren Instinkt. Ihre Nackenhaare stellten sich auf. Irgendetwas stimmte nicht.

Sie blieb abrupt stehen. Das war seit einiger Zeit ihre neue Taktik. Dann spannte sie alle Muskeln an und drehte sich mit einem Ruck um. Sie rechnete damit, dass jemand von hinten in sie hineinlief, überrascht von dem Hindernis auf dem Weg. Angriff war die beste Verteidigung. Ihre Augen suchten in der Finsternis nach einer Erklärung. Doch da war nichts. Kein Mensch. Kein Tier. Niemand lief in sie hinein.

Niemand lief *jemals* in sie hinein.

Sie war allein. Oder? Ihr Gehirn spielte ihr einen Streich. Sie sah Leute, wo keine Leute waren, wurde verfolgt ohne einen Verfolger. Ihr Gewissen sprach zu ihr, durch die Blicke und Sätze anderer Menschen, ja sogar durch harmlose Schatten im Park. Alle Welt schien ihren Plan zu kennen, als sei er auf eine Plakatwand geklebt, sichtbar, groß – maximale Aufmerksamkeit. Harmlose Blicke wurden zu einer Frage. Ein Satz wurde zu einer Drohung. Ein Handyklingeln zu einem Vorwurf. Schatten zu einem Versteck. Menschen, die nichts wussten, gar nichts wissen konnten, sahen bis in ihr tiefstes Inneres. Am Ende war es der eigene Kopf, der einen Plan am meisten gefährdete. Seit Monaten dasselbe Spiel.

Charlie verließ den Park, rannte weiter durch die leeren Straßen. Sie verschmolz mit den Schatten der Nacht, wurde eins mit der Dunkelheit. *Ich bin die Dunkelheit.*

Als sie die Elizabeth Avenue erreichte, führten ihre Beine sie zu Phoebes Wohnung. Das Licht einer Laterne in der Straße flackerte, eine andere war komplett defekt.

Charlie blieb vor Phoebes Haus stehen. Vom Vorgarten aus, der mit mehreren Mülltonnen und zwei vertrockneten Blumenkübeln bestückt war, hatte man einen direkten Blick auf Phoebes Küchenfenster. Das Fenster, durch das der Regen tropfte. Bereits gestern Abend hatte sie hier gestanden. Und auf dieses Fenster gestarrt.

In Phoebes Wohnung brannte kein Licht. Sie schlief. Oder war sie nicht da? Schweiß lief Charlies Nacken runter. Sie zog den Rucksack von ihrem Rücken und holte die Wasserflasche raus. Ein halber Liter.

Alles hing von dem Aufenthalt im Waverly Inn ab. Wenn sie von einer Sache überzeugt war, dann war es ein Satz, der sich für immer in ihr Bewusstsein eingebrannt hatte und der zur Vorgabe ihres Plans geworden war. *Bad press is better than no press.*

Norlington

Der Elefant stand nicht richtig. Sein nach oben gebogener Rüssel musste sich exakt parallel zum Hals der Giraffe befinden. Maximal ein Zentimeter durfte zwischen beiden Tieren frei sein. Doch die Position war falsch, Rüssel und Hals bildeten ein spitzes Dreieck, das am unteren Ende weit auseinanderklaffte. Eine Korrektur war notwendig. Charlie würde sonst nicht schlafen können.

Vorsichtig schob sie den Plüschelefanten mit dem Zeigefinger an die richtige Stelle und kniff die Augen zusammen. Ja, nun war es gut. Sie richtete sich auf, ließ ihren Blick über die restlichen Kuscheltiere auf dem Fußboden gleiten.

Jeden Abend arrangierte sie die Tiere vor dem Schlafengehen auf dem Teppich vor ihrem Bett. Dreiundzwanzig. Jedes hatte seine feste Position. Die Tiere waren ihr Schutzschild.

An der linken Ecke, neben der Zimmertür, blitzte der Teppich durch. Doch das musste nun so bleiben. Die ganze Arbeit wäre umsonst gewesen, wenn sie jetzt durch die Schar von Kuscheltieren stakste, um eine Korrektur am anderen Ende des Zimmers vorzunehmen. Alles würde verrutschen. Nein, es reichte.

Charlie drehte sich um und sprang zurück auf ihr Bett. Von dort schloss sie die Lücke, die sie für ihre Zehen gelassen hatte. Der letzte Handgriff vor dem Schlafen war stets das Zupfen an der Fledermaus, deren Flügel so groß waren, dass sie den Platz, den ihre Zehenspitzen benötigten, vollständig verdeckten. Fertig.

»Tetris«, hatte ihr Vater sie stets aufgezogen. »Du spielst Tetris mit deinen Kuscheltieren.« Sie hatte nicht gewusst, was Tetris bedeutete. Ein Computerspiel, sagte er. Doch sie konnte sich darunter nichts vorstellen. Ihr Vater lachte und erklärte, das sei vor ihrer Zeit gewesen.

Ihr Vater fehlte ihr. Vor über einem Jahr war er einfach in der Küche umgefallen. Ein Herzinfarkt. Seit seinem Tod war sie noch sorgfältiger mit ihren Kuscheltieren, denn sie musste auf sich aufpassen. Manchmal flüsterte sie, während sie die Tiere auf dem Boden arrangierte: »Tetris, du spielst Tetris mit deinen Kuscheltieren.«

Charlie schaute auf ihren Wecker. 15 Minuten und 23 Sekunden hatte die Prozedur gedauert. Das war guter Durchschnitt. Aber auf die Geschwindigkeit kam es nicht an. Gründlichkeit ging vor. Sie löschte das Licht und kuschelte sich unter ihre Decke.

Sie war erst vor zwei Jahren mit ihrem Daddy bei Eleanor und Phoebe eingezogen. »Ich will dich hier nicht«, hatte Phoebe sie begrüßt. »Du bist ein Parasit.«

Phoebes Worte trafen Charlie mehr als die körperlichen Übergriffe. Sie hatte keine Angst vor dem Ausdruck in Phoebes Augen, jenem Blick, der den Hass zeigte, bevor sie zuschlug. Nein, die Wunden verheilten, denn ihr Körper reparierte sich selbst. Der Schmerz in ihrer Seele aber blieb, und Charlie hatte bisher kein Rezept dagegen gefunden.

Sie atmete jetzt tief ein. Der Geruch von Kräutern – Pfefferminz, oder war es Anis? – zog in ihr Zimmer. Jeden Abend schlief sie mit offenem Fenster, versuchte zu erraten, was in der Teefabrik am Stadtrand von Norlington produziert wurde.

Norlington war nicht groß genug, um die Annehmlichkeiten einer Stadt zu bieten, und nicht klein genug, um die Fabriken am Ortsrand zu verhindern. Doch neben den stinkenden Schornsteinen der anderen Fabriken – Zement, Papier – war Norlington Tea Ltd. ein Segen. Der Duft waberte in der Dunkelheit durch die Luft, verließ die Produktionsstätte und legte sich über die schlafenden Einwohner. Kräutertee, Früchtetee – der Geruch variierte von Nacht zu Nacht, und je nachdem, wie der Wind stand, war er intensiv, als würde man inhalieren, oder nur ein Hauch, der verflog. Die Teefabrik war das Beste an Norlington.

Charlies Gedanken wanderten zurück zu Phoebe. Phoebe zog sie auf, jeden Tag. »Ich vermisse meinen Daddy.« Sie äffte dann Charlies Stimme nach. In der Regel folgte eine verächtliche Bemerkung. »Du bist so ein Kind« war eine übliche Beleidigung. Charlie verstand nicht, was Phoebe damit meinte, denn natürlich war sie ein Kind.

Phoebes Vater hatte »noch vor ihrer Geburt die Flucht ergriffen«, wie Phoebes Mum, Eleanor, es stets formulierte, die nun ihre Pflegemutter war. Phoebe konnte also gar nicht wissen, wie Charlie sich fühlte. Sie hatte ja keinen Vater, und ihre Mutter lebte noch, Phoebe war nicht gestrandet wie sie selbst, in einer Familie, mit einer Stiefmutter und einer Stiefschwester – ohne ihren Vater.

»Tetris«, flüsterte sie noch einmal, als sei es ein Gutenachtgruß. Ihre Stimme krächzte in der Stille. Sie hatte erst vor einigen Monaten wieder angefangen zu sprechen. Es fühlte sich immer noch ungewohnt an, ihre eigene Stimme zu hören;

manchmal glaubte sie, die Bewegung ihrer Stimmbänder spüren zu können.

Charlie hatte nach dem Tod ihres Vaters aufgehört zu reden. Sie wachte eines Morgens auf, und ihr fielen einfach keine Worte ein. Es war nichts falsch mit ihren Stimmbändern oder ihrem Kehlkopf gewesen. Das verstand sie nach einer Weile. Nein, in ihrem Kopf war einfach Leere. Die Belanglosigkeit der Worte anderer Menschen irritierte sie. Ihr Daddy war tot. Nichts machte mehr Sinn in ihrem Leben. Kein Wort der Welt konnte das ungeschehen machen. Elf Monate lang hüllte Charlie sich in Schweigen. Die Schule schickte sie zu einer Psychologin. Man stellte ihr Fragen, die sie mit einem ausdruckslosen Gesicht erwiderte. Am Ende musste sie das Schuljahr wiederholen. »Nur Idioten bleiben in der Grundschule sitzen«, kommentierte Phoebe. »Idioten und Spackos.«

Doch in der neuen Klasse lernte Charlie Julia kennen. Und plötzlich fielen ihr wieder Worte ein.

Als Charlie am nächsten Morgen aufstehen wollte, gerade als sie das Gewicht nach vorne verlagerte, ihr Bein schon fast den Boden berührte, erstarrte sie. Da war ein Fehler!

Die Flügel der Fledermaus berührten den Bauch des Teddys. Das war nicht richtig. Der Bär war mehrere Zentimeter nach links verrutscht und lag auf der Seite. Der Teppich vor ihrem Bett war zu sehen. Charlie inspizierte den Rest des Bodens. Es gab keinen Zweifel: Jemand hatte in der Nacht vor ihrem Bett gestanden. Quer durch das Zimmer zog sich eine Spur. Nicht gravierend – einem ungeübten Betrachter würde es gar nicht auffallen. Jemand hatte sich Mühe gegeben, keinen großen Schaden anzurichten. Dieser Jemand konnte nur eine Person *sein. Und es gab nur einen Grund dafür. Charlies Blick fiel auf den Nachttisch. Dort lag ihr Tagebuch.*

Dorothy hatte sie ermutigt, ihre Gedanken aufzuschreiben, falls ihr die Worte ausgingen. Dorothy hatte viel mehr Verständnis als die Lehrer in der alten Klasse und ihr sogar ein Notizbuch geschenkt. Es hatte einen harten Einband wie ein echtes Buch. »In meinem Kopf ist es auch immer zu laut«, hatte Dorothy gesagt, und Charlie hatte zum ersten Mal das Gefühl, dass jemand sie verstand. Tagsüber versteckte sie das Notizbuch im Zimmer. Für die Nacht hatte sie das System mit den Kuscheltieren entwickelt. Sie musste ihre Worte und Gedanken schützen. Das Notizbuch lag an diesem Morgen verkehrt herum.

»Phoebe«, schrie Charlie, als sie in die Küche rannte, »warum warst du in meinem Zimmer?«

Eleanor und Phoebe saßen am Tisch. Eleanor im Bademantel und mit einer Tasse Kaffee in der Hand, Phoebe vor einer Schüssel Cornflakes, die sie nicht angerührt hatte.

»Lass mein Tagebuch in Ruhe!« Charlie schnappte nach Luft.

Eleanor zog eine Augenbraue hoch. Charlie hob anklagend die Fledermaus in die Höhe, die sie in ihrer rechten Hand hielt. »Die Fledermaus lag falsch.« Sie konnte kaum atmen.

»Fängst du jetzt wieder mit diesem Quatsch an?« Eleanor stand auf und ging mit ihrem Kaffeebecher ins Wohnzimmer. Kurz darauf war das Radio zu hören. Die Schlaftabletten, die Eleanor brauchte, um in der Nacht zur Ruhe zu kommen, machten sie in der Früh zu einer einsilbigen Zeitgenossin. Eleanor saß oft stundenlang im Wohnzimmer, mit geschlossenen Augen, vor dem Radio, in ihrem Sessel. Man konnte dann nicht sagen, ob sie schlief oder ihre Umgebung wahrnahm. Auf alle Fälle war es das Signal, sie nicht anzusprechen.

Phoebe verzog die Mundwinkel zu einer Fratze, die entfernt an ein Grinsen erinnerte. Dann machte sie eine Kopfbewegung in Richtung Wohnzimmer. »Sie wird dir nicht helfen.«

»Hast du in mein Tagebuch geguckt?«, fragte Charlie. »Das geht dich nichts an.«

Phoebe schob die Schüssel mit den Cornflakes weg. »Wer sagt, dass ich in deinem Zimmer war?« Dann schlug sie sich gegen die Stirn. »Ach ja: die Fledermaus.«

Beide starrten sich an.

»Du schläfst mit offenem Mund«, sagte Phoebe.

»Ich hasse dich.« Charlie spürte, wie ihr Tränen der Hilflosigkeit in die Augen stiegen. Sie holte aus und warf Phoebe das Kuscheltier gegen den Kopf. Die Fledermaus traf ihre Stiefschwester an der Schläfe.

Phoebe sprang auf, griff nach einem Kugelschreiber und hielt ihn ausgestreckt wie eine Waffe vor sich. Sie kam um den Tisch gerannt. Charlie drehte sich um und lief los, durch den Flur, die Treppe hinauf, zu ihrem Zimmer.

Aus dem Wohnzimmer drang das übertriebene Gelächter eines Radiomoderators. Charlie war schnell und wendig. Doch sie war erst neun Jahre alt und Phoebe zwei Jahre älter.

»Ich bringe dich um«, rief Phoebe. Sie erwischte Charlie vor der Zimmertür. Mit einem Hechtsprung versuchte Charlie zu entkommen, doch Phoebe hielt ihre Beine fest. Sie stürzten zu Boden. Charlie spürte das Gewicht auf ihrem Körper. In der nächsten Sekunde rammte Phoebe die Spitze des Kugelschreibers mit voller Wucht in die Haut ihres Unterarms. Direkt neben der Pulsader. Charlie schrie auf. Ihr Handgelenk explodierte.

II

Die Kommode aus Holz, auf Hochglanz poliert und von Wurmlöchern durchzogen, stellt sich als antikes Fernsehgerät heraus. Der Schriftzug »Admiral« ist in dünner Schrift unter dem Bildschirm zu lesen. Drehknöpfe so groß wie Golfbälle, um den Kontrast, die Helligkeit und die Lautstärke zu regulieren, zieren die Front. Der Bildschirm zeigt ein Standbild. Die Schauspieler sind in ihrer Bewegung erstarrt. Ihre Körper ohne Leben. Tot.
Sie lässt ihre Finger über das Holz gleiten. Ihre Haut bleibt an einer Kante hängen. Es tut nicht weh, doch sie zuckt zurück. Ihre Gedanken sind oben, in einem der Gästezimmer, bei ihrer Schwester, die keinen Verdacht hat, was am nächsten Tag passieren wird.

Samstag – Drei Tage vor der Premiere

CHARLIE

Die Zerstörung begann. Ohne Erbarmen verleibten sich die Flammen die Seiten des Notizbuchs ein und vernichteten jedes Wort. Der Geruch von verkohltem Papier brannte in Charlies Schleimhäuten. Sie beobachtete die Aschepartikel, die durch die Luft tanzten, durch die Wärme des Feuers angetrieben, bevor sie auf den Boden der Porzellanschale fielen, die sie zusammen mit drei Teelichtern in der Mitte ihres Küchentischs platziert hatte. Sie strich über den Einband des Notizbuchs. Das Cover war schwarz, aus einem schlichten Stoff. Der Klassiker unter den Notizbüchern dieser Welt.

Mit einem Ruck riss sie die nächste Seite raus und hielt sie in das Feuer.

Charlie hatte stets mehrere Notizbücher in Gebrauch, ihre Handtasche war immer voll, immer schwer, immer sperrig.

Ihre Freunde lachten über sie. »Hast du Backsteine in der Tasche?« Ihre Freunde ... *Das ist eine Übertreibung*, dachte sie. Es waren wohl eher Bekannte. Sie war nicht gut mit anderen Menschen. Sie war nicht gut *für* andere Menschen. Sie hatte in ihrem Leben nur eine Freundin gehabt.

Charlies Notizbücher *waren* Backsteine, aus denen sie eine

Mauer zu der Außenwelt bauen konnte, denn die Worte in den Notizbüchern gehörten nur ihr. Worte auf Papier verschwanden nicht. Sie hatten immer eine Konsequenz. *Sie können Lüge oder Wahrheit sein.*

Ein exquisites Notizbuch mit Ledereinband erfüllte den Zweck nicht besser als ein Notizbuch aus dem Supermarkt. Es gab Situationen, da war man befreiter, je billiger das Papier war, als könnte man die Probleme der eigenen Existenz einem handgeschöpften Papier im edlen Einband nicht zumuten.

Das bunte Notizbuch mit dem Pollock auf dem Cover, das Charlie vor Jahren im Museumsshop der Tate Modern gekauft hatte, war ihr Lebensretter für das Theaterstück im Perlman Theatre. Das gestreifte Notizbuch, es war fast vollgeschrieben, enthielt Erinnerungen und To-do-Listen für ihren Alltag.

Das schwarze Notizbuch, es war jetzt zur Hälfte zerstört, hatte eine besondere Funktion erfüllt. Sie hatte es vollgeschrieben mit Notizen und Hinweisen, Schlagwörtern, Zitaten, Handlung und Setting für ein zweites Theaterstück.

Das Meisterstück. So hatte sie es getauft. *Das Meisterstück* war ihr Plan.

Charlie zerriss die letzte Seite. Jetzt war nur noch der feste Einband übrig. *Und die Todesanzeige.*

Sie hatte die Anzeige hinter der letzten Seite aufbewahrt. Jene Todesanzeige, die vor langer Zeit das Ende ihrer Welt bedeutet hatte und die vor ein paar Monaten plötzlich in ihrem Briefkasten gelegen hatte. *Hast du die Sache im Wald je vergessen?*

Allein der Anblick, schwarz auf weiß, die Verkündung, dass dieser Mensch nicht mehr am Leben war, als wüssten es nicht eh schon alle, ließ Charlie regelmäßig, damals wie heute, die Fassung verlieren. Eine Todesanzeige, die sie schon zig Mal gesehen hatte, die bei unzähligen Gelegenheiten von ihren Tränen durchweicht worden war, die sich in ihr Gehirn eingebrannt hatte, die sie immer und immer wieder gelesen hatte, so lange, bis sie die Worte irgendwann nicht mehr gelesen hatte. Aus Selbstschutz und Überlebensinstinkt, denn die Todesanzeige machte die Katastrophe real.

Charlie drehte das Papier um. Auf der Rückseite stand ein Artikel, in dem es um die Pleite einer Firma ging und wie viele Menschen ihre Arbeit verloren, falls keine Finanzierungsquelle gefunden wurde. *Wie unpassend es ist,* dachte Charlie, *dass Zeitungen den Verlust von Menschen und die Pleite einer Firma auf dasselbe Blatt drucken.* Eine Anzeige in einer lokalen Zeitung war alles, was von einem Menschen übrig blieb. Und das Papier musste sich der Tote mit Nachrichten über die Wirtschaft teilen. Im Gegensatz zu der Firma hatte dieser Mensch nicht durch einen Investor gerettet werden können. Charlie starrte so lange auf den Namen, bis sie ihn doppelt sah.

Julia Taylor.

Julia Taylor.

Es hatte nur einen Grund gegeben, warum die Anzeige nach dieser langen Zeit in ihrem Briefkasten gelandet war, und es war die Bestätigung, dass Charlie keine Wahl hatte.

Ihre Hände zitterten, als sie die Todesanzeige jetzt über die Flammen hielt. Das Feuer zerstörte das dünne Papier in wenigen Sekunden.

Charlie dachte an Dorothys Worte. »Theater nimmt uns die Bürde unserer Existenz, es befreit uns.«

Auch Charlies Existenz würde durch ein Theaterstück von

einer Bürde befreit werden. »Jede Handlung und jeder Plot ist Ursache und Wirkung.« Charlie starrte auf die Asche. Jeder Mensch konnte zu einem Mörder werden. Es waren die Umstände, die einen Menschen dazu brachten, nicht der Charakter. Ursache und Wirkung. *Wenn es aber die Umstände sind, wer hat dann das Recht zu urteilen?*

PHOEBE

Schon als Kind hatte sie vor dem Spiegel Emotionen geübt. Sie hatte ein ganzes Repertoire auf Lager, kannte jede Sehne, jeden Knochen im Körper, die komplette Anatomie.

Sie könnte Obduktionskurse geben.

Während Phoebe jetzt auf das Waverly Inn zulief, verzog sie ihr Gesicht zu einem Lächeln. Ihre Augenbrauen hoben sich, der Jochbeinmuskel schob die Mundwinkel nach oben. Der *Musculus zygomaticus major* veranlasste diese Bewegung, die jedem Menschen ein debiles Grinsen in das Gesicht zauberte. Darunter lag der *Musculus risorius*, der von der unteren Wangengegend zum Mundwinkel verlief. Das Zusammenspiel dieser Muskeln vermittelte die Impression eines Lächelns, und auch wenn Phoebe ihr Gesicht in diesem Moment nicht sehen konnte, wusste sie, dass ihr Lächeln echt aussah.

Sie stand nun fast vor der Pension. Das Gebäude erinnerte sie an ein Pub in Norlington, das *Ye Old School Yard*, in einer ehemaligen Schule. Mit seinen Erkern und dem Charme Georgianischer Architektur, jener Mischung aus rotem Backstein, Zierbögen und weißen Ornamenten, hatte das Pub inmitten der schmucklosen Industriebauten in Norlington seltsam fehl am Platz gewirkt. Das tat das Waverly Inn in New End, Hampstead, nicht.

Der Nebel vom Morgen hatte sich im Laufe des Nachmittags verzogen, doch die Welt war noch immer in Watte gepackt, merkwürdig still. Keine fahrenden Autos, keine Menschen, kein Lärm. Phoebe hasste diesen beschissenen Vorort jetzt schon.

Der Parasit und sie waren getrennt nach Hampstead gefahren, denn keine von ihnen wollte mehr Zeit als notwendig mit der anderen verbringen. Obwohl Phoebe mit dem Auto gefahren war und Charlie mit öffentlichen Verkehrsmitteln, kamen sie jetzt zur selben Zeit vor dem Waverly Inn an, fast als würde das Schicksal sicherstellen wollen, dass sie dieselben Voraussetzungen hatten. Phoebe registrierte diese Dinge, denn wenn man keine Gefühle hatte, konzentrierte man sich auf die Rahmenbedingungen. Sie war jetzt eine Person, die ihre Stiefschwester mit einem Lächeln begrüßte, die sich freute, Charlie zu sehen, die es nicht erwarten konnte, ein Wochenende im Waverly Inn zu verbringen. *Bullshit.*

Charlie winkte ihr aus der Ferne zu. Ganz in Schwarz gekleidet, mit einem unförmigen T-Shirt und einer engen Jeans, sah ihre Stiefschwester mit ihrer hellen Haut und den dunkelbraunen Haaren aus wie ein zum Leben erwachter Schwarz-Weiß-Abzug. Das Abbild einer Person, die vor langer Zeit einmal lebendig gewesen war.

Beinahe rührte Phoebe diese naive Geste, nur dass diese Geste eben nicht naiv war. Nichts war je naiv, wenn es um den Parasiten ging. Ihre Stiefschwester war ein offenes Buch. Lächelte Charlie, obwohl ihr zum Heulen zumute war, geriet ihr gesamtes Gesicht in Schieflage. So wie jetzt.

»Hi«, sagte Charlie, als sie beide voreinander standen, nur wenige Meter vom Eingang des Waverly Inn entfernt.

Es war eine perfekt inszenierte Doppeltäuschung.

Für einen furchtbaren Augenblick glaubte sie, Charlie wollte sie umarmen. Schon wollte Phoebe ihre Hand ausstrecken, um die Geste abzuwehren. Ein Händeschütteln reichte, denn allein der Gedanke, die Haut ihrer Stiefschwester auf ihrer Hand spüren zu müssen, verursachte ihr ein Gefühl von Ekel.

Dann hatte Phoebe plötzlich eine Idee. Eine Umarmung wäre eine Demonstration von Macht – vorausgesetzt, das Ganze ginge von *ihr* aus. Charlie sollte am ganzen Leib spüren, dass sie stärker war, körperlich überlegen – sie sollte eine Erinnerung bekommen, mit wem sie es zu tun hatte. Ja, doch, eine Umarmung war keine schlechte Idee.

Phoebe breitete also die Arme aus. »Schön, dich zu sehen«, log sie.

Der Geruch von Waschmittel kitzelte in ihrer Nase. Parfum wehte durch die Luft. Der bittere Geschmack von Galle entstand in ihrem Mund. »Mensch, dass wir es jemals so weit schaffen ... Eine Premiere in drei Tagen«, sagte sie und hielt die Luft an, als sie nun ihre Arme um den Oberkörper ihrer Stiefschwester legte.

Da war nichts Weiches an Charlie, nur Sehnen und Knochen und Haut. Ein wertloses Insekt, das sie mit einer Hand zerquetschen könnte. Sie stellte sich vor, wie Charlies Körper knackte, wie er brach, sich im Schmerz verkrampfte und zu einer Kugel rollte, wie eine Spinne, die einen Angriff abwehren wollte.

Wie ein nasser Sack hing Charlie in ihren Armen. Warum war da kein Leben in ihrer Stiefschwester? Am liebsten würde sie Charlie schütteln, einfach, damit diese endlich mal aufwachte.

In Phoebes Ohren begann es zu rauschen. Eine Sekunde noch. Eine zweite Sekunde. *Roboter brauchen keine Luft.*

Und dann passierte es doch. Mit einem Schlag entließ sie Charlie aus ihrem Griff. »Schön, dich zu sehen«, wiederholte sie. Ihr fiel nichts anderes ein. Für einen Moment sah sie die Verwirrung in Charlies Gesicht. Ihre Stiefschwester fasste sich an die Oberarme, dort, wo sie sich reingekrallt hatte. »Das war ja mal eine Begrüßung!«

Phoebe gönnte sich zwei Atemzüge, bevor sie ihr Lächeln wieder aufsetzte. »Lass uns reingehen.«

»Ja«, sagte Charlie.

»Strategiebesprechung« hatte ihre Stiefschwester diesen Aufenthalt genannt. War der Parasit wirklich so naiv zu glauben, sie würde mit ihr eine »Strategie besprechen«?

»Wir verkaufen ein Produkt, die Show, aber auch uns – als Team. Die Öffentlichkeit liebt Erfolgsgeschichten. So etwas muss man planen«, hatte Charlie gesagt.

Phoebe ließ ihren Blick über den Hampstead Square schweifen, mit den Bäumen, den Wohnhäusern und Cottages, mit ihren bunten Holztüren – rot, mintgrün, schwarz.

Ihr Blick blieb an dem Obdachlosen hängen, der mit seinem Hund und einem deprimierten Ausdruck im Gesicht gegenüber der Pension auf dem Gehweg saß; seinen gebeugten Rücken gegen eine Wand aus Backstein gelehnt. Hatte der eben auch schon dort gesessen?

Als der Mann sah, dass sie in seine Richtung guckte, spuckte er auf die Straße.

Das Duo störte das Bild der Vorstadtidylle. Eine Idylle, die nur in dem Kopf eines unbeteiligten Beobachters existierte, der keine Ahnung hatte.

CHARLIE

Ein Händeschütteln hätte gereicht, aber ein Händeschütteln in der Familie war merkwürdig. Ein Nicken, ein »Hallo«. *Das wäre mehr als genug gewesen*, dachte Charlie. Man brauchte nicht unnötig Dinge vorzutäuschen. Das ganze Wochenende würde eine einzige Lüge werden, damit das Ganze nicht schon direkt zu Beginn eskalierte. Da wäre ein kurzer Moment Ehrlichkeit eine erfrischende Alternative gewesen. Aber das erforderte natürlich auch Mut. Und guten Willen.

Charlie hatte Phoebe mit Absicht aus der Ferne gewinkt und sogar extra die Arme vor der Brust verschränkt, als sie vor Phoebe stand, um gar keinen Zweifel aufkommen zu lassen. Sie vermied jede körperliche Nähe. Es war natürlich insgesamt kein gutes Zeichen, wenn man sich vorher Gedanken machte, wie man die eigene Stiefschwester begrüßte.

Doch Phoebe musste die Situation nutzen, um ihre Dominanz zu demonstrieren. Charlie hatte sich bei der Umarmung einfach tot gestellt; das war die einfachste Strategie im Umgang mit ihrer Stiefschwester. Phoebe regte das auf, sie bekam dann keine angemessene Aufmerksamkeit, fühlte sich um eine Reaktion betrogen.

Phoebe hatte sich also in einen Schraubstock verwandelt, und Charlie war immer schlaffer geworden.

»Lass uns reingehen«, wiederholte sie Phoebes Worte, weil ihr auch gar nichts anderes einfiel.

»Was sollten wir sonst tun?« Phoebe lächelte, und ein ungeübter Betrachter würde unter Umständen auf dieses Lächeln hereinfallen. Doch Menschen hatten feine Antennen.

In Phoebes Fall passte die Emotion nicht zu den Augen. Ein Mensch, der nicht singen konnte, sang schief. Und jeder, egal ob musikalisch oder nicht, hatte die Fähigkeit zu hören, wenn ein Ton nicht getroffen wurde. Genauso verhielt es sich mit Phoebes Lächeln. Sie setzte Gefühle auf, streifte sie ab – wie es gerade passte. Phoebe hatte als Kind vor dem Spiegel gestanden, Stunde um Stunde geübt. Tränen waren das Einzige gewesen, an dem sie scheiterte. Und das hatte sie so aufgeregt, dass sie am Ende dann doch beinahe heulte.

Charlie warf einen Blick auf den Obdachlosen, der auf der anderen Straßenseite gegenüber der Pension saß. Er konnte ihr Gespräch nicht hören, doch sie fragte sich, was er dachte, allein durch seine Beobachtung. Wirkten sie beide seltsam auf andere Menschen, oder spürten nur Phoebe und sie den Fehler in ihrer Kommunikation?

Gemeinsam betraten sie das Waverly Inn. In der Lobby war es kühl. Das war eine willkommene Überraschung. Die ausgestopften Tiere an den Wänden der Pension begrüßten sie mit einem toten Blick. Ein Fuchs hatte sein geblecktes Gebiss zu einem Grinsen verzogen, ein Eckzahn fehlte. Seine trüben Augen musterten sie mit Neugier. »Erlegt 1934« stand auf einem Schild. Auch Phoebe hatte den Fuchs bemerkt. Ihr Blick klebte auf dem Tier, starrte ihn an, als würde sie auf eine Antwort warten.

Charlie schaute auf ihre Uhr. 17:27 Uhr. Sie stand mit Phoebe in der Lobby unter den leblosen Augen des toten Fuchses.

Ihre Finger tasteten nach der Ampulle in ihrer Jackentasche. Die kleine Glasflasche war ihre wichtigste Requisite für dieses Wochenende.

»Charlotte Raeburn«, sagte sie dann zu der Frau hinter dem Tresen. »Ich habe zwei Zimmer für diese Nacht reserviert.« Die erste Zeile ihres Meisterstücks.

Die größte Herausforderung war gewesen, Phoebe von dem Wochenende in der Pension zu überzeugen. »Strategiebesprechung?«, hatte Phoebe gefragt. »Mach dich nicht lächerlich.«

Doch der Köder, mit dem Charlie ihre Stiefschwester geangelt hatte, war unwiderstehlich gewesen. Charlie gab Phoebe, was diese brauchte, die Versuchung war zu groß.

Und alles verlief nach Plan. So hatte sie es sich letzte Nacht eingeredet, in der Dunkelheit, in der Lüge und Selbsttäuschung nie so gut funktionierten wie am Tag, denn auch sie war nicht gefeit vor der Negativität, vor dem erhöhten Melatoninspiegel, der auf die Stimmung drückte. Das Schlimmste war der eine, alles entscheidende Gedanke gewesen, ein Zweifel, der sich herauskristallisiert hatte. Ihr Plan basierte auf einer simplen Annahme. Der Tatsache, dass sie Phoebe gut genug kannte und glaubte, ihre Reaktion vorhersehen zu können. *Was ist, wenn ich mich täusche?*

Die Frau an der Rezeption suchte die Buchung im System. Sie sah aus wie ein Teenager. »Natasha« stand auf ihrem Namensschild. Ihr Blick war auf den Bildschirm geheftet, doch sie schaffte es gleichzeitig, eine beeindruckende Blase aus Kaugummi zu produzieren, bevor diese mit einem lauten Knall auf ihren Lippen zerplatzte. Ihre Finger klapperten auf der Tastatur, und aus irgendeinem Grund irritierte Charlie das. Doch es war nur ihre Ungeduld, die sie der jungen Frau gegenüber ungerecht werden ließ.

Es war ein seltsames Gefühl, irgendwie verkehrt, mit

Phoebe im Waverly Inn zu stehen, eine Situation, wie sie für andere Menschen, Stiefgeschwister, Familie, Freunde normal war. Und aus genau diesem Grund fühlte es sich für Charlie an, als hätte das alles gar nichts mit ihrem Leben zu tun.

Sie beäugte den Portier, der gewissenhaft die Tür zu der Lobby hinter ihnen geschlossen hatte. Sein Blick blieb für einen Moment an ihr hängen. *Ahnt er was?*

Der Portier hatte die Statur eines Rugbyspielers; muskulös, groß. Sein Namensschild verriet, dass er Stuart hieß. Charlie mochte ihn auf Anhieb, doch sie hatte keine Zeit für ein Mögen auf Anhieb. Also tat sie, was sie immer tat in solchen Situationen: Sie ignorierte das Gefühl. Der Mann war in ihrem Meisterstück nicht vorgesehen.

Phoebe hatte die Blicke zwischen ihm und Charlie bemerkt und zwinkerte dem Mann zu. Sie warf ihre lockigen Haare in den Nacken. Sie hatte sich für die Premiere eine Dauerwelle machen lassen. »Kylie Minogue in den Achtzigern.« Sogar einen Pony hatte sie sich schneiden lassen. »›Neighbours‹ ist das Stichwort.«

In Charlies Jackentasche vibrierte das Handy. Sie ignorierte es. Doch als das Klingeln nicht stoppte, holte sie es hervor und warf einen schnellen Blick auf das Display. Luke.

Sie drückte ihn weg. Nur ein paar Sekunden später leuchtete eine Nachricht auf. *Ich muss mit dir reden. Ruf mich zurück.*

Charlie schaltete das Handy aus. Auch Luke war in ihrem Meisterstück nicht vorgesehen.

Ihr Blick fiel zu der Kamera über der Treppe. Die war das letzte Mal auch schon dort gewesen. Die Kamera filmte die Lobby und die Rezeption. Eine zweite Kamera hing im

Restaurant. Sie kannte die Winkel, das Bildfeld, hatte sich alles eingeprägt, musste wissen, wer sie an welcher Stelle beobachten konnte.

»Hier sind Ihre Zimmerschlüssel.« Natasha legte zwei Einlasskarten auf den Tresen. »Bei Fragen können Sie sich jederzeit an mich wenden.«

Charlie griff nach ihrer Zimmerkarte.

»Sie sind beide unter dem Dach untergebracht. Der Fahrstuhl ist links den Gang runter.« Natasha lächelte. »Sie sind die einzigen Gäste unter dem Dach. So haben Sie Ihre Ruhe.«

»Unter dem Dach?« Charlie schaute sie überrascht an, überlegte, ob das Auswirkungen auf ihren Plan hatte.

»Nun, ich kann gucken, ob …«, fing die Rezeptionistin an.

»Das ist doch kein Problem.« Phoebe sah Charlie an, nutzte sofort ihre Chance, sich auf die andere Seite zu schlagen.

»Nein«, sagte Charlie. »Ist in Ordnung.« Sie wollte auf ihr Zimmer und nicht länger hier in der Lobby stehen. Sie drückte Phoebe ihre Karte in die Hand. Dann nickte sie Natasha zu.

Und so fing alles an.

HAWK

Das durfte nicht wahr sein! Verdammte Scheiße, würde man ihn jetzt verscheuchen? Misstrauisch beäugte er die Frau, die auf ihn zukam.

Das Erste, was ihm auffiel, als sie aus dem Waverly Inn trat, war ihr Gang. Sie lief zielstrebig, gerade aufgerichtet, beinahe als wäre sie Teil einer Militärparade, und strahlte eine Autorität aus, die im Kontrast zu ihrer Kleidung stand. Sie trug ein Kleid, dunkelgrün, aber so genau konnte er das in der Dämmerung nicht erkennen. An ihrem Ausschnitt war ein Schild befestigt. Ein Namensschild? Kellnerin? Empfangsdame? In jedem Fall eine Angestellte der Pension, die sich mit großen Schritten in seine Richtung bewegte.

Seine Alarmglocken schrillten. Zu seiner Verwunderung hatte man ihn bisher in Ruhe gelassen. Hofften sie, dass er irgendwann von selbst abhaute? Nun, den Gefallen würde er ihnen nicht tun.

Ruhe lag über dem Hampstead Square. Die Nähe zum Hampstead Heath, dem riesigen Park mit seinen Wäldern, Wiesen, Teichen, Heideflächen und Sümpfen, der diesen Stadtteil umrahmte, schluckte jedes Geräusch. Die Natur machte sich bereit für die Nacht. Der typische Lärm der Großstadt war hier oben nicht zu hören, und die Luft hatte sich tatsächlich etwas abgekühlt.

Der harte Asphalt schlug erbarmungslos durch den Stoff seiner Anzughose, der letzte Schrei, und er überlegte, wo er die Nacht verbringen sollte. Hier auf dem Gehweg wurde es ungemütlich. Er saß nur auf einer Zeitung, *Metro*, und das war besser als nichts – immerhin eine Schicht zwischen dem Untergrund und seinen Knochen. Doch ein paar Seiten altes Papier waren kein Sofakissen.

Mit Argwohn beobachtete er, wie die Frau immer näher kam. Was wollte sie?

Er musste plötzlich schlucken. In seinem Kopf formte sich ein Gedanke, und er konnte nur hoffen, dass er sich täuschte.

Hatte er einen Fehler gemacht? Doch jetzt war es zu spät. Er würde sich unter keinen Umständen verscheuchen lassen. *Es steht zu viel auf dem Spiel.*

Er musste die Frau dazu bringen, ihn in Ruhe zu lassen, und am einfachsten schaffte man das in solchen Situationen über Sympathie. Kein leichtes Unterfangen. Er wusste, dass er keine Chance hatte. Aber nur weil er keine Chance hatte, hieß das nicht, dass Harrison keine Chance hatte. Er hatte schon oft die Erfahrung gemacht, dass der Hund ein Eisbrecher war. In den meisten Fällen kein erwünschter Effekt von seiner Seite, doch im Gegensatz zu ihm genoss Harrison die Aufmerksamkeit, und in manchen Situationen war das Verhalten des Hundes durchaus nützlich. »Los«, gab er Harrison den Befehl.

Verunsicherung lag in dem Blick der Frau, als sie in dem Schein der Laterne auf Harrison schaute, der auf sie zulief. Sie wartete, ob es sicher war, den Hund anzufassen. Man wusste schließlich nie bei Obdachlosen. Richtig?

Hawk nickte der Frau zu, und sie beugte sich zu Harrison. Mit einer Hand strich sie ihm über den Kopf. »Heißt der Hund Harrison?« Sie hatte das Tattoo entdeckt. Gute Beobachtungsgabe. Direkte Frage. Sie hielt seinem Blick stand. Die meisten Leute schafften es nicht, einem Obdachlosen in die Augen zu sehen.

»Ja.« Fasziniert stellte er fest, dass sie zwei verschiedene Augenfarben hatte. Oder täuschte das Licht im Schein der Laterne? Nein. Das eine Auge war braun, das andere blaugrau. Der Unterschied war so gravierend, dass es sogar in der Dämmerung auffiel.

Sie kramte jetzt mit einer Hand in der Seitentasche ihres Kleides und zog eine Handvoll Münzen hervor. »Sind Sie öfter in dieser Gegend?«, fragte sie und drückte ihm fünf Pfund in die Hand.

Die Frage war merkwürdig. Wenn sie in dem Hotel arbeitete, musste sie wissen, dass er zum ersten Mal in dieser Nachbarschaft unterwegs war. Wollte sie Konversation betreiben? Dann sah er, wie sich ihr Ausdruck veränderte. Das Grinsen verschwand, und Überraschung spiegelte sich in ihrem Gesicht.

Er kannte diese Reaktion. »Nein, ich bin es nicht«, wollte er sagen und tat es nicht. Er tat es nie.

Es waren seine Augen. Der Mund. Die Haare. Er hatte Ähnlichkeit mit einem Fußballer. Einem Fußballer, der vor einigen Jahren ganz oben gewesen war, der Werbedeals hatte und sogar einige Male für die Nationalmannschaft spielte, einer, der wusste, wie man sich verkaufte, und der plötzlich in der Versenkung verschwunden war. Einer, der erfolgversprechend startete und dann doch nie die Karriere hinlegte, die alle von ihm erwartet hatten.

Sogar er selbst konnte die Ähnlichkeit erkennen. Und so passierte es, wenn Leute ihn anschauten, richtig anschauten, dass sein Gesicht sie stutzig werden ließ. Sie sahen, dass sich hinter dem Bart mit den weißen Stoppeln, obwohl er noch kein einziges graues Haar auf dem Kopf hatte, ein Mann verbarg, der gut aussehen könnte. Einer, der nicht auf die Straße gehörte. Ein Gedanke, den er seltsam fand, denn warum sollten Menschen mit einem entsprechenden Aussehen nicht auf der Straße enden? Symmetrische Gesichtszüge waren keine Versicherung für ein symmetrisches Leben.

Zu der Suche nach einer Erklärung, die sie akzeptieren konnten, warum also dieser Mann so viel Pech in seinem Leben gehabt haben musste, eine Einschätzung, die zumindest nicht weit entfernt von der Realität war, mischte sich das Gefühl, ihn schon irgendwo einmal gesehen zu haben. Und das war meistens der Moment der Erkenntnis, dass dieser Verlierer der Gesellschaft aussah wie ...? Und dann kamen sie nicht auf den Namen. Wie hieß der noch? Welcher Verein war das gewesen? Die Ähnlichkeit war verblüffend. War der Typ jetzt eine gescheiterte Existenz, die auf der Straße geendet war? Hatte er nicht diese Schauspielerin geheiratet?

Hawk zwinkerte der Frau zu, was ihn einige Mühe kostete. »Ich bin neu hier«, sagte er knapp und beantwortete damit ihre Frage. Unbestimmt zeigte er mit der Hand über den Hampstead Square, dann Richtung Park.

»Ich auch.« Sie lachte. Das Eis war gebrochen. »Heute ist mein erster Tag.« Sie deutete auf die Pension.

Kam jetzt der Teil, in dem sie ihm mitteilte, dass ihr Chef ihr aufgetragen hatte, den Penner zu vertreiben, bevor er die Gäste abschreckte?

»Ich arbeite in meiner Freizeit bei *Crisis*.« Sie zögerte. »Wenn es irgendwas gibt ...«

»Danke«, unterbrach er sie. Er hielt ihre Münzen hoch. »Sie sind großzügiger als die meisten Menschen.«

Crisis, die Charity für Obdachlose. Daher wehte der Wind.

Er entspannte sich und schielte auf das Namensschild der Frau. Dort stand der Name der Pension, Waverly Inn, und in weißer Schrift ihr Name: Pat. Patricia? Die Buchstaben waren zu dünn, er konnte es nicht richtig lesen.

Sie nickte ihm zu. Für einen Moment schien es, als würde sie noch etwas sagen wollen. »Also dann…«, sagte sie nur. Dann ging sie mit einem letzten Blick auf Harrison zurück zum Hotel.

Er schaute ihr nach. Die Frau hatte definitiv etwas an sich, das seine Aufmerksamkeit erregte.

Sie sollte ihm bloß nicht in die Quere kommen.

LUKE

Mit großen Schritten lief er die Stufen zum Eingang des Waverly Inn hinauf, fest entschlossen, sich nicht stoppen zu lassen. Er musste mit Charlie sprechen.

Sein Puls schlug bis in den Hals. Seit seiner Entdeckung am Nachmittag hatte er mit zunehmender Dringlichkeit versucht, Charlie zu erreichen. Er hatte ihr mehrere Sprachnachrichten hinterlassen, jedes Mal mit der Bitte, ihn zurückzurufen. Keine Reaktion. Verdammt, sie kannte ihn doch, er tendierte nicht zu Überreaktionen. Warum ignorierte sie ihn? Hatte Phoebe ihn verraten? War das seine Strafe?

Er hatte vorhin ein letztes Mal versucht durchzukommen, dann traf er die Entscheidung: Er würde in der Pension mit ihr sprechen. Nur so konnte er sicherstellen, dass sie ihm überhaupt zuhörte und ihn nicht am Handy wegdrückte oder auflegte. Es würde eine Weile dauern, ihr den Sachverhalt zu erklären. Sie würde die Tragweite nicht abschätzen können. Das konnte er ihr nicht verübeln, denn er selbst vermochte es ebenfalls nicht. Doch er musste ihr von seiner Entdeckung berichten. Das war er ihr schuldig.

Sein kurzes Treffen mit Phoebe am Vorabend hatte zu einer Erkenntnis und einigen Nachforschungen geführt.

Er hatte nicht umsonst Europäische Geschichte der Frühen Neuzeit studiert. Nicht gerade der Rockstar unter den Spezialgebieten, aber in diesem Fall eine große Hilfe. Er wusste, wo und wen er fragen konnte, wenn es um Fachfragen ging, deren Antworten er nicht kannte.

Seine Bemühungen, Klarheit in diese neue Information zu

bringen, hatten den Rest des Tages in Anspruch genommen. Am Ende war die Ungereimtheit allerdings nicht zu lösen gewesen.

Immerhin einen Teilerfolg hatte er erzielt. Carl, sein Kumpel aus Unizeiten, mit dem er sich eine Weile ein Studentenzimmer in Kings Cross geteilt hatte, weil keiner von ihnen sich zu jener Zeit eine andere Unterkunft hatte leisten können, mittlerweile Anwalt mit eigener Kanzlei in Holborn, war jetzt an der Sache dran. Carl würde im Verlauf der nächsten Woche hoffentlich mehr sagen können. Er hatte zumindest versprochen, Nachforschungen anzustellen. Es hatte keiner großen Überzeugungsarbeit bedurft. Ein drohender Skandal war für Carl schon immer die beste Motivation.

Die Frau an der Rezeption der Pension war so jung, dass Luke sich fragte, ob sie schon arbeiten durfte. »Ja?« Sie schaute ihn etwas gelangweilt an. Es war jener gleichgültige Ausdruck, den man als junger Mensch selten ablegte, zumindest nicht, wenn man cool sein wollte. »Kann ich helfen?«

Er wusste nicht, was er sagen sollte, er wollte ja kein Zimmer. Sollte er fragen, ob Charlie und Phoebe überhaupt im Waverly Inn abgestiegen waren? Erst jetzt wurde ihm klar, wie merkwürdig sein Auftauchen zu dieser Zeit sein musste. Es war bereits 22 Uhr. Die Fahrt mit den öffentlichen Verkehrsmitteln von Richmond nach Hampstead hatte fast zwei Stunden gedauert.

»Ich würde gern mit einem Gast sprechen. Charlotte Raeburn.«

Der Portier neben der Tür beäugte ihn misstrauisch. Der Mann war so groß, dass er ihn um einen ganzen Kopf überragte.

Das Gesicht der Frau veränderte sich innerhalb einer Sekunde. Aus Langeweile wurde Aufmerksamkeit. »Sind Sie ein Gast?« Sie guckte zu dem Portier, für den Fall, dass es sich hier um einen Irren handelte, der vor ihrem Tresen aufgetaucht war. Doch sie schien zu wissen, von wem er sprach. Charlie war also tatsächlich in der Pension, diese Bestätigung hatte er jetzt. Erleichterung strömte durch seine Adern. Zum ersten Mal seit gestern Abend spürte er, wie sich die Anspannung in seinen Muskeln löste. »Ich bin ein Freund.« Er zeigte auf die Tür, über der das Schild »Bar & Kitchen« zu lesen war. »Ich nehme an, die Bar ist für die Öffentlichkeit zugänglich?«

»Natürlich.« Ihr Lächeln ließ sie noch jünger wirken. Sie war ein Teenager, maximal achtzehn Jahre alt. »Wir haben bis elf Uhr geöffnet«, sagte sie. »Die Küche ist aber schon zu.«

Eine Stunde. »Ich werde dort auf Miss Raeburn warten.« Er lächelte. »Sagen Sie ihr Bescheid?«

»Klar.«

Er spürte ihren Blick in seinem Rücken, als er durch die Tür in die Bar ging. Er war nicht sicher, ob sie seiner Bitte Folge leisten würde, doch er würde ihr einige Minuten Zeit geben.

Entgegen seiner Erwartung war die Bar fast leer. Das war für einen Samstagabend verwunderlich. Nur ein weiterer Gast saß an der Theke. Der Mann trug eine Nickelbrille, die irgendwie nicht zu seiner etwas bulligen Figur passte. Tiefe Falten zierten seine Stirn. Vor ihm stand ein Glas mit einer Flüssigkeit, die an Whiskey erinnerte. Eine nicht angezündete Zigarre lag griffbereit auf der Theke.

Luke schaute sich um. An den Backsteinwänden hingen neben Schwarz-Weiß-Fotos auch zwei Wandteppiche. Auf dem einen war ein riesiger Braunbär zu erkennen, den anderen Teppich zierte der Abdruck eines modernen Gemäldes. Der Gegensatz war atemberaubend. Auf dem Boden waren weiße Holzdielen verlegt, an der Decke hingen Industrielampen.

Charlie und Phoebe waren nicht zu sehen. Für einen Moment war er enttäuscht. Was hatte er erwartet?

Von der Terrasse drang jetzt Gelächter in den Saal. Luke ging einige Schritte raus, da waren also doch noch mehr Gäste. Er ließ seinen Blick über die Gesichter schweifen. Und tatsächlich: Phoebe saß an einem Tisch!

Sie lächelte ihn an. Selbst auf die Entfernung erkannte er, dass sie unter ihrem T-Shirt keinen BH trug. Nun, sie würde keinen Erfolg haben. *Dieses Mal nicht.*

Er spürte, wie Hitze in sein Gesicht schoss. Was war bloß mit ihm los?

Dann erst erkannte er, dass die Frau gar nicht Phoebe war. Er kniff die Augen zusammen. Nein, weder Charlie noch Phoebe waren auf der Terrasse zu sehen.

Ein Sonnensegel war zwischen die Bäume gespannt, kleine Glühbirnen und Lampions dienten als Beleuchtung. Ein Schwarm Mücken tanzte über einem Tisch.

Luke verzog das Gesicht zu einer Grimasse und ging wieder rein. Er setzte sich auf einen Hocker an der Theke, ließ einige Stühle zu dem anderen Gast frei. Jeder, der am Abend mit einem Glas Alkohol allein an einer Theke saß, hatte einen Grund. In der Regel war es ein Grund, der Privatsphäre erforderlich machte. Er nickte dem Mann zu, als er sah, wie der ihn neugierig musterte. Erst jetzt bemerkte Luke den Fotoapparat, den der Mann um den Hals hängen hatte. Ein Stadtplan von London steckte in seiner Jackentasche.

Luke guckte auf sein Handy, für den Fall, dass Charlie versucht hatte, ihn in den letzten Minuten zu erreichen. Keine neue Benachrichtigung war auf seinem Display aufgetaucht. Natürlich nicht. Frustriert tippte er jetzt: *Bin im Waverly Inn. Theke. Ich muss mit dir reden.*

Er drückte auf »Senden«. Die Nachricht wurde nicht zugestellt. Charlies Handy war aus oder hatte keinen Empfang. Schlief sie schon?

Hinter der Theke waren zwei Bedienungen beschäftigt, ein Mann und eine Frau. Beide sahen gelangweilt aus, es war ja auch kaum etwas los. Das Waverly Inn schien nicht an Personal zu sparen. Die Kellnerin kam zu ihm rüber. Sie musterte ihn, als sei sie überrascht über einen Gast zu später Stunde.

»Hendrick's & Tonic«, sagte er. »Single.« Für einen Moment glaubte er, sie wisse nicht, wovon er sprach, doch dann begann sie, das Getränk zu mischen. Ein Eiswürfel fiel zu Boden. »Ich bin neu.« Sie verzog das Gesicht.

Fasziniert stellte er fest, dass ihre Augen zwei unterschiedliche Farben hatten. Die Iris des rechten Auges war viel heller als im Auge auf der anderen Seite.

»Heterochromie«, sagte sie und zeigte auf das betroffene Auge. Sie hatte seinen Blick bemerkt.

»Entschuldigung. Ich wollte nicht ...«

Sie winkte ab. »Eine Störung der Pigmentierung.« Sie warf eine Limettenscheibe in sein Getränk. Er sparte sich den Kommentar, dass Hendrick's in der Regel mit Gurke serviert wurde. *Tut mir leid, ich bin neu.*

Ohne ein weiteres Wort schob sie das Getränk über die Theke. »Bezahlt wird sofort.«

Er nahm einen großen Schluck und hielt ihr seine Kreditkarte entgegen. Der Alkohol brannte in seiner Kehle. Die Mischung war stark. Ein Doppelter. »Single«, hatte er gesagt. Aus gutem Grund. Die Treffen mit Charlie hatten seit der Trennung jedes Mal mit zu viel Alkohol und einer Portion Selbstmitleid geendet.

»Kann ich sonst noch etwas tun?«, fragte sie.

Er schüttelte den Kopf. »Danke.«

Die Kellnerin nickte, als würde sie sagen wollen: »Das habe ich mir gedacht.« Nach einer kurzen Pause lächelte sie ihn an. »Sind Sie ein Übernachtungsgast? Ich habe Sie hier noch nicht gesehen.«

Ihm war nicht nach einem Gespräch. »Nein.« Aus dem Augenwinkel bemerkte Luke, wie der Portier zur Tür reinschaute. Die Kellnerin nickte ihm zu. *Alles unter Kontrolle.*

Er hatte den Test bestanden. Er war kein Unruhestifter, der zum Randalemachen die Bar betreten hatte. Das hätte er ihr gleich sagen können.

Er beobachtete, wie sie die Flasche Hendrick's wegstellte. Dann wechselte sie einen Blick mit dem Whiskey-Trinker. Auch der mochte keine neue Bestellung aufgeben, schüttelte den Kopf.

Luke leerte sein Glas in einem Zug. Wie sollte er Charlie sein Anliegen erklären?

CHARLIE

Die Kindheit prägt den Charakter, dachte sie. *So wird es zumindest immer behauptet.*

In ihrem Fall war nur eine einzige Person für den Charakter verantwortlich, nicht ihre Kindheit als Ganzes. Jede Entscheidung, jede Handlung, jeder Gedanke war durch Phoebe geformt worden, ob es Charlie gefiel oder nicht. Wut und Wachsamkeit befanden sich seither in einer friedlichen Koexistenz in ihr, und das konnte eine lange Zeit gut gehen. Ein Jahr, fünf Jahre. *Vierzehn Jahre.*

Es ging so lange gut, bis das Maß irgendwann voll war. *Das muss man erst einmal verarbeiten als normaler Mensch und auch akzeptieren lernen*, dachte Charlie. Dieser Prozess hatte Jahre gedauert, und wie so oft hatte es einen Auslöser gebraucht. Aber das war ja häufig so bei den wirklich wichtigen Lebensentscheidungen. Sie hatte keine Wahl, weil Phoebe ihr keine ließ. Phoebe hatte die Saat für diese Tat vor langer Zeit selbst gesät. *Jede Handlung und jeder Plot sind Ursache und Wirkung.*

Ein Trauma veränderte einen Menschen. Den Charakter, die Persönlichkeit – ein Trauma hinterließ Spuren. Man war nie wieder derselbe Mensch. Die Sache war die: Wenn Charlie nicht mehr sie selbst war, konnte sie genauso gut eine Mörderin sein. Es hatte keine Relevanz. Sie existierte nicht mehr. Charlotte Raeburn war im Alter von 15 Jahren gestorben. Ihre Stiefschwester, Phoebe Hart, hatte sie umgebracht.

Das Wissen, dass jene Person, die für das Ende ihrer Existenz verantwortlich war, nur durch eine Mauer von ihr getrennt war, ließ Charlie nicht schlafen. Sie starrte auf die dunkelblaue Tapete, die hinter ihrem Bett die Wand des Hotelzimmers zierte. Seit über zehn Jahren hatten Phoebe und sie nicht das Dach über dem Kopf geteilt.

Charlie sprang aus dem Bett, konnte keine Sekunde länger in den zu heißen Laken liegen. Die Hitze unter dem Dach der Pension war erbarmungslos, sie musste hier raus. In ihrem Zimmer war kein Sauerstoff mehr, sie hatte alles weggeatmet. Sie ertrug die Temperaturen und diese Nähe nicht, und zu einem gewissen Grad ertrug sie auch sich selber nicht.

War es ein Fehler gewesen, heute schon im Waverly Inn abzusteigen? Hätte Sonntag gereicht?

Nein, sie hatte einen guten Grund für die heutige Anreise. Sie musste sicherstellen, dass Phoebe war, wo Charlie sie haben wollte. Hier. So hatte sie Phoebe unter Kontrolle; so hatte sie den Sonntag unter Kontrolle.

Charlie griff nach ihrer Zimmerkarte und schlüpfte durch die Tür in den Flur. Sie blinzelte, ihre Augen mussten sich an das Licht gewöhnen, auch wenn es nicht sehr hell war. Ihre Füße sanken in den schweren Teppich ein. Die Zimmertüren waren aus dunklem Holz, alte Lampen mit schiefen Schirmen hingen an den Wänden und verströmten ein Dämmerlicht. Ausgestopfte Tiere waren in jeder Ecke des Gangs zu finden. Eine Elster auf einem Ast gegenüber ihrer Zimmertür erregte für einen Moment ihre Aufmerksamkeit. Der Vogel schien bis in ihr Innerstes gucken zu können, er wusste, was Charlie vorhatte. Schnell wandte sie den Blick ab. An den Wänden hingen tote Schmetterlinge, und sie widerstand der Versuchung, ihre Flügel vorsichtig mit dem Finger zu berühren.

Charlie dachte an Jeremy Bentham in seiner Glasvitrine.

Sie hatte die Mumie vor einigen Monaten im University College London tatsächlich besucht. Bentham war umgezogen, von dem Altbau auf dem Campus in das Student Centre am Gordon Square. Ein lichtdurchfluteter Betonklotz, modern, kühl, gefüllt mit Stimmen junger Leute. Mittendrin: ein gütiger alter Mann hinter einer Glasscheibe mit einem wissenden Blick und einer Wachsbirne. Er trug einen schwarzen Frack, feine Lederhandschuhe und einen Hut. Der künstliche Kopf hatte ihn zu einer antiken Schaufensterpuppe degradiert.

Charlie hatte vor der Vitrine gestanden, mit jenem mulmigen Gefühl im Bauch, das sie immer überkam, wenn sie vor einem Grab stand – mit dem Unterschied, dass der Leichnam in diesem Fall nur eine Armlänge und eine Glasscheibe entfernt vor ihren Augen saß und schmunzelte.

Eine Handlung musste laut Jeremy Benthams Theorie nach den sozialen Folgen bewertet werden. Moralisch richtig war, was der Allgemeinheit diente. *The greatest happiness of the greatest number.*

Jeremy Bentham war ein schlauer Mann gewesen. Charlie würde der Allgemeinheit einen Gefallen tun.

Es war kein Geräusch unter dem Dach der Pension zu hören, nur das entfernte Summen der Klimaanlage im Hinterhof störte die Ruhe. Charlie lief den Gang runter, ohne Ziel. Vor Phoebes Zimmertür blieb sie einen Moment stehen. Als am Ende des Flurs eine Penduluhr Viertel nach zehn schlug und die Stille zerriss, schrie sie beinahe auf. Im letzten Moment schaffte sie es, eine Hand vor den Mund zu halten. Sie versuchte zu erkennen, ob durch den Spalt unter Phoebes Tür Licht fiel. Die Frage, ob Phoebe noch wach war, quälte sie plötzlich. Beinahe hob sie die Hand, um zu klopfen, doch Charlie zwang sich weiterzugehen, sank Schritt für Schritt in den Teppich. *Ich bin besessen von ihr*, dachte sie, *Phoebe schafft es in jeder Situation in meinen Kopf.*

Charlie fühlte sich jetzt wie in einem Traum, lief und lief. Sie bog um eine Ecke. Die Pension war größer, als sie von draußen aussah. Zimmertür reihte sich an Zimmertür. Die Gänge erinnerten sie an ein Labyrinth, in dem alle Gäste gleichermaßen verloren waren.

Sie lief durch zwei Stockwerke, immer weiter nach unten, wie ein Geist, der durch die Gänge schwebte. Kein anderer Gast kreuzte ihren Weg. Das war gut. Jede Interaktion erzeugte Ablenkung. Es gab an diesem Wochenende nur zwei Menschen, die wichtig waren: Phoebe und sie. Niemand durfte den Ablauf stören.

Plötzlich stand sie vor der Tür, die zur Rezeption führte. Dahinter war das Restaurant, doch sie wollte keine Gesellschaft, nicht einmal die Vorstellung einer fremden Person am Nachbartisch konnte sie ertragen. Charlie drehte sich um und entdeckte eine Feuertür. Schon drückte sie die Klinke: Die Tür öffnete sich, und sie stand am Seitenausgang.

Frische Luft strömte ihr entgegen. Der Kirchturm der Christ Church auf dem Nachbargrundstück ragte vor ihr in den schwarzen Himmel. Gerade wollte sie auf den Gehweg treten, raus, weg von der Pension, weg von sich selbst, als ihr einfiel, dass sie auf dem Rückweg den Haupteingang würde nehmen müssen. Keine gute Idee. Sie wollte keine Aufmerksamkeit erregen.

Der süßliche Duft des Blauregens erinnerte sie an den Geruch von Weintrauben. Es war ein lauer Sommerabend,

Wochenende. Sie sollte ihre Zeit mit Freunden, einem Partner, einer Familie verbringen. Die Stunden genießen, die Leichtigkeit des Julis spüren, die Verheißungen des Sommers aufsaugen, die fast so wohltuend waren wie die Unbeschwertheit der Kindheit. *Die Kindheit anderer Menschen.*

Stattdessen stand sie hier und dachte an den Tod ihrer Stiefschwester.

Irgendwo schrie ein Käuzchen; die Nacht war dunkel in Hampstead, der Mond hinter Wolken verschwunden.

An der Straßenecke saß der Obdachlose und schaute zu ihr rüber. Grinste er sie an? Sein Hund pinkelte in einigen Metern Entfernung an einen Baum.

Plötzlich tauchte ein Schatten hinter Charlie auf. Sie fuhr herum, hatte die Gestalt nicht kommen gehört. Ihr Herz schlug wie wild, es war das erste Mal, dass da jemand war, hinter ihr, in all diesen Monaten. Und ihr Unterbewusstsein hatte keine Warnung geschickt.

»Unruhige Nacht?« Ein älterer Mann mit Nickelbrille auf der Nase musterte sie mit hochgezogenen Augenbrauen. Charlie bemerkte eine Zigarre zwischen seinen Fingern. »Man darf auf der Terrasse nicht rauchen«, sagte er und zuckte mit den Schultern. Er zog ein Feuerzeug aus der Hosentasche. »Es wird immer schwieriger.«

Sie schwieg.

»Sean Harris«, sagte er und steckte sich seine Zigarre an. Eine Sekunde später umhüllte Charlie der Geruch des Tabaks. Sie drehte sich um, wollte den Mann mit seiner Zigarre sich selbst überlassen.

»Arsen«, sagte er plötzlich, und sie zuckte zusammen. Ihr Herz machte einen Aussetzer. »Was?« Sie unterdrückte den

Reflex, sich umzugucken, ob jemand das Gespräch belauschte.

»Die ausgestopften Tiere«, er zeigte auf ein Fenster, durch das der Schatten einer Krähe fiel, die im Flur auf einer Gardinenstange saß. »Früher wurden die Körper der Tiere mit Arsen behandelt, um Schädlinge fernzuhalten. Das sollte das Zersetzen verhindern. Erst seit den Achtzigern verfolgt man eine weniger giftige Methode.«

Charlie dachte an den Fuchs von 1934 in der Lobby, der also in Arsen eingelegt die Gäste begrüßte. Ihr Gehirn sprang zu Jeremy Bentham. Dann zu Phoebe.

Die Mischung aus Tabakgeruch und Blauregen verursachte ihr Übelkeit. Sie musste hier weg. »Schönen Abend noch«, presste sie hervor.

Stufe für Stufe eilte sie zurück unter das Dach. Sie wagte nicht, sich umzudrehen, wollte so schnell wie möglich in ihr Zimmer. *Er weiß, was ich vorhabe.*

Das Treppenhaus fühlte sich auf jeder Etage enger an, die Wände kamen auf sie zu. Sie bekam kaum noch Luft. In der dritten Etage flackerte das Licht. In der vierten Etage klapperte das Fenster. Jeder Schritt ließ die Holztreppe ächzen, es quietschte und knarrte überall in diesem alten Gemäuer. In ihren Ohren rauschte es, sie wusste eigentlich selbst nicht so genau, warum. *Niemand weiß, was ich vorhabe.*

Oben angekommen hatte sie den Mann und das Arsen aus ihren Gedanken verbannt, denn es ging hier weder um diesen Gast noch um Arsen. Ihr Gehirn suchte förmlich nach einem Trigger, beinahe, als könnte es ohne die Paranoia nicht existieren. Jeder wurde zum Feind, jede Aussage, Handlung, Tat konnte sich zu einer Bedrohung auswachsen. Der Plan musste geschützt werden, und so machte es keinen Unterschied, ob die Bedrohung eingebildet war oder nicht. Zumindest nicht für den eigenen Verstand.

Charlie bog um die Ecke zu dem Gang, in dem sich ihr Zimmer befand. Und blieb überrascht stehen.

PHOEBE

»Was willst du denn hier?«, fragte der Parasit scheinheilig. Charlies Augen waren weit aufgerissen. »Wartest du auf mich?« Ihre Stiefschwester schien außer Atem. Hatte Charlie wieder mit dem Joggen angefangen? Schon als Jugendliche hatte man an ihrem Gewicht ablesen können, wie es um ihre Psyche stand. Wobei es nur zwei Kategorien gab: dürr und dürrer.

Aber Charlies Kleidung sah heute Abend nicht nach Sport aus. Sie trug ein zerknittertes T-Shirt, das wirkte, als hätte sie darin geschlafen, und eine alte Jeans. Andere Menschen würden in diesem Outfit nicht einmal in der eigenen Wohnung den Abend verbringen. Als Nächstes würde Charlie ihr schiefes Lächeln aufsetzen. Und irgendeine bescheuerte Frage stellen.

»Kannst du nicht schlafen?«, fragte der Parasit.

Phoebe atmete tief durch. Am liebsten würde sie Charlie den Hals umdrehen. Mit bloßen Händen, einfach, damit sie diese Stimme nie wieder hören musste. Diese tiefe, leise Stimme. »Hast du meine Armbanduhr gesehen?«, fragte Phoebe stattdessen. »Meine Uhr ist weg.« Sie musste sich zusammenreißen. Wirklich zusammenreißen.

Charlie versuchte, ihre Zimmertür zu öffnen. Schon dreimal hatte sie jetzt die Karte davorgehalten, war zu fahrig. Erst beim nächsten Versuch sprang das kleine Lämpchen am Türschloss auf Grün.

»Hast du deine Sprache verloren?«, fragte Phoebe. »Ja oder nein? Unten ist die Uhr nicht.«

Charlie guckte sie an.

»Wo warst du denn?«, fragte Phoebe jetzt. »Warum warst du nicht in deinem Zimmer?«

»Draußen.« Es klang fast wie eine Frage.

»Draußen?«

»Nein, eigentlich nicht.«

Phoebe schüttelte den Kopf. *Weiß der Teufel, wo Charlie sich rumgetrieben hat,* dachte sie. Es war faszinierend, wie jemand, der mit Worten auf Papier umgehen konnte, kaum in der Lage war, zwei normale Sätze zu sprechen.

»Hast du meine Uhr gesehen?«, fragte Phoebe also ein weiteres Mal. Gleich bekam sie vermutlich eine Erklärung, warum Charlie die Uhr hatte oder warum sie die Uhr eben nicht hatte, und am Ende gab es eine Belehrung, sie solle ihre Sachen nicht achtlos liegen lassen.

Ich weiß etwas, was du nicht weißt, dachte Phoebe. Mit dem Spiel hatte sie den Parasiten schon als Kind aus der Fassung gebracht. Am liebsten würde sie es laut sagen.

»Was ist jetzt?«, fragte sie stattdessen. *Aber ich verrate es dir nicht.*

CHARLIE

»Was ist jetzt?«, fragte Phoebe. Ihre Stimme war viel zu laut, und als Charlie sich umdrehte, sah sie den Grund.

Die Kellnerin aus der Bar lief zur Sekunde mit einem Tablett und einem Getränk an ihrem Zimmer vorbei. Ein Gast auf ihrer Etage gönnte sich Zimmerservice, sie waren also doch nicht die einzigen Gäste unter dem Dach.

Charlie hatte jetzt trotz der Hitze eine Gänsehaut, die innere Kälte war wieder da. Ein Warnsignal. Sie schielte auf das Tablett der Kellnerin. Eiswürfel und eine Zitronenscheibe schwammen in einer durchsichtigen Flüssigkeit. Zum ersten Mal seit einer sehr langen Zeit verspürte sie das Bedürfnis nach Alkohol. Ein einziges Mal für ein paar Stunden das Gefühl erleben, dass alles nicht so schlimm, das Leben leicht war. Doch sie trank keinen Alkohol. *Nicht mehr.*

»Charlie?« Phoebe rief es fast, obwohl sie direkt neben ihr stand. Charlie guckte ihre Stiefschwester an, und für einen Moment wusste sie gar nicht, was Phoebe von ihr wollte. Diese ganze Fragerei …

Phoebes Augen blitzten. Charlie kannte den Blick. Dieser Blick war immer ein Problem. Dieser Blick brachte sie zurück in das Hier und Jetzt.

Der einzige Grund, warum Phoebe plötzlich so laut sprach, war nicht, weil Charlie nicht reagiert hatte, sondern weil sie wollte, dass die Kellnerin es hörte. Phoebe brauchte diese Art von Auftritt. Sie existierte als Person nur mit einem Publikum. Zur Not war Charlie das Publikum oder die Kellnerin, die jetzt tatsächlich zu ihnen rüberschaute, nachdem sie einige Zimmer weiter an die Tür geklopft hatte. »Alles in Ordnung?«, fragte die Frau, während sie auf eine Reaktion aus dem Zimmer wartete. Sie nickten beide.

Erleichterung durchflutete Charlie. Phoebes Verhalten war so vorhersehbar wie der Erfolg des Stücks. Das Einzige, was Phoebe im Kopf hatte, waren die Ticketverkäufe. Ihr Durchbruch war alles, was zählte. Ticketverkäufe in Kombination mit Kritiken generierte Medienaufmerksamkeit; das war die Zauberformel für den Erfolg. Publicity. Phoebes Charakter war die Konstante in Charlies Meisterstück. Ihr Zweifel in der letzten Nacht war unnötig gewesen.

»Du hast deine Uhr im Restaurant vergessen.« Keine Zeile aus ihrem Meisterstück. Charlie zuckte mit den Schultern. Improvisation war der Schlüssel zum Erfolg.

Phoebe hatte ihre Armbanduhr tatsächlich nach dem Abendessen unten auf dem Tisch liegen lassen. »Du solltest dir abgewöhnen, die Uhr in der Öffentlichkeit abzulegen.« Charlie schaffte es, jede Emotion aus ihrer Stimme rauszuhalten. »Sie wird dir irgendwann geklaut.« Sie zeigte auf das Regalbrett direkt neben ihrer Zimmertür. »Ich habe sie mitgenommen.«

Phoebe schaute sie einen Moment an, als würde sie etwas sagen wollen. Mit zwei Schritten war sie bei der Uhr und griff danach. »Dein Zimmer ist größer als meins«, sagte sie. Ein Vorwurf. »Du hast sogar einen Balkon.« Mit einem versteinerten Gesicht ging Phoebe dann zurück in den Flur, als könnte sie Charlies Hotelzimmer nicht ertragen.

Charlie bekam keinen Dank. In Phoebes Welt war es normal, dass andere Menschen sich um ihre Sachen kümmerten. »Frühstücken wir zusammen?«, fragte Charlie. »Das Buffet soll gut sein.« Ihr Blick fiel auf den Tisch. Adrenalin schoss durch ihre Adern. Da stand die Ampulle. Eine winzige Flasche aus braunem Glas, gefüllt mit einer Flüssigkeit. Direkt neben ihrer Handtasche. *Hat Phoebe die Ampulle gesehen?*

Charlie konnte Phoebes Ausdruck nicht deuten, doch ihr Blick hatte sie verraten, denn ihre Stiefschwester guckte jetzt ebenfalls zum Tisch.

Seit sie in der Pension angekommen war, hatte Charlie sich kaum von der Ampulle getrennt, als sei sie ein Talisman, ein Glücksbringer, und eine Trennung würde ein Sakrileg bedeuten. Die Ampulle stand auf dem Tisch wie eine Anklage. Charlie verschränkte die Arme vor der Brust.

»In Ordnung«, sagte Phoebe schließlich.

»Was?«, fragte Charlie, weil sie für einen Augenblick nicht wusste, wovon Phoebe sprach. Ihr Herz schlug bis zum Hals, und für einen Moment fragte sie sich, ob ihre Adern dem Druck standhalten konnten oder der Puls ihre Zellen zum Platzen bringen würde.

»Frühstück um zehn«, sagte Phoebe und drehte sich um. Schon war sie verschwunden.

Charlie schloss ihre Zimmertür. Und schob den Riegel davor, obwohl das albern war. Sie verharrte kurz. Dann stürzte sie zum Tisch.

Jedes Theaterstück brauchte Requisiten. Dorothy hatte immer großen Wert darauf gelegt. »Auf der Bühne existiert kein Zufall. Nehmt eine Tasse, einen Unterteller und einen Stuhl aus dem 18. Jahrhundert. In welcher Zeit spielt das Stück?«

»Im 18. Jahrhundert.«

»Nehmt jetzt die Tasse und den Unterteller weg. Stellt eine Flasche Campari dazu. Na?«

Schweigen.

»Der Stuhl ist plötzlich antik. Wir sehen eine Zeit, in der Campari bereits erfunden ist.« Dorothy hatte gelacht. »Nehmt jetzt den Stuhl weg und ersetzt ihn durch ein Strandtuch.«

Charlie hatte ihre Lehrerin angestarrt, voller Bewunderung über den Effekt. Durch fünf Objekte hatte sich ein Theaterstück durch verschiedene Jahrhunderte und von drinnen nach draußen verlagert. »Jedes Requisit hat Auswirkungen«, hatte Dorothy gesagt. »Es kommt immer auf den Kontext an.«

Die Ampulle war die wichtigste Requisite ihres Plans. Oder besser gesagt: ihr Inhalt. Beides ergänzte sich, die Optik und die Wirkung, vereint für den Effekt. Der Wirkstoffanteil war von elementarer Bedeutung. Charlie wollte kein Risiko eingehen. Phoebe würde aus allen Wolken fallen, wenn sie den Inhalt der Ampulle erfahren würde, doch dazu würde es nicht kommen. *Nicht, wenn der Plan funktioniert.*

Charlie überprüfte jetzt den Verschluss der Glasflasche. Der Deckel ließ sich mit einer Hand öffnen und verschließen. Ein zügiges Handeln konnte erforderlich werden, Sekunden den Ausschlag geben. Ein Blick der falschen Person zum falschen Zeitpunkt, und Charlies Vorhaben wäre gescheitert, bevor es begonnen hatte. Ihr Meisterstück hing an einem seidenen Faden. Doch Seide war flexibel. *Hat Phoebe die Ampulle gesehen?*

Als Charlie sich umdrehte, sah sie, dass an dem Telefon auf dem Nachttisch ein Licht blinkte. Sie drückte auf die Info, wollte die Nummer sehen. Der Anruf war von der Rezeption gekommen. Sie ignorierte das Licht.

Norlington

»Kein Junge wird jemals an dir Interesse haben, Lottie«, sagte Phoebe, während sie ihre Haare vor dem Spiegel bürstete.

Lottie. Eine neue Angewohnheit von Phoebe. Charlies Vater hatte sie so genannt. Und ihre Mutter. Ihre echte Mutter, bevor sie gestorben war. Auch wenn Charlie sich an ihre Mum nicht erinnern konnte. Ihr Vater hatte ihr das erzählt.

Charlie spürte, wie ihre Augen anfingen zu brennen. »Lottie« war der Spitzname der Toten, und aus Rücksicht benutzte ihn niemand. Doch sie hatte gelernt, den Schmerz nicht zu zeigen. Jedes Zeichen einer Schwäche, jede Träne würde Phoebe erst recht dazu verleiten, sie so zu nennen.

Mit aller Kraft schaffte es Charlie, die Gemeinheit zu ignorieren.

Sie standen zu zweit im Badezimmer, Phoebe vor dem Spiegel, Charlie vor dem Fenster. Sie wartete, dass Phoebe endlich Platz machte. »Ich will überhaupt keinen Freund.« Charlie verschränkte die Arme vor dem Bauch. Phoebe war bereits mit vier Jungs zusammen gewesen und wurde nicht müde, ihr diese Tatsache unter die Nase zu reiben.

»Das sagst du jetzt.« Phoebe grinste gehässig. »In ein paar Jahren wirst du anders darüber denken.« Im nächsten Moment griff Phoebe nach Charlies Handgelenk und drehte die Innenseite nach oben.

»Spinnst du?«, schrie Charlie auf. »Du tust mir weh.« Sie zog ihren Arm weg.

Phoebe zeigte auf den winzigen Punkt an Charlies rechtem Handgelenk, neben der Pulsader, nicht größer als ein Stecknadelkopf, der von dem Angriff mit dem Kugelschreiber vor vier Jahren zurückgeblieben war. Phoebe hatte den Stift bis in die zweite Hautschicht gerammt, in jene Hautschicht, die nicht so schnell vergaß; schon gar nicht, wenn Tinte in sie gestochen wurde. Zurückgeblieben war der Fleck, dessen blaue Farbe auch jetzt, Jahre nach dem Vorfall, nichts von seiner Farbintensität verloren hatte. Charlie rieb sich über ihr Handgelenk, konnte Phoebes Finger noch immer spüren.

»Dieses Tattoo ist das einzig Coole an dir. Welches Kind hat mit dreizehn Jahren eine Tätowierung?«, fragte Phoebe und sah beinahe zufrieden aus. »Das hast du mir zu verdanken.«

Phoebe griff nun in ein Regal neben dem Waschbecken und holte ein Schmerzpflaster aus einer Verpackung. Sie riss das Papier auf, und Charlie beobachtete, wie Phoebe es auf ihren Bauch klebte. Ihre Stiefschwester trug ein Top, das über dem Bauchnabel endete. Man würde das Pflaster schon aus der Ferne sehen, sie hatte das größte ausgewählt. Es folgten vier Streifen medizinisches Klebeband, um das Pflaster zusätzlich zu fixieren. Das ganze Arrangement hatte eine beeindruckende Größe.

»Was tust du?« Charlie starrte Phoebe an.

»Das geht dich nichts an.«

Charlie hatte eine ungefähre Vorstellung, was Phoebe da tat, auch wenn sie nicht verstand, warum.

Es hatte angefangen mit einer verdorbenen Milch. Phoebe hatte eine ganze Flasche getrunken, nur um sich einige Zeit später, kläglich nach ihrer Mutter rufend, vor Bauchkrämpfen schüttelnd zu übergeben. Phoebe hatte einen Tag nicht zur Schule gemusst. Eleanor hatte ihr zweimal über den Kopf gestreichelt, bevor sie zu ihrem Radio ins Wohnzimmer verschwunden war, und das, obwohl Phoebe einen Tag zuvor das zweite Mal beim Klauen erwischt worden war. Ein Päckchen Zigaretten und ein Buch waren von dem Security-Mitarbeiter eines Supermarkts in Phoebes Rucksack gefunden worden.

Dorothy, ausgerechnet Dorothy, hatte Phoebe zur Seite genommen, als sie von der Sache Wind bekam, und angeboten, ihr das Buch zu kaufen, solange sie versprach, nie wieder etwas zu stehlen. Phoebe lachte und beteuerte ihre Unschuld. Sie bekam das Buch. Und klaute weiter.

Einige Wochen später schüttete Phoebe sich kochendes Wasser über ihr Handgelenk. Angeblich ein Unfall. Doch Charlie war draußen im Hof gewesen, hatte durch das Fenster gesehen, dass der Wasserkocher nicht aus Phoebes Hand gerutscht war, wie sie behauptete. Nein, Phoebe hatte mit Absicht das sprudelnd heiße Wasser auf ihre Haut gegossen. Sie hatte geschrien und die Hautstelle gekühlt, dennoch trug sie eine riesige Brandblase davon. Eleanor war mit Phoebe zum Arzt gefahren, und Phoebe bekam einen Verband, der eine Woche lang täglich gewechselt werden musste, und sie gab auf dem Schulhof mächtig damit an. Allerdings hatte Phoebe mit der Verbrennung wohl eine Grenze überschritten. Sie hatte sich seither nicht mehr selbst verletzt.

Phoebe verfolgte nun eine neue Strategie, um Aufmerksamkeit zu erzwingen. Sie litt seit Jahren unter Migräne. »Eine Migräneerkrankung entsteht oft in der Pubertät«, hatte der Hausarzt gesagt. Phoebe erzählte ihren Freunden jetzt von schwarzen Vierecken und grellen Blitzen vor ihren Augen, die sie ins Bett zwangen, wenn eine besonders schlimme Attacke sie überkam. Jeder hing an ihren Lippen, wollte Details hören – eine Abwechslung im tristen Alltag –, und gleichzeitig überkam einen das wohlige Gefühl von Erleichterung, dass man selbst von dem Schicksal dieser schlimmen Kopfschmerzen verschont blieb.

Phoebe wedelte gern mit ihrer Medikamentendose, in der sie ihre Tabletten aufbewahrte, eine besonders schöne Dose aus Holz mit eingravierten Verzierungen. Sie übertrieb ohne jede Scham, und dank der Migräne hatte sie ihren bisher größten Erfolg erzielt. »Kennt ihr eine Aura, die sich Alice-im-Wunderland-Syndrom nennt? Körperteile werden verzerrt. Räume erscheinen riesengroß. Der eigene Körper wird winzig.« Phoebe hatte diese Art einer Aura, unter der sie zu ihrem Bedauern allerdings nicht litt, wie sie freimütig zugab, so blumig beschrieben, dass Dorothy, der die Angelegenheit zu Ohren gekommen war, die gesamte Theatergruppe im Rahmen eines Wettbewerbs aufgefordert hatte, eine Szene über das Alice-im-Wunderland-Syndrom zu schreiben. Charlie hatte Tag und Nacht an dem Dialog gearbeitet. Phoebe hatte keine Zeile zustande gebracht, dafür aber behauptet, sie verdiente den Hauptpreis allein für die Idee. Dabei war sie überhaupt nicht Teil der Theatergruppe.

»Für wen ist das Pflaster?«, fragte Charlie also, da es die einzig naheliegende Frage war. Phoebe tat nichts ohne Hintergedanken, das Pflaster klebte zu einem Zweck auf ihrem Bauch.

»Ich habe ein Date mit Matt.« Stolz klang aus Phoebes Stimme.

»Mit Matt?« Das war tatsächlich spektakulär. Matt war der beliebteste Junge an der Schule und zwei Jahre älter als Phoebe.

Er hatte ein Jahr lang Presley Bradshaw gedatet, deren Vater einst Botschafter in den USA gewesen war, was Presley zu so etwas wie dem Star der Schule machte.

Charlie musste schlucken. Julia hatte ebenfalls ein Auge auf Matt geworfen. Gerade gestern hatte er Julia nach ihrer Handynummer gefragt. Eine Stunde lang hatten Charlie und Julia daraufhin das Gespräch analysiert, obwohl nicht mehr gesagt worden war als »Kann ich deine Nummer haben?« und »Klar«.

Doch Phoebe brauchte die Aufmerksamkeit wie die Motten das Licht, und eine Beziehung mit Matt würde ihr Zugang in völlig neue Kreise in der Schule ermöglichen. »Ich habe Bauchweh«, sagte Phoebe jetzt.

»Hast du deine Tage?«, fragte Charlie. Matt würde sich heute vermutlich besonders um Phoebe kümmern. Das war der Zweck dieses Pflasters.

Charlie bekam keine Antwort. »Darf ich jetzt mal an den Spiegel?«, fragte sie dann und ließ das Thema auf sich beruhen.

»Verpiss dich.«

»Ich will los.«

»Wo triffst du dich mit Julia?«, fragte Phoebe plötzlich.

»In der Schule.« Sofort biss Charlie sich auf die Zunge. Sie musste lernen, Dinge besser für sich zu behalten. Woher wusste Phoebe überhaupt von dem Treffen mit ihrer Freundin?

»Jules«, rief Charlie, als sie kurz darauf mit dem Fahrrad vor der Schule ankam. Sie wollten heute einige Szenen für die Theatergruppe üben, und Dorothy hatte ihnen für diesen Zweck den Probenraum zur Verfügung gestellt.

Ihre Freundin wartete bereits am Tor, in der Hand zwei Sandwiches, denn Julia hatte immer etwas zu essen dabei, wenn sie sich außerhalb des Unterrichts trafen. Mit Julia verbrachte Charlie ihre Zeit am liebsten. Eigentlich war Julia die einzige Person, mit der sie überhaupt Zeit verbrachte. Nur in Julias Gesellschaft war Charlie sie selbst. Sie brauchte dann nicht stärker, nicht schlauer, nicht auf der Hut zu sein.

»*Ist Dorothy auch da?*«*, fragte Charlie, als sie gemeinsam Richtung Probenraum liefen. Sie hoffte, ihre Lehrerin zu sehen.*

»*Nein.*« *Julia schüttelte den Kopf und verdrehte die Augen.* »*Aber Oliver ist hier.*« *Oliver war Dorothys Sohn.*

Oliver war in Julias Ansehen gesunken, seit er vor einiger Zeit erklärt hatte, die Theatergruppe sei nur etwas für Idioten und der ganze Scheiß hinge ihm zum Halse raus. Er hatte seine Aussage mit einer entsprechenden Geste untermalt.

Im selben Moment öffnete sich die Tür des Gebäudes, in dem der Probenraum war, und Oliver stand vor ihnen, als könnte er Gedanken lesen. Mit einer Hand hielt er die Türklinke. »*Hey*«*, er grinste sie schief an.* »*Was macht ihr denn hier?*«

Charlie hatte nichts gegen Oliver. Er ließ sie die meiste Zeit in Ruhe, und mehr brauchte sie nicht. »*Wir wollen proben*«*, sagte sie.*

Oliver schaute sie einen Moment an. Das T-Shirt spannte über seinem Bauch, und seine Haare hingen in die Stirn. In der Hand hielt er eine leere Packung Walkers Crisps. Dann zog er eine Grimasse. »*Wer gut sein will, muss sich trauen, schlecht zu sein*«*, sagte er mit einem verächtlichen Tonfall.* »*Sonst bräuchte man nicht zu üben.*« *Dorothys Spruch.*

Oliver hatte sich in der letzten Zeit ziemlich verändert. Alles an ihm war irgendwie mehr geworden: die schlechte Laune, das mangelnde Interesse, sein Gewicht. »*Das ist so in der Pubertät*«*, hatte Eleanor gesagt.* »*Da kommst du auch noch hin, Charlie.*«

Charlie war entsetzt über diese Aussicht gewesen. Sie wollte nicht dick werden, sie wollte nicht die Theatergruppe blöd finden, und sie wollte keine schlechte Laune haben.

»Richtig«, sagte Charlie, ohne auf Olivers Provokation einzugehen. »Proben sind wichtig.«

»Klar«, sagte Oliver und spuckte auf den Asphalt. Er zog eine Zigarette aus seiner Hosentasche und zündete sie mit einem Streichholz an. Der Geruch von Schwefel zog durch die Luft.

Oliver hatte ihr und Julia letztes Jahr erzählt, dass er adoptiert war, und das hatte ihn für einen Moment ziemlich interessant gemacht. Charlie kannte nämlich niemanden, außer ihr selbst, der adoptiert war. Und sie war ja nicht wirklich adoptiert. Ihre Eltern waren beide tot, und Eleanor hatte sie einfach »behalten«, wie diese es gern ausdrückte, als sei sie ein Gegenstand, den man aussortieren konnte. »Ich kriege für das Kind einen netten Zuschuss vom Staat«, hatte Eleanor einer Nachbarin am Telefon berichtet. »Ich habe einen Gerichtsbeschluss erwirkt.« Charlie hatte sich gefragt, wie viel Geld Eleanor bekam. Wie viel war ihr Leben wert? Warum war sie nicht von Dorothy adoptiert worden?

Charlie hatte zunächst gedacht, die Geschichte mit der Adoption sei ein Scherz. Sie hatte Eleanor gefragt, die ihr das Ganze jedoch bestätigte. »Olivers biologische Mutter ist abgehauen.« Ihr Tonfall hatte selbstgefällig geklungen, als erwarte sie ein Lob, weil sie selbst sich mit Phoebe und Charlie »abmühte«, statt »das Handtuch zu schmeißen« – eine weitere beliebte Redewendung ihrer Stiefmutter.

Charlie hatte das Thema von Olivers Adoption daraufhin auf sich beruhen lassen. Sie war zwar schon dreizehn und wusste nicht, wie lange man ein Pflegekind weggeben konnte oder wie das überhaupt funktionierte, doch sie wollte lieber nichts riskieren.

»Lass uns warten, bis er Leine zieht«, flüsterte Julia ihr ins Ohr. Charlie nickte. Sie hatte keine Lust, ihren Nachmittag von einem Miesepeter ruinieren zu lassen, der sie bei ihren Proben nur stören würde.

Sie ließen Oliver mit seiner Zigarette stehen und gingen zum Schulhof, der um diese Zeit leer war. Sollte sie ihrer Freundin von Phoebe und Matt erzählen? Aber wie konnte sie das anstellen, ohne dass Julia traurig werden würde?

»Wir können ja auf der Schaukel proben«, lachte Julia in diesem Moment und rannte los. Charlie folgte ihr und schob den Gedanken an Phoebe beiseite.

Als sie bei der Schaukel ankamen, hielt Julia ihr das Sandwich entgegen. Gierig biss Charlie hinein. Julia ließ sich auf den Rasen neben der Schaukel fallen. »Dorothy hat gesagt, dass Leute am Theater oft als Schauspieler starten. Aber nicht jeder bleibt Schauspieler.«

»Hm«, sagte Charlie und ließ sich Julias Worte durch den Kopf gehen. Sie wollte wie Dorothy eine Theaterautorin werden. Nichts machte mehr Spaß als das Schreiben von Geschichten. Doch sie traute sich nicht, das zu sagen. Nicht einmal vor ihrer Freundin.

»Ich werde mal eine berühmte Schauspielerin«, sagte Julia jetzt. »Und dann ziehen wir nach London. Oder New York.«

Sie lachten beide los. Charlie biss wieder in ihr Sandwich und ließ ihren Blick über die Schaukel gleiten. Die Maserung des Holzes war nicht mehr zu erkennen. Neben der Verankerung waren an beiden Seiten des Brettes die Kanten abgesplittert. Rost schimmerte durch den grünen Lack der Stangen. Die

Schule hatte kein Geld für die Ausstattung. Niemand hatte je Geld in Norlington.

Kaum hatte Charlie das Sandwich aufgegessen, setzte sie sich auf die Schaukel. Sie mochte das Gefühl, durch die Luft zu fliegen und für einen Augenblick Schwerelosigkeit zu spüren. Natürlich war sie eigentlich schon zu alt für diese Freude. Aber es war niemand auf dem Schulhof, der sich über sie lustig machen konnte. Dann nahm sie Anschwung.

»Scheiße«, entfuhr es ihr im nächsten Augenblick.

Phoebe und Matt kamen auf den Schulhof geschlendert. Matt mit großen Schritten, Phoebe locker eingehakt an seiner Seite. Sie hatte ein selbstgefälliges Grinsen auf dem Gesicht, das selbst auf die Entfernung zu erkennen war. Das Pflaster auf ihrem Bauch leuchtete.

In diesem Moment traf Charlie die Erkenntnis wie ein Schlag. Phoebe hatte von dem Treffen mit Julia gewusst, weil Charlie in ihrem Tagebuch davon geschrieben hatte! Phoebe hatte also wieder darin gelesen. Das durfte nicht wahr sein!

Charlie spürte Tränen in ihre Augen schießen. Und sie hatte in ihrem Tagebuch auch geschrieben, dass Matt Julia nach ihrer Telefonnummer gefragt hatte. Julia folgte ihrem Blick, und von einer Sekunde zur nächsten verschwand das Strahlen aus dem Gesicht ihrer Freundin. Enttäuschung überzog Julias Gesicht. »Was ...?«

»Das tut mir so leid«, sagte Charlie. Jetzt war klar, warum Phoebe den Treffpunkt erfragt hatte.

Phoebe und Matt kamen in ihre Richtung gelaufen. Als beide nicht mehr weit entfernt waren, blieb Phoebe stehen und zog Matt zu sich. Vor Charlies und Julias Augen fingen die beiden an, sich zu küssen.

III

Der Wandteppich neben der Bar sieht aus wie ein räudiges Tier. Von Licht verblichen und von Motten zerfressen, hängt er neben schwarz gerahmten Bildern, die moderne Kunst zeigen. Der Saal ist voll mit Gästen und ihrem Verlangen nach Geselligkeit und kulinarischer Verköstigung. Die Tische quellen über: Speisen und Getränke überall. Eine gelöste Atmosphäre, eine Stimmung, die nur Gutes verheißen lässt.
Wirklich nur Gutes?
Sie beobachtet ihre Schwester, die nach ihrem Weinglas greift.
Im nächsten Moment berühren die Lippen den Rand des Glases.

Sonntag – Zwei Tage vor der Premiere

PHOEBE

Schon beim Aufwachen hatte sie diese Eingebung gehabt und sich ihre Worte sorgfältig überlegt. »Ich reise ab«, sagte Phoebe so ruhig wie möglich und wischte sich mit der Serviette über den Mund. Sie guckte Charlie an. »Diese ganze Aktion ist Zeitverschwendung.«

Mit spitzen Fingern faltete sie jetzt die Serviette zusammen, sodass man die Spuren ihres Lippenstifts nicht sah, dann legte sie die Serviette neben ihrem Teller ab.

Charlie starrte sie über den Frühstückstisch an. »Was?«

Phoebe lächelte. Sie hatte den Parasiten kalt erwischt. »Ich reise ab«, wiederholte sie ihre Worte.

Die Sonne schien an diesem Morgen in den Saal, in dem das Frühstück aufgebaut war. Ein neuer Sommertag kündigte sich an, die Luft stand. Vielleicht würde der Hitzerekord ein weiteres Mal geknackt werden. Draußen auf der Terrasse mühten sich zwei Angestellte bereits mit dem Sonnensegel ab, um den Gästen etwas Schatten zu spenden.

»Warum?« Allein Charlies Reaktion, diese aufgerissenen Augen, als würde sie mit der Enttäuschung ihres Lebens konfrontiert, löste das Gefühl von Hass in Phoebe aus. Doch dieser Hass, sie kannte ihn so gut, war eine natürliche Reaktion, ein Automatismus, der, obwohl Hass doch ein so starkes Gefühl war, bei ihr keine Auswirkung mehr hatte.

Genau wie der Reflex zu atmen, die Muskeln zu bewegen, wenn sie einen Schritt vor den anderen setzte, war der Hass Teil ihres Unterbewusstseins. Er war eine Unpässlichkeit, die sich über die Kindheit, die Jugend bis zum Erwachsenenleben aufgebaut hatte und in jeder Zelle ihres Körpers zu finden war. Doch Hass blieb Hass. Ganz gleich, in welcher Form oder Gestalt er von einem Besitz ergriff und wie intensiv er war, Hass war immer präsent, wenn er sich offenbarte, und stach jede andere Form von Gefühl aus.

Aus dem Hass entwickelte sich jetzt allerdings Genugtuung. Das passierte eher selten. Phoebe genoss Charlies verstörten Blick, die Unsicherheit, die sie verströmte. Ihre Stiefschwester hatte es noch nie geschafft, ihre Gefühle vor der Außenwelt zu verstecken. »Man kann den Denkprozess in deinem Gesicht sehen«, hatte Dorothy einmal zu Charlie gesagt. »Du hast Zugang zu deinen Gefühlen. Du musst nur lernen, sie auf der Bühne zu fühlen und einzusetzen. Dann bist du unschlagbar.« *Unschlagbar? Armselig.*

»Ich sehe keinen Nutzen in dieser Strategiebesprechung.« Phoebe zuckte mit den Schultern. »Die technische Probe und die Kostümprobe sind gut gelaufen, und wir haben am Montag die Preview – mit Publikum. Mehr brauchen wir nicht.«

»Du kannst noch nicht weg.« Charlie rief es fast.

Phoebe beobachtete, wie Charlie jetzt nach ihrer Handtasche griff, ein Notizbuch rauszog. Die Finger ihrer Stiefschwester blätterten durch die Seiten. »Nach Orlas Monolog müssen wir eine Änderung vornehmen.« Charlie hielt ihr eine vollgeschriebene Seite in ihrer unleserlichen Handschrift vor das Gesicht. »Hier.« Charlie tippte auf das Papier. »Der Monolog ist ein Schwachpunkt. Die Worte prägen den Rest der Szene, diese Sätze haben Auswirkungen auf das Verhältnis zwischen den Charakteren.«

Wie immer suchte Charlie das Haar in der Suppe, und wenn kein Haar zu finden war, dachte sie sich eines aus. Sie redete dann so lange und mit so einer Überzeugungskraft, bis man selber meinte, ein Haar zu sehen. Alles unter dem Deckmantel, Impulse geben zu wollen. Oder was auch immer der Grund ihrer Intervention war.

Hauptsache, Charlie fing jetzt nicht wieder mit ihrem dämlichen Vorschlag einer Widmung der Premiere an Dorothy an.

Phoebe ließ ihren Blick über den Saal gleiten und stand dann ohne Vorwarnung auf. »Wie auch immer«, sagte sie unbestimmt. »Das war es.«

Heute Morgen waren nur wenige Tische im Restaurant besetzt. Kaffeeduft hing im Raum, vermischt mit dem Geruch nach Rührei. Ein Schild warb für Lunch und Happy Hour ab 12:00 Uhr. Phoebes Blick blieb auf dem Rücken des Mannes hängen, der an der Theke saß, als wäre er Teil der Einrichtung, und bereits am Morgen seinen Whiskey trank. *Trinkt der wirklich Whiskey? Das kann doch nicht sein!* Sie beäugte aus der Ferne die braune Flüssigkeit in seinem Glas.

»Phoebe …«, Charlie riss sie aus ihren Gedanken. Ihre Stiefschwester hob jetzt die Hände, eine Geste der Kapitulation. »Lass uns bis zum Mittagessen bleiben. Du könntest mit einer kleinen Änderung einen großen Effekt erzielen. Die Kritiker lieben Details. Wir können uns keine Nachlässigkeit erlauben.«

Scheiße. Phoebe zog eine Augenbraue hoch und schielte zu dem Notizbuch, auf das Charlie mit ihrem dürren Zeigefinger tippte. Ihre Stiefschwester und ihre dämlichen Notizbücher. Überall flogen diese Dinger rum, und wer schaffte es schon, nicht vor Neugier zu platzen?

Charlie war Bedrohung und Notwendigkeit zugleich. Phoebe konnte ihre Stiefschwester ignorieren, aber sie konnte es sich tatsächlich nicht leisten, die Kritiker zu ignorieren. Sie war jetzt gezwungen zu hören, was Charlie zu sagen hatte. Der Parasit hatte sie in eine Falle gelockt.

Jede Kleinigkeit konnte den Ausschlag geben. Die Kritiken, die Aufmerksamkeit, die Besprechungen in den Zeitungen – das war alles, was zählte. Das war der Grund, warum sie hier war, warum sie eingewilligt hatte, das Wochenende mit Charlie in der Pension zu verbringen.

Für jeden Menschen, der kurz davor war, seinen Lebenstraum verwirklicht zu sehen – der Jahre gekämpft hatte, der ihn aus den Fingern gleiten sah, der mit dem ständigen Zweifel gekämpft hatte: Ist es das wert, die Opfer, die Zeit, das Geld, die Energie zu investieren? –, war am Ende der eigene Kopf der größte Feind. Negative Gedanken gewannen die Oberhand, die Stimmen der Selbstsabotage wurden lauter, was konnte alles schiefgehen, auf den letzten Metern dieses Marathons?

»Lass uns das in Ruhe besprechen«, sagte Charlie und zeigte auf das Buffet, an dem gerade Obstsalat aufgefüllt wurde. »Kann ich dir etwas mitbringen?« Das rechte Auge ihrer Stiefschwester zuckte.

Phoebe schwieg einen Moment. »Ich nehme dasselbe wie du«, sagte sie dann und grinste.

Charlie stieß mit einem Arm gegen ihren Stuhl. Ein lautes Quietschen ließ die anderen Gäste im Saal zusammenzucken.

»Das war ein Scherz«, sagte Phoebe.

Durch den Stoß gegen den Stuhl hatte sich Charlies Handtasche von der Lehne gelöst. Wie in Zeitlupe kam die Tasche jetzt ins Rutschen, der Riemen glitt über die Rückenlehne, die Schwerkraft zog die Handtasche nach unten. Einen Augenblick später landete sie auf dem Fußboden. Phoebe bückte sich und griff nach der Tasche.

CHARLIE

Sie riss Phoebe die Handtasche aus der Hand. Ihre Finger krallten sich in das Leder, als würde sie sich daran festhalten wollen. »Gib her.«

Phoebe zeigte auf den Fußboden. »Ich wollte verhindern, dass der Inhalt sich über das gesamte Restaurant verteilt.« Ihre Stimme klang ätzend. »Stimmt etwas nicht?«

Charlie sah, wie ihre Augen sich verengten. »Schon gut.« Sie hängte sich die Tasche über die Schulter und stellte sich umständlich dabei an. Doch ein kurzer Blick genügte, um sich zu vergewissern. Die Ampulle war da, wo sie hingehörte: im Außenfach.

Charlie versuchte, ruhig zu bleiben. Ihre einzige Aufgabe war, dass Phoebe in der Pension blieb, und sie wäre fast gescheitert.

Die Ankündigung ihrer Stiefschwester abzureisen hatte Charlie daran erinnert, wie fragil ihr Plan war. Ein Meisterstück konnte eben auch Fehler haben, Improvisation war der Schlüssel zum Erfolg. Erst wenn man mitten in einer Sache steckte und man darauf angewiesen war, dass Kleinigkeiten den Ausschlag gaben, wurde einem die Tragweite bewusst. Doch Improvisation war nicht gerade eine geeignete Eigenschaft für ein Meisterstück, in dem jedes Detail perfekt ausgearbeitet sein musste. *Was ist, wenn ich mich täusche?*

Ihre Tat war in der Durchführung sehr einfach, trotzdem durfte kein Fehler passieren. Und ihr lief die Zeit davon.

Die Zeit, die sie sich durch den Aufenthalt im Waverly Inn erkauft hatte.

»Ich gehe mir eben einen Kaffee holen«, sagte Phoebe in diesem Moment.

»Ja«, sagte Charlie und schaute ihr nach. Betäubt. In ihren Ohren hallten noch immer Phoebes Worte. *Ich nehme dasselbe wie du.*

Als Charlie elf Jahre alt gewesen war, hatte Phoebe eines Morgens beim Frühstück angefangen, sie zu imitieren. Ein Spiel. Nur dass es sich nicht wie ein Spiel angefühlt hatte. Phoebe aß bei jeder Mahlzeit das Gleiche wie sie, in derselben Reihenfolge. Schmierte Charlie Butter und Orangenmarmelade auf ihren Toast, schmierte Phoebe Butter und Orangenmarmelade auf ihren Toast. Pikste Charlie Bohnen auf ihre Gabel und schnitt ein Stück von ihrem Hähnchen ab, pikste Phoebe Bohnen auf ihre Gabel und schnitt ein Stück von ihrem Hähnchen ab.

Das raubte einem nach einer Weile den letzten Nerv. Man wollte die andere Person abschütteln und schaffte es nicht. Die Kontrolle war weg, und es gab kein Entrinnen.

Phoebe hatte zwei Monate und dreizehn Tage durchgehalten. Das waren eine Menge Mahlzeiten gewesen.

Phoebe stolzierte jetzt in Richtung Theke, sah den Gästen ins Gesicht, gerade so, als würde sie Ausschau halten. Ausschau nach Anerkennung und Bewunderung. Hoffte Phoebe, dass man sie erkannte? Auf ihre Arbeit als Regisseurin ansprach? *»Sind Sie nicht ...«*

Phoebe trug ein weißes Leinenkleid, das bei jedem Schritt um ihre Beine schwang. *Weiß, die Farbe der Unschuld.*

Dazu hatte sie dünne Sandalen, mit Steinen als Verzierung, gewählt. Sie hatte sich für ihr Publikum herausgeputzt.

Phoebe schenkte erst einer Frau ein Lächeln, die ein Kleinkind auf dem Arm hielt und sie ignorierte, dann dem Zigarrenraucher von gestern Abend, der bereits zu früher Stunde an der Theke saß.

Sein Anblick verursachte noch immer ein Ziehen in Charlies Magen. Bei ihm hatte Phoebe mehr Glück. Er erwiderte ihr Lächeln. Ein Nicken. Fast rechnete Charlie damit, dass er Phoebe ansprach, doch er tat es nicht. *Niemand erkennt dich.*

Theaterregisseure füllten nicht die Klatsch- und Tratschspalten der Zeitungen und Internetseiten.

Lautes Rufen riss Charlie mit einem Schlag aus ihren Gedanken. Aus der Lobby vor der Tür des Restaurants tönte eine Männerstimme. »Stopp!«

Eine zweite Stimme. »Fass mich nicht an.«

Ein Hund bellte.

Charlies rechtes Knie knallte gegen den Stuhl, vor Schreck war sie zusammengezuckt. Auch Phoebe hatte den Aufruhr gehört.

»Raus.« Charlie erkannte die Stimme des Portiers. Stuart. Ein ungutes Gefühl überkam sie. Sie musste sofort wissen, was im Foyer vor sich ging. Verdammt, es durfte nichts passieren, das Auswirkungen auf ihren Plan haben könnte. *Was ist denn heute Morgen los?*

Der Whiskeytrinker stand jetzt ebenfalls auf; er warf Phoebe und ihr einen Blick zu, prüfend, beinahe, als würde er abschätzen, ob es für alle sicher wäre, den Raum zu verlassen. Für einen Moment glaubte Charlie, er würde sie stoppen wollen. Mit einer Handbewegung bedeutete er ihnen tatsächlich, hinter ihm zu bleiben. »Warten Sie.« Ein Kavalier der alten Schule.

Sie warteten nicht.

Als sie durch die Tür in das Foyer der Pension traten, nahm Charlie mehrere Dinge auf einmal wahr: Der Obdachlose von der Straße stand in der Lobby. Der Hund hatte ein Tattoo.

Der Mann kam ihr bei genauer Betrachtung vage bekannt vor.

Er war hager, mit einem Vollbart, der seine eingefallenen Wangen verdeckte. Er hatte freundliche Augen, aber einen grimmigen Zug um den Mund. Er trug eine Baseballkappe, dazu einen Anzug aus Tweed, der eine Nummer zu groß war.

Charlies Gehirn arbeitete auf Hochtouren.

»Entschuldigung«, sagte Stuart in ihre Richtung gewandt, und sie konnte sehen, dass ihm dieser Aufruhr unangenehm war. »Gehen Sie bitte alle wieder in das Restaurant.«

Sie blieben stehen.

Die Kellnerin warf jetzt ebenfalls einen Blick durch die Tür in das Foyer. In einer Mischung aus Neugier und Hilfsbereitschaft hatten sich alle versammelt und sahen, dass es überhaupt nichts zu sehen gab.

»Raus«, wiederholte der Portier und griff nach der Eingangstür, um sie für den Mann aufzuhalten. Eine Ironie, die Charlie nicht verborgen blieb.

Mit einem schrillen Quietschen zog er die Tür auf. Das Geräusch hallte durch die Lobby.

Der Hund hatte die Aufforderung nicht verstanden. Er lief zu Phoebe. Hunde gingen oft zu den Leuten, die es am wenigsten wollten. Ein Instinkt, vielleicht um neue Freundschaften zu schließen, vielleicht aus Neugier oder um die Person aus der Reserve zu locken. Phoebe schob den Hund mit dem Bein zur Seite.

Charlie merkte, wie sie sich verkrampfte. *Kein Biss, kein Unfall. Bitte nicht*, dachte sie. *Ich brauche dich heile.*

Doch Phoebe war vorsichtig, wollte nicht riskieren, dass der Hund gleich in ihrer Wade hing.

»Ich bin sicher, es ist alles in Ordnung. Nicht wahr?«, sagte Phoebe dann an den Portier gerichtet. »Keine Notwendigkeit für diese Aufregung.«

Charlie sah, wie ihre Stiefschwester den Obdachlosen musterte. Gleich würde sie ihm Geld geben, denn Phoebe hatte hier ein Publikum. Jeder im Foyer sollte sehen, wie großzügig Phoebe Hart in dieser Situation gehandelt hatte. Solche Geschichten brauchte man – vor allem in Zeiten von Social Media, in denen jede Verfehlung bestraft und jede Nettigkeit gefeiert wurde.

Charlie lag richtig.

Phoebe griff in ihre Handtasche und holte ihr Portemonnaie hervor. Sie suchte einen Zwanzig-Pfund-Schein raus und verstaute das restliche Geld wieder.

»Hier.« Sie drückte dem Obdachlosen, der jetzt in der offenen Tür stand, ein Bein in der Lobby, das andere draußen, und auf seinen Hund wartete, die Banknote in die Hand. Phoebes Blick war gönnerhaft.

Der Mann steckte das Geld ein. Sein Gesichtsausdruck zeigte keine Dankbarkeit. Im Gegenteil. Feindseligkeit spiegelte sich in seinem Gesicht. Er guckte nicht einmal hoch, vermied direkten Blickkontakt.

Fasziniert starrte Charlie auf sein Tattoo am Hals. Sie hatte gelesen, dass Tätowierungen dort besonders schmerzhaft waren, denn viele Nervenbahnen verliefen direkt unter der Haut. Die Kehle war eine der empfindsamsten Stellen am menschlichen Körper, und allein die Vibration der Tattoomaschine konnte einem im wahrsten Sinne des Wortes die Luft rauben.

Vor ihnen stand ein Mann, der Herausforderungen brauchte. Oder so abgestumpft war, dass er keine andere Wahl hatte, um endlich mal wieder etwas zu empfinden. Charlie konnte das nachvollziehen.

Hatte er deswegen die Pension betreten? Wollte er eine Reaktion erzwingen? Oder waren diese Gedanken ein Zeichen, dass Charlie dabei war, ihren Verstand zu verlieren? Sah sie in allem, in Phoebes Verhalten und nun auch in dem Verhalten dieses fremden Mannes, eine Provokation?

Der Obdachlose pfiff nach seinem Hund, der in der Zwischenzeit von Phoebe abgelassen und den mit Arsen behandelten Fuchs über dem Tresen entdeckt hatte, dessen Augen heute etwas weniger tot, ja beinahe wachsam erschienen. Das Sonnenlicht, das durch das Oberlicht der Eingangstür fiel, reflektierte in den Pupillen aus Glas und hauchte dem Fuchs Leben ein.

Der Hund stand mit aufgestellten Nackenhaaren in der Mitte der Lobby und bellte. Es brauchte eine zweite Ermahnung seines Besitzers, dann verschwanden beide nach draußen.

Charlie drehte den Kopf und wollte zurück in das Restaurant gehen, als sie mit einem Schlag erstarrte. Ihr Herzschlag setzte aus. Sie konnte spüren, wie sie jede Gesichtsfarbe verlor.

Ihr Plan, ihr Meisterstück fiel innerhalb einer Sekunde zusammen.

HAWK

Er lief über die Straße, zurück zu seinem Platz unter dem Baum. Jeder Schritt schien seine Muskeln zu überfordern, seine Hüfte war völlig aus der Balance. Normalerweise war er gut darin, körperliche Leiden zu ignorieren, doch heute fiel es ihm schwer. Er schaffte es kaum die Stufen hinab.

Mit einem Ächzen ließ er sich kurze Zeit später wieder auf dem Gehweg nieder. Seine Beine fühlten sich so marode an, dass er froh war, nach den 50 Metern wieder zu sitzen.

Er war müde. Unfassbar müde.

Wenn es in seinem Leben einen Moment gegeben hatte, in dem ihm die Frage über seine Existenz schonungslos mit aller Gewalt den Boden unter den Füßen weggezogen hatte, dann war es die Brutalität der letzten Nacht gewesen. Er hatte nicht eine Minute geschlafen, und das bekam er heute mit aller Deutlichkeit zu spüren.

Einige Straßen weiter, Richtung Finchley Road, befand sich das *Oakhill Shelter*. Ein Hostel für Obdachlose, Gestrandete und sonstige hoffnungslose Fälle. Die Übernachtung dort war eine spontane Entscheidung gewesen, als die Kälte ihm gegen Mitternacht zu sehr in die Knochen gekrochen war. Er hatte gedacht, die Nacht würde mild bleiben, und er hatte tatsächlich vorgehabt, vor dem Waverly Inn sein Nachtquartier aufzuschlagen. Doch die Feuchtigkeit hatte ihm zugesetzt. Nebel war aufgezogen. Ein kurzer Regenschauer war dazugekommen.

Es hätte Alternativen für die Nacht gegeben. Er war jede einzelne im Kopf durchgegangen. Ein Hostel ums Eck schien die beste Idee. *Schlechte Idee.*

Die Einrichtung und der Mangel an Sauberkeit, und er war bestimmt nicht pingelig, im Gegenteil – es bedurfte schwerer Geschütze, ihn zu schockieren –, hatte seine schlimmsten Erwartungen übertroffen. Das Gefühl der Erleichterung, seine müden Knochen auf einer Matratze und nicht auf der Straße oder einer Parkbank ausstrecken zu müssen, war nur von kurzer Dauer gewesen. Der Gestank von Pisse und Schimmel hatte sich mit dem Geruch von Bleiche und Waschmittel zu einer erbarmungslosen Wolke vermischt, die in seine Nase gezogen war, sobald er den Kopf auf dem Kissen abgelegt hatte.

Der Gestank war so unerträglich gewesen, dass er unter dem Bett nachgeschaut hatte, ob dort eine Erklärung für den Geruch zu finden war. Eine Ratte vielleicht, die ihr Territorium markiert hatte. Doch der Gestank schien unter dem Bett weniger ausgeprägt als oben auf seiner Matratze. Eine Erkenntnis, die er sich lieber erspart hätte.

Dann entdeckte er eine Flasche Nagellack unter dem Bett. Schwarz. Er hatte danach gegriffen und den Geruch eingesogen, denn das Lösungsmittel hatte zumindest den furchtbaren Gestank überlagert. Beinahe war er high geworden, und er hatte sich gefragt, ob das der Grund für den Nagellack unter dem Bett gewesen war. Ein Trick seines Vorgängers? Kurzerhand lackierte er sich die Fingernägel.

Seine Gedanken hatten verrücktgespielt. Er hatte alles in Frage gestellt, wirklich *alles*, nur um dann irgendwann in einem Anfall von verzweifeltem Optimismus seine Sorgen auf den Schlafmangel und die Ausdünstungen des Lacks zu schieben.

Er starrte jetzt auf das Geld in seiner Hand und hielt Harrison den Zwanzig-Pfund-Schein unter die Nase. Seine Finger sahen fremd aus mit der Farbe auf den Nägeln. Plötzlich musste er laut lachen, doch es war, wie üblich, ein bitteres Lachen und viel zu laut. *Ich bin sicher, es ist alles in Ordnung.*

Der Tonfall hatte ihm nicht gefallen. Das gönnerhafte Zwinkern. Er hasste Menschen, deren Selbstsicherheit untermauert wurde durch seine Position am Boden der Gesellschaft. Es zeigte den wahren Charakter einer Person.

Sein Platz in der Hierarchie war in der Lobby des Hotels eindeutig zu spüren gewesen. Sie alle hatten wie ein Tribunal vor ihm gestanden, das den Schuldigen bereits vor dem Verfahren verurteilt hatte.

Hawk wollte die Kohle nicht. Am liebsten hätte er den Schein vor ihren Augen zerrissen. Das Geld brannte in seiner Hand, es fühlte sich an wie Blutgeld. Ja, genau das war es.

Wie er sie alle hasste! Jede einzelne Person im Waverly Inn. Die gesamte Bevölkerung Londons. Die Menschheit. Alle.

Er war einfach zu alt für diese Scheiße.

CHARLIE

Man durfte sich nie in Sicherheit wiegen und schon gar nicht die Aufmerksamkeit verlieren. *Das ist der Moment, in dem Dinge schiefgehen*, dachte sie. Charlies Gehirn bemühte sich, die Situation zu erfassen und gleichzeitig die Konsequenzen abzuschätzen. »Du?« Mehr brachte sie nicht über die Lippen. Sie zählte langsam bis zwanzig.

Luke trug eine schwarze Jeans, ein Flanellhemd, und in der Hand hielt er zusätzlich einen Kapuzenpullover. Er war ausgestattet, als sei Winter. Dabei dürfte es bereits jetzt 25 Grad im Schatten haben. Litt auch er an innerer Kälte? Spürte er die Hitze nicht? War das ihre Schuld? Versuchte sein Körper, ihn zu schützen? War das ein Warnsignal – *bleib weg von dieser Frau?*

Er wollte sie in den Arm nehmen, zur Begrüßung, so wie er es immer tat. Sie ging einen Schritt zurück und stolperte fast, denn ihre Knie hielten ihr Gewicht nicht. Charlie starrte ihn an, in die Augen, in die sie sich einst verliebt hatte, wobei »sich verlieben« ein seltsames Konzept war, denn was passierte da eigentlich?

Luke griff nach ihrem Arm. Seine Finger bohrten sich in ihre Haut. »Ich muss mit dir reden.«

Diese direkte, beinahe grobe Art, wie er mit ihr umging, überraschte Charlie. Es entsprach nicht seinem Naturell.

»Nein.« Sie musste ihn loswerden. »Ich habe keine Zeit.« Sie wischte seine Hand von ihrem Arm. »Es tut mir leid.« Und mit diesen vier Worten machte sie alles nur noch schlimmer, denn mit einem Schlag verpuffte die Wut.

Ihr schlechtes Gewissen verfolgte sie, seit sie beide getrennte Wege gegangen waren. Das schlechte Gewissen, weil sie für das Ende der Beziehung verantwortlich war. Das Ende, das es nicht hätte geben müssen. Sie hatte dieses Gedankenkarussell so viele Male durchgespielt, dass es beinahe ein Gefühl von vertrautem Wohlbefinden in ihr verursachte. Es hatte Tage und Monate gegeben, in denen ihr Kopf mit nichts anderem beschäftigt gewesen war, bis sie die Notbremse zog und sich vorstellte, Luke sei tot. Eine drastische, aber wirkungsvolle Methode.

Luke machte den Mund auf, als wollte er etwas sagen. Doch er stockte. Dann sagte er schlicht: »Charlie, bitte.«

Wie ein Lied, das allein durch die Melodie Gefühle und Erinnerungen hervorrief, die einen mit einem Schlag zurück in die Vergangenheit katapultieren konnten, hatten Charlies vier Worte, vertraut und unzählige Male gesprochen, sie beide zurück in das Frühjahr vor zwei Jahren geschleudert. *Es tut mir leid.*

Aus dem Augenwinkel sah Charlie, dass Phoebe sie beide beobachtete. Phoebe zwinkerte Stuart zu, dem Portier, der jetzt seine Uniform glatt strich, als seien sie Verbündete und warteten gemeinsam auf den Showdown der Auseinandersetzung, die sich hier anzubahnen schien. Sie würde Phoebe diesen Gefallen nicht tun.

Charlie versuchte, einen neutralen Gesichtsausdruck zu bewahren, alles andere, vor allem Ärger, würde Phoebe veranlassen, keinen Zentimeter von ihrem Beobachtungsposten zu weichen. Sie musste jetzt irgendwie mitspielen.

Doch sie täuschte sich.

Es kam schlimmer.

Phoebe genügte die Rolle der Zuschauerin nicht. Mit ein paar Schritten war sie bei ihnen. »Luke…«, sagte sie. Sie nahm ihn in den Arm, herzlich, als wären sie beste Freunde.

Die Umarmung diente nicht dem Zweck, Luke zu begrüßen oder Bestätigung von ihm einzufordern – nein, diese Umarmung diente einzig dazu, Charlie zu verärgern.

Luke war zu höflich, um Phoebes Begrüßung nicht zu erwidern. Doch Charlie konnte sehen, wie unangenehm ihm die Situation war. Er wand sich unter Phoebes Armen weg, wollte Abstand. Dann machte er eine Kopfbewegung zu Charlie, Richtung Tür. »Ich muss mit dir reden«, sagte er. Noch ein Satz aus der Vergangenheit.

Sie konnten beide nur in altbewährten Worten und Phrasen miteinander kommunizieren, als würde jedes neue Wort, jeder neue, noch nie zuvor gesprochene Satz zu einem sofortigen Ende dieser Unterhaltung führen. Sie vermieden unbekanntes Territorium. Und dennoch riss jedes Wort aus der Vergangenheit eine Wunde auf. Eine Wunde, die bei keinem von ihnen geheilt war, die immer bleiben würde, eine Narbe, die bei jeder unvorsichtigen Äußerung gedehnt wurde. Charlies Narbe war stabiler als seine. Dennoch schmerzten die Sätze, auch bei ihr, bis in das tiefste Innere.

Charlie ließ sich die Vorlage nicht entgehen. Jetzt war sie es, die ihn am Arm griff und mit sich zog, weg von Phoebe, weg von der Lobby und allen anderen Menschen, die alle ein gesteigertes Interesse an ihrem Gespräch zu haben schienen. »Komm.«

Ihr Plan stand auf dem Spiel. Das konnte sie nicht zulassen. Luke musste weg.

Sie gingen raus aus der Pension, je schneller er das Gebäude verließ, desto besser. Charlie atmete auf, als sie die Stufen hinuntergingen zum Gehweg. Schwüle Luft empfing sie, es fühlte sich an, als würde sie gegen eine Wand aus Hitze und Feuchtigkeit laufen. Seine Anrufe zu ignorieren, war ein Fehler gewesen. Das verstand sie jetzt.

»Lass uns zur Terrasse gehen«, sagte Luke und zeigte auf die Tische und Stühle des Waverly Inn, die an der Ecke zur Elm Row unter den Bäumen aufgebaut waren.

Wie hatten sie beide die letzten Monate überstanden? Bei jedem Kontakt gerieten sie ins Schwimmen; das Wasser stand ihnen bis zum Hals, und jede kleine Welle drückte sie nach unten, spülte weiteres Wasser über ihre Köpfe.

Charlie verschränkte die Arme vor der Brust, während sie einige Meter gingen. Ihre Gedanken sprangen von einer Seite ihres Gehirns zur anderen. »Es ist nicht der richtige Zeitpunkt für ein Gespräch. Die Premiere ist am Dienstag.« Charlie spürte den Ärger ihre Kehle hinaufkriechen. »Ich habe keine Zeit.« Sie schüttelte den Kopf. »Es tut mir leid.« Ihr Sprachzentrum hatte einen Defekt. Sie war wieder da, wo sie am Anfang gewesen war. Derselbe Satz in Dauerschleife.

Charlie unterdrückte das aufsteigende Gefühl von Panik. Ihr T-Shirt klebte an ihrem Rücken, so sehr schwitzte sie jetzt.

»Du musst mir zuhören.« Lukes Stimme war fest.

»Nein.«

»Es hat nichts mit uns zu tun.«

»Es hat immer mit uns zu tun.« Sie sah ihn an. Luke hatte seinen Bart abrasiert. Das fiel ihr jetzt erst auf. Seine Haare waren lang, eine Locke hing bis zu seinem rechten Auge, verdeckte die feine Narbe, die er dort hatte und die aussah wie eine Lachfalte, selbst wenn er einen ernsten Gesichtsausdruck hatte. Ein Andenken an einen Surfunfall am Woolacombe Bay.

»Hör mir zu.« Er wurde laut. »Verdammt.«

Plötzlich realisierte Charlie, dass sie Sorge in seinem Gesicht erkannte. Oder war es Misstrauen? Schlechtes Gewissen? Oder sah sie diese Dinge heute einfach zum ersten Mal, weil sein Gesicht ohne den Bart irgendwie mehr Emotionen preisgab?

Nein, es passte alles nicht zusammen. Seine Emotionen wechselten sich ab, als würde er eine nach der anderen zur Seite schieben, nur um von der nächsten übermannt zu werden. Für einen kurzen Moment brachte sie diese Erkenntnis aus dem Konzept. In den Jahren ihrer Beziehung und danach, in den Gesprächen und Auseinandersetzungen, hatte sie ihn noch nie so gesehen. Nicht einmal an jenem Tag, als sie Schluss gemacht hatte. Zu verletzt von dem Schock, hatte Luke nicht versucht, die Beziehung zu retten. Er war einfach aus ihrem Leben verschwunden, genau wie sie es gewollt hatte.

Ein Windstoß wehte durch ihre Haare und kühlte für einen Moment ihr Gesicht. Die Sonne war unerträglich, und der Asphalt reflektierte die Wärme, verstärkte die Temperatur auf der Haut. Sie drehte den Kopf in die Richtung, aus der die Windböe gekommen war. Hoffte fast verzweifelt auf weitere Abkühlung. Doch die Luft stand wieder.

»Es geht um den Bentham-Ring«, sagte Luke.

Jetzt hatte er ihre Aufmerksamkeit. »Was?« Charlie sah ihn mit großen Augen an.

»Ich hatte gestern in der Früh ein Gespräch mit einem ehemaligen Kollegen, der bei der Lebowitz Collection arbeitet.«

»Warum?« Sie fragte das Erste, was ihr einfiel. »Ist der Ring eine Fälschung?«

Der Ring war als echt eingestuft worden. Die Angelegenheit war allerdings nicht unproblematisch gewesen. Der Forscher vom UCL hatte eine Einschränkung gemacht. »Ich bin sicher, dieser Ring stammt aus der Zeit, in der Bentham gelebt hat. Das Material. Der Stil.« Er hatte den Ring zwischen seinen Fingern gedreht, während er mit Phoebe und Charlie sprach. »Benthams Silhouette ist auf dem Ring. Aber es gibt keine Aufzeichnungen, wie die verschollenen Ringe ausgesehen haben. Es ist unmöglich, eine hundertprozentige Sicherheit zu geben. Ein Beweis wäre nur möglich, wenn wir herausfinden, ob Haare eingearbeitet sind, und wir die DNA abgleichen. Es hatten allerdings nicht alle Trauerringe solche Bestandteile.«

»Würde man den Ring damit zerstören?«, hatte Phoebe gefragt.

Sein Blick verriet, dass es nur eine logische Antwort darauf gab. »Aber ich bin mir zu 99 Prozent sicher.« Gedankenverloren hatte der Forscher auf den Ring gestarrt.

War der Ring nun doch ein Plagiat? Oder von einem weniger illustren Zeitgenossen Benthams in Auftrag gegeben worden?

»Dann ist das nicht mein Problem«, sagte Charlie. »Phoebe hat die Finanzierung gemacht. Die Bank hat sich auf die Expertise der Forscher verlassen. Echtheitszertifikate wurden vor zweihundert Jahren nun einmal nicht ausgestellt. In solchen Fällen ist man auf das Urteil der Experten angewiesen.« Charlie zuckte mit den Schultern. Der Ring hatte als Sicherheit und damit als Türöffner fungiert. Nicht nur ein Darlehen bei einer Bank war Phoebe gewährt worden, sondern auch ein Zuschuss von einer Stiftung, nachdem Dorothys Name gefallen war.

»Es geht nicht um eine Fälschung.« Luke zog die Augenbrauen zusammen, die linke etwas höher. Charlie hatte es unzählige Male gesehen.

»Was dann?«, fragte sie.

»Mein Bekannter hat bestätigt, dass Dorothy alle Kunstschätze an die Lebowitz Collection gegeben hat. Außer den Ring.« Er atmete aus, als hätte er einen Sprint hinter sich.

»Ja.« Sie starrte ihn an. »Das weiß ich. Und?«

»Findest du das nicht seltsam?«

»Das ist alles?« Sie musste vor Erleichterung lachen. »Das ganze Erbe ist seltsam. Der Ring. Das Theaterstück.«

Sie hatte sich für einen Moment auf das Glatteis führen lassen. Luke war ihre Achillesferse. Sie hatte ihm für einen Augenblick abgenommen, dass er tatsächlich einen anderen Grund hatte als den, der auf der Hand lag: sie und ihn. »Ich gehe jetzt wieder rein.«

»Dorothy hat alle Kunstschätze an die Lebowitz Collection vererbt. Warum nicht den Ring?«

»Keine Ahnung, Dorothy hätte den Ring genauso gut an das University College London vererben können. Die haben Jeremy Bentham auf ihrem Campus sitzen. Hat sie aber nicht.«

»Ich kannte Dorothy nicht. Aber so einen Ring an eine Privatperson vererben?« Er guckte sie an. »Dorothy wollte ihre Antiquitäten gut aufgehoben wissen. Sicherstellen, dass ihre Schätze im Rahmen von Ausstellungen gezeigt werden. ›Vita brevis, ars longa‹.«

»›Das Leben ist kurz, die Kunst ist lang‹?«, fragte sie.

»Richtig, und vor diesem Hintergrund macht es keinen Sinn, den Ring an Phoebe zu geben. Oder? Niemand weiß, in welche Hände er jetzt geraten wird.«

Sie hatte keine Antwort auf seine Fragen.

»Nach meinem Gespräch gestern habe ich mich mit der Vorsitzenden der Lebowitz Collection in Verbindung gesetzt. Das hätte ich schon längst tun sollen. Professor Anne Davis war mit Dorothy befreundet.«

»Du hast also einigen Leuten das Wochenende ruiniert.«

»Mit dem Erbe stimmt etwas nicht.«

Charlie stöhnte auf.

»Professor Davis schien im Gegensatz zu mir in keiner Weise verwundert, dass der Ring nicht an die Lebowitz Collection gegangen ist«, sagte Luke.

»Da hast du es.«

»Nein. Es geht nicht um eine Laune von Dorothy.« Luke machte eine Pause. »Es gibt einen Grund, warum die Lebowitz Collection den Ring nicht bekommen hat.« Er zögerte, wollte offenbar sicher sein, die richtigen Worte zu finden.

»Und der wäre?«, fragte sie.

»Der Ring galt als verschollen.«

Charlie starrte ihn an. »Was meinst du?«

»Professor Davis und Dorothy haben vor mehr als zehn Jahren besprochen, dass ihre Antiquitäten nach ihrem Tod an die Lebowitz Collection gehen. Eine Liste wurde angefertigt. Alles wurde juristisch besiegelt. Dorothy war gründlich.«

»Ich weiß.«

»Dorothy erwähnte damals auch den Bentham-Ring. Sie konnte ihn aber nicht mehr finden. Der Ring war weg.«

»Weg?«

»Verschwunden. Sie hatte ihn nicht mehr. Dorothy machte sogar einen Scherz, dass es in der Natur dieser Ringe lag, verloren zu gehen. Sie hat gelacht und gesagt, zum richtigen Zeitpunkt würde der Ring schon wiederauftauchen. Professor Davis war einigermaßen beeindruckt, über das Verschwinden eines derart wertvollen Rings Witze zu machen.«

»Dein Kontakt irrt sich nicht? Das Gespräch ist zehn Jahre her.«

»Würdest du als Kunstexpertin so eine Aussage vergessen?«

Charlie überlegte. »Aber dann macht es doch Sinn, dass der Ring gesondert vererbt wurde. Dorothy fand den Ring irgendwann wieder, er war der Lebowitz Collection nicht versprochen, stand nicht auf der Liste, und sie hat ihn deswegen in dem Schließfach gelagert, um ihn vom Rest des Erbes zu trennen. Dann hat sie sich überlegt, ihn gewinnbringend für Phoebe … und für mich einzusetzen.«

»Findest du das logisch?«

»Ziemlich.« Charlie nickte. »Zusammen mit dem Manuskript für das Theaterstück. Das ist typisch Dorothy, so war sie.« Eine Welle von Trauer überkam Charlie wieder. Bei jeder Erinnerung an ihre Mentorin fühlte sie sich, als würde sie aus der Welt fallen.

Luke schüttelte den Kopf. »Warum hat Dorothy dann nicht sichergestellt, dass dieses Erbe ordnungsgemäß gelistet ist? Warum hat sie es in ihrem Nachlass nicht erwähnt?«

»Ich weiß es nicht. Aber Dorothy liebte Besonderheiten. Außerdem *ist* dieser Teil des Erbes ja aufgetaucht.« Sie zuckte mit den Schultern. »Nur etwas später.«

Sie schauten sich an, eine Ewigkeit lang, dann unterbrach sein Blinzeln den Moment. »Ich habe meinen Freund Carl auf den Fall angesetzt. Er soll ...«

»Ich gehe jetzt wieder rein. Phoebe und ich haben noch Dinge für die Premiere zu klären.« Charlie wusste nicht, ob es die Temperaturen waren oder ihr Ärger, aber sie fühlte sich jetzt, als hätte sie Fieber. Ihre Haut glühte, und ihr Mund war trocken. Ihr Herz raste viel zu schnell, ein Versuch ihres Körpers, der Hitze in ihrem Blut Herr zu werden. Ein vergeblicher Versuch.

Luke folgte ihr. »Was tust du?«, fragte sie und blieb stehen, bevor sie beide zu nah in den Eingangsbereich des Waverly Inn kamen. Sie wollte einfach nur rein, die Tür hinter sich schließen und wieder in ihr Meisterstück abtauchen.

Luke zeigte auf ein Fenster in der ersten Etage der Pension. »Ich musste über Nacht hier Quartier beziehen. Du bist ja nicht ans Telefon gegangen.« Ein Vorwurf.

»Du musstest was?« Sie riss die Augen auf. Langsam zählte sie bis zehn. In ihrem Magen bildete sich ein Knoten. Ihr fiel das blinkende Licht am Telefon auf ihrem Nachttisch ein. »Das warst *du* gestern Abend? Du hast mich von der Rezeption angerufen?«

»Ich habe das Mädchen am Empfang gebeten, dir Bescheid zu geben. Dein Handy ignorierst du ja.«

»Du übernachtest hier, um mir zu sagen, dass der Ring verschwunden war?«

»Es war spät. Ich wäre nicht mehr zurück nach Richmond gekommen.« Er stockte. »Das ist nicht alles.«

»Ich möchte mir deine Verschwörungstheorien nicht länger anhören.« Die Worte trafen ihn, das konnte sie sehen.

»Dorothys Schachzug war perfekt. Der Ring und das Manuskript haben uns den Weg bereitet. Wir haben eine Premiere in zwei Tagen.«

»Ich habe einen Fehler gemacht«, sagte er.

Charlie ging zum Eingang der Pension. »Es geht jetzt also doch wieder um uns.« Sie blieb stehen. »Wenn einer von uns mit der Trennung einen Fehler gemacht hat, dann bin das ich. Aber in diesem Moment bin ich nicht sicher, ob es wirklich ein Fehler war.«

»Nein, du verstehst nicht.«

»Ich verstehe sehr gut.« Gerade als sie die Stufen hochgehen wollte, hielt sie inne. Plötzlich fiel ihr etwas auf: »Woher wusstest du überhaupt, wo ich bin?«

PHOEBE

»Hast du Luke gesagt, dass wir hier sind?«, fragte Charlie. Ihre Stiefschwester stand vor ihr wie ein wütendes Kind, das verpetzt wurde. »Was hast du dir dabei gedacht?«

Natürlich konnte Phoebe nicht sagen, was sie sich dabei gedacht hatte. Wieder überkam sie Genugtuung, denn das war die einzige Emotion, die sie sich erlaubte. Kleine Momente, kurz und doch wertvoll, eine Adrenalinspritze zum richtigen Zeitpunkt. Wie eine erschöpfte Mutter, deren lächelndes Baby sie nach einer Nacht ohne Schlaf zu der Überzeugung brachte, dass es am Ende doch alles wert war.

Genugtuung als Entschädigung für diese ganze Situation war das einzige Gefühl, das Sinn machte. Nichts hob ihre Laune mehr als der Triumph über den Parasiten.

Charlie war hinter Phoebe hergestürmt, kaum dass sie zurück in der Lobby war. Sie standen jetzt in den Toilettenräumen im Untergeschoss der Pension, die für den Stil des Hauses überraschend modern waren. Die Armaturen am Waschbecken waren mit LED beleuchtet. Große schwarze Fliesen zierten die Wände. Bodentiefe Spiegel. Charlie funkelte sie wütend an, sie bekam dann diesen harten Zug zwischen Mund und Nase.

»Ich verstehe dein Problem nicht«, sagte Phoebe. Natürlich verstand sie das Problem. Doch sie wusste, dass sie Charlie mit diesem Satz zur Weißglut bringen konnte. Der Parasit fühlte sich dann nicht ernst genommen, und nicht ernst genommen zu werden, fütterte Charlies Minderwertigkeitskomplex.

Phoebe trocknete ihre Hände ab und griff nach einer Flasche mit Handcreme, die neben dem Waschbecken stand. »Rosmarin. Wie ungewöhnlich.« Sie verrieb die Creme zwischen ihren Handinnenflächen.

Sie befanden sich in einer Arena, und Phoebe schwenkte das rote Tuch vor Charlies Augen. Sie stachelte ihre Stiefschwester mit einem Speer an, reizte und pikste sie. Sie würde Charlie Schritt für Schritt immer weiter an den Abgrund bugsieren, so lange, bis sie ganz nah an der Klippe stand, nur noch Millimeter entfernt. Dann reichte ein kleiner Stoß.

Es gab einfach keine andere Möglichkeit, ihr beizukommen.

Sie wusste, wozu Charlie fähig war. Und sie wusste, dass man Insekten nur mit speziellen Maßnahmen bekämpfen konnte.

Charlies Unterkiefer mahlte von einer Seite zur anderen. Es war Wut, die die Muskeln im Gesicht ihrer Stiefschwester erzittern ließ.

Doch wie es schien, hatte Luke seine große Beichte nicht abgelegt, sonst würde ihre Stiefschwester sich nicht über seinen Aufenthaltsort echauffieren, sondern über etwas ganz anderes.

»Hast du Luke gesagt, dass wir hier sind?«, wiederholte Charlie ihre Frage.

Phoebe sagte: »Hellsehen kann er wohl kaum.« Sie hatte lange überlegt, ob Lukes Anwesenheit in der Pension ein Problem darstellen könnte. Doch dieses Wochenende würde helfen, seinen Horizont zu erweitern. Er würde erkennen, dass er seine Gefühle an die falsche Frau verschwendete. Nicht weil Phoebe ihn haben wollte, sondern weil sie sehen wollte, ob er genauso leicht zu manipulieren war wie so viele Männer.

War er. Denn im Grunde hatte sie ihre Antwort vor Wochen schon bekommen.

Sie hatte in jener Nacht nicht nur jeden Respekt, sondern auch das Interesse an ihm verloren. Nicht weil der Sex schlecht gewesen wäre. Ohne Gefühle und die alberne Vorstellung von Romantik war Sex einfach nur Sex – und damit ziemlich perfekt. Das gab nur keiner offen zu.

Nein, sie hatte das Interesse verloren, weil Luke überhaupt so weit gegangen war. Sie hatte sich nicht einmal besonders anstrengen müssen, um ihn ins Bett zu kriegen. Das war die größte Enttäuschung an der Sache gewesen. Sie hatte ein Spiel gewollt, und er hatte ihr den Sieg direkt hingeworfen.

Am nächsten Tag hatte sie ihre Laken frisch bezogen und die Angelegenheit abgehakt. Was nicht bedeutete, dass er seinen Nutzen verloren hatte. Luke diente einem Zweck.

»Es stand bei Twitter«, sagte Phoebe jetzt zu dem Parasiten. »Ich weiß allerdings nicht, ob Luke da liest.« Sie grinste.

»Luke ist meine Angelegenheit«, sagte Charlie. »Er geht dich überhaupt nichts an.«

»Bist du sicher?«

»Was willst du damit sagen?« Charlies Stimme hallte wie ein Echo durch den Raum, multipliziert durch die Kacheln und die spärliche Einrichtung im Vorraum der Toiletten.

»Schon gut.« Phoebe sparte sich die Enthüllung noch auf. *Echte Freude*, dachte sie, *erlebt man als Erwachsener selten, nur das Fragment von Freude blitzt ab und an durch.* Aus diesem Grund wollte sie nicht ihre gesamte Munition auf einmal verschießen, sie musste die Freude so lange wie möglich auskosten.

»Dieses Wochenende war dazu gedacht, sich auf die Premiere zu konzentrieren. Meinst du nicht, es gibt ausreichend Stoff?« Charlie lenkte vom Thema ab. »Ich wollte den Grundstein für die Laufzeit der Produktion legen.«

Ihre Stiefschwester hatte innerhalb einer Sekunde in den Arbeitsmodus geschaltet. Ganz so, als würde sie die Wahrheit nicht hören wollen, als ahnte sie, dass die Wahrheit ihr den Boden unter den Füßen wegziehen würde.

»Das Licht …«, sagte Charlie.

»Fängst du jetzt wieder mit der Beleuchtung an?« Phoebe kniff die Augen zusammen.

»Wir könnten die Farbe auf der Bühne in Sepia halten. Diese Kombination verbindet man mit Bildern aus der Vergangenheit. Was meinst du?«

Das Schlimme war, dass Charlie selbst glaubte, ihr wäre das Licht wichtig. Sie redete sich Dinge so lange ein, bis sie zu ihrer Realität wurden. Dabei war vollkommen klar, dass die Beleuchtung hier und heute eine Nebensache war.

»Luke verhindert diesen Grundstein?«, fragte Phoebe, ohne auf die Idee einzugehen.

Charlie verdrehte die Augen bei der Erwähnung des Namens. »Luke hat hier nichts zu suchen.«

»Das hättest du ihm gestern Abend sagen sollen.« Zeit für etwas Spaß.

»Was?« Der Parasit starrte sie an.

Damit hatte sie Charlie aus der Bahn geworfen. »Auf der Suche nach meiner Armbanduhr habe ich ihn gestern Abend an der Theke sitzen sehen«, sagte Phoebe.

»Warum hast du mir nichts gesagt?«

Ich weiß etwas, was du nicht weißt.

»Du hast nicht gefragt.«

Aber ich verrate es dir nicht.

»Wie hätte ich fragen sollen? Ich hatte doch keine Ahnung, dass Luke ...« Charlie brach ab.

»Ich hielt es für das Beste, mich aus der Sache rauszuhalten.« Phoebe klang überzeugend, doch sie musste ein Lachen unterdrücken. *Und ich weiß noch mehr.*

Durch die Spiegel in den Toilettenräumen sah sie den Parasiten in dreifacher Ausführung wie in einem Spiegelkabinett. Charlies Wut strahlte ihr jetzt aus jeder Richtung entgegen.

Doch dann passierte etwas Erstaunliches. Als hätte jemand den Stecker gezogen, verschwand der Ärger aus Charlies Gesicht. Ihre Gesichtszüge wurden weicher, die Falten auf der Stirn glätteten sich. »Weißt du, was? Vergiss es.«

Schade. Phoebe hätte gern mehr von der Rage gesehen, die in ihrer Stiefschwester tobte.

Einen Moment lang sagte keine von ihnen einen Ton. Ein tropfender Wasserhahn war das einzige Geräusch, und Phoebe begann zu zählen, wie oft der Aufprall der Wassertropfen auf der Keramik zu hören war. Sie würde nicht zuerst sprechen.

Wäre Charlie nicht ihre Stiefschwester und wäre sie kein Roboter, hätte sie jetzt fast so etwas wie Mitleid spüren können. Denn würde sie Charlie nicht kennen, würde sie der falschen Annahme unterliegen, das Schweigen sei Hilflosigkeit.

War es nicht.

Das Schweigen war ein Werkzeug. Ein Trick. Charlie

konnte ihre Sprachlosigkeit beliebig lange durchhalten. Je nachdem, wie es die Situation erforderte.

Schon als Kind hatte Charlie sich dieser Methode bedient, und niemand hatte ihre Intention durchschaut. Die süße Kleine hatte sich mit ihrem Schweigen interessant gemacht und Aufmerksamkeit geradezu erzwungen, denn ein Kind, das nicht mehr sprach, war für jeden Erwachsenen ein Gesprächsthema; ein Grund zur Sorge, ein Anlass, sich kümmern zu müssen. Es war ein Machtspiel, eine Manipulation. Charlie wollte gesehen werden, und ihre Methode war, nicht mehr gehört zu werden.

»Das ändert nichts an der Tatsache, dass wir über das Licht reden müssen«, sagte Charlie jetzt, siebzehn Wassertropfen später. »Mir ist bei der Kostümprobe aufgefallen, dass wir Orla in der ersten Szene an einer anderen Stelle auf der Bühne platzieren sollten.«

»Ich habe nicht die Absicht, das ganze Stück zu sezieren«, sagte Phoebe. Doch es war zu spät. Die Angst vor dem Urteil der Kritiker war seit dem Frühstück aus Phoebes Unterbewusstsein in einen Teil ihres Gehirns vorgedrungen, der ihr nicht mehr erlaubte, Charlies Meinung zu ignorieren. »Na schön.. Ich hole meine Unterlagen.« *Katz und Maus*, dachte sie. »Wir können uns in einer Stunde zusammensetzen.« *Stier und Torero.*

Und das Beste kam immer zum Schluss.

CHARLIE

Das größte Missverständnis über die menschliche Sprache war, dass Leute redeten, um sich auszudrücken. Falsch. Menschen sprachen, weil sie etwas *wollten*. Immer. Direkt oder indirekt. Das war der einzige Grund.

Als Kind hatte sie ein Jahr lang geschwiegen. In ihrer Welt hatte es zu jenem Zeitpunkt nichts mehr gegeben, was sie gewollt hatte. Ihr Vater war tot. Sie wollte ihn zurück. Das ging nicht. Was hätte sie also sagen sollen?

Das Schweigen war ihr Versteck gewesen. Ihre Höhle. Wenn sie nicht sprach, konnte sie niemand sehen.

Im Alter von fünfzehn Jahren war sie erneut an jenem Punkt gewesen, und sie hatte sich damals tatsächlich gefragt, warum sie sich in der Zwischenzeit überhaupt die Mühe gemacht hatte.

Sie war jetzt eine Erwachsene. Sie redete, denn sie wollte Dinge. Doch im Umgang mit ihrer Stiefschwester war ihr Schweigen eine Strategie. Es war die einzige Möglichkeit, nicht unterzugehen.

Charlie stürmte aus den Toilettenräumen und lief direkt in die Kellnerin. Die sprang im letzten Moment zur Seite. »Entschuldigung.« Charlie nickte ihr zu.

Mit großen Schritten ging sie die Stufen hinauf, nahm immer zwei auf einmal. *Wir können uns in einer Stunde zusammensetzen.*

Alles, was zum jetzigen Zeitpunkt blieb, waren Sorgen. Die Sorge, den richtigen Augenblick zu verpassen. Die Sorge, dass der richtige Augenblick sich nicht ergab. Die Sorge, dass der Augenblick perfekt war – und etwas schiefging.

Draußen ertönte ein Donner. Ein Blitz zuckte durch den Himmel. Wo kam das Gewitter denn jetzt her? Die Wolken mussten gerade erst aufgezogen sein. *Noch 57 Minuten.*

Lukes Worte schwirrten in ihrem Kopf. Stimmte etwas nicht mit dem Ring? Steckte Phoebe hinter der Sache? Aber was war die Sache? Wieso war der Ring damals verschwunden? Hatte Phoebe Dorothy den Ring gestohlen?

Dieser bescheuerte Ring, dachte Charlie. *Dieses ganze bescheuerte Erbe.*

Im Erdgeschoss lief Charlie an dem antiken Fernseher vorbei, der einen Film aus den Siebzigern zeigte. Jack Nicholson und Louise Fletcher lieferten sich in One Flew Over The Cuckoo's Nest ein nicht hörbares Wortgefecht. Ein Standbild. Beide Schauspieler waren in ihrer Bewegung erstarrt.

Kurz überlegte sie, nach Luke Ausschau zu halten. War er noch hier? Doch was sollte sie ihm sagen? Ihre Tat würde durch seine Anwesenheit nicht zu stoppen sein. Nein, sie würde ihn einfach ignorieren müssen.

Genau wie gestern Abend hetzte sie nun durch das Treppenhaus, hoch, in die vierte Etage. Gelegentlich griff ihre Hand nach dem Geländer, in den Kurven zog sie sich rum und rannte weiter. Ihre Waden fingen an zu brennen. Ihre Lunge schrie.

Ein zweiter Donnerschlag ließ sie zusammenzucken. Luftfeuchtigkeit drückte durch die alten Fenster in das Treppenhaus. Die Luft stand, und Schweiß rann jetzt zwischen ihren Schulterblättern den Rücken runter. *Noch 52 Minuten.*

CHARLIE

Die Stunde hatte sich angefühlt wie ein ganzer Tag. *Nein, wie ein ganzes Leben*, dachte sie.

Für eine Rede vor Publikum brauchte man eine Stunde, um viertausend Wörter zum Besten zu geben. Das menschliche Gehirn hingegen konnte viertausend Wörter *pro Minute* denken. Innerer Monolog war damit um ein Vielfaches schneller, als würde man die Worte aussprechen.

Doch die Geschwindigkeit der inneren Rede war auch ein hervorragendes Werkzeug zur Selbstsabotage. Wer schaffte es schon, einen Schwall aus Gedanken mit einer Geschwindigkeit von viertausend Wörtern pro Minute zu stoppen? Irgendwie hatte Charlie es geschafft, diese Stunde rumzukriegen und die Gedanken in ihrem Kopf zum Schweigen zu bringen.

»Hörst du dir eigentlich manchmal selber zu?«, fragte Phoebe, die ihr nun wieder gegenübersaß.

Nein, dachte Charlie, *ich habe einfach keine Wahl*. Das Gesetz war ohnehin auf ihrer Seite. Notwehr wurde juristisch anerkannt, solange das Handeln verhältnismäßig war und dem Schutz des eigenen Lebens oder des Lebens einer anderen Person diente. Ihr konnte überhaupt nichts passieren. Ihr Handeln war verhältnismäßig.

Charlie konnte fühlen, dass der richtige Augenblick sich näherte. Der richtige Moment war der Schlüssel zum Erfolg, der eine Wimpernschlag, der den Unterschied machte. Eine Sekunde konnte eine Ewigkeit sein. Eine Sekunde konnte über

Leben oder Tod entscheiden. Über Sieg oder Niederlage. Wer wüsste das besser als sie?

War das Timing richtig, konnte sich ab diesem Augenblick das restliche Leben für immer verändern. Verpasste man diesen Moment, hatte man unter Umständen nie wieder die Möglichkeit, ihn zurückzubekommen. Größtmögliche Konzentration war das Maß aller Dinge, wenn es darum ging, diesen kostbaren Augenblick zu erwischen.

Der Tisch, an dem sie saßen, war so voll, dass kein Holz mehr durchschimmerte. Zettel. Stifte. Eine Karaffe, die mit Wasser gefüllt war, und mehrere Gläser standen vor ihr.

Charlie schob ihrer Stiefschwester einen Zettel entgegen, auf dem sie eine Skizze gezeichnet hatte. Die Schauspieler liefen als Strichmännchen über die Bühne. Dann zog sie ihr Handy aus der Tasche, zeigte Phoebe einige Fotos, die sie während der Kostümprobe gemacht hatte. Mit Pfeilen malte sie den Verlauf des Lichts auf das Papier. Phoebe nahm einen Schluck von ihrem Wein, ohne auf Charlies Zeichnung zu gucken.

»Der ist gut«, sagte sie. Und nahm direkt noch einen Schluck. »*Gavi di Gavi.*« Sie sah Charlie an. »Mein Lieblingswein.«

»Was für ein Zufall«, sagte Charlie und goss sich Wasser nach. Dann sagte sie: »Am Ende der vierten Szene sollten wir den Aufbau der Bühne ändern.« Sie zeigte auf das Foto.

Phoebe machte sich eine Notiz. Fast war Charlie gerührt, bis sie sah, dass die Worte auf dem Papier nichts mit ihrem Einwand zu tun hatten, sondern irgendetwas mit den Preisen der Tickets.

»Letzte Woche war ich im Southbank Centre. Da hatten sie auch diesen Wein«, sagte Phoebe.

Charlie starrte sie an. Ihre Stiefschwester musste immer das letzte Wort haben. Selbst wenn es um Belanglosigkeiten ging. Würde sie jetzt etwas erwidern, würde Phoebe noch etwas einfallen. Das könnte den Rest des Tages so weitergehen. Es würde Phoebe noch nicht einmal auffallen.

Allmählich konnte Charlie die Nähe zu Phoebe keine Sekunde länger ertragen. Sie spürte die Anspannung durch jede einzelne Zelle strömen. Ihr Bein wippte unter dem Tisch. Es erforderte eine schier unmenschliche Kraftaufbringung, diese Bewegung zu unterbinden.

Das Restaurant hatte sich mit Menschen gefüllt. Immer mehr Gäste saßen an den Tischen und an der Theke. Doch sie nahm sie alle kaum wahr, sie existierten nur im Hintergrund. Der Einzige, der aus dieser Menge herausstach, war Luke. Der war ziemlich präsent, obwohl er einige Tische weiter mit dem Rücken zu ihnen saß. Er hatte sich Essen bestellt.

»Schau, der Straßenkehrer«, Phoebe riss Charlie aus ihren Gedanken. Phoebe zeigte nach draußen, vor die Terrasse, wo ein Bediensteter der Londoner Straßenreinigung mit einer Warnweste bekleidet den Gehweg fegte.

»Ja?« Charlie folgte Phoebes Blick auf den Besen des Mannes und fragte sich, wann der richtige Zeitpunkt kommen würde. In Phoebes Weinglas war nicht mehr viel drin. Würde sie ein zweites Glas bestellen?

Sie schenkte ihrer Stiefschwester Wasser nach. Musste Phoebe nicht auf Toilette? Diese verdammte Hitze … Man schwitzte die Getränke einfach aus.

»Er hat mich erkannt«, stellte Phoebe zufrieden fest, als der Straßenkehrer tatsächlich einen Augenblick durch das Fenster in ihre Richtung schaute.

»Woher sollte er dich kennen?«, fragte Charlie. Phoebe bezog wie immer das Handeln jeder Person auf sich selbst. In Phoebes Vorstellung war jeder Mensch, der sich mit ihnen in der Pension befand, im Restaurant, vor der Tür, ja, in ihrem gesamten Leben, nur zu einem Zweck dort: um Phoebe in ihrer Existenz zu bestätigen.

Phoebe ging auf ihre Frage nicht ein. Sie sah plötzlich seltsam zufrieden aus, da war richtig Leben in ihr. Das konnte eigentlich nur eins bedeuten: Sie hatte ein Ass im Ärmel.

Und Charlie hatte recht. Sie sah, wie Phoebes Blick zu Luke glitt.

»Charlie ...« Ein Lächeln begann Phoebes Lippen zu umspielen. »Ich nehme an, Luke hat dir noch nichts von der Sache erzählt?«

Charlie schluckte. Ihre Kehle zog sich zusammen. »Welche Sache?«, hörte sie sich sagen. Ihre Stimme klang hohl.

»Vor drei Wochen ist zwischen Luke und mir ...« Phoebe zögerte jetzt.

»Luke und du, was?«

»Nein.« Phoebe schüttelte den Kopf. »Er soll es dir selber erzählen.«

In Charlies Ohren begann das Blut zu rauschen. *Ich muss dir noch etwas sagen. Ich habe einen Fehler gemacht.*

»*Was* soll er mir selber erzählen?«

Phoebe sah sie einfach nur an.

Charlie hatte noch nie so ehrliche Freude in Phoebes Gesicht gesehen. Diese Erkenntnis versetzte ihr einen Schock. Dann kroch eine Erinnerung in ihr hoch. Nein, sie kannte dieses Gesicht von Phoebe, sie wusste es jetzt genau.

Mit zwölf Jahren hatte Phoebe an einem Schulausflug teilgenommen, mit Übernachtung auf einer Burg in Derbyshire. Nicht nur Phoebes Freunde fuhren mit, sondern auch Julia und einige Kinder aus der Theatergruppe. Charlies Teilnahme hatte Eleanor sich finanziell nicht leisten können. Phoebe hatte keine große Lust auf die Fahrt gehabt. »Was interessiert mich eine Ruine?« Dann hatte sie Charlies verheultes Gesicht gesehen. Und verstand.

Da hatte Phoebe plötzlich genauso ausgesehen wie jetzt.

»Was?«, fragte Charlie erneut. Ihr Wortschatz hatte sich auf ein Wort reduziert.

»Luke hat an derselben Stelle ein Muttermal wie ich«, sagte Phoebe. »Unter dem Bauchnabel.« Phoebe grinste. »Ganz weit unten.«

Charlie schloss die Augen. Phoebe sagte die Wahrheit. Selbst wenn ihre Stiefschwester noch nie in ihrem gesamten Leben die Wahrheit gesprochen hatte – dieses Mal stimmte es.

Charlie hatte die Freude für eine Sekunde in Phoebes Gesicht aufblitzen sehen.

Sie schaute zu Luke hinüber. Ihr Exfreund saß vornübergebeugt, ahnungslos, dass in einigen Metern Entfernung eine Explosion erfolgt war, und trank gerade einen Schluck Bier.

Die Wut übernahm Charlies Körper, ihren Geist, ihre Seele. Von ihr selbst war mit einem Schlag nichts mehr übrig, da war nur noch dieses Gefühl, von dem sie wusste, dass sie es jetzt irgendwie kontrollieren musste.

Sie sprang vom Tisch auf.

Phoebe guckte sie weiter einfach nur an, wartete auf eine Reaktion, und genau aus diesem Grund wollte Charlie ihr den Gefallen nicht tun. Sie musste sich unter Kontrolle bringen, denn der Preis war zu hoch. Wie in Zeitlupe setzte sie sich wieder. *Sie will mich nur provozieren.*

Phoebes Blick wanderte jetzt versonnen zu dem Whiskeytrinker, der auf der Terrasse mit seiner Kamera ein Schwarm Spatzen auf dem Zaun fokussierte.

Als die Vögel plötzlich aufschreckten und in alle Richtungen flogen, stand er auf und steuerte auf die Tür zu. Er bemerkte Phoebes Blick und lächelte sie an. »Ich habe einen Fan«, flüsterte sie. Charlie starrte Phoebe an, denn zu mehr war sie nicht in der Lage.

Phoebe hob eine Hand, und für einen Augenblick glaubte Charlie, dass sie dem Mann winken wollte. Doch sie griff nach ihrer Handtasche. »Entschuldige mich einen Moment.«

Als Erklärung diente eine Kopfbewegung hinüber zu der Tür, die zu den Toiletten führte. Und schon war sie verschwunden.

Charlie schaute ihr hinterher. Betäubt. Der Moment hatte sich offenbart. Es würde keinen besseren Augenblick geben. Auf diese Gelegenheit hatte sie gewartet. Sie musste jetzt funktionieren. Langsam lehnte sie sich nach vorne. *Sieht jemand, was ich tue?*

Charlie drehte sich Richtung Tür, weg von der Bar. Ihre Finger fühlten sich steif an. Ihr Bein unter dem Tisch wippte. *Phoebe und Luke?*

Sie zog Phoebes Glas zu sich. Zentimeter für Zentimeter, bis es ganz nah war. *Phoebe und Luke.*

Eine Kette von Ereignissen würde in Gang gesetzt werden, die nicht mehr gestoppt werden konnte. *Luke kann machen, was er will.*

Niemand im Restaurant schenkte ihr Beachtung, jeder war

mit eigenen Getränken und Gesprächen beschäftigt. Der Whiskeytrinker war jetzt zurück an der Theke und fummelte an seiner Kamera. Die Kellnerin sortierte Menükarten. Das Pärchen am Nebentisch war ins Gespräch vertieft. Die Frau wischte ihrem Freund gerade einen Krümel von der Lippe.

Charlie war irgendwie abgelenkt. Das war nicht gut, denn Unachtsamkeit war gefährlich. *Luke hat an derselben Stelle ein Muttermal wie ich.*

Langsam zog sie die Ampulle aus ihrer Handtasche. Phoebes Glas stand direkt vor ihr. Sie öffnete den Verschluss der Ampulle, unter dem Tisch, mit einer Hand, wie sie es geübt hatte. Ein letzter Blick Richtung Tür, zur Lobby. Zu den toten Augen des mit Arsen getränkten Fuchses. Drei. Zwei. Eins.

Sie hielt den Atem an. Perfektion war das Maß aller Dinge. Sie schaute sich noch einmal um, noch einmal in Lukes Richtung. Sie musste noch kurz warten, sie musste …

Jetzt.

Die durchsichtige Flüssigkeit lief aus der Ampulle in Phoebes Glas. Flüssigkeit vermischte sich mit Flüssigkeit, der Wein umhüllte den Neuankömmling in seiner Mitte.

Ihre Welt war schon so oft in tausend Teile zerbrochen, dieses Mal reparierte Charlie sie für die Ewigkeit. Sie konnte das Gefühl, das sie jetzt überkam, nicht beschreiben. Aber es fühlte sich gut, befreiend an, trotz der Aufregung und der schier unfassbaren Tragweite dieser Aktion.

Tropfen für Tropfen rann die Flüssigkeit in das Glas, es war der Leim, der Charlies neue Existenz aufbauen würde. Der vorläufige Höhepunkt ihres Meisterstücks.

Bevor der letzte Tropfen sich mit dem *Gavi di Gavi* vermischte, schaute sie hoch. Und direkt in Phoebes Gesicht.

HAWK

Sein Blick fiel auf die Zeitung, die er seit Tagen mit sich herumtrug und die ihm als Unterlage diente. Die Seiten wellten sich, die hohe Luftfeuchtigkeit war in das Papier gezogen. Es war eine Ausgabe der *Metro*, die täglich unter der Woche an den U-Bahn-Stationen Londons für die Passanten kostenlos verfügbar war. Die Druckerschwärze hatte sich mittlerweile von dem Papier gelöst, überall auf seinen Fingern verteilt und von dort vermutlich den Weg in sein Gesicht gefunden.

Seit er als Obdachloser auf der Straße unterwegs war, hatte er mehr über sein Aussehen und den Dreck, der an ihm klebte, nachgedacht als jemals zuvor in seinem Leben. Er gehörte jetzt zum unsichtbaren Teil der Gesellschaft. Dem Teil, der vogelfrei war und für den Normen nicht galten. Solange man keinen illegalen Aktivitäten nachging, war jede Art von ungewöhnlichem Verhalten erlaubt. Auch aus diesem Grund hatte er vorhin die Pension betreten, einfach, weil er es *konnte*. Die Neugier hatte ihn getrieben.

Er blätterte jetzt durch die Zeitung, wollte nachsehen, ob sein prominenter Doppelgänger eine Erwähnung fand. Das Lesen der Klatschnachrichten und des Feuilletons war seit einiger Zeit seine Lieblingsbeschäftigung.

Auch wenn der Typ seit Jahren von der Bildfläche verschwunden war, schaffte er es ab und an, in einem Artikel aufzutauchen. Der Höhepunkt der Verwechslung mit dem Mann war ein Foto, das ein Paparazzo im letzten Frühling von Hawk geschossen hatte, gerade als er sich an einem Laternenpfahl in der Nähe des Green Park erleichterte. Das Foto hatte in den Medien einen Shitstorm verursacht. Der Fußballer hatte beteuert, dass er das auf dem Bild nicht gewesen sei, konnte aber nie das Gegenteil beweisen. Das Foto war überall im Internet und aus Gründen der Sittlichkeit immerhin ausreichend unscharf. Hawk hatte eine ganze Nacht gelacht.

Doch in dieser Ausgabe der Zeitung war nichts über den Mann zu finden.

Hawks Blick blieb an der Randnotiz auf Seite 9 hängen. Phoebe Hart und Charlotte Raeburn, die beiden Nachwuchs-Regisseurinnen, -Dramatikerinnen und -Schauspielerinnen der alternativen Londoner Theaterszene, würden am Dienstag ihre Premiere im Perlman Theatre in Dalston feiern. Als »Konkurrentinnen seit Kindheitstagen« hatte der Journalist die Stiefschwestern bezeichnet, »… vereint für den Erfolg?«

Die ganze Nachricht war nicht mehr als ein unscharfes Foto und sechs schmale Zeilen wert. Dieser kurze Artikel war der Grund, warum Hawk die Zeitung aufgehoben hatte.

Phoebe Hart. Charlotte Raeburn.

Sie hatten in der Pension vor ihm gestanden. Die eine groß mit Dauerwelle, die andere winzig mit dunklen Haaren. Beide Frauen waren aus der Zeitung, aus dem Foto, zum Leben erwacht und hatten ihn angestarrt. Ein surreales Gefühl.

Sein Finger fuhr jetzt über ihre Namen, immer stärker. Er konnte nicht stoppen, verwischte die Druckerschwärze, bis die Namen der beiden Stiefschwestern auf dem Papier verschwunden waren.

PHOEBE

»Charlie, was tust du denn da?«, fragte sie. Dabei brauchte Phoebe gar keine Antwort, sie wusste ja, was sie gesehen hatte. Ihre Augen hatten die Information aufgenommen und über elektrische Impulse an das Gehirn weitergeleitet. Vor einer Sekunde erst war das passiert, doch es fühlte sich an wie eine Ewigkeit.

Oder spielte ihr Gehirn ihr einen Streich? Waren ihre Nervenzellen zu einem falschen Ergebnis gekommen? Stand und fiel nicht alles mit der Interpretation? Und basierte die Interpretation nicht auf Erfahrungen?

Nein. Sie hatte die Tür geöffnet. Der Boden hatte unter ihren Füßen geächzt; die alten Dielen im Restaurant waren morsch. Und genau in dem Augenblick schreckte dieses Geräusch den Parasiten auf. Charlie hatte in ihrer Bewegung innegehalten.

Das Weinglas in der linken Hand.

Eine Ampulle in der rechten Hand.

Phoebe irrte sich nicht. Ihr Gehirn hatte keine Information falsch verarbeitet. Charlie hatte mit ihrem Oberkörper versucht, den Blicken der Anwesenden im Restaurant zu entgehen. Sie hatte sich zur Seite gelehnt, das Glas verdeckt und dabei nicht die Tür beachtet, durch die Phoebe getreten war. Sie hatte komplett freie Sicht gehabt. *Fucking freie Sicht.*

Phoebe hielt mit ihrer Hand jetzt noch immer die Tür zum Restaurant auf, ihre Finger krallten sich in das Holz. Sie verwendete so viel Kraft, dass ihre Knochen, Sehnen, die Haut ihrer Hand anfingen, sich zu verkrampfen.

Die süße Kleine hatte ihr etwas in den Wein geschüttet.

Der Schmerz löste eine Reaktion aus. Sie war für einen kurzen Moment kein Roboter mehr. *Du mieser, kleiner Parasit. Du niederträchtige, falsche Schlange. Du dumme, charakterlose Stiefschwester.*

Charlie bewegte sich nicht. Ihre Stiefschwester saß auf dem Stuhl in absoluter Bewegungslosigkeit wie Jeremy Bentham in seiner Vitrine, für die Ewigkeit in einer Position, aus der er sich nicht lösen konnte.

»Was tust du da?« Phoebe schrie es jetzt aus voller Lunge, so laut, schrill, dass ihr beinahe schwindelig wurde und sie kurz Angst hatte, ihre Lunge könnte platzen. Sie riss sich vom Türrahmen los und stürzte zu Charlie.

Sie schaute in die Gesichter der Leute im Restaurant. Hatten sie alle den Vorfall beobachtet, verstanden sie, wozu ihre Stiefschwester fähig war?

Für einen schrecklichen Moment gab sie sich der Vorstellung hin, was passiert wäre, wenn niemand Charlies Handeln bemerkt hätte und sie selbst nicht in jenem Moment durch die Tür getreten wäre. Eine Sekunde später, und sie hätte Charlies heimliche Tat, den Anschlag, verpasst.

Die Bewegung löste auch Charlie aus ihrer Starre. Der Parasit verdrehte die Augen, als würde sie attackiert werden oder hätte einen körperlichen Schmerz auszuhalten. Mit einer schnellen Handbewegung wollte sie die Ampulle in ihre Handtasche gleiten lassen, nur um dann in letzter Sekunde, einer Eingebung folgend, mit dem Arm auszuholen.

Wollte der Parasit die Ampulle auf den Boden schmeißen?

Das konnte Phoebe nicht zulassen. Wie in einem Rausch griff sie nach Charlies Arm. »Nein!«, schrie sie.

Von ihrer Stiefschwester kam eine Art Quieken, dann ein Flüstern, und schließlich bewegte sie nur noch die Lippen.

Vermutlich würde Charlie nun wieder schweigen, doch das würde Phoebe ihr nicht durchgehen lassen. *Nicht wieder dieses Schweigen.* Niemand durfte auf den Parasiten reinfallen. Dieses Mal nicht. »Was hast du getan?«, brüllte sie.

Aus dem Augenwinkel nahm sie wahr, wie von der Seite jemand auf sie zueilte. Phoebe machte sich nicht die Mühe aufzublicken, sie befand sich in einem Kampf, und jede Ablenkung konnte ihre Niederlage bedeuten. Sie hielt den Unterarm ihrer Stiefschwester fest, krallte sich in das Fleisch des Arms, den sie schon als Kind festgehalten, gekratzt, verdreht hatte. Wie ein Kampfhund, der keine Kontrolle mehr hatte, sich in seine Beute verbiss, ja, dessen Kiefermuskeln sich verkrampften und der in seiner Wut nicht mehr in der Lage war, sein Opfer loszulassen. Sie wollte die Knochen in diesem Arm brechen, die Adern zum Platzen bringen.

Für einen Moment glaubte sie, Charlie hätte die Kraft, die kleine Glasflasche in der Hand zum Zerbersten zu bringen. Phoebe sah bereits die Scherben auf den Boden fallen, die Flüssigkeit herauslaufen, die sich mit Charlies Blut vermischte.

Die Sekunde verstrich. Nichts passierte. Die Ampulle blieb unversehrt in der Hand ihrer Stiefschwester, die keine Anstalten machte, sich zu wehren. Phoebe befand sich in gar keinem Kampf.

Dann wich plötzlich alle Energie aus dem menschlichen Knoten, den sie beide mit ihren Körpern bildeten, und ihre Verkrampfung löste sich. Phoebe spürte, wie ihr jemand eine Hand auf die Schulter legte. Sanft wurde sie nach hinten gezogen. Der veränderte Blickwinkel, der kleine Abstand, die beruhigende Hand auf ihrer Schulter, all das ließ sie erkennen, was vor ihren Augen mit Charlie passierte.

Es schien, als würde mit einem Schlag alles Leben aus ihrer Stiefschwester weichen. Ein Schatten legte sich über Charlies Augen. Ihre Gesichtsfarbe wurde grau. Nur auf dem Hals tauchten jetzt kleine, kaum wahrnehmbare Rötungen auf. Die überschießende Reaktion des Nervensystems auf emotionalen Stress.

Phoebe kannte diese Flecken, sie tauchten immer an denselben Stellen auf. Vermutlich, weil Charlies Haut so transparent war, so dünn wie alles an ihr.

»Ich...«, sagte der Parasit. Und verstummte. »Ich wollte nur ...« Sie presste die Lippen aufeinander.

Nur. Ein einzelnes Wort. Eine Bedeutung, die Phoebe nun doch fast die Beherrschung verlieren ließ, als wäre Charlies Intention eine ganz andere gewesen als jene, die unverkennbar und für alle Anwesenden im Raum schwebte. Es gab keine harmlose Erklärung für diese Tat. Niemand, der einer anderen Person heimlich etwas in ein Glas mischte, hatte eine ehrenwerte Intention.

Phoebe zeigte auf ihre Stiefschwester. »Sie hat mir etwas in den Wein geschüttet.« Ihre Stimme hallte durch das Restaurant. Sie war jetzt wieder in ihrem Tunnel, doch dieses Mal befand sich der Parasit mit ihr in diesem Tunnel, und nur eine würde auf der anderen Seite das Licht sehen. Phoebe nahm die Bewegungen der anderen Leute wahr, aber alle Personen, die nicht mit ihr und Charlie in diesem Tunnel waren, bestanden nur aus Händen.

Hände, die über ihren Arm strichen, als habe sie sich verletzt. Hände, die mit einer Serviette das Weinglas aus Charlies Hand nahmen. Hände, die mit einem Taschentuch die Ampulle aus Charlies Hand lösten. Hände, die nach einem Telefon griffen.

»Damit kommst du nicht durch«, sagte sie zu Charlie und dann mit einem Flüstern, als würde sie zu sich selber sprechen: »Meine Schwester wollte mich umbringen.«

»Du bist ja nicht ganz dicht«, sagte Charlie. Dann: »Jetzt bin ich deine Schwester.«

»Was ist hier überhaupt los?«, fragte Luke in die Runde. Hatte er gesehen, wozu sein Sweetheart fähig war? »Das Ganze ist sicher ein Missverständnis.«

»Auf welchem Planeten bist du unterwegs?« Phoebe konnte es nicht glauben. Am liebsten würde sie seine Hand von Charlie runterschlagen.

»Ich besorge dir einen Anwalt«, sagte Luke zu Charlie und zog sein Handy aus der Hosentasche. »Ein Freund von mir ...«

»Luke, lass mich in Ruhe«, sagte Charlie. »Ich brauche deinen Anwalt nicht.« Sie spuckte ihre Worte fast.

Niemand hörte auf sie.

HAWK

Er stand mit versteinerter Miene an der Bordsteinkante. Der Schrei aus der Pension war ihm bis ins Mark gegangen. »*Nein!*« Die Stimme, so schrill und klirrend, hatte sich angefühlt wie ein Elektroschock, beinahe, als hätte man ihn exekutiert. »*Was hast du getan?*«

Mit einem Stoß ließ er Luft aus seiner Lunge. Erst jetzt bemerkte er, dass er den Atem angehalten hatte.

Oder war ihm der Schrei nur so durchdringend vorgekommen, weil über diesem Vorort, inmitten dieser feuchten Hitze in New End, eine bleierne Stille lag, ganz so, als wäre das Leben hier auf Pause gesetzt? Nein, der Schrei war immerhin laut genug gewesen, dass er ihn bis auf die andere Straßenseite gehört hatte.

Warum hatte er bloß schon einen Abstecher in die Pension unternommen? Er konnte keinen zweiten Versuch wagen. Ein Obdachloser hatte in einem Hotel nichts zu suchen, zumindest nicht in einem Hotel, dessen Betten nicht nach Pisse, Schimmel und Bleichmittel rochen. Er würde dem Portier ungebremst in die Arme laufen. Er hatte *eine* Chance gehabt, und er hatte sie vertan.

Hawk kniff die Augen zusammen. Er hatte eigentlich gute Sicht gehabt, bis die Sonne hinter dem Eckhaus hervorgekommen war und das Fenster zum Restaurant in einen Spiegel verwandelt hatte.

Das Gewitter hatte sich so schnell verzogen, wie es gekommen war. Zwei Donnerschläge, ein Blitz – das war alles gewesen. Kein einziger Regentropfen, der für Abkühlung sorgen könnte, war vom Himmel gefallen. Dabei hatte er sich bereits nach Deckung umgeschaut, denn die Blätter des Baumes hätten ihn und Harrison nicht ausreichend geschützt. Stattdessen brannte jetzt die Sonne ohne Erbarmen weiter auf Hampstead.

Er konnte durch das Fenster nur Schemen ausmachen, eine Menschentraube, die in der Mitte des Restaurants stand.

Harrison verkroch sich mit eingekniffenem Schwanz hinter ihm, sie gaben sich gegenseitig Halt. »Es wird alles gut, Kumpel.« Er sprach nicht nur zu dem Hund.

Hawk blinzelte und ging nun langsam einige Meter in Richtung Waverly Inn, doch er war zu weit weg, um Details oder Gesichtsausdrücke ausmachen zu können.

Seine Neugier brachte ihn um. Kurz entschlossen lief er über die Straße. Er kletterte über den Zaun, der die Außenterrasse vom Gehweg trennte. Das Sonnensegel über den Tischen und die Glühbirnen sorgten für ein gemütliches Ambiente. Doch er hatte keinen Sinn für die Idylle. »Du wartest hier«, befahl er Harrison mit einer Handbewegung, der ihm gefolgt war und nun vor dem Zaun verharrte.

Hawk stand jetzt direkt vor dem Fenster. Zwei Frauen befanden sich in der Mitte des Restaurants und schienen eine Auseinandersetzung zu haben.

Charlotte Raeburn. Phoebe Hart.

Er wusste nicht, wo er zuerst hinschauen sollte. Phoebe gestikulierte und zeigte auf Charlie, die auf einem Stuhl saß, die Kellnerin, die eventuell Patricia hieß, neben sich, so nah und mit einer Hand auf ihrer Schulter, als würde diese sie bewachen. Zur Sekunde nahm die Kellnerin Charlie etwas aus der Hand.

Ein Mann sprach in ein Handy. Zwei weitere Männer standen neben einem Tisch, einer von ihnen war der Portier. Alle schienen gleichzeitig zu reden, doch obwohl das Fenster geöffnet war, konnte Hawk keinen Ton verstehen.

Phoebe fasste sich an den Magen, und für einen Moment sah es aus, als würde sie sich erbrechen müssen. Eine junge Frau sprang ihr zur Seite und reichte ihr eine Serviette. Phoebe hielt sich das Papier vor den Mund.

Charlie schüttelte den Kopf.

Das alles war eine Abfolge von Szenen, die sich in seinem Kopf ohne Wertung zusammensetzte. Er konnte den Blick nicht lösen. Plötzlich entdeckte ihn einer der Männer am Fenster. Hawk sah, wie seine Lippen sich bewegten. Ein Fluch.

Nur einen Moment später drehten alle ihren Kopf in seine Richtung und starrten ihn an. Ihre Blicke eine Mischung aus Feindseligkeit, Neugier, Abscheu. Bevor er reagieren konnte, sprang eine Angestellte, die er noch nicht gesehen hatte, in seine Richtung und zog mit einem Ruck einen Vorhang vor das Fenster. Die Show war vorbei.

Er ging zurück an seinen Platz gegenüber der Pension. Sein Pulsschlag ließ jetzt seinen gesamten Körper vibrieren. Er starrte auf den Gehweg, auf die Platten, die der Baum über die Jahre hochgehoben und zerstört hatte. Fast verspürte er Bewunderung für die Wurzeln, die unter ihm wuchsen, Wasser und Nährstoffe aufnahmen und bis in die entferntesten Blätter schickten, ohne sich darum zu kümmern, die Infrastruktur und die von den Menschen geschaffenen Bauten zu beschädigen. *Hoch lebe die Anarchie.*

Er wusste nicht genau, wie lange er so dasaß, den Blick zu Boden gerichtet. Er hatte Mühe, seine Gedanken zu sortieren, und war nicht in der Lage, die Ereignisse zu interpretieren. Vielleicht aus einem Instinkt heraus hob er den Kopf. Und traute seinen Augen nicht. *Scheiße.*

Das Blaulicht war eine erste Ankündigung – nur Sekunden später bog das Polizeiauto aus der Holford Road auf den Hampstead Square und hielt direkt vor dem Waverly Inn. Das durfte nicht wahr sein! Die Bullen konnte er gar nicht gebrauchen. *Verdammt. Verdammt. Verdammt.*

Er hasste die Polizei noch mehr, als er die gesamte Menschheit hasste, und er mied die Ordnungshüter wie der Teufel das Weihwasser. Vergangenheit und Gegenwart drohten ihn plötzlich einzuholen. *Warum sind die hier?*

Eine Polizistin und ein Polizist, beide in Uniform, stiegen jetzt aus dem Auto und verschwanden mit großen Schritten in der Pension. Ihm wurde übel. »Wir hauen ab«, flüsterte er Harrison zu. Allein durch die Anwesenheit der Bullerei braute sich in seinem Brustkorb eine Panikattacke zusammen.

Mehrere Minuten lang rang er mit einer Entscheidung. Seine Neugier war so groß wie seine Furcht vor der Polizei.

Gerade als er begann, seine Sachen zu packen, viel war es ja nicht, und die Tüten waren nun leichter, jetzt, da er alle Bierdosen geleert hatte, öffnete sich die Tür der Pension wieder. Der Portier trat aus dem Gebäude.

Hawk richtete sich mit einem Ruck auf. Er starrte auf die Szene, die sich ihm bot. Der Mann hielt mit einer Hand die Tür auf, genau wie vorhin, als er ihn aus der Lobby gescheucht hatte. Charlotte Raeburn wurde auf einer Seite von der Polizistin flankiert.

Führte man sie ab? Nein. Sie trug keine Handschellen. Ein zweiter Polizist ging hinter ihr. Die Körpersprache der beiden Beamten ließ jedoch keinen Zweifel aufkommen. Man nahm sie mit.

Phoebe Hart trat jetzt hinter ihrer Schwester aus der Tür. Hawk zog seine Baseballkappe tief ins Gesicht. Sein Herz schlug wie wild. Ohne jede Regung blieb er stehen, wusste nicht, in welche Richtung er abhauen sollte.

Schon war Charlie mit ihrer Eskorte bei dem Polizeiauto angekommen. Er sah, wie sie ein kurzes Wort mit dem Polizisten wechselte. Irgendetwas in ihrem Blick, stoisch und ruhig, stimmte nicht. Für den Bruchteil einer Sekunde bekamen ihre Augen einen seltsamen Ausdruck. Selbstschutz? Selbstgefälligkeit? Nein, es war – Trotz. Er kannte dieses Gefühl so gut. Doch der Ausdruck verschwand so schnell, wie er aufgeblitzt war. Der Polizist hielt jetzt die Tür des Autos auf, und Charlotte Raeburn rutschte auf die Rückbank.

Hawk rannte los.

Er schaffte nur ein paar Meter. Phoebe Hart kam mit großen Schritten in seine Richtung gelaufen, direkt auf ihn zu. Sie versuchte ihn abzufangen. An der Art und Weise, der Bestimmtheit ihres Gangs, war klar: Sie wollte was.

Er drehte sich um, lief jetzt in die andere Richtung, er hatte ja kein Ziel. Das Einzige, was er wollte, war, von hier zu verschwinden. Er musste weg. Doch die Tatsache, dass er einen Haken geschlagen hatte, war nicht von Erfolg gekrönt. Er hörte ihre Schritte hinter sich. »Hey!«

Er eilte weiter, doch Phoebe Hart war ihm dicht auf den Fersen. Er spürte ihre Nähe. »Stopp!« Ihre Stimme überschlug sich.

Hawk ballte die rechte Hand zu einer Faust, dann hob er den Arm. Langsam streckte er seinen Mittelfinger in die Luft.

PHOEBE

Niemand ließ sie einfach stehen. *Nein*, dachte sie, *du entkommst mir nicht*. Mit großen Schritten lief Phoebe hinter dem Penner her.

Sie wollte wissen, ob der Mann etwas gesehen hatte. Jeder Zeuge konnte einen entscheidenden Hinweis geben. Der Typ hatte vor dem Fenster gelungert, wer wusste schon, was der in den letzten Stunden noch alles beobachtet hatte. Diese Gelegenheit konnte Phoebe sich nicht entgehen lassen.

Während sie sich an die Fersen des Obdachlosen heftete, sah sie aus dem Augenwinkel Luke auf das Polizeiauto zusteuern. Sein Gesicht hatte jede Farbe verloren.

Schon stand der Exfreund ihrer Stiefschwester vor der Autoscheibe, versuchte mit Gesten, Charlie auf der Rückbank klarzumachen, dass er sich kümmern würde. Luke kümmerte sich immer.

Phoebe schüttelte den Kopf über seine Naivität. Er sollte sich langsam mit dem Gedanken vertraut machen, Charlie auf absehbare Zeit nur unter Aufsicht und hinter einer Glasscheibe zu Gesicht zu bekommen.

Charlotte Raeburn war Vergangenheit. Ihre Stiefschwester würde zu einer Randnotiz werden, zu einem Nebensatz, über die, wenn der Trubel sich gelegt hatte, kaum noch jemand sprechen würde.

Der Anschlag würde für immer mit Phoebe Hart, dem Opfer, in Verbindung gebracht werden. Sie konnte die Schlagzeilen schon sehen.

Die Rollenverteilung ließ keinen Zweifel. Sie war die Regisseurin, die einen Mordanschlag überlebt hatte. Die Überlebende, die trotz dieses Schicksalsschlags, denn etwas anderes war es ja nicht, wenn einem von der *Schwester*, so würde sie Charlie für die Presse betiteln, nach dem Leben getrachtet wurde, Erfolg hatte. Phoebe würde diese Ungeheuerlichkeit nutzen. Jeder mochte Geschichten über Überlebende. Überlebende waren ganz oben im sozialen Ansehen. Sie führten die Nahrungskette an. Phoebe war jetzt Teil einer Elite.

Ein letzter Blick auf das Polizeiauto, ein letzter Blick auf Charlie. Ihre Stiefschwester saß mit hängenden Schultern neben der Polizistin.

Im Alter von sieben Jahren war die süße Kleine in ihr Leben getreten, und im Alter von neunundzwanzig Jahren hatte sie sich wieder daraus verabschiedet.

»Warte, verdammt!« Phoebe rief noch einmal nach dem Obdachlosen, der nun fast rannte und ihr durch die Lappen zu gehen drohte, doch dann blieb Phoebe abrupt stehen.

Sie lief niemandem mehr hinterher.

CHARLIE

Die Luft in dem Polizeiauto war stickig. Die Rückbank war weich und fühlte sich durchgesessen an, als hätte die Menge an Tatverdächtigen das Polster mit der Zeit mürbe gemacht.

Die Anspannung hatte ihren Körper erstarren lassen. Nur ihr Bein wippte ohne Kontrolle, wie in der Pension, als suchten ihre Muskeln ein Ventil.

Der Blick der Polizistin klebte auf Charlies Knie, als würde sie damit rechnen, dass sie aufspringen und etwas Unberechenbares machen würde.

Der Polizist hinter dem Steuer sprach über Funk mit einem Kollegen. Charlie gab sich nicht die Mühe hinzuhören, wollte nicht wissen, was gesprochen wurde. Es hatte keine Relevanz. Nichts war in diesem Moment mehr wichtig. *Warum fahren wir nicht los?*

Sie presste ihre Lippen aufeinander. Schweigen war das Einzige, was jetzt von Bedeutung war. Egal was passierte, die Hauptsache war, dass sie keinen Ton sagte. Zumindest keinen Ton, der für die Polizei von Nutzen sein würde. Die Vorwürfe wogen schwer, doch sie würde der Polizei nicht die Arbeit abnehmen. Die Suche nach einem Beweis für ihre Schuld würde Scotland Yard eine Weile beschäftigen.

Sie war die Meisterin des Schweigens.

Die gesamte Anspannung der letzten Tage, die Ereignisse der letzten Stunde, all das, was gerade passiert war, wollte aus ihrem Körper und suchte einen Ausweg. Vielleicht waren die Muskelkontraktionen auch eine Reaktion ihres Gehirns, um sich abzulenken.

Die Asche in der Porzellanschale fiel ihr ein, die Seiten aus ihrem Notizbuch, Teile ihres Meisterstücks, die Todesanzeige.

Luke stand jetzt direkt neben dem Fenster und gestikulierte vor der Scheibe. Sie hörte nicht, was er sagte, konnte nicht deuten, was seine Hände zum Ausdruck bringen wollten. Fast erwartete sie, dass er gleich vor das Polizeiauto sprang, wie ein Demonstrant, um das Auto am Wegfahren zu hindern. Sie konnte seinen Anblick nicht ertragen. *Warum fahren wir nicht einfach los?*

Charlie blickte zu Sean Harris und Patricia Clarke. Beide standen auf dem Gehweg vor dem Waverly Inn, sie schauten in ihre Richtung. Ungläubigkeit zeigte sich auf ihren Gesichtern, als könnten sie es nicht fassen. Auch Charlie fasste es nicht, man konnte einfach nicht auf jede Eventualität vorbereitet sein.

Ihr wurde plötzlich schwindelig, und sie spürte, wie ihr Kreislauf zusammenbrach. In ihren Ohren rauschte es. Das Blut sackte aus ihrem Kopf. Sean und Patricia verschwanden aus ihrem Blickfeld, obwohl die beiden sich gar nicht bewegt hatten.

»Sind Sie in Ordnung?« Die Stimme der Polizistin klang besorgt. »Ist Ihnen nicht gut?«

Charlie beugte sich nach vorne, steckte ihren Kopf zwischen die Knie. »Es geht schon«, sagte sie. Charlie roch das muffige Polster und fokussierte die Fußmatte unter ihren Turnschuhen.

Kurz darauf richtete sie sich wieder auf, die Panikattacke ebbte ab.

Der Obdachlose mit seinem Hund machte sich gerade

aus dem Staub, Phoebe schien ihn zu verfolgen. Ihre Stiefschwester lief den Hampstead Square runter, Richtung Heath Street. *Was will Phoebe von dem Mann?*

»Er sieht aus wie dieser Fußballer, oder?« Die Polizistin lächelte.

Charlie starrte sie an, und für einen Moment hatte die Frau es tatsächlich geschafft, sie auf andere Gedanken zu bringen. »Ich komme nicht auf den Namen«, sagte die Beamtin.

»Wo bringen Sie mich hin?«, fragte Charlie, ohne auf diese Erkenntnis einzugehen. Für einen Moment war Stille im Auto.

»Scotland Yard«, kam die Antwort dann von vorne. Im Rückspiegel sah sie, dass der Polizist hinter dem Lenkrad sie beobachtete. »Wir müssen Sie mitnehmen.«

Man behandelte sie mit Respekt. Die ruhige Professionalität half ihr.

»Sie können vom Präsidium aus Ihren Anwalt anrufen«, sagte die Polizistin. »Haben Sie einen Rechtsbeistand? Sie werden unter Umständen einige Tage in Polizeigewahrsam sein.«

Charlie schüttelte den Kopf. *Einige Tage?*

Die Polizistin machte nur ihren Job. Sie war den Umgang mit Verdächtigen gewohnt. Sie wusste, dass das Böse viele Gesichter hatte, dass man den Menschen nur vor den Kopf gucken konnte und dass nichts sicher war, solange keine Beweise vorlagen. Der Verdächtige auf der Rückbank konnte am nächsten Tag als freier Mensch aus dem Präsidium spazieren. *Oder für Jahre weggesperrt bleiben.*

»Wir fahren gleich los.« Die Polizistin schien übersinnliche Fähigkeiten zu haben. Vielleicht sagte ihre Erfahrung, dass alle Menschen, die auf diesem durchgesessenen Polster saßen, dieselben Gefühle hatten. Man wollte weg aus diesem Schwebezustand, aus dem Transit zwischen Tatort und Präsidium. Die Ungewissheit der nächsten Tage, die Verhöre, das ganze Leben, das nie mehr so sein würde, wie es gewesen war, konnte wohl den stärksten Menschen in die Knie zwingen.

Ein Auto, eine Rückbank, ein Polster voll mit Emotionen. Spielte man mit dem Verstand der Verhafteten? *Lass uns fünf Minuten warten, bevor wir losfahren. Zehn Minuten? Wir kochen sie weich!*

Charlie wollte schreien. Aufspringen. Die Arme in die Luft werfen. Ihre negative Energie musste irgendwohin, sich entladen.

Die Polizistin warf ihr einen Blick zu, den sie nicht deuten konnte. Es schien fast, als spiegelte sich Neugier in ihren Augen.

Wurde der Beamtin in diesem Moment klar, dass die wichtigste Frage, die es für Scotland Yard zu klären galt, lautete: *Was hat die Verdächtige ihrer Stiefschwester in das Glas geschüttet? Nach welcher Substanz müssen wir suchen?*

Charlie schaute nach unten, ein Reflex. Sie wich dem Blick der Polizistin aus, als würden ihre Augen zu viel preisgeben.

Und dann überkam es sie. Sie konnte es nicht mehr stoppen. Charlie hielt mit beiden Händen ihren Kopf und fing an zu schreien.

Norlington

Charlies ganzer Körper vibrierte. Heute war der große Tag. Die jährliche Weihnachtsvorstellung der Theatergruppe in der Schule. Seit Monaten hatten sie alle für diesen Moment geprobt, und endlich wurde nun das Stück aufgeführt: eine Interpretation von Blithe Spirit. *Es gab nur diese eine Aufführung. Keine Wiederholung – zum Leidwesen jener Kinder, die kleine Rollen zugeteilt bekommen hatten und nur als Zweitbesetzung eingeplant waren.*

Es hatte einen Wettbewerb gegeben. Tränen waren geflossen, denn sofort kursierte das Gerücht, der Agent einer angesehenen Schauspielervermittlung aus London würde sich unter die Zuschauer mischen. Ein Agent! Aus London! In Norlington!

Dorothy hatte dieses Gerücht bis jetzt nicht dementiert. Das war Anlass genug, die Spekulationen als Fakt anzusehen.

Das Beste: Charlie und Julia hatten die Hauptrollen ergattert. Julias Darstellung der Ruth Condomine war wirklich grandios. Charlie würde Elvira Condomine spielen, und sie konnte es kaum erwarten, vor der versammelten Schule und den Eltern auf der Bühne zu stehen. Sie war dann ein anderer Mensch. Nie kam sie ins Stottern, nie versagten ihr die Worte – weil es nicht ihre eigenen Worte waren. Sie schlüpfte in eine Rolle. Das war das Einzige, das ihrer Existenz einen Sinn gab; sie hatte einfach keine Energie für die echte Charlie.

Eleanor würde nicht im Zuschauerraum sitzen, seit einiger Zeit arbeitete sie in der Papierfabrik im Schichtdienst. Charlie störte das nicht. Sie wollte allein Dorothy stolz machen. Es gab nur ein Problem: Zu Charlies Missfallen hatte Phoebe sich als permanentes Mitglied der Theatergruppe etabliert und Charlie damit ihren einzigen Rückzugsort genommen. Phoebes Rolle war klein. Doch zu Charlies Entsetzen hatte Dorothy ihre Stiefschwester als Zweitbesetzung für die Rolle der Elvira eingeplant. »Eine tolle Gelegenheit für eine Zusammenarbeit.«

Seit Monaten lernten sie und Phoebe denselben Text für den Fall, dass Charlie ausfiel. Doch sosehr Phoebe auch hoffen mochte – heute Abend würde Charlie als Elvira auf der Bühne stehen. Sie war bei dem Wettbewerb einfach besser gewesen.

Charlie streifte ihre Jacke über und griff nach dem Schal. Sie hielt es nicht länger zu Hause aus. In ein paar Stunden würde alles vorbei sein. Die Vorfreude, die Aufregung, alles würde der Vergangenheit angehören. Aus diesem Grund wollte sie so schnell wie möglich in die Norlington Assembly Hall, um möglichst viel von dem Abend zu haben. Es würde ein Spektakel werden, sogar Oliver würde hinter der Bühne aushelfen, eine Seltenheit in diesen Tagen. Charlie hatte allerdings den Verdacht, sein Angebot, als Bühnentechniker zu fungieren, hing ausschließlich mit Julias Anwesenheit zusammen.

Die Generalprobe am Vortag war denkbar schlecht gelaufen, fast jeder hatte Fehler gemacht, was ein gutes Omen war. Charlie war fasziniert von den Gebräuchen und Ritualen in der Welt des Theaters. An jeder Ecke wartete ein Aberglaube.

Der Montag, der während einer Produktion aus Tradition frei bleiben sollte, damit der Geist Thespis sein Unwesen im Theater treiben konnte. Schauspieler, die sich weigerten, die letzte Zeile des Stücks aufzusagen, bevor die Produktion auf die Bühne gebracht wurde. Dorothy, die seit 1987 nach jeder Premiere zwei Gläser Pernod Absinth mit Mineralwasser trank, weil ihr das zum Start ihrer Karriere Glück gebracht hatte.

Charlie wollte ein eigenes Ritual, eine eigene Tradition. »Du kannst das nicht erzwingen«, hatte Dorothy gelacht. Charlie verstand das, doch heute Abend fand ihre bisher wichtigste Vorstellung statt. Sie würde sich jedes Detail einprägen, ihre Kleidung, ihr Essen, jede einzelne Handlung – alles. Nur zur Sicherheit. Man wusste schließlich nie, vielleicht war heute der Tag, an dem sich ihr eigener Theater-Aberglaube manifestierte.

Phoebe war noch nicht fertig, aber Charlie hatte ohnehin nicht vorgehabt, mit ihr zusammen zur Stadthalle zu fahren. Die Stadthalle! Nie hätte sie gedacht, jemals in der Norlington Assembly Hall auf der Bühne zu stehen.

Als Charlie nach ihrem Rucksack griff, bemerkte sie sofort, dass etwas nicht stimmte.

Der Rucksack war zu leicht. Ein Blick in das Innere verriet ihr den Grund: Ihr Tagebuch war verschwunden.

Sie ging nirgendwohin ohne das Tagebuch. Zu Hause war es nicht sicher. »Du gehst mit einer halben Bibliothek aus dem Haus«, zog Eleanor sie an guten Tagen auf, wenn sie noch weitere Bücher in Charlies Rucksack entdeckte. »Du schleppst dich noch zu Tode.«

Charlie rannte die Treppe hinauf. Es gab nur eine Erklärung. »Phoebe«, schrie sie, »du gibst mir sofort mein Tagebuch!« Ihre Stimme überschlug sich. Sie klang jetzt selbst wie ihre Stiefschwester, deren Stimme immer zu hoch und zu schief war.

Phoebe stand vor dem Spiegel und schminkte sich. Sie hatte am Morgen einen Termin bei einer Psychologin gehabt.

Dorothy hatte den Termin veranlasst, nachdem Phoebe mehrfach bei den Proben gefehlt hatte. Jedes Mal nannte sie Schmerzen am ganzen Körper als Grund. Diese hielten dann oft mehrere Tage lang an.

Eleanor stimmte Dorothys Vorschlag zu, psychologische Hilfe zu suchen. Phoebe war wütend geworden. »Glaubt ihr mir nicht?«, hatte sie gerufen, das einzige Mal, dass Charlie ihre Stiefschwester am Rande der Verzweiflung sah. »Ich brauche keine Psychologin!« Doch sie war zu dem Termin gegangen.

Charlie hatte Mitleid, aber die Erkrankung machte Phoebe auch gefährlich. Ihre Stiefschwester fühlte sich vom Schicksal betrogen, sie waren eine Ungerechtigkeit, diese Schmerzen, die ihren Körper peinigten, dazu die Migräne – ihre Frustration ließ sie oft genug an Charlie aus, fast als würde sie den Schmerz auf diese Weise teilen wollen. Am Ende heulte dann allerdings meist Charlie, nicht Phoebe.

»Ich weiß nicht, wovon du sprichst«, sagte Phoebe und stand auf. »Meinst du, Dorothy lässt mich heute von ihrem Absinth trinken?«

»Gib mir das Tagebuch.« Charlie ignorierte die Frage, sie spürte, wie Tränen in ihre Augen schossen. Eine Reaktion, die sie unter allen Umständen vermeiden musste. Sie durfte vor Phoebe keine Schwäche zeigen. »Sofort!«

Sie schaute über Phoebe hinweg in das Zimmer. Das Tagebuch war nicht zu sehen. Hatte Phoebe es zerstört? Zerrissen? Verbrannt? Hatte Phoebe nicht in der Früh mit einem Feuerzeug am Schuppen gestanden?

»Ich habe es nicht.«

»Du bist so ein Arsch.«

Phoebe griff nach der Packung mit ihren Migränetabletten, die auf dem Schreibtisch lag, und steckte sie in ihre Hosentasche. »Ich muss los.«

Charlie starrte einen Moment auf die Verpackung des Medikaments. Dann ging Phoebe betont langsam an ihr vorbei, die Treppe hinunter. »Du musst lernen, besser auf deine Sachen aufzupassen.«

Charlie folgte ihr bis zur Haustür. »Wo ist das Tagebuch?« Sie spürte ihr Herz gegen den Brustkorb schlagen.

Phoebe starrte sie einen langen Moment an. »Du bist so ein Baby.« Sie lachte. »Hast du Angst, deinen großen Auftritt mit Robert zu verpassen, Lottie?« Phoebe formte mit ihren Händen ein Herz. Sie spielte auf Robert Grealish an, der den Charles in dem Theaterstück spielte und den Charlie heute Abend auf der Bühne in ihrer Rolle küssen würde.

Dann zuckte Phoebe mit den Schultern. »Es ist im Schuppen.«

Charlie hatte also recht gehabt. Mit einem Ruck öffnete sie kurz darauf die Schuppentür. Der Geruch von feuchten Wänden, vermodertem Holz und kaltem Rauch schlug ihr entgegen. Der Schuppen war baufällig, eine Hinterlassenschaft des Vorbesitzers, der ihn vor Jahrzehnten erbaut hatte. Charlie zitterte, doch es war nicht die Kälte, die ihr zu schaffen machte. War ihre Vermutung richtig? Hatte Phoebe das Tagebuch verbrannt?

Das Licht war dämmerig. Hektisch glitt ihr Blick über das Innere des Schuppens.

Sie musste sich beeilen. Die Zeit wurde knapp. Dorothy konnte sehr ungehalten werden, wenn einer ihrer Schützlinge zu spät kam. »Es gibt nur ein paar Regeln.« Dorothy wurde nie müde, ihre Erwartungen zu wiederholen. »Textsicherheit, Respekt, Leidenschaft und Pünktlichkeit.«

Charlie bekam für die Rolle eine Perücke und falsche Wimpern. Das erforderte nicht nur Fingerspitzengefühl, sondern auch Zeit. Sie wollte Dorothy nicht enttäuschen.

Charlies Blick blieb an der rechten Seite des Schuppens hängen. Ein Abstelltisch, Gartengeräte, Einmachgläser, ein Regal, Plastikboxen. Wo konnte das Tagebuch sein?

Die Plastikboxen.

Ihr Vater hatte in den Kisten Unterlagen aufbewahrt. Seit Jahren plante Eleanor, Platz im Schuppen zu schaffen und aufzuräumen, denn die Papiere wurden hier draußen feucht. Doch Eleanor brachte es nicht über das Herz, die Kisten zu öffnen. Sie schaffte es nicht, sie ins Haus zu holen, es waren die letzten Zeugnisse seiner Existenz.

Charlies Herz schlug immer noch bis zum Hals. Sie wollte nicht an die Unterlagen ihres Vaters gehen. Sie wusste, dass sogar Fotos von ihrem Daddy in den Kisten waren. Es war das perfekte Versteck. Perfekt und grausam. Warum war Phoebe so gemein zu ihr? Tränen begannen über ihre Wangen zu laufen.

Mit allem Mut, den sie aufbringen konnte, griff sie mit einer Hand nach der obersten Box. Sie war schwerer als gedacht. Bevor Charlie die andere Hand zu Hilfe nehmen konnte, glitt ihr die Kiste aus den Fingern und fiel zu Boden. Ein Wust an Papieren ergoss sich zu ihren Füßen. Akten. Briefe. Sogar Zeitungsartikel waren darunter. Der Name ihres Vaters sprang ihr entgegen. Das schnürte ihr für einen Moment die Luft ab. Sie starrte auf das Chaos. Kein Tagebuch. Würde sie jede einzelne Kiste durchsuchen müssen? Das konnte eine Ewigkeit dauern.

Die Erkenntnis traf sie wie ein Schlag. Was hatte Phoebe gesagt? Hast du Angst, deinen großen Auftritt mit Robert zu verpassen?

Das Tagebuch war nicht im Schuppen. Charlie hatte einen Fehler gemacht. Sie fuhr herum, machte einen Sprung zur Tür. Sie war so dumm gewesen. Dumm. Dumm. Dumm.

Bevor sie nach der Klinke greifen konnte, hörte sie, wie draußen der Schlüssel im Schloss umgedreht wurde. Phoebe musste sie beobachtet haben.

Charlie war in eine Falle getappt. Und das Schlimmste war, dass sie sich diese Falle selbst gestellt hatte.

»Phoebe!«, brüllte sie und starrte auf die Tür. Ein Schluchzen kam aus ihrer Kehle. Mit aller Kraft schmiss sie sich mit der Schulter gegen das Holz. Die Tür gab keinen Zentimeter nach. Wo war das Werkzeug? Schraubenzieher? Hammer? Konnte sie das Schloss kaputtschlagen? Zu der Wut gesellte sich Panik. Ihr Brustkorb schien mit einem Mal zu eng. Sie wollte hier raus.

Mit fiebrigen Händen suchte sie nach einem Schraubenzieher. Als sie einen gefunden hatte, begann sie wie wild, in dem Schloss zu stochern. Sie wusste nicht, was sie tat. Doch vielleicht hatte sie Glück. Das Schloss musste sich irgendwie öffnen lassen. Sie musste die Tür aufbekommen. Ein neuer Versuch. Die Wut in ihrem Inneren suchte sich den Weg durch immer mehr Tränen, die über ihre Wangen liefen. »Phoebe!«, brüllte sie. »Lass mich raus!«

Keine Reaktion. Sie hämmerte so lange mit den Fäusten gegen die Tür, bis sie keine Kraft mehr hatte.

Dann hatte sie einen Geistesblitz. Ihr Handy! Das war die Lösung. Natürlich. Der Empfang im Hof war schlecht, aber ein Anruf würde bestimmt klappen. Hektisch begann sie, in ihrem

Rucksack nach dem Telefon zu suchen. Kein Handy. Phoebe hatte es rausgenommen.

»Hallo?«, rief sie jetzt, so laut sie konnte. »Hilfe!« Ein sinnloses Unterfangen. Der winzige Hinterhof grenzte an eine Hauptverkehrsstraße.

Charlie zog ihre Wasserflasche aus dem Rucksack. Die Wut hatte sie durstig gemacht. Sie ließ sich auf den Boden sinken und blieb dort hocken. Sie hatte keine Energie mehr. Phoebe hatte gewonnen. Ihre Stiefschwester würde auf der Bühne die Rolle der Elvira Condomine spielen, vor den Augen des Agenten. Und Phoebe würde Robert küssen. War das ihre Hauptintention? Ging es um Elvira? Oder um Robert?

Es ging um Robert.

Und es war Charlies eigene Schuld.

Sie hatte vor einiger Zeit begonnen, in ihrem Tagebuch falsche Fährten zu legen. Es war die einzige Möglichkeit, ihre Gedanken, Gefühle und Verabredungen zu schützen, falls Phoebe es schaffte, das Tagebuch in die Finger zu kriegen.

Es gab kein Entrinnen vor der Neugier ihrer Stiefschwester, und daher hatte Charlie eine Strategie entwickelt. Eine Art Geheimsprache. Personen bekamen andere Namen. Aktivitäten bekamen andere Bezeichnungen.

Auf diese Weise war für Phoebe nicht nachzuvollziehen, von was oder wem die Rede war. Ein Shoppingtrip wurde zu einem Hockeyspiel, das Warten auf eine Textnachricht von einem Jungen zum Warten auf eine Textnachricht von Julia.

Zusätzlich baute Charlie Flunkereien in ihre Tagebucheinträge ein. Dinge, die Phoebe zu einem Kommentar verleiten würden. Letzte Woche hatte Charlie in das Notizbuch geschrie-

ben, dass sie die beste Hausarbeit der Klasse in Literatur geschrieben und im Tanzunterricht die Höchstnote verliehen bekommen hatte.

»Nur weil du die Beste im Tanzen warst, heißt es nicht, dass du die nächste Primaballerina wirst«, warf Phoebe ihr einige Tage später an den Kopf.

Durch Bemerkungen dieser Art wusste Charlie, dass Phoebe in ihrem Tagebuch las. Sie hatte ein Mittel gefunden, ihre Stiefschwester zu kontrollieren. Und sie konnte Phoebe auf gewisse Weise sogar steuern. Eine abfällige Bemerkung in ihrem Tagebuch über die neue Eisdiele reichte, um sicherzustellen, dass sie dort ihre Ruhe haben würde.

Doch leider hatte Charlie sich mit dieser Vorgehensweise jetzt selbst reingelegt.

Charlie verbrachte viele Nachmittage nach der Schule bei Robert. Alles unter dem Vorwand, für das Theaterstück zu üben. Seine Eltern hatten ein großes Haus mit einem großen Garten. Seine Großmutter wohnte ebenfalls dort. »Ich habe gebacken«, empfing sie Robert und Charlie stets mit einem Zwinkern und schnitt dann zwei große Stücke Kuchen, meist Carrot Cake oder Victoria Sponge, ab.

»Sie hat nicht gebacken«, flüsterte Robert jedes Mal und grinste, während er sachte den Kopf schüttelte und seiner Oma über den Kopf strich.

Charlie liebte die Wärme im Haushalt der Grealishs. Sie war unsicher, ob sie mehr als Freundschaft für Robert empfand, all diese Gefühle in ihrem Inneren waren so verwirrend. Mochte sie ihn oder nur das Gefühl von Geborgenheit, das er und sein Zuhause verströmten?

Es war das erste Mal, dass Charlie sich von einer anderen

Person als Julia oder Dorothy verstanden fühlte. Sie wollte diese Freundschaft nicht aufs Spiel setzen, und dennoch hatte sie bei den Proben jeden Kuss genossen. Sie waren dann plötzlich nicht mehr Elvira und Charles, sondern Charlie und Robert. Nichts ging über den Moment, wenn sie seine Lippen auf ihren spürte und ein warmes Gefühl in ihrem Magen entstand.

Heute Abend bei der Aufführung würde sie Robert ein letztes Mal auf der Bühne küssen, und zwar so richtig. Und dann würde sie hoffentlich wissen, was sie wollte.

So stand es in ihrem Tagebuch.

Nur dass es gar nicht um Robert ging, sondern um Tim Horton.

Tim hatte keine Rolle in dem Theaterstück. Tim spielte überhaupt gar kein Theater. Er war ein Junge aus Phoebes Klassenstufe und mit seinen sechzehn Jahren zwei Jahre älter als Charlie. Er hatte ein tolles Zuhause – allerdings keine Großmutter mehr. Das hatte sie sich ausgedacht, da sie gern ihrer Phantasie freien Lauf ließ, wenn sie Dinge verschlüsselte.

Sie war verwirrt, was ihre Gefühle für ihn anging – dieses Detail entsprach der Wahrheit. Sie hatte vorgehabt, Tim heute Abend zu küssen, allerdings nach der Vorstellung und nicht auf der Bühne. Robert war ihr völlig egal.

Leider hatte sie damit Phoebe auf den Plan gerufen. Es war ihre eigene Schuld, dass sie im Schuppen feststeckte. Sie würde heute Abend niemanden mehr küssen. Geschweige denn vor dem Agenten aus London ihr Können auf der Bühne zeigen.

Irgendwann verlor Charlie das Gefühl für die Zeit. Ihre Zähne klapperten. Sie war bis auf die Knochen durchgefroren. Dann fiel ihr Blick auf das winzige Fenster. Das Fenster! Ihre mickrige

Figur könnte ihre Rettung sein. Ihr Herz begann wie wild zu schlagen. Konnte sie es noch schaffen? Wie spät war es?

Sie schob den Abstelltisch vor die Glasscheibe und holte einen Hammer aus dem Werkzeugkasten. Eleanor würde sie mit Hausarrest bestrafen und ihr die Kosten für das Fenster vom Taschengeld abziehen, doch das kümmerte Charlie nicht.

Mit vier gezielten Schlägen zerschlug sie das Glas. Splitter fielen zu Boden. So gut es ging, versuchte sie, die Kanten zu bereinigen, wollte sich nicht verletzen und tat es doch, als sie sich mit beiden Händen hochzog. Warum war sie bloß jetzt erst auf die Idee gekommen?

Sie spürte, wie ein Glassplitter sich in einen Finger bohrte, und schrie auf. Doch auf eine gewisse Art war der Schmerz eine Erleichterung.

Sie blieb stecken. Das durfte nicht wahr sein! Sie hielt die Luft an und versuchte noch einmal, ihre Schultern und den Brustkorb durch die Öffnung zu quetschen. Warmes Blut rann an ihrer Hand hinunter. Der Finger fühlte sich an, als sei er der Länge nach aufgeschlitzt. »Scheiße.« Sie passte einfach nicht durch.

Charlie heulte und ließ sich zurück auf den Boden fallen. Sie fühlte sich so einsam wie noch nie in ihrem Leben.

Doch sie war nicht bereit aufzugeben. Das Adrenalin in ihren Adern verlieh ihr neue Energie. Sie trank den Rest ihres Wassers. Sie brauchte eine Idee.

Charlie starrte auf das dunkelrote Blut, das aus ihrem Finger lief. Sicherlich würden sich alle wundern, wo sie bliebe. Julia, Dorothy, Robert, Tim, Oliver. Irgendwer würde ihr eine Nachricht schicken, merken, dass etwas nicht stimmte. Oder hatte Phoebe ihnen eine Lüge aufgetischt?

Plötzlich wurde Charlie schwindelig. Sie lehnte sich gegen die Wand des Schuppens.

War sie eben noch voller Tatendrang gewesen, fühlte sie sich jetzt, als habe jemand den Stecker gezogen. Hatte sie zu viel Blut verloren? Würde sie sterben? Nein, die Wunde an ihrem Finger war nicht groß genug. Auf eine Weise tat diese Erschöpfung sogar gut. Mit einem Schlag wich zwar jede Energie aus ihr, aber gleichzeitig auch die Wut. Wohlige Gleichgültigkeit breitete sich jetzt in ihr aus.

Sie dachte an ihr Bett. Sollte sie sich kurz auf den Boden legen? Sie wollte plötzlich nur noch schlafen. Nicht einmal die Kälte machte ihr noch etwas aus.

Dann tauchte eine Erinnerung in ihrem Kopf auf. Sie hatte Phoebe heute Nachmittag mit Eleanors Schlaftabletten in der Hand erwischt. Zolpidem.

Charlie hatte seit einiger Zeit den Verdacht, dass Phoebe ihre Schmerzmittel und sogar Eleanors Medikamente hinter der Zementfabrik verkaufte, um ihr Taschengeld aufzubessern.

Phoebe hatte die Packung Zolpidem hastig zur Seite gelegt, als Charlie die Küche betrat. Doch hatte Phoebe die Verpackung nicht eben gerade in ihrem Zimmer in die Hosentasche gesteckt? Nein, das waren Phoebes Migränetabletten gewesen. Oder?

Spielte ihr Gehirn jetzt verrückt? Charlie war plötzlich sicher, dass auf der Packung der Name von Eleanors Schlafmittel gestanden hatte.

Ihr Blick fiel auf ihre Wasserflasche. Hatte Phoebe …? Charlie versuchte, sich auf ihren Gedanken zu konzentrieren, doch er entglitt ihr wieder.

Was hatte sie gerade gedacht? Zolpidem. Ja, das war es. Konnte das bedeuten … Sie gähnte. Dann war plötzlich alles schwarz.

Sechs Monate vor der Premiere

CHARLIE

Sie lief durch die Camden Passage in Islington. Die schmale Gasse mit den Restaurants und Bars, dem Antikmarkt und den Geschäften, die ihre Ware in den kleinen Schaufenstern präsentieren, war nicht nur ein Geheimtipp unter Touristen, sondern auch bei den Einwohnern des Stadtteils äußerst beliebt. Lampions waren zwischen den Häusern gespannt und verströmten eine festliche Atmosphäre. Die Beleuchtung diente keinem besonderen Anlass, sie war Dekoration. Kleine Glühlampen in bunten Farben hingen dazwischen; ihr Licht ließ die Dämmerung etwas weniger grau und kalt erscheinen.

Vor ihr ging ein Vater mit einem Baby auf dem Arm, an der Hand einen Dreijährigen. Sie versuchten die Fugen zwischen den Gehwegplatten zu vermeiden. Ein Spiel. Das Kind lachte und gluckste. »Achtung«, wollte Charlie rufen, als die drei vor lauter Konzentration auf die Platten unter ihren Füßen beinahe in einen Tisch liefen, der vor dem *Elk in the Wood* aufgebaut war. Doch sie wollte keine Aufmerksamkeit auf sich ziehen. Aufmerksamkeit war nicht gut.

Sie eilte an ihnen vorbei. Seit einer Stunde lief sie in dieser Geschwindigkeit die Straßen entlang, wollte keine Tube, keinen Bus nehmen. Die Angst vor den Kameras in den öffentlichen Verkehrsmitteln, die Möglichkeit, auf diese Weise ihre Route nachvollziehbar zu machen, ganz zu schweigen von der elektronischen Bezahlung mit Kreditkarte oder *Oyster Card*, hatte sie diese Alternative wählen lassen.

Sie warf einen Blick in das Schaufenster des Pubs, scannte in der Spiegelung ihre Umgebung. War er noch da? War sie noch da? Sie korrigierte sich in Gedanken: War *wer* noch da? Sie schlang ihre Arme um den Bauch. *Ist überhaupt irgendwer da?*

Einem Reflex folgend blieb sie abrupt stehen, mitten in der Gasse, und drehte sich um. Sie wollte das Überraschungsmoment nutzen. Ein Mann mit Anzug und gelockerter Krawatte rannte beinahe in sie hinein, schaffte es im letzten Moment auszuweichen. »Sorry«, sagte sie. Hatte beim Arzt im Wartezimmer nicht auch ein Mann im Anzug gesessen?

Doch der Typ lief einfach weiter. Sie war nicht mehr als eine Unannehmlichkeit, die er in der nächsten Sekunde vergessen würde. Sie starrte die Gasse runter.

Wer verfolgte sie?

Das Gefühl war so stark, seit sie aus der Praxis in der Harley Street gekommen war, dass Charlie wusste: Sie täuschte sich nicht. Doch niemand schien ihr besondere Aufmerksamkeit zu schenken. Niemand sah verdächtig aus. Aber wie sah jemand aus, der verdächtig war?

Sie schüttelte den Kopf, als könnte sie damit die Dinge in ihrem Gehirn sortieren und ihre Gedanken wieder in die richtigen Bahnen lenken. Denn: Die einzige Verdächtige auf dem Weg zwischen Marylebone und Islington war sie selbst.

Sie bog am Islington Green ab, überquerte die Essex Road und lief Richtung Upper Street. Sie würde sich an das Gefühl gewöhnen müssen. Es würde in den nächsten Monaten zu ihrem Begleiter werden.

Sie hatte keinen Verfolger. Ihr Verfolger war ihr schlechtes Gewissen. Ihr Gewissen wollte sie warnen. Bei jedem Schritt saß es ihr im Nacken.

Das Gespräch mit dem Schmerztherapeuten war der Grund für ihre Paranoia. Kaum war sie aus der schweren Eichenholztür der Praxis von Dr. Sherman getreten, hatte ihren Fuß auf den Gehweg gesetzt, war die Angst in ihr hochgekrochen. Ihr moralisches Barometer funktionierte. Doch sie musste lernen, es zu ignorieren. Paranoia war eine verzerrte Wahrnehmung. Nichts war stärker als die Macht der Gedanken.

Charlie hatte unter einem falschen Namen einen Arzt in der Harley Street aufgesucht. Das Mekka der Privatärzte in London, mitten in Marylebone. Eine schicke Praxis neben der nächsten. Tür an Tür. Fachrichtungen aller Art, schnelle Termine, diskreter Service. Kein Vergleich zu den monatelangen Wartelisten des NHS und den überfüllten Krankenhäusern, in denen die staatlichen Spezialisten die Patienten behandelten.

In der Harley Street legte man ein paar hundert Pfund auf den Tresen, und schon saß man im Behandlungszimmer.

Sie lief jetzt an dem *Screen on the Green* vorbei. Das Kino war eines der ältesten Kinos Großbritanniens. *The Empress Picture House, The Rex* – die Namensgebung zeugte von der illustren Geschichte des Kinos. Doch sie hatte heute keinen Sinn für Filme.

Ein Mann mit Schal und Hut steuerte auf die Eingangstür zu. Auf seinem Rücken eine Gitarre. Sie lächelte ihn an, als er an ihr vorbeiging, rein in das Kino. Er kam ihr bekannt vor. Woher kannte sie den Musiker? Hatte sie nicht in der Harley Street einen Straßenmusiker gesehen? Nein, der hatte keinen Hut getragen. Aber hatte er nicht auch eine Gibson gehabt?

Erst als sie um die Ecke bog, in die Gaskin Street, und den Lärm und die Geschäftigkeit der Upper Street hinter sich ließ, atmete sie auf. Ihr Verfolgungswahn machte eine Pause. Es fühlte sich an wie eine Befreiung.

Sie lief die schmale Gasse entlang, die Mauern versteckten sie, kein Mensch war hier, in dieser Seitenstraße. Niemand sollte ihren Weg zurück nach Hackney nachvollziehen können. Sie schlug Haken. Haken vor Verfolgern, die nur in ihrem Kopf existierten. Haken vor sich selbst.

Tramadol, Morphium, Tilidin, Fentanyl, Oxycodon – der Klang der Opiate hallte in ihren Ohren. Alle Medikamente und Stoffe hatten eine unterschiedliche Wirkung. Alle Substanzen kamen bei verschiedenen Krankheiten zum Einsatz.

Charlie hatte sich über Behandlungsoptionen erkundigt und Alternativen ausgelotet. Es war ein Informationsgespräch gewesen, eine reine Beratung. *Kein Rezept. Kein Beweis. Keine Spur.*

Das Gespräch mit dem Schmerztherapeuten in der Harley Street war aufschlussreich gewesen. Das Gespräch mit dem Schmerztherapeuten in der Harley Street, der glaubte, sie sei eine Fibromyalgie-Patientin.

Montag – Ein Tag vor der Premiere

PHOEBE

Die PR-Agentur sah ganz anders aus, als Phoebe es sich vorgestellt hatte. Die Wände, der Boden – alles war aus Beton, wie ein Rohbau auf einer Baustelle. Nur dass es kein Rohbau war, sondern der Stil, den man für dieses Gebäude gewählt hatte, außen *und* innen. Einzig die Bäume sorgten für Farbe in dem Loft mit den riesigen Sprossenfenstern. Keine Topfpflanzen, wie man sie in anderen Büros fand, sondern echte Olivenbäume, stämmig gewachsen, standen in der Mitte des Raums. Ein Wald aus mediterranen Gewächsen. Der Geruch von wilden Kräutern, Zitrusöl und Lavendel füllte die gesamte Etage. Man hatte den Duft Südfrankreichs in eine Parfumflasche gefüllt und in Ostlondon wieder rausgelassen.

Die Public-Relations-Agentur am südlichen Ende von Shoreditch wollte Eindruck schinden, und Phoebe musste zugeben, dass dieses Innendesign den Zweck erfüllte. Entsprach dieser Protz der Kompetenz, hatte sie die richtige Entscheidung getroffen. »Ich will eine Pressekonferenz«, sagte sie.

Gemma Sabarsky, Partnerin der Agentur *Sabarsky & Gillies* saß ihr gegenüber, hinter einem Schreibtisch aus Glas. »Ja.« Sorgfältig maniküre Fingernägel fuhren über das Papier der

Zeitungen, als würde die PR-Agentin die Worte mit ihren Fingern lesen.

»Wann machen wir das?«, fragte Phoebe. Sie wurde langsam ungeduldig.

Einige Zeitungen hatten den Vorfall im Waverly Inn aufgegriffen, es hätten nach ihrem Geschmack allerdings mehr sein können. Das Internet zumindest hatte die Meldung. Online wurde seit gestern Abend schon berichtet. Auf Social Media kursierten Kommentare und Gerüchte, Phoebe hatte selbst etwas nachgeholfen. Doch die Printmedien reagierten träge.

Mit Gemma Sabarsky hatte sie jetzt ganz offiziell eine PR-Agentin, die sich um alles kümmerte. Die Agentur war Phoebe vom Perlman Theatre vermittelt worden. Mit mehr als zehn Jahren im Geschäft sollte die Frau in der Lage sein, die Pressekoordination für Phoebe zu erledigen. Die Situation war so kostbar, so einzigartig und überwältigend, dass Phoebe die Entscheidung getroffen hatte: Sie brauchte einen Profi an ihrer Seite. Profis konnten aus dem Nichts eine Story produzieren. Und sie konnten darauf achten, dass diese Story der Öffentlichkeit in einem positiven Licht präsentiert wurde.

Doch wie groß würde erst der Effekt sein, wenn eine Story nicht aus dem Nichts generiert wurde, man die Phantasie nicht extra bemühen musste, um sich etwas aus den Fingern zu saugen, sondern aus einer Bombe, die bereits eingeschlagen war? Zugegeben: Es war eine kleine Bombe. Niemand kannte Phoebes Namen, sie war nicht wichtig genug; auch der Vorfall nicht – doch das würde sich ja jetzt ändern.

Die Meldung war gut, und das Sommerloch in den Medien schrie förmlich nach einer Berichterstattung. Und aus genau diesem Grund musste sie sicherstellen, dass – wenn schon nicht die gesamte Öffentlichkeit – zumindest die einschlägigen Kreise in der Theaterwelt realisierten, was ihr widerfahren war. Wer sie war. Wie ihr Theaterstück hieß. Wo man die Tickets kaufen konnte. Warum man in Zukunft von ihr hören würde. Jeder. Sollte. Sie. Kennen.

Diese Sache mit dem Anschlag war der beste PR-Coup, den man sich hätte ausdenken können. Wenn sie jetzt keinen Fehler machte, dann würde sie für eine sehr lange Zeit von der Angelegenheit profitieren. Und sie würde keinen Fehler machen.

»Die Pressekonferenz könnte im Anschluss an die Premiere stattfinden«, sagte Gemma und blickte jetzt endlich von dem Artikel auf ihrem Schreibtisch hoch.

»Gute Idee«, sagte Phoebe. Auch wenn sie den Zweifel in Gemmas Stimme gehört hatte. »Die Preview heute Abend ist bis auf den letzten Platz ausverkauft. Genau wie die Premiere.« Sie hörte, wie ihre Stimme sich überschlug.

»Ist das nicht phantastisch?« Gemma klang, als sei das ihr Verdienst.

»Hätten wir die Premiere in ein größeres Haus verlegen sollen? In das Studio 1 im Perlman Theatre passen nur ...«

»Nein«, fiel Gemma ihr ins Wort. »Es gibt immer die Möglichkeit einer zweiten Laufzeit in einem größeren Theater. Es ist wichtig, die Produktion wie geplant über die Bühne zu bringen. Wir dürfen kein Chaos verursachen. Die Leute sollen wissen, wo und für welchen Tag die Tickets zu kaufen sind.«

Der Tonfall gefiel Phoebe nicht. Doch sie brauchte Gemma Sabarsky. Zu viele Dinge mussten beachtet werden. Sie konnte nicht an allen Fronten gleichzeitig kämpfen.

»Wir behalten eine zweite Laufzeit im Auge.« Sie hatte nicht vor, der PR-Agentin das letzte Wort zu überlassen. »In einem größeren Haus.«

»Wir müssen jetzt das Statement vorbereiten.« Gemma ging auf ihre Aussage nicht ein.

»Was für ein Statement?«

»Das Statement wird deine offizielle Reaktion auf den Vorfall. Du bist erschüttert, es geht dir den Umständen entsprechend gut, der Schock … Das Statement muss heute raus. Eine Pressekonferenz ist im Prinzip nicht notwendig.«

»Ich will eine Pressekonferenz.«

»Das habe ich verstanden. Du wirst aber wegen der laufenden Ermittlung nicht viel sagen können«, sagte Gemma. »Der Nutzen so einer Veranstaltung ist begrenzt. Und die Presse ist nicht gerade für ihre Samthandschuhe bekannt.«

Gemma hatte recht. Phoebe dachte an ihre Aussage bei der Polizei und an die Beweise, die sie zur Verfügung gestellt hatte. »Dann machen wir einfach ein Interview mit mir, eine Art *Question & Answer*-Veranstaltung. Direkt nach der Vorstellung, auf der Bühne. Es könnte eine Kombination aus Pressekonferenz und einem Gespräch über die Inszenierung werden. Ein Talk. Die Journalisten sind ja eh alle da.«

Irgendein Vertreter der Presse würde unter Garantie eine Frage zu dem Anschlag stellen, denn es gab immer eine Person, die eine prekäre Situation ansprach.

Oder sollte sie extra zu diesem Zweck jemanden einschleusen, der die Sache thematisierte?

»Wir müssen entscheiden, wer das Interview im Print kriegt. Hast du eine Präferenz?«, fragte Gemma, ohne auf ihren Vorschlag einzugehen.

»Nein, Hauptsache, größtmögliche Reichweite.« Mit den Details sollte sich die PR-Agentin rumschlagen.

Gemma schien zufrieden. »Außerdem müssen wir die Gerüchte klarstellen.«

»Warum?«, fragte Phoebe verwundert. »Sind Gerüchte nicht das Salz in der Suppe?« Da bisher kaum Details an die Öffentlichkeit gelangt waren, hatten sich die Spekulationen verselbstständigt. Es herrschte Unklarheit über die Natur des Anschlags und den Tathergang.

»In manchen Fällen ist weniger mehr«, sagte Gemma.

»Hauptsache, ich bin das Opfer«, sagte Phoebe. Ihre Rolle musste klar definiert bleiben. Für die Presse stand fest, dass sie wenige Tage vor ihrem Debüt als Theaterregisseurin knapp einem Anschlag entkommen war. Das waren die Tatsachen. Jeder einzelne Artikel, und sei er noch so kurios, hatte an diesem Fakt nichts geändert. Man war nur nicht sicher, wie gravierend der Anschlag war, da der Inhalt der Ampulle nicht bekannt war. Sie wünschte, die Polizei würde sich mit den Ermittlungen und der Laboranalyse etwas beeilen.

»Du *bist* das Opfer.« Gemma lehnte sich nach vorne. »Keine Sorge.«

Phoebe überlegte, ob sie das Wort »Mordanschlag« an geeigneter Stelle streuen sollte. Ein Kommentar online oder ein Anruf bei einer Zeitung würde die Information sicherlich ausreichend verbreiten.

»Das Bild muss authentisch bleiben. Du bist ein Opfer, das mit Verstand und Klarheit auf die Situation reagiert.«

Für einen Moment wusste Phoebe nicht, wovon Gemma redete.

»Was?«, fragte sie.

»Die Tat spricht für sich. Deine Stiefschwester hat dir heimlich etwas ins Glas geschüttet. Du brauchst keine künstliche Sensation durch Artikel, die nicht der Wahrheit entsprechen. Das schwächt deine Position. Am Ende weiß niemand mehr, was Wahrheit und was Lüge ist.«

Phoebe ließ sich diese Aussage einen Moment durch den Kopf gehen. »Was soll ich deiner Meinung nach sagen?«

»Du könntest schweigen.«

»Schweigen?« Sie starrte Gemma an, die aufstand und einige Schritte zu den bodentiefen Fenstern ging. Die PR-Frau schaute auf die Skyline der City of London. The Gherkin, der Walkie-Talkie, die Hochhäuser mit ihren illustren Namen reihten sich in nicht weiter Ferne auf. »Ja, schweigen.«

»Ich habe noch nie gehört, dass Schweigen geeignet ist, um ein Statement abzugeben«, sagte Phoebe.

»Es geht um gezielte Informationsvermittlung. Und um deine Stimme in der Sache.«

»Meine Stimme also.«

»Dein Schweigen oder das knappe Statement würde zum Ausdruck bringen, dass es sich um eine persönliche Angelegenheit handelt. Die Polizei hat die Ermittlungen aufgenommen. Du hast volles Vertrauen in die Behörden und konzentrierst dich auf deine Arbeit. Fertig.«

»Für so ein Statement brauche ich keine PR-Frau.«

»Überlass das Kopfkino der Öffentlichkeit. Die Phantasie ist machtvoller als alles, was du sagen könntest. Die Fakten sind klar. Du bist das Opfer.« Gemma ließ sich nicht aus dem Konzept bringen.

»Ich will eine Pressekonferenz.«

»Ein Statement, in dem du deutlich machst, dich nicht zu

dem Anschlag zu äußern, bringt dir aber Sympathiepunkte«, sagte Gemma. »Du solltest dich auf die Premiere und deine Arbeit konzentrieren. Leute lieben Menschen, die trotz schwieriger Umstände ihren Job machen. Professionalität ist ein hohes Gut.«

»Leute lieben Opfer.« Phoebes Stimme war lauter als beabsichtigt.

Gemma kam zu ihr rüber und setzte sich auf die Tischkante. Sie schlug ein Bein über das andere, ihre schwarzen High Heels schwebten in der Luft. »Leute suchen nach Fehlern. Nach Gründen, warum jemand zum Opfer geworden ist.«

»Willst du sagen, ich hätte es verdient?«

»Nein, natürlich nicht.« Gemma sah sie erschrocken an. »Ganz und gar nicht.« Dann fragte sie: »Deine Stiefschwester hat bisher nicht geleugnet, oder?«

»Charlie hat mit Sicherheit keinen Ton gesagt. Warum?«

»Schade, ein Leugnen wäre gut gewesen.«

»Das verstehe ich nicht.« Phoebe sah Gemma überrascht an.

»Leugnen ist ein Bumerang. Am Ende wäre deine Stiefschwester immer die Verliererin, egal wie die Sache ausgeht. Hat sie eine Straftat begangen, steht sie als Lügnerin da. Hat sie keine Straftat begangen, wäre Schweigen eleganter gewesen.«

Phoebe ließ sich einen Moment ihre Alternativen durch den Kopf gehen. Plötzlich kam ihr eine Idee. »Sollten wir meine Erkrankung erwähnen?«

»Du meinst, deine Stiefschwester verübt den Anschlag, und obendrein hast du diese Krankheit, die durch Stress verschlimmert wird?« Gemma guckte sie an. »Ja«, sagte sie schließlich mit einem Zögern. »Wir dürfen nur nicht von der Premiere ablenken.«

»Der Stress ist Gift für meinen Körper. Mir tut jeder Muskel weh.« Sie zuckte mit den Schultern. »Ich bin tatsächlich kaum aus dem Bett gekommen.«

Gemma nickte. »Mitleid ist immer gut. Doch, ja. Man darf es nur nicht übertreiben. Keine große Ablenkung von der Hauptsache.«

Phoebe konnte kein Mitleid in dem Gesicht ihrer PR-Agentin sehen. Diese Frau war auch ein Roboter. Doch so eine Person brauchte sie, und aus diesem Grund ließ Phoebe es ihr durchgehen.

»Ich bereite ein Statement vor und schicke es dir zur Freigabe«, sagte Gemma jetzt.

»Was ist mit dem Printinterview?«

»Ich sortiere die Anfragen und mache einen Vorschlag.«

»Okay.« Phoebe nickte. »Aber die Pressekonferenz findet statt.« Nur um ihren Standpunkt noch einmal deutlich zu machen.

CHARLIE

Sie kaute auf der Innenseite ihrer Wange. Mit den Zähnen klemmte sie ein kleines Stück ihrer Mundschleimhaut ein, immer wieder und immer dieselbe Stelle. Dann lockerte sie ihren Biss für ein paar Sekunden, nur um das Ganze zu wiederholen. Der Geschmack von Blut breitete sich in ihrem Mund aus, ihre Backenzähne kannten keine Gnade.

»Ihr Anwalt ist auf dem Weg«, sagte Detective Chief Inspector Young. Der Name passte. Sein Rang erschien Charlie recht hoch für einen so jungen Polizisten. Er hatte also bereits Karriere gemacht. Nichts an dem DCI strahlte Empathie aus. Sie würde ihre gesamte Aufmerksamkeit brauchen, um sich nicht einschüchtern zu lassen. Der Polizist würde jede Schwäche, jede Unaufmerksamkeit von ihr ausnutzen.

Mehr als einen Blick bekam er nicht von ihr, nur gerade so viel Interaktion, dass er sah, dass sie auf ihn reagierte und nicht besser in einer psychiatrischen Einrichtung aufgehoben wäre. *Ein Blick. Ein Nicken. Danke.*

Charlie schloss die Augen. Für einen Moment musste sie die Panik bekämpfen, die sich in ihr zusammenbraute. *Ich hatte keine Wahl.*

»Was haben Sie Ihrer Schwester in das Glas gekippt?« Young sah sie an. »Lassen Sie sich Zeit.«

Glaubte der DCI, sie bräuchte Zeit für die Antwort? *Kein Blick. Kein Nicken. Kein Danke.*

Nein, dachte Charlie, *DCI Young will mich mürbe machen.* Zum wiederholten Male hatte er jetzt dieselbe Frage gestellt. Seine Geduld schien unerschöpflich. Er hatte seine Vorgehensweise, eine Technik, die er gelernt hatte, die möglicherweise in anderen Fällen zu Erfolg führte. Glaubte er, sie wäre so naiv, ohne ihren Anwalt zu reden? Je öfter er fragte, desto höher die Wahrscheinlichkeit, dass sie irgendwann eine Antwort gäbe? Wollte er psychischen Druck aufbauen? *Mit psychischem Druck kenne ich mich aus.*

Charlie richtete sich auf. Sie würde keine Risse in ihrer Verteidigung zulassen. Sie wusste genau, was sie tun musste, um nicht unterzugehen. Sie würde nicht einbrechen und am Ende schluchzend hier sitzen, weil diese extreme Stresssituation ihre Nerven angriff. Ihr Leben lang war sie Momenten wie diesen ausgesetzt gewesen. Als Jüngere war man zu jedem Zeitpunkt auf die Eskalation einer Situation vorbereitet. Man wusste nie, was die Ältere plante. Die nächste Falle wartete stets um die Ecke.

Trotzdem fühlte sie sich unwohl unter seinem Blick, und sie war nicht ganz sicher, wie lange sie ihre Fassade aufrechterhalten konnte.

Die Frage, was sie Phoebe ins Glas gekippt hatte, verdiente keine Antwort, keine noch so winzige Reaktion. Die Labore würden ihre Arbeit machen, DCI Young brauchte es nicht von ihr zu hören. Man würde ihr eh nicht glauben. Über ihre Lippen würde weder Wahrheit noch Lüge kommen.

»Miss Raeburn, darf ich Charlotte sagen?« DCI Young wollte den Triumph für sich, das konnte sie an seinem Gesichtsausdruck ablesen. Er wollte derjenige sein, der diese harte Nuss knackte. Young war ein offenes Buch. Keine gute Eigenschaft für einen Ermittler.

Ob er es gewohnt war, gegen eine Wand zu reden? Einen Monolog zu halten? Führte diese Strategie bei anderen Tatverdächtigen zu einem Ausbruch an Emotionen und die Worte sprudelten irgendwann ohne jede Hemmung aus ihnen heraus? Charlie konnte sich das eigentlich nicht vorstellen. Aber das war vermutlich eine Frage des Charakters.

Seine Fragen, die Pausen, seine Augenbrauen. Jede Geste, jede Mimik hatte eine Funktion. Selbst der Tonfall seiner Stimme variierte. Doch das Ganze war so durchschaubar, dass Charlie beinahe Mitleid mit ihm hatte. *Was kriegen die für ein Training bei der Polizei?*, dachte sie. *Das muss doch besser gehen.*

War DCI Young klar, dass er einer Frau gegenübersaß, die sich seit ihrer Kindheit mit Körpersprache, Mimik und Gesten beschäftigte?

Schwankte er zwischen dem Wunsch, diesen Fall so schnell wie möglich hinter sich zu bringen – ohne über die Ermittlungsarbeit der Polizei in der Presse lesen zu müssen –, und dem Verlangen nach Gründlichkeit?

Phoebe und sie standen jetzt in der Öffentlichkeit. Und er, DCI Young, damit auch. Sie steckten alle in derselben Scheiße.

»Wir können das alles abkürzen«, sagte er und stand auf. Er blickte auf sie herab. Seine Stimme war fest, und die Art, wie er sie jetzt fixierte, zeigte ihr, dass er nicht ohne Grund in diesem Alter bereits Detective Chief Inspector war.

Klar, dachte Charlie. *Werden wir aber nicht.*

Der Anwalt war auf dem Weg. Luke hatte ihn besorgt. Der Freund eines Freunds, der sich mit Strafrecht auskannte. Das war noch so eine Sache mit Luke. Luke kannte immer jemanden, der jemanden kannte. Charlie vermutete, dass es die Verbundenheit war, die er noch immer spürte, die Verantwortung, die er nicht scheute, weswegen er seine Hilfe anbot. Oder war es sein schlechtes Gewissen? *Luke und Phoebe.*

Charlie wollte seine Unterstützung nicht. Sie hatte allerdings eingesehen, dass ein guter Anwalt auch als Mittel dienen konnte, um Zeit zu gewinnen.

»Haben Sie Hunger? Durst?«, fragte Young.

Eine neue Taktik.

»Danke.« Sie schüttelte den Kopf. Jetzt hatte sie doch einen Ton gesagt. Ein Punkt für den Polizisten. Charlie bemerkte die Überraschung in seinem Gesicht. DCI Young hatte nicht mit einer Reaktion gerechnet. Kam jetzt die nächste Frage?

Doch er schaute sie nur an. Für einen sehr langen Moment hielt sie seinem Blick stand. Dieser Fall würde kein Glanzlicht auf DCI Young werfen. Er verschwendete seine Zeit. Doch das musste er selbst herausfinden.

Sie hätte gern eine Zeitung. Zugang zum Internet. Vielleicht konnte ihr Anwalt das in die Wege leiten. Sie brauchte Informationen. Was wurde in der Presse berichtet? Was passierte im Perlman Theatre? Hatte Phoebe ein Statement abgegeben?

Charlie befand sich in einem Vakuum. Das war das Schwierigste an ihrer Situation. Sie erfuhr nicht, was draußen vor sich ging.

Draußen. Sie hatte bereits die Sprache der Insassen angenommen. Die Welt teilte sich in Drinnen und Draußen, und sie gehörte jetzt zu der Drinnen-Welt. Für die Menschen draußen waren die Menschen drinnen der Abschaum der Gesellschaft.

Ein Klopfen an der Tür ließ sie zusammenfahren. Ein Polizist steckte den Kopf in das Zimmer. »Der Anwalt ist da.«

Charlie verschränkte die Arme vor der Brust.

»Haben Sie einen Moment?« Der Sergeant, sein Hemd spannte vor dem Bauch und ein Knopf schien, als könnte er jede Sekunde abplatzen, machte eine Kopfbewegung zu DCI Young.

Young stand mit einem fragenden Gesichtsausdruck auf. Mit drei großen Schritten war er bei der Tür.

Charlie blieb allein zurück. Für einen Augenblick spürte sie fast Erleichterung. Pause. Niemand, dem sie gegenübersitzen musste, und zum ersten Mal, seit sie in dieses Zimmer gebracht worden war, kaute sie nicht auf ihrer Wange. Ihre Anspannung löste sich.

Was Phoebe wohl gerade machte? Nutzte sie diese Angelegenheit, um ihren Namen in die Medien zu bekommen? Pünktlich für die Premiere am nächsten Tag?

Charlie schüttelte den Kopf, als könnte sie den Gedanken auf diese Weise loswerden, ihn aus ihrem Gehirn schleudern.

Dieser Moment, in einem Verhörzimmer, mit ihrem Anwalt und mindestens zwei Polizisten vor der Tür, mit einem Spiegelfenster in der Wand und einer Kamera unter der Decke, an der ein rotes Licht blinkte, war ein denkbar ungünstiger Zeitpunkt, um an Phoebe zu denken.

Sie brauchte hier und jetzt ihre gesamte Konzentration.

HAWK

Die alte Frau musterte ihn ohne Scham. Sie hatte ihre weißen Haare hochgesteckt, und die Finger zierten mit Edelsteinen besetzte Ringe, die aussahen, als seien sie frisch von der Diamantenbörse in einer Auktion an die Höchstbietende verkauft worden. Die Gelenke ihrer Finger waren knotig und geschwollen. Vermutlich bekam sie die Ringe gar nicht mehr ab. Sie saß ihm gegenüber im Bus der Linie 393 Richtung Clapton Pond.

Die Durchsage kündigte die nächste Haltestelle an: Holloway Road Station. *Warum fährt so eine Frau mit dem Bus?*, dachte er. *Kann sie sich kein Taxi leisten?*

Die Straße war uneben, und ein Schlagloch im Asphalt ließ alle Fahrgäste zusammenzucken, als der Bus um eine Kurve bog. Die Tüte einer Frau fiel um, ein Kleinkind glückste erfreut auf.

Das war der Moment, in dem Harrison anfing zu bellen. Schnell ging das Bellen in ein Jaulen über. Der Hund mochte es nicht, Bus zu fahren. Hawk wandte den Blick von der Alten ab und beugte sich zu Harrison. Er streichelte dem Hund über den Kopf. »Wir steigen gleich aus.«

Als er sich wieder aufrichtete, konnte er das Erstaunen der Frau sehen. Sie hatte das Tattoo an Harrisons Bauch entdeckt.

Nachdem der Hund sich beruhigt hatte, zog Hawk die Münzen und Scheine aus seiner Hosentasche, wollte seine Ausbeute zählen. Er brauchte Ablenkung. Es dauerte nicht lange, doch er hatte an dem Wochenende mehr Geld bekommen als gedacht.

Das Wochenende. Er durfte gar nicht daran denken. Und das Elend war noch immer nicht vorbei.

»Wie viel ist es?«, fragte die Alte plötzlich, und er schreckte fast zusammen, als hätte er sich das Geld widerrechtlich angeeignet und wäre ertappt worden. Ihr Blick klebte auf seinen dreckigen Händen und den schwarz lackierten Fingernägeln. Ihre Stimme war kräftig und klar – ein Widerspruch zu ihrem dürren Körper.

Erstaunt schaute er sie an. »48,55 Pfund«, sagte er, und es klang wie eine Frage. Angestellte der Pension, Passanten und, nicht zu vergessen, Phoebe Hart hatten sich nicht lumpen lassen.

»Ich habe einen Neffen, der auf die schiefe Bahn geraten ist. Sie erinnern mich an ihn.«

Schiefe Bahn. Klar.

Doch sie sah ihn freundlich an. *Vielleicht ist nicht alles verloren mit der Menschheit*, dachte er und wunderte sich, denn er hatte an diesem Tag wirklich keinen Grund für Optimismus. Sein Leben, seine Existenz war vorbei. Er befand sich auf dem absoluten Nullpunkt. Er hatte versagt.

Die Alte zog ihren Geldbeutel aus der Handtasche.

»Nein«, sagte er schnell. »Das ist nicht nötig.«

Er sah die Überraschung in ihrem Gesicht. Aus Angst vor einem Gespräch guckte er wieder aus dem Fenster.

Eine Stunde später stand er vor dem Haus. Endlich. Mit letzter Kraft hatte er den Weg geschafft, jeden Schritt gezählt, denn er wollte weg aus der Öffentlichkeit, von den Menschen, er wollte seine Ruhe – er musste jetzt einfach alleine sein.

Wohnungstür reihte sich an Wohnungstür; mehr als fünfzig Apartments waren in diesem Komplex mit der abgeblätterten Fassade und dem aufmunternden Namen Sunbury Court untergebracht. Wäscheleinen waren über die Balkone gespannt, Müllbeutel standen auf den Gängen, und mehrere Stromkabel hingen seit dem letzten Sturm lose an den Außenwänden. Niemand hatte den Schaden repariert. Was vermutlich daran lag, dass niemand den Schaden gemeldet hatte, denn Gleichgültigkeit war die Voraussetzung, überhaupt einen Fuß in dieses Gebäude zu setzen.

Er brauchte zwei Ansätze, bevor die Wohnungstür mit einem Ächzen aufsprang. Das Schloss hakte. Harrison stürmte mit einem Bellen an ihm vorbei. Der Hund schien erleichtert. Der Spuk war vorbei.

Der vertraute Geruch von Gas schlug Hawk entgegen, als er in den Flur trat. Nichts roch so gut wie das eigene Zuhause. Selbst wenn der Boiler dafür verantwortlich war. Er atmete tief ein.

Er war nur ein paar Tage weg gewesen, doch es fühlte sich an wie eine Ewigkeit. Am liebsten hätte er vor Erleichterung geheult. Doch es gab keinen Grund für Erleichterung. Seine Frustration wog schwerer.

Sorgfältig schloss er die Tür und lehnte sich einen Moment von innen dagegen. Das Holz in seinem Rücken fühlte sich tröstlich an, ein Rückhalt, der keiner war und ihm doch kurz die Illusion vermittelte, da wäre eine Stütze. Es würde eine sehr lange Zeit dauern, bis er wieder einen Schritt aus seiner Wohnung setzte.

Er sackte zu Boden und ließ den Kopf zwischen seinen angezogenen Knien ruhen. Minuten verstrichen. Jetzt, da er zu

Hause war, wurde ihm die gesamte Tragweite der letzten Tage bewusst. *So eine verdammte Scheiße.*

Was hatte er sich bloß gedacht?

Und weil Scheiße immer Scheiße anzog, hatte er ganze Arbeit geleistet und sich nach seinem Abgang gestern vom Waverly Inn im nächsten Supermarkt eine Flasche Jack Daniels gekauft – aus Verzweiflung, gegen die Gedanken in seinem Kopf und zur Betäubung, denn er konnte den Anblick der Bullerei einfach nicht ertragen, noch immer nicht, auch nach all diesen Jahren. Und dann hatte er sich komplett abgeschossen.

Blackout.

Am Abend war er auf einer Bank in einem Fußgängertunnel in Kentish Town eingeschlafen und erst am nächsten Morgen wieder aufgewacht. Jetzt fühlte sich das alles an wie ein schlechter Traum.

Mit einem Ächzen stand er irgendwann auf. Seine Beine trugen ihn ins Badezimmer, er stützte sich mit einer Hand an der Wand ab. Er stank wie ein Iltis. Sollte er die Kleidung direkt in den Müll werfen?

Mit spitzen Fingern zog er den Anzug aus Schottland, den letzten Schrei, von seinem Körper, dann die Unterwäsche.

Er drehte den Wasserhahn auf. Jeder Zentimeter seiner Haut musste von dem Dreck der Stadt, dem Hostel für Obdachlose und der Bank im Fußgängertunnel gereinigt werden. Zwei Nächte hatte er geschlafen wie eine Ratte im Untergrund. Am liebsten würde er sich von oben bis unten mit Desinfektionsmittel einsprühen.

Sauberes Wasser schoss aus der Leitung. Während er wartete, dass das Wasser heiß wurde, ein Vorgang von mehreren

Minuten, stellte er sich vor den Spiegel und begann, den ungepflegten, fast struppigen Bart abzurasieren. Er brauchte ihn nicht mehr. Es fühlte sich beinahe an, als würde eine Last von ihm fallen, bis ihm die Realität seiner Situation wieder bewusst wurde, denn mit jedem Barthaar, das in seinem Waschbecken landete, wurde er wieder ein Stück er selbst.

Sein Leben war immer noch sein Leben. Es gab kein Entrinnen. Wann würde er das endlich einsehen? Jeder Versuch, dieser Existenz zu entkommen, war zum Scheitern verurteilt.

Als das Wasser die richtige Temperatur hatte, stellte er sich unter die Dusche und genoss den Wasserstrahl, der auf ihn hinabprasselte wie ein heißer Regenschauer, vom Kopf, den Nacken hinunter, zwischen den Schulterblättern entlang, über die Wirbelsäule.

Er wollte hier stehen bleiben, für immer, und nie wieder einen Fuß in die dreckige Welt setzen müssen.

Die Mischung aus Abgasen, Staub, Erde und Druckerschwärze färbte das Wasser unter seinen Füßen fast schwarz, bevor es mit einem Gurgeln durch den Abfluss verschwand. Die Wärme des Wassers tat seinen Muskeln gut. Er ließ das heiße Wasser über sein Gesicht laufen. Es reinigte nicht nur seine Haut und die Haare, sondern auch seine Seele.

Zumindest den Teil, der davon übrig geblieben war.

Drei Monate vor der Premiere

CHARLIE

Ihr Herz schlug bis zum Hals. Sie rechnete jeden Moment damit, dass ihr ein Polizist auf die Schulter tippte – auch wenn sie nicht glaubte, dass Polizisten so etwas tun würden – mit der Frage: »Was machen Sie hier?«

Sie hatte sich in den letzten Wochen tatsächlich daran gewöhnt, an das Gefühl, verfolgt zu werden. Die Paranoia war zu ihrer treuen Begleiterin geworden, und in den seltenen Momenten, in denen sie ihr schlechtes Gewissen nicht fühlen konnte, vermisste sie es beinahe. Fragte sich, ob sie jetzt den nächsten Level erreicht hatte. Ob sie mit einem Mal abgebrüht war.

Nein. Zuverlässig wie eh und je meldete sich ihr Gewissen nach kurzer Zeit wieder. Jedes einzelne Mal.

Doch es gab kein Zurück mehr. Sie würde erst wieder Frieden haben – einen anderen Frieden als viele andere Menschen zwar, damit musste sie lernen zu leben –, wenn diese Sache vorbei war.

Sie war heute das zweite Mal in Brixton. Hatte einen anderen Weg gewählt als bei ihrem letzten Abstecher in den Süden Londons. Heute war sie mit dem Bus gefahren, Linie 254 bis

Whitechapel. War gelaufen bis Shadwell, nur um dann mit der Overground bis Peckham Rye zu fahren. Ein Umweg hatte sich aus dem nächsten ergeben. Sie wollte ihre Spuren verwischen. Von Peckham war sie Meile für Meile zu Fuß gelaufen. Hatte Seitenstraßen gewählt, damit die CCTV-Kameras sie nicht erwischten. Ein naiver Versuch, doch sie hatte das Risiko minimiert. Niemand sollte ihren Ausflug, den Weg nach Brixton, nachvollziehen können.

Sozialbauten reihten sich in einer Kette auf, sechsspurige Straßen, Beton, so weit das Auge reichte. Doch sie war zu einem Schatten geworden, sie befand sich in einem Paralleluniversum, in einem Brixton der Seitenstraßen, Hinterhöfe und Railway Arches.

Ein alter Mann mit einer Katze an der Leine lief an ihr vorbei. Sie verstellten sich dreimal gegenseitig den Weg, weil sie immer zur selben Seite auswichen. Die Katze huschte, sie lief geduckt, ganz nah an der Hauswand entlang. Der Gehweg in der Pope's Road schien ihr nicht zu gefallen. Ihr Gang ähnelte dem von Charlie: leise, schnell, unsichtbar und vor allem auf der Hut.

Charlie schaute den beiden nach, bis sie um eine Ecke bogen. Sie guckte sich um, wollte sehen, ob ihr jemand folgte.

Natürlich nicht.

In einiger Entfernung ging ein Mann, doch er wechselte die Straßenseite und betrat ein Geschäft.

Charlie machte sich so viele Gedanken über das, was gleich passieren würde, dass ihr Kopf dröhnte.

Der Mann, dessen echten Namen sie nicht kannte, der sich ihr beim letzten Mal als JR vorgestellt hatte, hatte ihr die Chemie besorgt.

JR wusste nicht, wer sie war. Er wusste nicht, wozu sie die Medikamente brauchte, die Dr. Sherman ihr genannt hatte. Es interessierte ihn nicht. JR stellte keine Fragen.

Die Übergabe, wenn man das so nennen konnte, würde gleich auf dem Brixton Market stattfinden.

Sie lief mit großen Schritten über die Atlantic Road, bog in die Electric Lane. Die nahe gelegene Electric Avenue galt als eine der ersten Straßen mit elektrischem Licht. Doch von dem Glanz vergangener Zeiten war nicht viel übrig. Der Geruch von Gewürzen vermischt mit Urin zog in ihre Nase. Sie wickelte sich ihren Schal über Mund und Nase und eilte weiter.

Als sie die Markthallen betrat, eröffnete sich ihr eine andere Welt. Karibische Musik schallte ihr entgegen. Ein Potpourri aus Bistros, Marktständen, Obst, Gemüse, Fleisch, Kleidung und Cafés tat sich vor ihr auf. Die plötzliche Fülle an Menschen und Geschäften überforderte sie. Sie wollte hier weg.

Sie ging durch die Gassen, stoppte an dem ein oder anderen Stand, ließ ihren Blick über das Angebot schweifen. Sie nahm nichts von den Produkten wahr, die Auslage rauschte an ihr vorbei. Aber zumindest gab sie so das Bild einer rechtschaffenen Bürgerin ab, die sich von der Auswahl inspirieren ließ, Preise verglich und ihre Einkäufe erledigte.

Charlie hatte sich irgendwie eine andere Art von Übergabe vorgestellt, auch wenn sie nicht wusste, was sie eigentlich gedacht hatte. Sie kannte sich nicht aus in dieser Welt, die nicht ihre war und zu deren Teil sie nun doch geworden war. JR hatte die Regeln vorgegeben. Sie würde ihn heute kein zweites Mal sehen, sondern nur ihre Bestellung abholen.

Plötzlich sah sie den Stand vor sich: Rushcroft Bakery. Da war es. Ihr Puls beschleunigte sich. Hatte ihr Unterbewusstsein gehofft, die Bäckerei existierte gar nicht? Sie wollte sich umdrehen und in die entgegengesetzte Richtung laufen, doch sie ging Schritt für Schritt darauf zu, unterdrückte den Reflex zu gucken, ob jemand sie beobachtete. Charlie konnte der Paranoia in ihrem Nacken, die heute und in diesem Moment ihren Höhepunkt erreichte, jetzt nicht nachgeben. *Alle Augen sind auf mich gerichtet, jeder weiß, was ich hier tue.*

In der Auslage der Rushcroft Bakery lagen Croissants, Brote, Zimtschnecken. Hinter dem Tresen stand eine ältere Verkäuferin, die Charlie auf Anfang siebzig schätzte. Sie trug ein weites Kleid. Flecken aus Mehl oder Puderzucker zierten den dunkelblauen Stoff auf ihrer Schürze. Ihre Haare waren grau und zu einem Zopf gebunden. Tiefe Furchen zeichneten ihre Stirn. Ihre Augen sahen Charlie müde an, doch sie lächelte.

Charlies Puls raste. Stand sie vor dem falschen Stand? Hatte sie die Anweisung falsch verstanden? Nein, das konnte nicht sein.

»Wie kann ich helfen?« Der Blick der Verkäuferin war freundlich.

»Ich hatte ein Roggenbrot bestellt«, sagte sie mit einem Zögern. »Sauerteig.« Es klang wie eine Frage. Ihre Stimme zitterte, als würde ihr schneller Herzschlag die Stimmbänder strapazieren. »Dienstag, 10:15 Uhr.« Das Codewort. Sie zwang sich, die Frau anzugucken, wollte ihre Reaktion sehen. War es eine Falle?

Jetzt schaute Charlie doch zur Seite. Sie konnte es nicht verhindern. Sprang gleich ein Polizist in Zivil aus einer Ecke?

Der Handwerker in seinem dreckigen Maleranzug zum Beispiel, der einige Meter entfernt so tat, als würde er auf sein Handy schauen, dabei war der Bildschirm schwarz? Hatte sie den Mann nicht schon mal irgendwo gesehen?

Die Mutter mit dem Kinderwagen, der aus ihrer Perspektive aussah, als wäre er leer? Die Frau beobachtete Charlie, ganz klar, und sah schnell weg, als sie ihren Blick bemerkte. Kannte sie diese Frau?

Die Verkäuferin nickte. Sie bückte sich und holte unter dem Tresen eine Papiertüte hervor, die sie Charlie entgegenstreckte. Sie sagte keinen Ton, doch das war Charlie nur recht. Sie griff danach. »Danke.«

Wusste die Verkäuferin, was in der Tüte war? Medikamente, frisch und ordentlich verpackt, als würden sie direkt aus den Regalen einer Apotheke stammen?

Die Transaktion hatte keine zwanzig Sekunden gedauert. Charlie drehte sich um und ging davon. *Weg*, dachte sie. *Ich will nur noch weg von diesem Markt.* Der Henkel der Tüte brannte in ihrer Hand.

Erst als sie die Markthallen verlassen hatte und wieder auf die Brixton Road trat, niemand sie gestoppt hatte, natürlich nicht, denn niemand wusste, was sie gekauft hatte, schielte sie in die Tüte. Sie sah tatsächlich ein Roggenbrot, es war in Papier eingeschlagen. Sie drehte die Tüte, hielt sie etwas schräg, damit der Inhalt verrutschte. Am Boden, unter dem Brot, war die Ecke eines gepolsterten braunen Umschlags zu erkennen.

Dienstag – Tag der Premiere

PHOEBE

Der Applaus ließ ihr eine wohlige Wärme über den Rücken laufen. Vereinzelt standen Leute von ihren Sitzplätzen im Perlman Theatre auf. Rufe und bewundernde Pfiffe klangen aus dem Publikum zu ihr hoch. Das Lob fand seinen Weg auf die Bühne, in ihre Ohren, in ihr Blut. Jede einzelne Zelle in Phoebes Körper vibrierte. Die Resonanz der Leute fühlte sich besser an, als sie es sich ausgemalt hatte. Standing Ovations! *Standing fucking Ovations!*

Zum Dank schenkte sie der Zuschauermenge ihr schönstes Lächeln, und es kostete sie nicht einmal Mühe.

Durch das dämmrige Licht im Parkett und die auf die Bühne gerichteten Scheinwerfer schienen die Menschen im Publikum unscharf und auf merkwürdige Weise miteinander verbunden. Fast als wären sie aneinandergewachsen. Die spärliche Einrichtung des Perlman Theatre mit seinem Industriecharme war nur im Rang auszumachen, denn dort blendeten die Strahler nicht.

Phoebe kniff die Augen zusammen, sie wollte sich keine Person im Publikum entgehen lassen. Jeder Einzelne klatschte für sie. Phoebe Hart. Der neue Star der Londoner Theaterszene.

Sie erkannte den Theaterkritiker des *Guardian* in der Mitte der dritten Reihe. Er überragte die amorphe Menge selbst im Sitzen um eine ganze Kopflänge. Sie würde ihn zum Abendessen einladen. Kontakte mussten gepflegt werden. Nach der Premiere war vor der Premiere. Sie würde ein ungewöhnliches Restaurant aussuchen, vielleicht irgendein hippes Lokal in Peckham.

Phoebe verbeugte sich ein zweites Mal. Noch immer tobte die Menge. Ein warmer Mantel, der sie umhüllte. Ausverkauftes Haus. Es war ein Triumph, und diese Erkenntnis fühlte sich in ihrer Intensität tatsächlich noch besser an als die Tatsache, dass Charlie in Untersuchungshaft saß.

Die Ereignisse in der Pension hatten den Kartenverkauf vor der Premiere auch für die kommenden Wochen sprunghaft ansteigen lassen. Es gab kaum noch Restkarten für die gesamte Laufzeit. In den letzten Stunden waren mehr Tickets als in den vergangenen zwei Monaten verkauft worden. Der Mordanschlag, daran schien zumindest laut einiger Zeitungen jetzt kein Zweifel mehr zu bestehen, hatte einen Effekt auch auf die folgenden Spieltage.

Mordanschlag. Sie hatte das Wort gestern Abend tatsächlich noch an verschiedenen Stellen gestreut. Twitter. Instagram.

Ein Kommentar hier, die Antwort eines angeblich anderen Nutzers da – es war so einfach in der heutigen Zeit, eine Diskussion anzuregen und Informationen zu verbreiten. Man legte eine Handvoll Profile an – und los ging es. Sogar die Fibromyalgie hatte sie in einem Kommentar erwähnt. Eigentlich konnte sie kaum glauben, wie schnell sich die Meldung vervielfältigt hatte, und sie hatte bis kurz vor der Aufführung die Nachrichten durchsucht. Online, Print, Social Media. Sie wollte jede einzelne Zeile, jede Erwähnung ihres Namens lesen.

Eine Zeitung hatte Charlie als ihre Schwester bezeichnet. Phoebe hatte gelacht. Je enger das Verhältnis, desto verabscheuungswürdiger die Tat und je verabscheuungswürdiger die Tat, desto wertvoller Phoebes Opferstatus.

Am liebsten würde sie jeden einzelnen Artikel, jeden Kommentar, einfach alles, ausdrucken, ausschneiden, in einen Briefumschlag packen und an Eleanor schicken. Doch sie hatte seit Jahren keinen Kontakt zu ihrer Mutter. Phoebes Wegzug aus Norlington nach London hatte auf beiden Seiten nicht mehr als ein Schulterzucken ausgelöst. Eleanor würde den Umschlag vermutlich nicht einmal öffnen.

Mit einer Hand winkte Phoebe in den Zuschauerraum. Der Hype um die Produktion war genau das gewesen, was sie gebraucht hatte. Keine großen Namen im Cast, dafür einen Skandal.

Mit einer Kopfbewegung holte sie das Ensemble noch einmal auf die Bühne. Das ganze Team wartete hinter einer Schwingtür auf der rechten Seite des Bühnenabgangs. In ihren Kostümen strahlten und lachten sie alle voller Erleichterung über das Gelingen der Premiere. Sie stellten sich jetzt in einer Reihe neben ihr auf.

Zum dritten Mal brandete Applaus auf. An den Händen haltend, verbeugte der Cast sich vor dem Publikum. Das Adrenalin in Phoebes Adern wich einem Glücksgefühl. Dieser Erfolg, ihr Durchbruch, war nicht nur zum Greifen nah, er passierte gerade jetzt, in diesem Moment.

Phoebe schwebte förmlich einen Meter über dem Boden, als sie hinter der Bühne verschwand. Das Theater war klein, und schon flüchteten die ersten Mitstreiter aufgrund des Platzmangels in das Foyer oder Richtung Bar. Die Luft stand in dem Gebäude, angeheizt durch die Leute im Publikum, auch wenn mehrere Gewitter in den letzten zwei Tagen die Atmosphäre um einige Grad abgekühlt hatten.

Hinter der Bühne schüttelte Phoebe Hände, und immer mehr Leute kamen auf sie zu. Die Techniker, einige Schauspielerinnen, die Angestellten des Theaters. Ihr Bühnenlächeln hatte sich in ihrem Gesicht eingebrannt. Ihre Gesichtsmuskeln waren zu keiner anderen Bewegung fähig.

»Wir sehen uns gleich in der Bar«, rief sie in die Runde.

Dmitri, der Lichttechniker, steckte seinen Kopf zur Tür rein. »Ich sage an der Theke Bescheid, dass der Sekt geöffnet werden soll.« Dmitri hatte ihr am Vortag von seiner Erschütterung über die Tat erzählt. Der Anschlag hatte wohl sein Bild über Charlie geradegerückt. Allein diese Kleinigkeit, denn mehr war Dmitri ja nicht, fühlte sich gut an.

Das Gefühl kollektiver Erleichterung beschwingte sie alle.

Voller Sorge hatten einige Schauspieler Bedenken geäußert und vorgeschlagen, die Premiere zu verschieben. Doch Phoebe hatte durchgesetzt, dass alles nach Plan verlaufen würde, um den maximalen Effekt aus dieser Sache zu holen.

Gemma Sabarsky kam auf sie zu. Ihr Lächeln war breiter als ihr Gesicht. »Publicity ist in dieser Branche der Schlüssel zum Erfolg«, sagte sie und umarmte Phoebe. Sie zeigte auf die Leute. »Die Presse stürzt sich auf alles, woraus sich eine Geschichte machen lässt. Geschichten erzeugen Neugier. Neugier erzeugt Gerede. Gerede erzeugt Werbung.«

»Ich hoffe, die Damen und Herren von der Presse haben die Standing Ovations zur Kenntnis genommen«, sagte Phoebe.

»Die Stimmung im Saal war phantastisch. Jede große Zeitung hat einen Kritiker geschickt. Das ist keine Selbstverständlichkeit für eine kleine Theaterproduktion.«

»Wann kommen die ersten Artikel raus?«

»Online noch heute Abend. Der Rest morgen. Die Presse hat Zeitdruck. Jeder will der Erste sein, der über das Theaterstück berichtet.« Gemma klatschte in die Hände.

Frühe Besprechungen zu Beginn einer Laufzeit waren das Ziel. Nur durch gute Kritiken zum Start einer Produktion konnte sichergestellt werden, dass die restlichen Aufführungen ausverkauft würden und eine Verlängerung in Frage kam.

»Lass uns anstoßen«, sagte Phoebe zu Gemma und bahnte sich ihren Weg durch die Menge Richtung Bar. Sie wollte den Geschmack von Alkohol auf ihrer Zunge spüren, verdammt, sie hatte es sich verdient.

»Denk an das Interview in zehn Minuten. Der Abend ist noch nicht vorbei«, sagte Gemma. »*Du* wolltest eine Pressekonferenz.«

Gemma hatte recht. Phoebe mochte Sekt ohnehin nicht besonders, doch seit dem Anschlag in der Pension konnte sie die Vorstellung von Wein nicht ertragen.

»Hast du gesehen, dass vor dem Theater Leute ohne Ticket standen, in der Hoffnung, noch eine Karte zu ergattern?«, fragte sie.

»Ich habe es gesehen.« Gemma strahlte.

»Absolut phantastisch.« Phoebe schüttelte noch mehr Hände. Ein Verhaltensmuster wurde deutlich. Nach dem Lob wurde ihr tiefes Mitgefühl entgegengebracht. Es war eine Droge, von der sie jetzt, nach wenigen Minuten, schon süchtig war.

»Herzlichen Glückwunsch.«

»Tolles Stück.«

»Alle Achtung.«

»Wie schrecklich, was passiert ist.«

»Geht es Ihnen gut?«

»Kann ich irgendetwas tun?«

»Haben Sie Schmerzen?«

»Das tut mir so leid.«

»Die eigene Schwester. Entschuldigung, ich meine Stiefschwester.«

Phoebe griff nach einem Sektglas, war es jetzt schon das zweite? Schon tauchte sie wieder ein in den Ozean aus Menschen. Gejohle erklang hinter einer Ecke; eine Gruppe feierte Orla und deren Auftritt.

Phoebe leerte ihr Glas in einem Zug. Sie lächelte in das Gesicht eines Fremden. Er ließ sich nicht lange bitten. »Darf ich Ihnen ein neues Getränk holen?«, fragte der Mann. Sie nickte und schaute ihm hinterher, wie er sich Richtung Bar drängelte, an den Menschen vorbei, die alle hier waren, um ihren Erfolg zu feiern. Jeder wollte in ihrer Nähe sein.

Sie dachte an Charlie, die einsam in einer Zelle saß. Missgunst und Neid waren keine Gefühle, die sich mit einem Schulterzucken beiseiteschieben ließen. Wer wusste das besser als Phoebe?

Charlie hatte einen Fehler gemacht. Phoebe grinste und prostete sich in Gedanken selbst zu. Die Notwendigkeit, in der Kindheit stets um die Ecke zu denken, die Manipulationen der süßen Kleinen zu erkennen und für den eigenen Zweck zu nutzen, den Spieß umzudrehen, hatte dazu geführt, dass Phoebe zu einer Expertin im Umgang mit Parasiten geworden war.

Jemand drückte ihr ein volles Glas in die Hand. »Auf dich!« Sie nickte der Person zu, doch ihre Gedanken wanderten wieder zu ihrer Stiefschwester.

Hatte Charlie wirklich geglaubt, sie könnte einen Anschlag planen, ohne dass Phoebe davon Wind bekam?

Hatte der Parasit in den ganzen Jahren nichts gelernt?

Gar nichts?

Phoebe hatte seit Monaten von dem Anschlag gewusst.

CHARLIE

Die Stille war seltsam. Kein Geräusch, kein Laut, keine Stimme war in dem Verhörzimmer wahrzunehmen. Entweder war das Gebäude der Metropolitan Police südlich des St. James's Parks vollständig ausgestorben oder die Wände schallgedämpft. Das Zimmer: klein, quadratisch. Feine Flusen und Staubkörner überzogen den Fußboden aus anthrazitfarbenen Fliesen.

Gelbe Wände in der Zelle und grauer Boden im Verhörzimmer, dachte sie. Beide Farben gaben keine Energie, waren einfach nur da, seicht und langweilig. Tot irgendwie. Man arbeitete mit allen Mitteln, um die Insassen unter Kontrolle zu halten, und Grau und Gelb sah für sie nach Kontrolle aus.

Charlie fror. Ihr Körper war nach der Hitze der letzten Wochen keine Klimaanlage gewohnt. Das Verhörzimmer glich einer Kühlkammer. Die nackten Wände. Der Tisch in der Mitte des Raums, der mit den Beinen auf dem Boden festgeschraubt war. Die vier Stühle. All diese Dinge halfen nicht, die Kälte zu ignorieren.

Warum hatte man sie in ein anderes Zimmer gebracht als bei dem letzten Verhör? Was wollten sie von ihr? Warum hatte man sie überhaupt zu dieser späten Uhrzeit geholt?

Charlie verschränkte die Arme vor der Brust. Eine feindliche Umgebung sorgte für eine feindliche Haltung.

Sie klemmte ihre rechte Hand in ihre linke Achselhöhle. Das gab ihr ein Gefühl von Sicherheit. Und irgendwie auch Wärme.

Seit zwanzig Minuten saß sie in diesem Raum. Sie hatte das

Gefühl, es keine Sekunde länger auszuhalten. Doch sie hatte keine Wahl. Sie durfte nicht die Nerven verlieren.

Seit zwei Tagen stand sie Stunde für Stunde in ihrer Zelle, weil das immer noch besser war, als auf dem Bett zu liegen. *Oder drei Schritte zu gehen und vor einer Wand zu stehen.*

Die Gedanken in ihrem Kopf, die Situation im Gefängnis, die Ungewissheit – ein Cocktail aus Negativität. Ihre Zukunft stand auf dem Spiel. Es hatte sie irgendwann getroffen wie ein Schlag: Sie war im Gefängnis.

Charlie war von ihrer Reaktion auf den Polizeigewahrsam überrascht. Sie hatte sich nicht vorstellen können, wie sie sich fühlen würde. In einer Zelle. In einem Verhörzimmer. Jeden Tag konfrontiert mit Menschen, die wollten, dass sie einen Mordanschlag gestand.

Während *draußen* die Premiere stattfand. Dorothys posthumer Triumph.

Zumindest hatte in der Zelle die Paranoia mit einem Schlag aufgehört. Das Gefühl, verfolgt zu werden, ihr schlechtes Gewissen – das war jetzt Vergangenheit.

Die Tür zum Verhörzimmer wurde aufgerissen. Charlie zog die Schultern hoch. »Ich habe Phoebe nicht vergiftet«, sagte sie sofort mit fester Stimme und fokussierte Detective Chief Inspector Young, der in diesem Moment den Raum betrat. Sie hatte entschieden, ihn mit einer Konversation zu belohnen. Sie sprach nur, wenn sie etwas wollte. Und Charlie wollte so einige Dinge.

Überraschung spiegelte sich im Blick des Polizisten.

Damit hatte er nicht gerechnet.

Nicht eine verwertbare Silbe war aus ihrem Mund gekommen, seit man sie am Sonntag aus der Pension mitgenommen hatte. Sie hatte diese Strategie mit ihrem Anwalt besprochen. Sie warteten erst das Laborergebnis ab, bevor Charlie sich äußern würde.

»Sie haben Ihrer Schwester nichts ins Glas gemischt?« Young zog eine Augenbraue hoch, während er sich setzte.

»Sie ist nicht meine Schwester.« Charlie löste ihre Arme und lehnte sich nach vorne. »Dürfen Sie mich ohne Anwalt überhaupt vernehmen?«

Was will er von mir?, dachte sie. *Es ist viel zu spät für ein offizielles Verhör.* Ihr Magen zog sich plötzlich zusammen, und sie schaffte es kaum, DCI Young anzugucken. Nervosität breitete sich in ihren Adern aus. Kurz fürchtete sie, sich übergeben zu müssen, ihre Kehle wurde eng. Schon schmeckte sie Galle in ihrem Mund und guckte sich um. Doch es gab nicht einmal einen Papierkorb in diesem Zimmer, der sie retten könnte.

Young machte sich ein paar Notizen auf einem Zettel. Das wunderte Charlie, denn sie hatte doch gar nichts gesagt, das wichtig genug war, um es aufzuschreiben.

Als er fertig war, sah der DCI sie wieder an und lehnte sich zurück, als würden sie beide eine entspannte Unterhaltung führen. »Die Ergebnisse aus dem Labor werden am Mittwoch vorliegen.« Er wollte ihre Reaktion sehen. »Morgen.«

Charlie schloss für einen Moment die Augen.

Das Ganze heute Abend war also nur eine Schikane. Man versuchte, sie weichzukochen. Die Polizei tappte immer noch im Dunkeln. Das war gut. Je länger die Wahrheit verborgen blieb, desto besser. Ihr Magen beruhigte sich mit einem Schlag.

Sie atmete tief ein. »Aha«, sagte sie. Charlie versuchte den

Anschein zu geben, als sei diese Information nicht wichtig, und doch hatte sie darauf gehofft. Sie brauchte Zeit. Mehr Zeit.

Die Ampulle, der restliche *Gavi di Gavi* und das Glas – alles noch im Labor. Chemiker auf der Suche nach der Wahrheit. Mittwoch also.

»Ich muss Ihnen nicht sagen, dass es für Ihre Verteidigung besser aussehen würde, wenn Sie uns helfen.« DCI Young legte den Kopf zur Seite. »Nach welcher Substanz suchen wir?« Er sah ihr direkt in die Augen. »Dieses Gespräch ist Ihre letzte Chance.«

Natürlich verstand Charlie seine Vorgehensweise. Sie könnte es ihm leicht machen, doch es wäre nicht nur ihr Vorteil, wie er behauptete, sondern auch seiner. Er hätte es dann offiziell geschafft, sie zum Reden zu bringen.

»Was war in der Ampulle?«, fragte er.

Ein Wort. Die chemische Formel, der lateinische Ausdruck, die Wirkung, die im menschlichen Körper aus einer erhöhten Ausschüttung und geringeren Wiederaufnahme von dem Botenstoff Gamma-Aminobuttersäure resultierte. Als Arzneidroge wurden nicht die Blätter der Pflanze verwendet, sondern die Wurzel. Diese wurde getrocknet, zerkleinert und zu der Droge weiterverarbeitet. Ein intensiver und typischer Geruch nach Isovaleriansäure war Merkmal des Arzneimittels. Aus der Wurzel wurden Flüssig- und Trockenextrakte gewonnen. Charlie hatte jeden Bestandteil recherchiert. Sie war zu einer verdammten Apothekerin geworden.

Sie könnte DCI Young diese Dinge sagen. Die ganzen Mühen, Laborarbeiten, Testreihen, die Suche nach der Substanz, waren eine Verschwendung von Ressourcen.

Das Resultat würde schwarz auf weiß auf einem Ausdruck mit der Überschrift »Laboranalyse« stehen. Vielleicht würde man sogar noch ein zweites Labor bemühen – um zu hundert Prozent sicher zu sein.

Charlie richtete sich auf. »Ich habe meine Stiefschwester nicht vergiftet«, wiederholte sie ihre Aussage.

DCI Young schwieg für einen Moment. Dann schüttelte er den Kopf.

Charlie warf einen Blick auf die Uhr an der Wand des Verhörzimmers. Fast halb elf. Die Premiere war vorbei.

»Sie leugnen also, Ihrer Schwester etwas ins Glas gekippt zu haben?«, fragte er schließlich.

Er hörte ihr einfach nicht zu.

DCI YOUNG

Er konnte genauso gut die Nacht im Polizeipräsidium verbringen. Bis er zu Hause in Woking war, würde der nächste Tag anbrechen. Die Entfernung seines Cottages zur Dienststelle war weit, und auf lange Sicht würde er irgendwann nach London ziehen müssen. Der einzige Grund, warum er diesen Schritt bisher nicht gewagt hatte, war seine dreizehn Jahre alte Bulldogge Bird. Er wollte dem Hund den Umzug und die Hektik der Großstadt nicht zumuten. Und sich selbst eigentlich auch nicht.

Stille lag über dem Präsidium. Er mochte es, allein im Büro zu sein. Charlotte Raeburn war zurück in ihre Zelle gebracht worden. *Ich habe meine Stiefschwester nicht vergiftet.*

Er blätterte durch die Unterlagen.

Die Aussagen der Zeugen.

Die Aussage seiner Kollegin.

Die Aussage der Verdächtigen.

Als Polizist wurde man jeden Tag belogen. Ein beharrliches Schweigen war in vielen Verhören noch die harmlosere Variante.

Auf den ersten Blick war dieser Fall klar. Zwei Stiefschwestern aus einem kaputten Elternhaus. Erbstreitigkeiten. Habgier. Hass. Eine Ungerechtigkeit – schon eskalierte die Situation. Er hatte dieses Szenario zig Mal gesehen. Aus irgendeinem Grund deprimierte es ihn besonders, wenn er mit einem Klischee im Verhörzimmer konfrontiert wurde. Doch seine Intuition sagte ihm: Hier saß kein Klischee.

Die Kernfrage, jene Frage, auf die er sich bei einer Mordermittlung zu Beginn konzentrierte, war immer dieselbe: Welches Problem wurde durch die Tötung dieser Person gelöst?

Er wusste es nicht. Es hatte ja auch gar keine Tötung stattgefunden. Doch zumindest ein Anschlag war passiert, ein Anschlag *irgendeiner* Art, ein Übergriff, der eine Ermittlung rechtfertigte. Man kippte seiner Stiefschwester nicht heimlich eine Flüssigkeit ins Glas. Das war ein Fakt, den jeder rechtschaffene Mensch bestätigen konnte.

Sein Blick wanderte zur Tür, durch die Charlotte Raeburn vor wenigen Minuten hinausgeführt worden war. Sie wirkte nicht wie eine Verbrecherin, schon gar nicht wie eine Mörderin, und das war vielleicht die beste Tarnung, die man sich vorstellen konnte. Sie war nicht nur eine Schauspielerin, sondern auch eine Dramatikerin, eine Geschichtenerzählerin. Überschätzte er sie? Unterschätzte er sie?

Verfolgte sie am Ende dieselbe Vorgehensweise wie so viele Verbrecher, die ihm gegenübergesessen hatten? Schweigen. Leugnen. Und dann, wenn die Ergebnisse schwarz auf weiß aus dem Labor vorlagen, nach einem Anwalt jammern und behaupten, man hätte das alles nicht gewollt.

Die Suche nach der Substanz glich der Suche nach der Nadel im Heuhaufen. Wenn man nicht wusste, wonach man suchen sollte, konnte es eine Weile dauern, bis man einen Treffer hatte.

Der Anwalt hatte bereits deutlich gemacht, dass seine Geduld am Ende war und er eine Freilassung auf Kaution erwirken würde.

Ein richterlicher Beschluss hatte DCI Young Zeit geschenkt, bis die ersten Ergebnisse aus dem Labor vorlagen, doch viel war davon nicht mehr übrig, bis er Charlotte Raeburn gehen lassen musste. Es hing alles von dem Bericht am nächsten Tag ab. Maximal sechsundneunzig Stunden konnte er eine Verdächtige auf Antrag in Gewahrsam behalten, vorausgesetzt, es handelte sich um einen begründeten Verdacht und den Tatbestand eines schwerwiegenden Verbrechens. Die Richterin hatte es dreimal betont. Bis Donnerstag also musste er zu einem Ergebnis kommen.

Ein Gähnen überkam ihn jetzt, so stark, dass in seinem Nacken einige Wirbel knackten, als er den Mund aufriss. Es war viel zu spät, um einen klaren Gedanken zu fassen.

Er nahm die Zeugenaussagen noch einmal zur Hand. Wann hatte man im Rahmen einer Ermittlung schon das Glück, dass mehrere Menschen einen Anschlag beobachteten und alle zum selben Ergebnis kamen?

Das Gedächtnis von Zeugen war in den meisten Fällen unzuverlässig. Jede Person hatte einen anderen Blickwinkel. Jede Person interpretierte die Ereignisse auf ihre Weise. Jede Person kam zu einer anderen Schlussfolgerung. Je mehr Zeugen, desto unübersichtlicher die Situation. Jeder Polizist, egal ob Mordkommission oder Streife, konnte ein Lied davon singen. Viele Zeugen waren Fluch und Segen zugleich.

Auch in diesem Fall. Doch am Ende hatten alle dieselbe Aussage getroffen. Es gab – zumindest was den Kern der Tat betraf – keinen Zweifel.

Doch er würde noch einmal mit allen sprechen, es führte kein Weg daran vorbei. Er wollte jedes Detail, jedes Wort, er wollte haarklein wissen, was am Sonntag um 12:25 Uhr im Restaurant des Waverly Inn passiert war. Er brauchte das

Kleingedruckte. Alles. Hatte Charlotte Raeburn mit der Wimper gezuckt, wollte er davon wissen.

Mit einem Ruck wurde die Tür aufgerissen. Er schreckte zusammen und stieß beinahe den Becher mit seinem kalten Kaffee vom Schreibtisch. Sergeant Clarke stürmte auf ihn zu.

»Was machen Sie denn noch hier?«, fragte er.

»Sir.« Mit drei Schritten war sie bei ihm. »Sie glauben es nicht.« In der Hand hielt sie ihr Handy, streckte es hoch wie eine Trophäe. Das grelle Neonlicht ließ die Kollegin blass erscheinen. Unter ihren Augen lagen Schatten.

Sie blieb vor ihm stehen, machte sich nicht die Mühe, Platz zu nehmen. Ihre unterschiedlichen Augenfarben intensivierten sich bei Müdigkeit. Wie immer wurde seine Aufmerksamkeit auf das dunklere Auge gelenkt. Er kannte Patricia Clarke nicht besonders gut, bisher hatten sich ihre Wege nur am Kaffeeautomaten im zweiten Stock gekreuzt.

»Vihaan aus dem Labor war mir einen Gefallen schuldig.« Sie zuckte mit den Schultern und wurde rot. Nur zu gern hätte er gewusst, warum ausgerechnet der dröge Vihaan Clarke einen Gefallen schuldig war. »Ach«, sagte er, und es klang wie eine Frage.

»Er wollte sich nicht festlegen. Sie wissen ja, wie die Laborratten sind.« Sie machte eine Pause. »Er hat mir eine erste Auswertung geschickt.« Sie tippte auf dem Handy, suchte die Nachricht heraus und hielt ihm den Bildschirm vor das Gesicht. »Ist nicht offiziell. Sie brauchen mehr Tests. Aber Vihaan ist sich zu neunzig Prozent sicher.«

Young starrte auf die Nachricht. Dann auf Sergeant Clarke. Er las die Nachricht ein zweites Mal. Er hatte es gewusst: Der Fall war zu klar gewesen.

PHOEBE

Auf der Bühne war ein langer Tisch mit zwei Mikrofonen aufgebaut.

Mit großen Schritten lief Phoebe vor Gemma Sabarsky durch den Gang, hoch zum Podium. Die Kritiker saßen in den ersten drei Reihen des Saals, Journalisten, Pressevertreter, Reporter und Blogger. Es hätten nach ihrem Geschmack mehr Leute sein können, aber diese Ausbeute war besser als nichts.

Der Applaus der Vorstellung hallte noch immer in Phoebes Ohren wie ein Echo, das sich nicht verlor.

Umständlich nahm sie auf der Bühne Platz, war sich der Blicke bewusst. Sie griff nach einem Wasserglas, ihr Mund war jetzt trocken, und nachdem sie einen großen Schluck genommen hatte, klopfte sie mit einem Zeigefinger auf das Mikrofon. »Können Sie mich hören?«, fragte sie und gab ihrer Stimme einen schüchternen Klang. Sie blinzelte mit den Augen, als wäre sie nervös.

War sie nicht.

Phoebe sah, wie Daniel, der für den Ton zuständig war, hinten am Soundpult einen Daumen in die Höhe streckte. Die versammelte Presse nickte, ja, man konnte sie hören.

Sie lehnte sich zurück. Diese Veranstaltung war fast noch besser als die Premiere selbst. Sie saß unter dem Licht der Scheinwerfer, man würde gleich an ihren Lippen hängen, alle Augen waren auf sie gerichtet. Ein Gefühl von Geborgenheit überkam sie. Die wohlige Wärme, die schon den ganzen Tag in ihrem Bauch gewesen war, breitete sich jetzt in ihrem gesamten Körper aus.

Sie nickte Gemma zu, die mit einer kurzen Einführung in das Theaterstück begann. Dorothy J Buckley hatte die Idee gehabt und große Teile des Manuskripts geschrieben. Jeremy Bentham war die Hauptfigur. Phoebe Hart hatte die Produktion auf die Beine gestellt. »Bitte stellen Sie ausschließlich Fragen zu der Inszenierung«, sagte Gemma jetzt. Charlotte Raeburn erwähnte sie nicht.

»Waren die Recherchen zu dem Stück nicht sehr aufwendig?«, begann ein Mann mit Bart und Koteletten, der sich zuvor als »Adam Hawkes, *Independent*« vorgestellt hatte. »Bentham ist eine respektierte historische Figur.«

Kein guter Start. Seine Frage gefiel Phoebe nicht, und der Ton war bevormundend. Sie gab eine Antwort, die sie in der nächsten Sekunde vergessen hatte. Ihre Finger griffen nach dem Glas Wasser, obwohl sie keinen Durst hatte.

»*Evening Standard*, Rashid Kandola«, rief ein Mann in die Runde, als sie ihre Antwort gegeben hatte. »Was können Sie uns über das Erbe von Dorothy J Buckley sagen? Sie treten in große Fußstapfen.«

Phoebe kniff ihre Augen zusammen. Was war denn hier los?

Sie warf einen schnellen Blick zu Gemma, doch ihre PR-Agentin verzog keine Miene.

Na gut. Sie räusperte sich. »Am Ende geht es immer um die Finanzierung von Träumen, und dieses Erbe hat mir zu dem Geld verholfen, das für die Umsetzung der Produktion notwendig war.«

Das zusätzliche Erbe war das absolute und unbestreitbar beste Geschenk ihres Lebens gewesen. Sie hatte noch nie ein derart tiefes Gefühl von innerer Befriedigung gespürt wie an jenem Tag, als der Notar ihr den Ring und das Manuskript überreicht hatte. Das konnte sie natürlich schlecht laut sagen. Der Ring hatte ihr nicht nur ermöglicht, ihren Traum umzusetzen, einen Traum, den auch der Parasit träumte. Nein, sie hatte den Traum als Erste umsetzen können. Charlie war auf diese Weise für die Ewigkeit zu der »Stiefschwester von Phoebe Hart« degradiert.

»Details über das Erbe kann ich Ihnen leider nicht geben.« Sie zuckte mit den Schultern, als würde sie diese Aussage bedauern, aber keine andere Wahl haben. »Das ist eine private Angelegenheit.«

»Ich meinte das intellektuelle Erbe«, sagte der Journalist. »Das Theaterstück stammt schließlich von Dorothy J Buckley.«

Dann formulier die Frage doch so, dass man sie versteht, dachte Phoebe säuerlich und ließ seine Aussage im Raum stehen, ohne eine Antwort zu geben. Gemmas Worte am Montag fielen ihr ein. *Die Presse ist nicht gerade für ihre Samthandschuhe bekannt.*

»Wie fühlen Sie sich?«, fragte jetzt eine Rothaarige, die aussah wie eine Bloggerin, die sie aus dem Internet kannte. »Patti Meyers«, stellte die Frau sich vor.

Die Frage gefiel Phoebe schon besser. Frauen hatten einfach mehr Empathie, sie erkannten die wesentlichen Dinge.

»Es geht mir den Umständen entsprechend gut«, sagte Phoebe. Sie hatte die Tonlage perfekt hingekriegt. Tapfer, aber mit einem leichten Zittern, als müsste sie sich selbst überzeugen. »Danke der Nachfrage.«

Sie wusste, dass die Leute ihr den Schreck der letzten Tage ansahen. Sie hatte schlecht geschlafen, doch in der Mitte der

Nacht war ihr der Gedanke gekommen, dass ihre Schlaflosigkeit ein Vorteil sein konnte. Die dunklen Ringe unter ihren Augen würden ihren Zustand verdeutlichen.

Die Tragik ihrer Situation sollte den Leuten ins Gesicht springen.

Sie war daraufhin für den Rest der Nacht wach geblieben, auch wenn das gar nicht so einfach gewesen war.

»Die Schmerzen durch meine Erkrankung sind ein Problem. Sie können sich vorstellen, dass diese Angelegenheit ...«, sie machte eine Pause, um den Leuten genug Zeit zu geben, sich die »Angelegenheit« erneut ins Gedächtnis zu rufen, »... die Schmerzen potenziert hat.«

Sie schaute in die Runde. In die Gesichter, die sie jetzt aufmerksam musterten, Mitleid im Blick. »Aber ich will die Krankheit nicht thematisieren. Das Stück ist das Einzige, was zählt.« Sie wischte mit einer Handbewegung die Fibromyalgie zur Seite. »Ich nehme starke Medikamente«, sagte sie dann doch noch. »Die Chemie rettet mich zurzeit.«

Wie es mir geht?, wollte sie am liebsten fragen.

Hervorragend.

»Wie war die Zusammenarbeit mit Ihrer Stiefschwester?«, fragte Rashid Kandola. Der Journalist tastete sich an das Thema, das nicht angesprochen werden sollte. Vielleicht war der Typ doch zu gebrauchen.

Sie lehnte sich so weit nach vorne, dass ihr Mund beinahe das Mikrofon berührte. »Die Zusammenarbeit war ...«, Phoebe machte eine Pause, überlegte sich jedes Wort, war sich der Tatsache bewusst, dass jede Aussage in einer Zeitung gedruckt werden könnte, »... eine Herausforderung.« Sie lächelte ein eisiges Lächeln. Man sollte sehen, dass sie diese

Situation mit Anstand zu meistern versuchte, dass sie kein schlechtes Wort über ihre Stiefschwester verlieren würde.

Wann hatte sie realisiert, dass Charlie eine Grenze überschreiten würde? Eine Überschreitung der Gesetze, so mutig, so illegal – dass Phoebe beinahe Bewunderung verspürte.

Sie konnte sich nicht erinnern, wann sie das erste Mal einen Verdacht gehabt hatte. Zu sehr waren die letzten Monate und die Überzeugung, dass Charlie plante, einen Anschlag auf ihr Leben zu verüben, zu einer Normalität geworden, fast so, als wäre dieses Wissen seit Jahrzehnten in ihr verankert, es hatte nur einen Auslöser gebraucht, um an die Oberfläche zu kommen. Eigentlich hatte sie es immer gewusst. Die Tat war die unvermeidliche Konsequenz, durch nichts aufzuhalten, seit die süße Kleine mit ihrem Vater einen Fuß über ihre Türschwelle gesetzt hatte.

Vielleicht war der Verdacht zum ersten Mal an jenem denkwürdigen Tag, nach dem Besuch beim Notar, in ihrem Kopf aufgetaucht. Der Jurist hatte sie beide über das zusätzliche Erbe informiert, und der Parasit war implodiert. Charlie war einfach innerlich zusammengebrochen. Phoebe hatte es in ihrem Gesicht gesehen. Doch da war noch etwas anderes gewesen, etwas, was sie noch nie zuvor gesehen hatte, als sei plötzlich ein Schalter umgelegt. Phoebe hatte eine Gänsehaut bekommen, und ihre Nackenhaare hatten sich aufgestellt. Sie erinnerte sich, als wäre es gestern gewesen, denn sie hatte sich gefragt, ob man das eigentlich sehen konnte. Wenn sich die Nackenhaare aufstellten.

Etwas hatte nicht gestimmt.

Niemand wollte die Enttäuschung erleben, von einer Person,

die man ein ganzes Leben lang bewundert hatte, aus dem Grab den Mittelfinger gezeigt zu bekommen.

Wie hätte sie an Charlies Stelle reagiert? Misstrauen hatte sich in Phoebe ausgebreitet.

Gemma räusperte sich. »Wir freuen uns über konkrete Fragen zum Theaterstück.« Sie wählte jetzt einen Zwanzigjährigen mit Segelohren, der vermutlich ein Student war.

»Connor O'Reilly, RADA«, sagte er tatsächlich. Die Royal Academy of Dramatic Arts war eine der renommiertesten Schauspielschulen des Landes – allerdings war ein Artikel in der Unizeitung nicht gerade die Publicity, die Phoebe sich vorgestellt hatte. Doch zumindest wurden die Besten der Besten auf diese Weise auf ihren Namen aufmerksam.

»Können Sie uns Ihre Arbeitsweise erklären? Wie haben Sie das Manuskript für die Bühne umgesetzt? Der Umgang mit dem historischen Material erfordert ja Expertise.« Begeisterung klang aus seiner Stimme.

»Recherche«, sagte sie. »Recherche ist der Schlüssel zum Erfolg.« Sie wiederholte die Worte ihrer Stiefschwester, das erschien ihr am einfachsten. »Wir haben mit einem Historiker zusammengearbeitet. Und natürlich mit Experten vom University College London.« Sie hatte die meiste Zeit gar nicht hingehört, was Charlie erzählte. Doch sie hatte in den Notizbüchern ihrer Stiefschwester gelesen, und jene Worte waren es, die sie nun wiedergab.

Charlies Notizbücher hatten überall rumgelegen, wie immer, eine Angewohnheit aus der Kindheit. Charlie hatte sie bei jeder Gelegenheit dabei. Als Teenager hatte der Parasit über ihre tollen Leistungen geschrieben, die Beste hier, die

Beste da. Wer tat so etwas? In einem Tagebuch? Heutzutage füllte ihre Stiefschwester die Seiten mit Ideen, in diesem Fall zur technischen Umsetzung von Dorothys Manuskript. Charlie hatte einige Ideen wieder verworfen, neue hinzugefügt, durchgestrichen, Szene für Szene, Dialog für Dialog. Das Papier war voll: Visionen, Recherche, Fakten.

Das Stöbern in Charlies Anmerkungen war eine Goldgrube gewesen. Nur weil der Parasit ein Parasit war, hieß das nicht, dass die Ideen schlecht waren.

»Es ist übrigens ein Gerücht, dass die Mumie an Sitzungen in der Universität teilnimmt«, Phoebe lachte in die Runde. »Jeremy Bentham war in den letzten Jahren nur bei einem einzigen Meeting. Anwesend – aber keine Stimme.« Die Presse hing jetzt an ihren Lippen.

Charlies Worte klangen gut aus ihrem Mund, beinahe so, als wären es ihre eigenen Worte, sie hatte kaum Mühe, diese Dinge zu erklären. Je länger ihre Stiefschwester weggesperrt sein würde, desto mehr würden diese Worte zu ihren werden.

Was sie nicht erwähnte: das schwarze Notizbuch. Es fiel unter die Dinge, über die sie »aus ermittlungstaktischen Gründen« nicht sprechen durfte.

Das schwarze Notizbuch hatte den Ausschlag für Phoebes Verdacht gegeben. Die Worte hatten in der krakeligen, nach links geneigten Handschrift ihrer Stiefschwester vor ihr gestanden. Es hatte Phoebe einige Mühe gekostet, alles zu entziffern.

Zunächst hatte Phoebe angenommen, der Parasit sammelte Stoff für das nächste Projekt. Was sonst sollte es sein?

Jeden Tag hatte Phoebe gelauert, ihre Ungeduld kaum unter Kontrolle gebracht. Plante Charlie ein neues Theaterstück?

Wie gut war die Idee? Es hatte sie wahnsinnig gemacht. Sie wollte wissen, was Charlie da aufschrieb.

Es gab gute und schlechte Wochen. In guten Wochen lag das Notizbuch oder Charlies Handtasche in Phoebes Nähe. Eine Pause, ein Mittagessen in einem Bistro oder ein Arbeitstreffen ermöglichten ihr den Zugriff. In schlechten Wochen hatte ihre Stiefschwester das Notizbuch nicht dabei oder hielt es in der Hand, mit einem Blick, als würde sie sicherstellen wollen, dass niemand es bemerkte. Charlie schien peinlich darauf bedacht, ausgerechnet dieses Notizbuch nicht aus den Augen zu lassen, fast als sei es ein Tagebuch. Gerade eine Handvoll Gelegenheiten hatte sich für Phoebe ergeben und ihre Neugier erst recht befeuert. Warum passte Charlie auf dieses Notizbuch auf wie ein Luchs?

So hatte alles angefangen. Mit der falschen Annahme, vor ihren Augen befände sich das Gerüst, eine Ideensammlung für ein Theaterstück.

```
Drei Akte: Zehn Szenen.
Charaktere: Schwester 1 und Schwester 2.
Ort: Pension.
Zeit: Gegenwart
```

Das hatte ganz nüchtern dort gestanden. Je mehr Seiten sich in dem schwarzen Notizbuch gefüllt hatten, desto dringlicher war ihr Verlangen geworden, darin zu lesen.

Einzelne Fragmente einer Handlung kamen hinzu und, ja, konkrete Beschreibungen des Ortes. Ausgestopfte Tiere – ein Fuchs über der Rezeption, erlegt 1934. Eine Schwester, der etwas zustoßen würde, ein Wein wurde getrunken.

Doch Charlie hatte Dinge auch wieder verworfen; durchgestrichene Zeilen zierten das Papier. Fragezeichen. Seiten fehlten. Es war ein einziges Durcheinander.

Dann lag eines Morgens ein Zettel in dem Notizbuch. In der Mitte geknickt. Nur ein Satz stand dort, er sprang sie förmlich an.

`Irgendwann wachst du nicht mehr auf.`

Das konnte kein Zufall sein.

Ihr Herz hatte bis zum Hals geschlagen. Ausgerechnet diese Worte?

Hatte Charlie vor, ihr zu drohen? Fast hatte Phoebe erwartet, den Zettel irgendwann zugesteckt zu bekommen. Doch nichts war passiert. Beim nächsten Mal, als sie in das Notizbuch schaute, war der Zettel weg.

Mehrere Wochen lang tat sich nichts. Charlie hatte das Notizbuch gar nicht mehr dabei oder achtete darauf, es nicht unbeobachtet liegen zu lassen.

Dann, eines Morgens, bekam Charlie Kopfschmerzen, während sie beide gerade dabei waren, einen Dialog im dritten Akt zu diskutieren. Charlie griff nach ihrem Portemonnaie und lief in die Apotheke, auf der anderen Straßenseite der Kingsland High Street. Sie war keine drei Minuten weg, doch Phoebe nutzte die Gelegenheit, griff nach dem Notizbuch, schlug es auf. Und konnte es nicht glauben. In dem Notizbuch stand die Marke ihres Lieblingsweins.

`Gavi di Gavi.`

Nur ein paar Tage später war der Wein durchgestrichen. Dafür lag plötzlich die Todesanzeige in dem Notizbuch. Phoebe hatte mehrere Minuten darauf gestarrt, war unfähig gewesen, einen klaren Gedanken zu fassen.

Das war der Moment gewesen, in dem Phoebe der Verdacht gekommen war. Stand vor ihren Augen ein Racheplan für den Unfall? Den Unfall, für den Charlie ihr die Schuld gab, weil die süße Kleine ja nie an etwas Schuld hatte? Das kam in der Vorstellung über ihren eigenen Charakter nicht vor.

Der heilige Parasit.

Verfasste Charlie gar ein Theaterstück, um reinen Tisch zu machen? Ein Enthüllungsstück als Abrechnung für die Vorkommnisse in jener Nacht im Wald? Ja, das war die einzig logische Erklärung.

Phoebe war übel geworden.

Doch in den nächsten Wochen tauchten keine neuen Szenen oder Skizzen mehr auf. Hatte Charlie die Idee wieder verworfen? Plante sie doch kein Enthüllungsstück?

Vielleicht hätte Phoebe das Ganze sogar auf sich beruhen lassen und es als irgendeinen schrägen Einfall des Parasiten abgestempelt.

Doch dann sprach Charlie die Einladung zu dem Wochenende im Waverly Inn aus. »Wir brauchen vor der Premiere eine Strategiebesprechung. In einer Pension, auf neutralem Boden.«

Phoebe hatte den Parasiten angestarrt. »Was?« Es musste einen Grund geben für diesen Vorschlag. Sie beide vermieden es wie die Pest, mehr Zeit als nötig miteinander zu verbringen.

Mit einem Schlag wurde ihr klar, was passieren würde. Die

Einladung war der Beweis. Das war kein Enthüllungsstück. Es ging nicht darum, reinen Tisch zu machen. Der einzige Grund, den Phoebe erkennen konnte, war, dass in der Pension ein Anschlag auf ihr Leben erfolgen würde.

Aus Rache.

Genau wie es in Charlies Notizbuch stand. Sie konnte es kaum glauben. Ihre Stiefschwester, die immer alles aufschrieb. Charlie hatte einen Mordplan als Theaterstück getarnt.

Irgendwann wachst du nicht mehr auf.

Ließ nur eine Interpretation zu.

Auch wenn sie den Zettel nie erhalten hatte. Sie hatte ihn mit eigenen Augen gesehen.

Phoebe hatte Fotos von dem Notizbuch geschossen und war zur Polizei gegangen. Hatte eine Aussage gemacht und die Beamten über ihren Verdacht informiert. Leider konnte sie den Polizisten nicht alles erzählen. Den Unfall und warum der Beweis so eindeutig war, die Drohung, so persönlich, ja, so gezielt, hatte sie nicht verraten. Auch die Todesanzeige erwähnte sie nicht.

Auf dem Polizeipräsidium sah man sie an, als hätte sie den Verstand verloren. Nachdem sie Charlies Beruf genannt hatte, hörte man ihr gar nicht mehr zu.

»Die nächste Frage bitte«, rief Gemma und zeigte auf eine Hand in der letzten Reihe. Im Gegensatz zu allen anderen Fragestellern erhob sich der Mann jetzt. Er stellte sich nicht vor, und seine Frage war keine Frage, sondern eine Feststellung: »Sie haben von der Publicity ziemlich profitiert.«

Sie erkannte Luke an seiner Stimme, bevor ihre Augen die Informationen an ihr Gehirn weitergeben konnten.

Das durfte nicht wahr sein!

Einen Augenblick starrten sie sich quer durch den Saal an. Diese Hinterhältigkeit hätte sie ihm gar nicht zugetraut. Ihre rechte Hand griff nach dem Wasserglas, und sie nahm einen Schluck, um etwas Zeit zu gewinnen. Alle ihre Sinne waren jetzt geschärft, denn sie befand sich auf ganz dünnem Eis. Ihr Herz schlug bis zum Hals. Sie durfte sich keinen Fehler leisten, und sie spürte, wie man sie jetzt von allen Seiten beobachtete.

»Ein Anschlag auf das eigene Leben rechtfertigt keine Publicity dieser Welt«, sagte sie kalt. Phoebe hatte die Worte mit Sorgfalt gewählt. Sie wusste ja ohne Zweifel, dass es ein Anschlag auf ihr Leben gewesen war. *Irgendwann wachst du nicht mehr auf.*

»Die Werbung für das Theaterstück ist immens«, sagte Luke.

Sie könnte ihm den Hals umdrehen …

Natürlich hatte Luke recht. Nachdem klar war, dass die Polizei ihr nicht helfen würde, hatte sie beschlossen, die Herausforderung anzunehmen. Sie würde den Plan ihrer Stiefschwester zu ihrem Vorteil nutzen.

Sie hatte gewusst, dass ihre Inszenierung in der – stets um Zuschauer konkurrierenden – Theaterszene Londons mehr Publicity brauchen würde. Ihr Stück hatte keine berühmten Schauspieler, Teenie-Idole oder sonstige Kassenmagneten, mit denen andere Theater in London aufwarten konnten. Theaterbesucher legten Wert auf Namen. Sie garantierten ausverkaufte Häuser. Eine unbekannte Dramatikerin mit einer unbekannten Regisseurin war ein Wagnis. Tickets waren schwer zu verkaufen, die Konkurrenz in London war riesig, vielleicht die größte der Welt.

Die Aussicht, wie sich ein Skandal auf die Ticketverkäufe auswirken würde, auf ihre Bekanntheit und Karriere, hatte sie kaum noch schlafen lassen. Nicht vor Angst – nein, vor Aufregung. Das Theaterstück würde es dank Charlies Niederträchtigkeit in die Medien schaffen. Eine Regisseurin, die wenige Tage vor der Premiere nur knapp einem Mord entging, ausgeübt von der Stiefschwester, der Dramatikerin. Mehr Drama ging nicht. Mehr Werbung, mehr Ticketverkäufe, mehr Aufmerksamkeit würde sie mit der besten Marketing- und Presseagentur nicht bekommen. Und das Beste: Im gleichen Zuge würde sie Charlie loswerden. Für immer.

Das Schicksal meinte es gut mit ihr.

Sie war von der Gejagten zur Jägerin geworden. Hatte den Spieß umgedreht. Sie hatte jede Bewegung, jede Aussage ihrer Stiefschwester analysiert. Phoebe war zu einer Expertin in der Beobachtung von Insekten geworden.

Nach außen bewahrte sie die Fassade. Charlie durfte nicht sehen, dass sie einen Verdacht geschöpft hatte. Und so hatte Phoebe sich in einen Roboter verwandelt, der sich ohne Ablenkung, ohne Gefühle auf das Theaterstück und auf ihre Stiefschwester konzentrierte. Das Spiel ihres Lebens hatte begonnen.

Und sie konnte niemandem im Saal davon erzählen.

Das anfängliche Entsetzen war also von Enthusiasmus abgelöst worden. Doch schnell tauchte eine weitere Sorge auf. Würde der Parasit den Plan wirklich durchziehen? Was spielte Charlie für ein Spiel? Konnte man ihr einen Mordanschlag zutrauen? Phoebe hatte sich irgendwann so in diesen Zweifel hineingesteigert, dass Charlie im letzten Moment kneifen könnte, dass sie beschloss, dem Parasiten auf die Sprünge zu helfen.

Sie musste Charlie Schritt für Schritt an den Abgrund drängen, bis sie keinen Halt mehr hatte und nicht mehr anders konnte, als ins Bodenlose zu fallen. Sie musste ihre Stiefschwester bis auf das Blut reizen.

Die erste Provokation war das Verbot gewesen, an mehreren Proben in den letzten Wochen vor der Premiere teilzunehmen. Nichts ärgerte Charlie mehr als Hilflosigkeit und Frustration, wenn es um die Umsetzung ihrer Ideen ging.

Die nächste Provokation war der fehlende Name im Programmheft. Minimaler Aufwand, maximaler Effekt. Diesen Schachzug hatte Phoebe sich aufgespart. Erst einen Tag vor dem Wochenende hatte sie diese Bombe platzen lassen, denn die Wut in Charlie sollte in der Pension frisch sein. Sie hatte den Parasiten zum Äußersten bringen wollen. Charlie durfte auf keinen Fall an ihrem Vorhaben zweifeln.

Phoebes mit Abstand bester Einfall aber war natürlich Luke gewesen. Luke, der Joker, der keine Ahnung hatte, dass sein schwacher Moment zu Charlies Untergang beitragen würde.

Phoebe hatte ihn unter einem Vorwand am Freitagabend zu sich nach Hause bestellt. Der einzige Zweck seines Besuchs war gewesen, ihm die Information über den Aufenthalt im Waverly Inn zukommen zu lassen, für den Fall, dass er nichts davon wusste. Luke sollte mit eigenen Augen sehen, wozu Charlie fähig war. Phoebe wollte die Existenz ihrer Stiefschwester in Schutt und Asche legen. Und dazu gehörten auch ihre persönlichen Beziehungen.

Lukes Befürchtung, Phoebe könnte Charlie von dem Sex erzählen, der einzig dem Zweck gedient hatte, dem Parasiten den Todesstoß zu verpassen, würde ihn in der Pension auftauchen lassen. Hatte Luke gehofft, dass Phoebe ihre Klappe hielt? Dass er Glück haben würde?

Hatte er nicht.

Sie guckte jetzt in die Runde. »Nächste Frage«, sagte sie. Luke bekam keine weitere Antwort. Sie ignorierte ihn.

Mehrere Hände gingen in die Luft.

Von größter Wichtigkeit für das Gelingen ihres Vorhabens, für den Spieß, den sie umdrehte, damit er nicht nur in ihre Stiefschwester reingerammt wurde, sondern auch feststeckte, so stark, so tief, dass Charlie nicht in der Lage sein würde, ihn selbst wieder herauszuziehen, war von Anfang an eine Sache gewesen: Charlie musste erwischt werden. »Auf frischer Tat ertappt« wurde zum Maß aller Dinge. Nichts in Phoebes Kopf hatte neben der Premiere eine größere Wichtigkeit gehabt. Nicht nur zum Schutz ihres Lebens. Ein Skandal musste generiert werden, denn nur ein Skandal schaffte Publicity.

Sie brauchte Zeugen, Leute, die auf sie aufpassten, die auf Charlie aufpassten, ja, die den Parasiten die ganze Zeit im Auge behielten.

Und so hatte sie ein weiteres Casting durchgeführt, hinter den Kulissen, heimlich, für ihre eigenen Zwecke im Waverly Inn.

Das Ergebnis: eine Kellnerin, die keine Kellnerin war, und ein Whiskeytrinker, der kein Whiskeytrinker war.

Ihre Stiefschwester hätte nicht einmal in der Nase bohren können, ohne zu jedem Zeitpunkt in der Pension von nicht mindestens drei Augenpaaren beobachtet zu werden.

DCI YOUNG

Je länger diese Ermittlung lief, desto weniger machte irgendetwas Sinn. Weder die Tat noch seine Arbeit und schon gar nicht die bisherigen Ergebnisse. Er schloss für einen Moment die Augen. Müdigkeit überkam ihn in einem schier unerträglichen Ausmaß. Doch irgendwie brachte er dann die Energie auf, Sergeant Clarkes Blick zu erwidern. »Mit dem Laborergebnis befassen wir uns, wenn wir den offiziellen Bericht vorliegen haben.«

»Okay.«

»Phoebe Hart hat Sie also angeheuert.« Er lehnte sich in seinem Stuhl zurück.

»Das habe ich Ihnen doch am Sonntag schon erzählt.« Sergeant Clarkes Augenbrauen zogen sich zusammen. »Angeheuert klingt für meine Ohren allerdings falsch.« Ihre Stimme war eine Spur zu hoch, sie war gereizt. »So war es nicht.« Sie setzte sich auf den Stuhl vor seinem Schreibtisch, in der Hand noch immer das Handy mit der Nachricht aus dem Labor.

»Wie war es dann?« Er griff nach einem Stift. »Ich brauche jedes Detail. Bitte erzählen Sie in Ruhe alles von vorne.«

»Phoebe Hart nahm Kontakt zu Sean Harris auf«, begann Clarke. Sie sah nicht gerade begeistert aus.

»Sean Harris?« DCI Young suchte in seinen Unterlagen. Er zog einen Zettel vor. »Sean Harris ist der Mitarbeiter einer Sicherheitsfirma aus dem East End?«

»Ihm *gehört* das Unternehmen«, stellte Clarke klar. »Er ist ein Bekannter meines Vaters.« Sie zuckte mit den Schultern. »Sean hat nicht nur eine Schwäche für Whiskey, sondern auch eine herausragende Beobachtungsgabe. Hat sich nach zwei Jahren in den Yorkshire Dales überlegt, dass die ganze Natur ihn nervös macht, und ist zurück nach London gezogen. Mile End. Er ist seit Jahren Inhaber der Security-Firma.«

Young ließ sich diese Information einen Moment durch den Kopf gehen. »Und Mr. Harris hat Sie gefragt, was Sie von der Sache halten?«

»So ungefähr.« Sie stockte. »Miss Hart wollte zwei Personen in der Pension. Sean kennt meinen Vater, der hat ihn an mich verwiesen.«

»Und im Gegensatz zu den Kollegen auf dem Präsidium in Islington, wo Phoebe Hart vor einigen Wochen ihren Verdacht, oder sagen wir, ihre Bedenken, über ihre Stiefschwester vorgebracht hat, haben Sie diese geteilt?« Er starrte auf die Fotoabzüge, die auf seinem Schreibtisch verstreut waren. Phoebe Hart hatte ihnen die Bilder, die das Notizbuch der Verdächtigen zeigten, zur Verfügung gestellt.

»Das Ganze klang absurd. Aber ich willigte ein. Also ja. Ich schätze, auf eine Weise habe ich ihr geglaubt.«

»Warum?«

»Ich habe eine Schwester.« Sie grinste.

Er musste lachen.

Clarke schwieg einen Moment. Dann verschwand das Grinsen aus ihrem Gesicht. »Wissen Sie, warum ich seit drei Jahren in der Abteilung für Cyber Crime arbeite?«

»Sie fanden Zahlen schon immer besser als Menschen?«

»Ich wurde auf meinen Wunsch versetzt.«

»Was ist passiert?«

»Erinnern Sie sich an den Mord einer Lehrerin in Kilburn? Bevington Primary School?«

»Sagt mir nichts.«

»Es gab einen Tipp, zwei Tage vor der Tat. Anonym. Ich habe dem Hinweis keinen Glauben geschenkt.«

»Scheiße.«

»Die Quelle war nicht seriös, und die Anschuldigung klang absurd. Wer tötet schon eine Lehrerin? Das war eine Fehlentscheidung.« Sie blickte jetzt aus dem Fenster. Dann sagte sie: »Es gab eine interne Ermittlung. Offiziell habe ich keinen Fehler gemacht.« Sie zuckte mit den Schultern. »Alle waren auf meiner Seite. Die gesamte Abteilung, mein Vorgesetzter, am Ende sogar der Ausschuss.«

»Aber?«

»Ich war nicht mehr auf meiner Seite.« Clarke stand auf, und für einen Moment glaubte er, sie würde aus dem Zimmer gehen. Doch sie blieb vor seinem Schreibtisch stehen. »Sean erzählte mir einige Dinge über die Stiefschwestern«, fuhr sie schließlich fort. »Überzeugt war ich nicht.« Sie schüttelte den Kopf. »Wer schreibt einen Mordplan auf? Miss Raeburn ist eine Dramatikerin. Das Ganze liest sich ja auch eher wie das Setting für eine Geschichte oder Ideen für ein Theaterstück.«

»Das ist mein Problem.« Er fuhr sich durch die Haare. »Und weil Sie der Sache aber so halb Glauben schenkten, erklärten Sie sich bereit für die Aktion?« Er sehnte sich nach seinem Bett.

Sie verschränkte die Arme vor der Brust. »Ich war am Wochenende nicht im Dienst. Mir kam die Sache gelegen, um ehrlich zu sein.« Sie schob ihr Kinn nach vorne.

Er guckte sie fragend an.

»Ich trenne mich gerade von meinem Freund. Er ist ausgezogen und sollte seine Sachen holen.«

»Die Trennung ist wohl nicht ganz sauber gelaufen«, sagte er.

Sie verzog ihr Gesicht. Das dunklere Auge wirkte für einen Moment noch dunkler. »Das kann man so sagen.«

»Tut mir leid.«

Sie machte eine Handbewegung, wischte seinen Kommentar zur Seite. »Ich habe Sean gesagt, dass ich in der Abteilung für Cyber Crime arbeite und meinen Tag normalerweise vor dem Computer verbringe. Dark Web, Darknet, Overlay-Netzwerke und solche Sachen.«

»Und solche Sachen.«

Sie grinste. Dann: »Sean sagte, es ginge nur um ein zusätzliches Paar Augen.« Sie machte eine Pause. »Ich habe kein Geld angenommen.«

»Das hätte ich auch nicht gedacht.«

»Ich habe mich einfach an meinem freien Wochenende im Waverly Inn einquartiert.«

»Das habe ich verstanden«, sagte er. »Wie haben Sie sich aufgeteilt?«

»Sean vor der Bar, ich hinter der Bar.« Sie grinste bei der Erinnerung. »Wir hätten es besser umgekehrt gemacht. Ich war nicht besonders überzeugend in meiner Rolle als Servicekraft.«

Er ließ das Szenario einen Moment in seinem Kopf Gestalt annehmen. »Und dann?«

»Am Ende war diese Arbeitsverteilung genau richtig.« Sie nickte, wie um ihre Aussage zu unterstützen. »Auf diese Weise konnte ich dem Exfreund von Miss Raeburn, Luke Anderson, etwas auf den Zahn fühlen, als der plötzlich zu später Stunde an der Bar auftauchte. Wir wussten ja nicht, worauf wir achten mussten oder wer in der Sache mit drinhing.«

»Was wollte er denn im Waverly Inn?«

»Ich weiß es nicht. Reden vermutlich.«

»Reden?«

»Wie das halt so ist nach einer Trennung. Wenn der eine reden will und der andere nicht.«

»Verstehe.« Er hatte so lange keine Beziehung gehabt, dass er sich an seine letzte Trennung kaum erinnern konnte. Er hatte sich für die Karriere entschieden, und es gab durchaus Momente, in denen er an dieser Entscheidung zweifelte. Heute, zum Beispiel. »Und Mr. Harris?«

»Der saß überwiegend an der Theke und hat sich von Zeit zu Zeit an Miss Raeburns Fersen geheftet. Außerdem hat er den Portier der Pension beauftragt, ebenfalls ein Auge auf die Stiefschwestern zu haben.«

»Ich schätze, Sie werden einen offiziellen Bericht schreiben müssen.«

Clarke verzog das Gesicht.

»Muss ich sonst noch was wissen?«

»Ich veranlasste, dass die beiden Schwestern die einzigen Gäste unter dem Dach der Pension sind, wollte keine anderen Leute in der Nähe. Ich habe dem Inhaber von einer verdeckten Ermittlung erzählt. Er musste mich ja als Servicekraft arbeiten lassen.« Sie brach ab. »Das hätte ich vermutlich nicht sagen sollen. Ich war ja nicht im Dienst.« Sie guckte ihn zerknirscht an.

Er überhörte den Einwand. Das war zurzeit das kleinste Problem.

»Mein Zimmer war direkt neben dem Zimmer von Miss Hart«, fuhr sie fort. »Auf diese Weise konnte ich auf dem Flur

Zimmerservice vortäuschen. Ich war immer in der Nähe, falls etwas passieren sollte.«

Young machte sich ein paar Notizen. Dann fragte er:

»Mr. Harris und Sie haben beide die Tat gesehen?«

»Wir wussten ja nicht, was passieren würde. *Ob* etwas passieren würde. Wir behielten Miss Harts Getränke und Mahlzeiten im Auge. Es gab ja Hinweise auf eine Vergiftung in dem Notizbuch. Jede Bestellung brachte ich an den Tisch, oder Miss Hart kam zur Theke. Als sie nach dem Lunch auf die Toilette ging, hat sie Sean ein Handzeichen gegeben.«

»Damit Sie beide Miss Raeburn in ihrer Abwesenheit keine Sekunde unbeobachtet lassen?«

»Genau. Das Weinglas mit dem *Gavi di Gavi* stand auf dem Tisch. Phoebe Hart war weg. Es war die perfekte Gelegenheit. Seans Teleobjektiv hätte selbst eine Fliege im Glas abgelichtet. Er hat sich als Tourist mit Kamera ausgegeben.«

DCI Young griff nach einem Foto. »Das ist der Abzug.« Er betrachtete den Moment, in dem Charlotte Raeburn die Ampulle über das Glas hielt.

»Haben Sie ihr das Bild gezeigt?«, fragte Clarke.

»Ich will erst alle Beweise beisammenhaben. Das Foto zeigt nur, was eh alle gesehen haben. Niemand stellt in Frage, was passiert ist. Wir haben Zeugen, wir haben die Ampulle.«

Sie schwiegen beide einen Moment.

»Den Rest haben Sie ja bereits zu Protokoll gegeben.«

Clarke nickte. Sie zeigte Richtung Tür. »Ich muss nach Hause. Meine Katze verhungert.«

»Was ist mit dem obdachlosen Mann, den Sie in Ihrer Aussage erwähnen? Könnte der ein Komplize von Charlotte Raeburn sein?«

Clarke schien einen Moment zu überlegen, bevor sie eine Antwort gab. »Eher nicht. Ich stellte ihm am Vorabend der Tat ein paar Fragen. Hatte vor, ihn auszuhorchen, er war laut den Bediensteten der Pension vorher noch nie dort gesehen worden. Das machte mich misstrauisch.«

»Und?«

»Er erschien harmlos.«

»Sie erscheinen immer harmlos.«

Sie überlegte. »Nein, ich glaube, das ist einfach ein Mensch, der in seinem Leben viel Pech gehabt hat. Und der irgendwie aussieht wie jemand, auf dessen Namen niemand kommt.«

»Vermutlich fasst das seine Existenz treffend zusammen.«

»Miss Hart hat ihm Geld zugesteckt. Ich auch. Solche Menschen haben ihre Augen und Ohren überall. Vielleicht würde er etwas sehen, was am Ende der alles entscheidende Beweis sein könnte.«

»Und?«

»Er ist in dem ganzen Durcheinander abgehauen.«

»Wäre ich auch an seiner Stelle.«

LUKE

Er war kaum nach der Pressekonferenz aus dem Saal getreten, da griff eine Hand grob nach seinem Arm. Er brauchte sich nicht umzudrehen, um zu wissen, wer ihn zur Rede stellen wollte.

Aus der Nähe betrachtet sah Phoebe furchtbar aus. Sie hatte Schatten unter den Augen. Die Lider waren gerötet. Sie konnte ihre Augen kaum offen halten. Um ihren Mund lag ein harter Zug. Sie sah aus, als hätte sie seit Tagen nicht geschlafen. Fast verspürte er Mitleid, bis ihm einfiel, dass er vermutlich einen ähnlichen Anblick abgab.

»Was sollte das?«, fragte sie. Aggressivität strömte ihm entgegen. »Komm mit.« Sie machte eine Handbewegung und deutete auf eine Tür. Es war ein Befehl.

Mit einem Zögern betrat er einen Flur, der hinter die Kulissen des Perlman Theatre führte. Kartons reihten sich an den Wänden auf, und eine Kleiderstange mit Kostümen stand direkt vor ihm.

»Willst du mir den Abend versauen?« Sie zischte ihre Worte. Niemand außer ihnen beiden war in dem Gang zu sehen.

»Phoebe«, er schlug einen beruhigenden Tonfall an.

»Was Phoebe?«, fragte sie.

»Möchtest du mich beschimpfen oder kommt noch was?«

Das wirkte. Sie beruhigte sich etwas. »Hast du die Premiere gesehen?«

»Ich hatte eine Karte, aber ...« Er war nicht bei der Vorstellung gewesen, denn es wäre ihm wie ein Verrat vorgekommen.

»Die Show war großartig.« Ein Strahlen überzog ihr Gesicht. »Ausverkauft.« Es war das erste Mal, dass er eine ehrliche Emotion von Phoebe sah.

»Wie ich schon sagte: Die Publicity hat dir nicht geschadet.« Er kniff die Augen zusammen. »Die beste Werbung, die du dir wünschen kannst. Interviews. Fotografen. Presse.« Er provozierte mit Absicht.

»Was willst du von mir?« Das Strahlen verschwand.

»Darf ich dich erinnern, dass *du* mich gerade durch diese Tür gezerrt hast?« Er guckte sie wütend an. »Du scheinst den Vorfall gut verkraftet zu haben.«

»Vorfall?« Phoebe presste die Lippen aufeinander. Sie schlang jetzt die Arme um ihren Körper. Aus der gefeierten Frau der Premiere wurde innerhalb von Sekunden das Opfer eines Mordanschlags. »Charlie hat versucht, mich umzubringen.«

»Das zu beweisen, bleibt Aufgabe der Polizei. Du bauschst die Sache ziemlich auf. Mich wundert, dass Charlie überhaupt noch in Untersuchungshaft ist.«

»Du warst doch dabei!«

»Das ändert nichts an der Tatsache, dass du den vermeintlichen Anschlag gut vermarktest. Eine Pressekonferenz?« Er lachte bitter auf. »Das ist lächerlich.«

»Vermeintlicher Anschlag? Du bist echt ein Arsch.«

»Was spielst du für ein Spiel?«, fragte er.

»Was?« Phoebe starrte ihn wütend an. »Du solltest Charlie fragen, was sie für ein Spiel spielt.«

»Du hast Leute in der Pension positioniert. Du wusstest also von Charlies Vorhaben.« Noch im Waverly Inn hatte sich die Identität der Polizistin und des Typen von der Sicherheitsfirma herausgestellt. Das war der Grund, warum mehr als genug Servicekräfte hinter der Theke tätig gewesen waren.

Phoebe gab keine Antwort.

»Du hast Charlie dort von uns erzählt, oder?« Seine Stimme war lauter, als er beabsichtigt hat. Er schaute sich um, doch sie waren immer noch allein in dem Gang.

»Ich wollte mein Gewissen erleichtern.«

Er durfte sich nicht provozieren lassen. Er hatte einen Fehler gemacht, und er würde es wiedergutmachen.

»Warum wolltest du mich Freitagabend sehen?«, fragte er und wechselte das Thema.

»Ich wollte wissen, ob meine Entscheidung, den Ring zu verpfänden, statt in die Forschung zu geben, richtig war. Du siehst doch, wie die Hyänen da drinnen über mich hergefallen sind.«

Er glaubte ihr kein Wort. Doch er nahm den Ball auf. »Wo kommt der Ring her?«

»Was?« Sie war sichtlich überrascht von der Frage. Die zweite ehrliche Emotion in kurzer Folge.

»Der Ring. Wieso war der in dem Schließfach?«

»Hä?«

»Ich habe in der Zwischenzeit ein paar Recherchen angestellt und hatte einige aufschlussreiche Gespräche.«

»Ich verstehe nicht?«

»Ich versuche, Charlies Beweggründe nachzuvollziehen.«

»Zu Charlies Beweggründen könnte ich dir eine Menge erzählen.« Phoebe schüttelte den Kopf. »Du bist total verblendet, was meine Stiefschwester angeht.«

»Beantworte meine Frage.«

»Ich verstehe nicht, was der Ring plötzlich mit dem Anschlag zu tun hat«, sagte sie.

In dem Punkt musste er ihr zustimmen. Er verstand es ja selbst nicht. Der Ring war der Schlüssel. Er musste nur herausfinden, wie das Ganze zusammenpasste. »Wieso war der Ring in dem Schließfach?«, fragte er wieder.

»Der Ring gehörte Dorothy. Dorothy ist gestorben. Der Ring wurde mir vererbt. Das passiert, wenn Leute den Abgang machen.«

»Das ist nicht die Antwort auf meine Frage.«

Phoebe starrte ihn an. »Woher soll ich das wissen? Wir haben darüber doch schon gesprochen. Dorothy hatte ganz viel von solchem Zeug. Die ganz Bude war voll mit dem Sch...« Sie brach ab. »... Antiquitäten.«

»Der Scheiß hat deinem Kontostand nicht geschadet.«

Phoebe schüttelte den Kopf. »Das ist das seltsamste Gespräch, was ich seit langer Zeit geführt habe. Angesichts der Ereignisse der letzten Tage will das was heißen. Die Kunstschätze sind alle an die Lebowitz Collection gegangen. Ich habe nur den Ring bekommen.«

»Genau. Das hat mich am Freitag nach unserem Gespräch zum Nachdenken gebracht. Warum hat Dorothy dir den Ring vererbt? Findest du das nicht seltsam?«

Sie überlegte einen Moment. »Sterbende Menschen können sentimental werden.«

»Es gibt eine Liste, auf der jedes einzelne Schmuckstück aufgeführt ist. Jede Haarnadel. Aber kein Siegelring von Jeremy Bentham«, sagte er.

»Weil Dorothy ihn mir hinterlassen hat.« Phobes Stimme klang nun gereizt.

»Dorothy hat viel Wert darauf gelegt, dass ihre Schätze in die richtigen Hände fallen.«

»Und meine Hände sind falsch?« Phoebes Augen funkelten.

Er holte tief Luft. »Der Ring galt als verschollen. Dorothy konnte ihn nicht an die Lebowitz Collection vererben.«

»Was?« Phoebe starrte ihn an. »Der Ring war verschwunden?«

Die dritte ehrliche Emotion. »Das verstehe ich nicht«, sagte sie.

»Wieso ist er also in Dorothys Schließfach gefunden worden?«

»Vielleicht war die Alte dement? Der Notar sagte, sie habe das Schließfach kaum genutzt. Aus diesem Grund hat er bei der Testamentsvollstreckung nichts davon gewusst.«

Luke hatte dieselben Überlegungen angestellt.

»Oder sie hat den Ring später gefunden und dann in dem Schließfach gelagert«, sagte Phoebe.

Diese Idee hatte Charlie am Sonntag gehabt. Es machte einfach alles keinen Sinn. Keine der beiden Stiefschwestern schien zu wissen, was es mit dem Ring auf sich hatte.

Oder eine von beiden log.

PHOEBE

Sie hasste Mineralwasser. Sie hasste Kohlensäure. Vor allem aber hasste sie den Geschmack nach Anis, Fenchel und Lakritz. Die Aussicht auf das Absinth-Ritual verursachte ihr eine Gänsehaut.

Ein Lachen stieg in ihrer Kehle hoch. Sie unterdrückte es nicht. Jetzt, da sie zu Hause war, allein, brauchte sie sich nicht zu verstecken. Niemand konnte sehen oder hören, wie sie in der Mitte ihrer Küche stand und das Lachen ohne Scham zuließ.

Sie wusste nicht, wann sie zuletzt mit solch einer Intensität einer Emotion freien Lauf gelassen hatte, so ehrlich, so ihren ganzen Körper einnehmend. Vielleicht war es das erste Mal in ihrem Leben. *Ich bin kein Roboter.*

Die Welt lag ihr zu Füßen. Sie konnte damit machen, was sie wollte. Und aus genau diesem Grund hatte sie keine Wahl, was das Getränk anging.

Es war Dorothys Stück, und dies war Dorothys Ritual. Sie würde kein Risiko eingehen, denn sie wollte Dorothys Erfolg.

Phoebe goss den Absinth, den sie extra für heute Abend gekauft hatte, Pernod, Dorothys Lieblingsmarke, in ein Glas. Aus dem Gefrierschrank nahm sie einige Eiswürfel und gab sie dazu. Sie griff nach dem Mineralwasser und füllte die Mischung auf. Zwei Anteile Alkohol, fünf Anteile Wasser. Die Flüssigkeit im Glas verfärbte sich innerhalb weniger Augenblicke trübe. Das Getränk sah nun beinahe aus wie ein Milchshake. Ein hellgrüner Milchshake. Sie warf einen Zuckerwürfel in die Flüssigkeit. Hatte sie was vergessen?

»Das kalte Wasser löst die ätherischen Öle, und der Absinth löst den Geist.« Dorothy hatte gelacht und damit auf die Tradition in der Künstlerszene angespielt, sich mit dem Getränk in einen Rausch zu trinken. »Meine Art, den Absinth zu trinken, beruht auf einem Missverständnis.«

Doch genau dieses Missverständnis hatte Dorothy an jenem Abend ihrer ersten Premiere 1987 Ruhm und Ehre gebracht. Zumindest hatte Dorothy ihren Erfolg auf diese Mischung zurückgeführt.

Ein Kellner im *Three Little Words*, eine Bar in der Dean Street, in der zu jener Zeit die Theaterszene ihre Erfolge feierte, hatte Dorothy das Glas mit allen Zutaten gereicht und eine Karaffe stilles Wasser auf den Tresen gestellt. In der Annahme, Dorothy würde die Tradition kennen, das Wasser über den Zuckerwürfel in den Alkohol zu gießen, hatte er keine weitere Erklärung gegeben. Doch Dorothy, zurück an ihrem Tisch, füllte ihr Glas mit dem kohlensäurehaltigen Mineralwasser aus der Flasche auf.

Am nächsten Tag hatten sich die Zeitungen überschlagen, Dorothys Durchbruch war besiegelt. Und damit auch die Tradition, den Absinth mit der verkehrten Rezeptur zu trinken. Die Welt des Theaters verzieh keine Abweichung von einem Ritual. Der Aberglaube war zu groß, mochte das Detail noch so klein sein. Kohlenstoffdioxid in Verbindung mit Wasser musste es künftig sein, und nach eigener Aussage war Dorothy nicht ein einziges Mal von dieser Tradition abgewichen. Nur der Ort hatte sich geändert, da die Bar einige Jahre später pleitegegangen war. Dorothy trank den Absinth fortan zu Hause, die letzte Tat vor dem Bett.

Auf dich, Dorothy, dachte Phoebe und stellte den Pernod

und das Mineralwasser zurück in den Kühlschrank. *Dein Erfolg gehört jetzt mir.*

Mit dem Glas in der Hand ging sie ins Wohnzimmer, ließ sich auf ihr Sofa fallen. Ihr war heiß. Sie konnte spüren, wie ihr Gesicht glühte, als hätte sie Fieber. Die Eiswürfel klimperten in ihrem Glas. Nach dem Erfolg der letzten Stunden, dem Applaus, den vielen Menschen, fühlte sie sich plötzlich merkwürdig verloren.

Sie legte ihren Nacken auf der Seitenlehne ab und starrte an die Decke, dachte an das Sofa der Psychologin, die sie als Teenager eine Weile in Anspruch nehmen musste. Die Therapeutin hatte sie damals ermuntert, ja, geradezu aufgefordert, sich auf ihre Couch zu legen. »Du musst versuchen, dich zu entspannen.«

Phoebe war der Aufforderung nie gefolgt, sondern war mit Absicht bei jedem Besuch kerzengerade sitzen geblieben, was einiges an Muskelkraft erfordert hatte. Das Sofa war weich und durchgesessen, man sackte automatisch in eine halb sitzende, halb liegende Position, aus der man sich ohne fremde Hilfe kaum befreien konnte.

»Ich lüge den Leuten lieber direkt ins Gesicht.« Sie hatte gelacht.

Die Psychologin ging von einem Witz aus. »Du hast Humor.«

Hatte Phoebe nicht.

Jetzt konnte Phoebe in aller Ruhe die Früchte ihrer Arbeit ernten. *Nein*, korrigierte sie sich. Sie brauchte nichts zu ernten. Die Früchte fielen von selbst auf sie herab. Sie musste nur den Mund aufmachen, um die herrliche Süße auf ihrer Zunge zu schmecken. Jedes Puzzleteil hatte sich in Perfektion an das nächste Teil gefügt. Das Erbe. Der Ring. Die Wut ihrer Stiefschwester.

Der Absinth schmeckte genauso widerlich, wie sie es sich vorgestellt hatte. Ihre Kehle zog sich bei jedem Schluck zusammen. Doch das Adrenalin, das ihr Körper seit Tagen in Überdosis produzierte und heute einen Höhepunkt erreicht hatte, ebbte langsam ab. Sie merkte, wie ihr Kopf sich entspannte. Auch der Alkohol zeigte seine Wirkung. Vielleicht war Dorothys Ritual keine schlechte Idee.

Doch sie hatte schon im Theater mehr Sekt getrunken als geplant. Die Menge Alkohol in ihrem Blut dürfte beträchtlich sein.

Sie erinnerte sich, wie sie vor einigen Wochen hier, auf diesem Sofa, mit einem Glas ihres Lieblingsweins in der Hand, die ultimative Idee gehabt hatte. Vor lauter Bedenken, Charlie könnte einen Rückzieher machen, hatte Phoebe tatsächlich für eine Sekunde den Gedanken verfolgt, sich selbst umzubringen. Die Vorstellung hatte ihr einen Thrill gegeben. Nicht weil sie Suizidgedanken hegte. Nein. Ein Selbstmord, inszeniert als Mord, mit Indizien, die alle auf Charlie zeigten, wäre die sicherste Methode gewesen, Charlie zuverlässig für den Rest ihres Lebens hinter Gitter zu bringen. Ohne jeden Zweifel. Ihr Hass auf Charlie hatte eine neue Intensität erreicht. Es wäre die größtmögliche Aufmerksamkeit für sie und ihr Theaterstück gewesen.

Da sie aber den Erfolg bei gelungener Durchführung ihres Vorhabens nicht miterlebt hätte und eine Karriere posthum nicht dasselbe war wie eine Karriere zu Lebzeiten, hatte sie diese Idee aus verständlichen Gründen nicht verfolgt.

Phoebe nahm einen weiteren Schluck von dem Getränk, die Eiswürfel hatten sich schon fast aufgelöst.

Sie dachte an die Pension. In der Sekunde, in der sie am Samstag den ausgestopften Fuchs an der Wand gesehen hatte, über der Rezeption des Waverly Inn, verschwand der letzte Zweifel, dass sie mit ihrem Verdacht richtiggelegen hatte. Charlie hatte sie in jene Pension eingeladen, die sie im Notizbuch beschrieben hatte.

Am Sonntagmorgen beschloss Phoebe, Charlie zu ihrer Tat zu drängen, denn sie hatte keine Lust, den ganzen Tag in der Pension zu sitzen. Sie wollte da weg. Mit ihrer Aussage, nach dem Frühstück abzureisen, hatte sie alles ein bisschen beschleunigt.

Auf diese Weise hatte sie Charlie nicht nur gesteuert, nein, sie hatte dadurch so viele Optionen ausgeschlossen, dass nur noch ein einziger möglicher Tathergang übrig geblieben war:

Die Pension war der einzig realistische Ort.

Das Mittagessen war der einzig realistische Zeitpunkt.

Gift war die einzig realistische Methode.

Am Abend hatte Phoebe bereits die Ampulle auf Charlies Tisch im Hotelzimmer gesehen, und am liebsten hätte sie Sergeant Clarke in das Zimmer gezerrt: *Guck! Guck! Guck! Ich habe recht.* Wozu sonst sollte diese Glasflasche dienen, die sie noch nie zuvor bei ihrer Stiefschwester gesehen hatte? *Irgendwann wachst du nicht mehr auf.*

Doch Charlie musste auf frischer Tat ertappt werden. Sie hatte also niemandem etwas gesagt.

Phoebe leerte das restliche Glas und ging zurück in die Küche. Müdigkeit und Erschöpfung überkamen sie. Aber das war kein Wunder.

Während sie eine zweite Mischung Absinth in ihr Glas gab, mit dem restlichen Wasser, Eis und Zucker, Dorothy hatte stets dasselbe Maß verwendet, dachte sie an Charlie.

Ihre Stiefschwester würde für immer die Frau bleiben, die wegen versuchten Mordes im Gefängnis gesessen hatte.

Kein Mensch auf dieser Welt hatte hinter Charlotte Raeburns sorgsam aufgebaute Fassade blicken können, und erst jetzt hatte die Welt erfahren, dass sie ein Parasit war.

Die süße Kleine.

Phoebe nahm einen großen Schluck von dem Getränk. Das zweite Glas schmeckte besser.

Sie schloss die Augen bei der Vorstellung, Charlie im Gefängnis zu besuchen. Oh ja, sie würde Charlie besuchen.

Mindestens einmal im Monat würde sie einen Ausflug machen. Und sie würde Charlie von ihrem Erfolg berichten. Jedes einzelne Mal. Der Anblick ihrer Stiefschwester in einer Zelle würde für die nächsten Jahre zu ihrem Lebenselixier werden.

Ihr Nacken knackte, als sie sich wieder auf dem Sofa ausstreckte. *Wie still es ist*, dachte sie. Keine Geräusche drangen durch das Fenster, Islington schlief. Die Wärme in der Stadt trieb die Leute ins Bett.

Mit einiger Mühe leerte sie jetzt den Rest des Absinths. Auch der letzte Tropfen verschwand in ihrem Mund. Sie stellte das Glas zur Seite.

Auf dich, Dorothy, dachte Phoebe wieder. *Dein Erfolg gehört jetzt mir.*

Sie gähnte. Noch nie in ihrem Leben war sie so müde gewesen. Ihr Körper fühlte sich schwer an, beinahe, als würde er in das Sofa sinken und Stück für Stück in das Polster eintauchen. Die Muskeln in ihren Beinen und Armen entspannten sich, jede Bewegung kostete jetzt Mühe. Sie wollte sich zur Seite drehen und schaffte es nicht. Ihr Körper gehorchte ihr nicht mehr.

Etwas stimmte nicht.

Ihre Augen fielen zu. Die Müdigkeit wurde absolut. Ein Sog zog sie nach unten, raus aus ihrem Wohnzimmer, raus aus diesem Tag, ja, raus aus ihrem Leben, so fühlte es sich an, weg, einfach weg, immer tiefer, in eine andere Ebene.

Diese Müdigkeit war ihr Ende. Sie schaffte es nicht, ihre Augen wieder zu öffnen.

Ihr Gehirn wollte einen Gedanken formen, ihr Bewusstsein kämpfte gegen das Eintauchen in den Schlaf.

Und verlor.

Norlington

Charlie schlich auf Zehenspitzen über den Flur. Sie wagte kaum zu atmen. Phoebes Tür war nur angelehnt, und ein Lachen drang aus dem Zimmer ihrer Stiefschwester. War jetzt ein guter Zeitpunkt, Phoebe um einen Gefallen zu bitten?

Charlie biss sich auf die Lippen. Sie musste den richtigen Moment abpassen. Es gab nur eine Chance, und ihr durfte kein Fehler unterlaufen.

Phoebe war heute Abend mit anderen Jugendlichen auf dem verlassenen Spielplatz im Wald verabredet. Niemand sonst verirrte sich nach Einbruch der Dunkelheit auf den Berg: kein Spaziergänger, keine Wanderer. Man konnte dort tun und lassen, was man wollte. Und genau das taten auch alle – fernab des Zugriffs der Eltern. Die Dämmerung und die Nacht dort oben gehörten jenen Jugendlichen, die schon Auto fahren konnten – und ihren Freunden und Geschwistern.

Charlie wusste, dass nicht nur Alkohol die Runde machte. Auch Drogen wurden konsumiert. Den Übertreibungen ihrer Stiefschwester und den Erzählungen der Jungs zufolge passierte auf dem Spielplatz von erstem Sex bis hin zu lautstarken Trennungen alles, was man sich vorstellen konnte. Ein Gerücht besagte, Laura Gardner hätte es in einer besonders wilden Nacht mit zwei Jungs gleichzeitig auf dem Klettergerüst getrieben, während die anderen Jugendlichen zugeschaut hatten.

Charlie überlegte schon den ganzen Tag, wie sie Phoebe dazu bringen konnte, sie und Julia mitzunehmen, denn Tim Horton hatte gestern auf dem Schulhof angekündigt, heute Abend auch auf dem Spielplatz zu sein. Tim war der einzige Junge, der sie interessierte, noch immer. Seit einem Jahr ging es auf und ab mit ihnen beiden, doch sie fanden nicht so richtig zusammen.

Charlie wollte ihn unbedingt dort treffen, an jenem Ort der Legende, er sollte sehen, dass sie nun ebenfalls zu den coolen und vor allem älteren Jugendlichen gehörte.

Vorsichtig lehnte Charlie sich gegen den Türrahmen, konnte mit einem Auge in Phoebes Zimmer gucken.

Durch den Spalt beobachtete sie ihre Stiefschwester, die vor dem Spiegel stand. Den Laptop hatte Phoebe auf dem Boden platziert, sodass sie das Display sehen konnte. Ein Video lief, und die Stimme einer Frau war zu hören. »Wer an Fibromyalgie leidet, verspürt chronische Muskelschmerzen, meist in Gelenknähe, auf beiden Körperseiten, überwiegend im Schulterbereich, Rücken, Becken sowie in Armen und Beinen.«

Vorsichtig schob Charlie die Tür ein wenig weiter auf, um besser gucken zu können. Was tat Phoebe da?

»Patienten klagen zusätzlich über Erschöpfung, Migräne, Schlafstörungen und Depressionen. Die Schmerzen verstärken sich bei Stress, Nässe, Kälte und längerem Sitzen oder Liegen. Da eindeutige Befunde fehlen, erfolgt die Diagnose in einem Ausschlussverfahren. Oft verstreichen fünf bis zehn Jahre.«

Charlie hielt die Luft an. Sie beobachtete, wie Phoebe eine Hand seitlich an ihren Nacken legte.

»Mit Hilfe sogenannter Tender Points müssen für eine eindeutige Diagnose bei der ärztlichen Untersuchung mindestens elf der achtzehn Druckpunkte empfindlich sein.«

Phoebe tastete jetzt den Instruktionen einer Ärztin folgend nach der richtigen Stelle. »Fühlen Sie die Bänder zwischen den Halswirbeln. C5-C7 Querfortsätze, anteriolateral.«

Phoebe drückte vorsichtig den Punkt auf ihrer Haut. Erst auf der einen Seite ihres Halses, dann auf der anderen. Kurz darauf wiederholte sie die Prozedur oberhalb ihrer Schulterblätter. »Die Mitte des oberen Randes des Trapezmuskels ist eine besonders schmerzhafte Stelle bei Fibromyalgie.«

Phoebe grinste in den Spiegel, schien entgegen der Aussage aus dem Video allerdings keinerlei Schmerzen zu verspüren.

Charlies Herz schlug bis zum Hals. Sie riss die Augen auf, als Phoebe nun erneut auf das Video klickte und die Anweisungen ein weiteres Mal hörte.

Lernte Phoebe die Körperstellen auswendig?

Charlie beobachtete mit Entsetzen, dass ihre Stiefschwester jetzt einige Bewegungen aus dem Video imitierte und dabei das Gesicht vor Schmerzen verzog; nicht ohne dabei ihren Ausdruck im Spiegel zu überprüfen. Phoebe probierte verschiedene Gesichtsausdrücke, legte sie ab und schlüpfte in den nächsten. Die Darstellung von Schmerz war ohne Zweifel das Ziel dieser Übung. Das durfte nicht wahr sein!

Kurz darauf sprang Phoebe zu ihrem Schreibtisch, auf dem eine angebrochene Tafel Schokolade lag. Sie aß ein Stück, dann widmete sie sich erneut den Schmerzpunkten auf ihrem Körper. Der Vorgang wiederholte sich noch einige Male.

»Fibromyalgie«, *flüsterte Phoebe in den Spiegel. Auf ihrem Gesicht zeigte sich Traurigkeit, Resignation, schließlich Stolz.* »Ich habe Fibromyalgie. Mir tut alles weh.« *Das* »weh« *zog sie dabei in die Länge.*

Charlie dachte an den Unfall mit dem kochenden Wasser

und an die verdorbene Milch. An die Tabletten, die Phoebe nie einnahm, sondern hinter der Fabrik verkaufte. An die Schmerzen, die Phoebe plötzlich heimsuchten, immer wenn es um Proben oder Klausuren ging.

Charlie wurde übel, alles machte plötzlich Sinn. Kurz darauf griff Phoebe nach ihrem Laptop, und einige Klicks später begann eine andere Stimme über die Erfahrungen mit der Erkrankung zu sprechen. Phoebe setzte sich im Schneidersitz auf den Fußboden. »Zu den Muskelschmerzen verspüre ich Steifheit in den Gelenken. Ein Brennen, Kribbeln oder manchmal sogar Taubheitsgefühle«, klagte die Stimme einer jungen Frau. Dann fing die Ärztin an, die Symptome zu erklären.

Charlie konnte dieses Schauspiel keine Sekunde länger aushalten. Sie stieß die Tür auf und betrat das Zimmer.

Phoebe fuhr zusammen. »Raus!« Phoebe griff nach ihrem Laptop, doch die Ärztin sprach weiter: »Der Schmerz fühlt sich für jeden Patienten anders an. Die Ursachen sind nicht bekannt. Unbedeutende Schmerzreize werden im Rückenmark ...«

Phoebe schlug den Laptop zu. Die Stimme verstummte. Sie baute sich vor Charlie auf. »Du verschwindest sofort aus meinem Zimmer!«

Charlie bewegte sich nicht, sie würde keinen Millimeter zurückweichen. Das hier war ihre Chance. Charlie hatte von ihrer Stiefschwester gelernt. Sie würde Phoebe von jetzt an mit ihren eigenen Waffen schlagen.

Sie starrte Phoebe an. »Du hast überhaupt keine Schmerzen!«

IV

Die Eingangstür ist aus Milchglas, eingefasst durch Sprossen aus dickem Eichenholz. Das Gewicht der Tür lässt sich kaum mit einer Hand halten. Man braucht Kraft. Bei jedem Öffnen gibt das Scharnier einen gequälten Ton von sich.
Ihre Finger greifen nach dem Griff, sie zieht die Tür mit Schwung auf, und das Milchglas verschwindet — schon steht sie auf dem Gehweg. Frische Luft strömt ihr entgegen. Luft, die voller Versprechungen ist. Die Welt liegt in allen Farben vor ihr. Ohne Schleier. Ohne Schatten. Es gibt jetzt nur noch sie. Sie ist frei.

Mittwoch – Ein Tag nach der Premiere

CHARLIE

»Baldrian?« DCI Young schmiss ihr das Ergebnis des Labors entgegen. Sie konnte die Verwunderung in seinem Blick sehen. Verwirrung. Ärger. Er trug dasselbe Hemd wie gestern. Hatte er im Präsidium geschlafen?

Es war erst kurz nach acht. Man hatte sie in aller Früh aus der Zelle geholt. Das Gutachten war auf einer Seite Papier niedergeschrieben. Charlies Blick fiel auf das Datum und die Unterschrift. Die Unterschrift rührte sie auf eine besondere Weise, denn jemand bürgte mit seinem Namen für die Richtigkeit der Worte.

Sie nahm den Bericht in die Hand. DCI Young hatte nun die Information, auf die er seit Tagen gewartet hatte. Baldrian. »Das Asservat enthält Spuren von Valeriana officinalis.« Charlie unterdrückte ein Lächeln. Die Ampulle und ihr Inhalt waren zu einem Asservat geworden.

Aus dem Augenwinkel bemerkte sie, dass DCI Young sie musterte. Er wollte jede Reaktion in ihrem Gesicht lesen, er brauchte etwas, irgendetwas, was den Laborbericht für ihn logisch erscheinen ließ. Der Schlüssel zu einer Erklärung lag in der Frau, die vor ihm saß.

Nachdem Charlie den Bericht gelesen hatte, jede Zeile, legte sie ihn zurück auf den Tisch. Ihre Hände ruhten auf dem Papier. DCI Young und Charlie schwiegen sich einen Moment an. Dann straffte Charlie ihre Schultern. Sie schob das Gutachten in die Mitte des Tisches. Mit dem Zeigefinger zog sie einen Kreis auf der Tischplatte, schaute DCI Young geradeaus an.

»Baldrian?«, fragte er ein zweites Mal.

Charlie hatte Schwierigkeiten, den Tonfall zu interpretieren. Hörte sie Belustigung? Befürchtete er, es mit einer Irren zu tun zu haben? Mit einer Irren, die keine Ahnung hatte von Giften oder Medikamenten? Einer verkappten Mörderin, die es weder schaffte, nicht erwischt zu werden, noch schlau genug war, eine tödliche Substanz zu verwenden? Brauchte sie Aufmerksamkeit? Hatte sie eine Persönlichkeitsstörung? Sollte er einen Antrag für eine Einweisung stellen? Musste ein Psychologe geholt werden, damit man der Polizei nicht vorwerfen konnte, eine psychisch Kranke unter Druck gesetzt zu haben? Waren denn in diesem Fall alle verrückt geworden? Oder war alles ganz anders? Führte diese Frau etwas im Schilde? War die einzige Frage in seinem Kopf: *Verdammte Scheiße, was geht hier ab?*

Das Gefühl, an der Nase herumgeführt zu werden, musste für einen Polizisten frustrierend sein. Gewohnheit, gepaart mit Ernüchterung. »Können Sie mir eine Erklärung liefern?«, fragte er.

Ja, dachte sie, *ich könnte eine Erklärung liefern, vom Anfang bis zum Ende.* Sie könnte ihm erzählen, dass ihr Plan besser funktioniert hatte als gedacht. Dass sie keinen Fehler gemacht hatte. Nicht ein einziger Schritt, kein noch so winziges Detail, war schiefgelaufen. Trotz einiger Hindernisse. Sie hatte sich auf diesen Moment vorbereitet. Doch sie war zum Schweigen verdammt.

Sie blickte hinüber zu ihrem Anwalt, der neben ihr saß, mit einem Gesicht, das keinerlei Gefühlsregung verriet. Sein Anzug, teuer und aus einem edlen Stoff, hatte keine einzige Falte. Auf seinem kleinen Finger steckte ein Siegelring. Er nickte ihr zu, sie durfte eine Antwort geben.

»Ich hatte Ihnen gesagt, dass ich meine Stiefschwester nicht vergiftet habe«, sagte Charlie also. »Die Aufregung vor der Premiere war riesig. Ich hatte Angst um Phoebes Gesundheit. Stress kann bei dieser Erkrankung einen Schmerzschub verursachen, Fibromyalgie ist eine Störung der Stressverarbeitung. Die Psyche schlägt auf den Körper. Das wollte ich mit allen Mitteln verhindern, um Auswirkungen auf die Produktion zu vermeiden.« Sie machte eine Pause, gerade lange genug, damit es nicht zu dramatisch erschien. »Das war auch Eigennutz. Ich wollte, dass Phoebe funktioniert. Doch das musste ich heimlich machen, sie hätte keine Hilfe von mir angenommen.« Sie verzog die Lippen zu einem Bedauern. »Die ganze Sache ist aus dem Ruder gelaufen.« Sie schnappte nach Luft. Seit langer Zeit hatte sie nicht so viele Sätze am Stück gesprochen. Dabei hatte sie dieses Gespräch trainiert. Jedes Wort, die Tonlage, ihre Körpersprache – alles. Sie waren Teil ihres Meisterstücks. Young starrte sie an.

»Baldrian«, sagte Charlie. Und nickte. Das Arzneimittel wurde in der Regel in Form von Tropfen in einer Tinktur verabreicht. Verwendungszweck von Valeriana officinalis war die Behandlung von Nervosität, Schlafstörungen, Unruhe- und Spannungszuständen, Reizbarkeit und Prüfungsangst.

Niemand sollte ihr etwas anhängen können. In einer fast homöopathischen Dosierung war die Mischung im Waverly Inn in Phoebes Glas gewandert, ohne jede Wirkung.

Charlie hatte gerade so viel Konzentrat der Substanz in die Ampulle getropft und mit dem Wasser vermischt, dass man es im Labor würde nachweisen können. Es war ein Balanceakt gewesen. Ihre Angst, einen Fehler zu begehen, war so weit gegangen, dass sie Mineralwasser zum Verdünnen genommen hatte, kein Leitungswasser, für den Fall, dass Ablagerungen aus den Rohren ihren Weg in das Wasser finden könnten. Blei, Kupfer – Charlie hatte kein Risiko eingehen wollen. Die Flüssigkeit sollte ohne jeden Zweifel harmlos für Phoebe sein. Das Einzige, was das Labor in Phoebes *Gavi di Gavi* nachweisen konnte und was ein Chemiker mit seiner Unterschrift nun bestätigt hatte, war Valeriana officinalis. Seit Menschengedenken das Mittel der Wahl, um Aufregung im Alltag zu lindern.

»Wir können Sie noch einige Tage hierbehalten«, sagte Young schließlich.

Charlies Anwalt lachte auf. Young guckte ihn säuerlich an. Dann sagte er zu Charlie: »Es ist noch nicht vorbei.«

Damit lag er falsch. Es war vorbei. Er wusste es nur noch nicht.

»Ich liebe meine Stiefschwester.« Die Lüge ging Charlie leicht über die Lippen, doch der Satz blieb jetzt wie ein quälendes Echo in ihren Ohren hängen. Am liebsten würde sie den Kopf schütteln, um den Klang loszuwerden.

DCI Young zog die Augenbrauen zusammen. Er glaubte ihr nicht, und das konnte sie ihm nicht verübeln, doch der Bericht war eindeutig. Er hatte zum jetzigen Zeitpunkt nichts gegen sie in der Hand.

Würde er gleich aus dem Zimmer stürmen und alle notwendigen Schritte veranlassen, um sie gehen zu lassen? Er hatte keine andere Wahl. Kein Anschlag – keine Inhaftierung.

Charlie verschränkte die Arme vor der Brust. Ohne Leiche, ohne Mordwerkzeug gab es nichts zum Überführen.

Wir können Sie noch einige Tage hierbehalten. Es ist noch nicht vorbei. DCI Young würde Charlie einen großen Gefallen erweisen. Ihr Aufenthalt im Gefängnis war der Kernpunkt ihres Plans. Zumindest den heutigen Tag wollte sie noch in Polizeigewahrsam verbringen.

Gestern Abend hatte sie das Schlimmste befürchtet, als man sie aus der Zelle holte zu später Stunde. Setzte man sie auf freien Fuß? Ihr Magen hatte rebelliert, und fast hätte sie Young vor die Füße gekotzt.

Doch der Polizist hatte einen öffentlichen Fall, die Medien verfolgten die Ermittlungen. Er durfte sie nicht zu früh laufen lassen. Und er hatte sechsundneunzig Stunden Zeit, das hatte Charlie bei ihren Planungen berücksichtigt. Young würde jede einzelne Stunde ausschöpfen. Der Aufschrei wäre zu groß, die Presse würde sich zu Recht bei dem kleinsten Fehler auf ihn stürzen.

Luke hatte in guter Absicht gehandelt, doch Charlie brauchte nicht den »besten Anwalt«, der ihre Entlassung beschleunigte. Sie wollte hier nicht raus. Noch nicht.

Nur in einer Zelle konnte ihr Meisterstück die volle Wirkungskraft entfalten.

LUKE

»Hallo?« Die Stimme am anderen Ende der Telefonleitung riss ihn aus seiner Trance. »Bist du noch da?«

»Dir ist eine Unregelmäßigkeit in der Erbabwicklung aufgefallen?« Lukes Gehirn versuchte, der Information einen Sinn zu geben. Ohne Erfolg. In seinem Kopf entstanden Fragen, eine folgte auf die nächste – sie wurden dringlicher, wollten eine Antwort.

Carl schien irritiert. »Hörst du mir nicht zu?«

»Ich war abgelenkt«, sagte Luke. Eine Lüge. Er war so konzentriert wie schon lange nicht mehr. »Kannst du Details nennen?«

Er trug noch immer die Turnschuhe, die er vor einer Stunde zum Joggen angezogen hatte. Erde klebte an der Sohle; er war durch den Richmond Park gelaufen, nein, gerannt. Wie früher mit Charlie. Sie hatten sich oft einen Spaß beim Joggen gemacht, hatten von einer Sekunde auf die nächste in ein höheres Tempo gewechselt, einer hatte angefangen, der andere hinterher, so lange voll Speed, bis sie lachend auf der Wiese kollabierten. Es fühlte sich an wie ein anderes Leben.

Der Dreck seiner Schuhe zog sich wie eine Spur durch die Wohnung. Es war ihm egal. Er lief über die Holzdielen, den langen Flur entlang, durch das Arbeitszimmer, zurück in das Schlafzimmer und wieder in die offene Küche. Ein Tiger im Käfig. Sechzig Minuten Joggen und sechzig Quadratmeter Wohnfläche reichten nicht, um seine Ruhelosigkeit zu bekämpfen. Er presste das Telefon gegen sein Ohr.

Bevor er am Samstag zu der Pension aufgebrochen war, hatte er sich auf die Suche nach der Kanzlei gemacht, die für die Abwicklung von Dorothys Erbe zuständig gewesen war, *Dawson Solicitors Ltd.* Der Notar hatte ihm natürlich keine Auskunft gegeben. »Berufsgeheimnis.«

Am Ende hatte er mehr Glück als Verstand gehabt. Carl kannte einen der Partner dieser Kanzlei. Gleicher Tennisclub. Eine offene Gefälligkeit. Carl versprach, sich zu kümmern. Und Carl hatte sich gekümmert. Es war erschreckend, wie schnell man Informationen erhalten konnte, die eigentlich vertraulich waren.

Carls Lachen dröhnte jetzt aus dem Telefon und riss ihn aus seinem Gedankenkarussell. »Ich koste 370 Pfund die Stunde. Ich bin es nicht gewohnt, dass Leute mir nicht zuhören.« Dann nahm seine Stimme einen besorgten Klang an. »Alles klar bei dir?«

»Carl«, sagte Luke zu seinem Kumpel, »... diese ganze Angelegenheit stinkt zum Himmel.« Er ließ den Satz ohne Erklärung im Raum stehen.

»Ich stimme dir zu.« Carl machte eine Pause. »Der Partner bei *Dawson Solicitors Ltd.* hat ohne Zweifel bestätigt, dass der Ring und das Manuskript in dem Schließfach bei der *Reuben & Co* Privatbank in Knightsbridge gefunden wurden. Nachdem ich ihm von deiner Erkenntnis erzählte, dass der Ring als verschollen galt, ist er allerdings hellhörig geworden. Er hat mit der Bank telefoniert, wollte eine Bestätigung, dass alles in Ordnung sei.«

»Und?«

»Dorothy hat das Schließfach vor Jahrzehnten eröffnet, als sie noch in London wohnte. Sie hat es nie genutzt. Nachdem der Notar bei *Dawson Solicitors Ltd.* Kenntnis von diesem Schließfach erlangte, hat er der Bank den Erbschein vorgelegt und bekam als Dorothys Testamentsvollstrecker Zugang. Das ist alles so weit sauber gelaufen. Die Schwestern erhielten den Ring und das Manuskript.«

»Stiefschwestern.«

»Klugscheißer! Doch in dem Telefonat ist eine Unregelmäßigkeit aufgefallen. In den Unterlagen der Privatbank ist das Datum vermerkt, an dem Dorothys Notar den Erbschein an *Reuben & Co* geschickt hat.«

»Warum ist das wichtig?«

»Dieses Datum ist der Stichtag. Erfährt eine Bank vom Tod eines Klienten, wird das Schließfach gesperrt. Das ist das übliche Prozedere.«

»Und?«

»Das Datum in den Unterlagen der Bank stimmt nicht. Sie haben jenen Tag als Stichtag gespeichert, an dem der Notar den Erbschein geschickt hat.«

»Das ist doch richtig?«

»Im Prinzip ja, allerdings hat der Notar doch den Erbschein erst geschickt, *nachdem* er selbst von *Reuben & Co* einen Anruf bekam, dass Dorothy dort ein Schließfach hatte. Die Bank rief ihn an, sagte, bei einer Bestandsaufnahme sei das Schließfach aufgefallen, es gehöre einer Toten.« Carl machte eine Pause. »Sie baten ihn als Notar und Vollstrecker des Testaments, den Erbschein zu schicken.«

»Ja?«, fragte Luke.

»Die Bank *wusste* also schon von Dorothys Tod und informierte den Notar über das Schließfach. Es hätte zu diesem Zeitpunkt von *Reuben & Co* bereits gesperrt sein müssen oder spätestens dann, aber nicht erst, nachdem der Notar die Unterlagen geschickt hat«, erklärte Carl.

»Das Datum der Sperrung bei der Bank stimmt also nicht. Irgendein administrativer Fehler bei *Reuben & Co*?«

»Theoretisch ja. Die Diskrepanz beträgt nur wenige Tage. Shit happens. Das Datum ist aber nur Nebensache, denn eine andere Sache ist viel interessanter. Das ist erst aufgefallen, als die Bank versuchte, eine Erklärung für den ›Fehler‹ zu finden.«

»Sag schon!«

»Diesen Anruf von der Bank, in dem sie den Notar sechs Monate nach der Testamentseröffnung über das Schließfach informierten, den gab es nie. Bei *Reuben & Co* kann sich das niemand erklären. Gemäß ihren Unterlagen wurden sie durch Zusendung des Erbscheins von Dorothys Tod informiert. Niemand aus der Bank hat den Notar angerufen.«

»Was?« Luke stockte der Atem.

»Genau.«

»Beide Seiten behaupten also, die jeweils andere Partei habe sie kontaktiert.« Er konnte nicht glauben, was er gerade gehört hatte.

»Richtig.«

»Das ist damals nicht aufgefallen?«

»Nein«, sagte Carl. »Ich denke, wir können davon ausgehen, dass weder der Notar noch die Bank uns eine Lüge auftischen«, sagte Carl. Einen Moment war Stille in der Leitung. Dann sagte Carl: »Die Frage ist also: Wer hat sich als Bankmitarbeiter ausgegeben und den Notar über das Schließfach informiert? Warum?«

»Jemand, der wollte, dass das Schließfach gefunden wird.«

»Eine der beiden Schwestern?«, fragte Carl.

»Stiefschwestern.«

»Das Ganze ist der schlimmste Albtraum eines Notars. Nachdem das Erbe abgewickelt wurde, taucht im Nachhinein noch ein Teil auf.« Carl seufzte. »Aber Menschen haben ihr Vermögen auf der ganzen Welt verstreut. Das Schließfach wurde nie erwähnt. Der Partner von *Dawson Solicitors Ltd.* konnte davon nichts wissen.«

»Aber wer hat ihn dann informiert, wenn es die Bank nicht war?«

»Ich weiß es nicht.«

»Phoebe hat von dem verspäteten Erbe profitiert«, sagte Luke. »Sie muss in die Sache verstrickt sein.«

Er hörte, wie Carl in einen Apfel biss. »Sehe ich auch so.«

»Der Ring galt als verschollen. Hat Phoebe ihn vielleicht in ihrer Kindheit geklaut? Wollte sie den Ring auf diese Weise legalisieren, um ihn zu Geld zu machen? Aber wieso war er dann in dem Schließfach? Sie hatte keinen Zugriff.« Luke schüttelte den Kopf, auch wenn sein Freund ihn nicht sehen konnte. »Das passt alles nicht. Als ich sie im Theater konfrontiert habe, schien ihre Überraschung über den Ring echt.«

Doch konnte man Phoebe trauen? Einer Frau, die verrückt genug gewesen war, von einem Mordanschlag auszugehen und am Ende recht behalten hatte? Einer Frau, die Leute engagiert und sogar die Polizei davon überzeugt hatte, in der Pension Stellung zu beziehen, um Charlie in eine Falle laufen zu lassen? Sagte Phoebe, ausgerechnet Phoebe, die Wahrheit?

Carl kaute. Ein hartes Schlucken klang durch den Telefonhörer. Dann ein Husten. Schließlich: »Es gibt noch eine andere Erklärung.«

»Welche?«

»Eine dritte Person ist in die Sache verstrickt.«

»Aber warum? Wer wollte sicherstellen, dass Phoebe den Ring bekommt und Charlie das Manuskript überarbeitet?« Sosehr er sich auch anstrengte, er konnte keinen Grund finden. »Dorothy hat wohl kaum aus dem Grab angerufen.«

»Ein Gönner? Jemand, der Phoebe unter die Arme greifen wollte?«

Einen Moment lang herrschte Stille. Luke hörte, wie Carl in seinen Unterlagen blätterte. »Ich habe mir das Testament vorlesen lassen. Alles, was nicht von Dorothy an Privatpersonen vererbt wurde, ist an eine Charity gegangen. Wertgegenstände und Kunst …«, Carl stockte kurz, »… hat die Lebowitz Collection bekommen. Aber das wussten wir ja schon. Die Frau hatte echte Schätze angesammelt. Und die Stiefschwestern kriegen das Barvermögen, wenn sie beide dreißig Jahre alt sind.«

Carl bestätigte damit die Aussage der Lebowitz Collection. »Der Partner aus der Kanzlei hat gesagt, die einzige Person, die außer Dorothy Zugriff auf das Schließfach hatte, war ihr Sohn.«

»Ihr Sohn?«

»Ja, aber der hat das Schließfach unter Garantie nicht gemeldet. Ich hätte es an seiner Stelle nicht«, Carls Lachen dröhnte durch das Telefon. »Der wurde komplett enterbt und hätte mit Sicherheit alles ausgeräumt, solange niemand von dem Safe wusste. Der Ring wäre ein Glücksfall für ihn gewesen.«

»Es hatte sonst niemand Zugriff? Auch nicht eine der Stiefschwestern?«

»Nein«, sagte Carl. »Der Partner in der Kanzlei ist sicher.

Er versucht aber, sich eine Aufstellung schicken zu lassen, wann das Schließfach zuletzt genutzt wurde, bevor es durch den Erbschein auf Eis gelegt wurde.«

»Warum hat das niemand gemacht, als das neue Erbe plötzlich auftauchte?«

»Das kann ich dir nicht beantworten. Es schien keine Relevanz zu haben. Nachdem die Bank offiziell von Dorothys Tod wusste, wurde das Schließfach eingefroren. Niemand konnte mehr zugreifen, auch keine Bevollmächtigten. Was vorher passiert ist, interessierte nicht. Ich werde aber nachhaken.«

»Danke.«

»Das zusätzliche Testament kann theoretisch eine Fälschung sein. Die Unterschrift sieht allerdings aus wie eine Originalunterschrift von Dorothy. Außerdem ist es ohne Zweifel ihr Schließfach.«

»Und ihr Ring.«

»Zu dem Ring kann ich nichts sagen. Du bist der Spezialist für Altes, Kurioses und Verstaubtes.«

»Der Ring ist echt. Er gehörte Dorothy.«

»Der Klunker hat also Wert.« Carl hörte sich einigermaßen beeindruckt an.

»Zehn- bis fünfzehntausend Pfund sollten bei einer Versteigerung rauskommen.«

»Halt mich auf dem Laufenden. Die Sache ist faul.« Aus Carls Stimme klang Begeisterung. »Allerdings haben beide Frauen profitiert, ich erkenne keinen großen Nachteil. Das Ganze ist ein Geschenk.«

Luke schüttelte den Kopf, auch wenn sein Freund das nicht sehen konnte.

»Warum lässt du es nicht gut sein?«, fragte Carl.

»Weil ein Geschenk manchmal kein Geschenk ist?«

»Hast du das aus einem Glückskeks?«

»Du meldest dich, wenn du noch etwas von dem Notar hörst?«

»Versprochen. Aber jetzt muss ich aufhören oder dir 370 Pfund in Rechnung stellen.«

Nachdem Carl aufgelegt hatte, eilte Luke direkt zur Tür. Seine Sportklamotten und die dreckigen Turnschuhe ließ er an. Er musste zu Charlie.

Jede Begebenheit der letzten Tage stand in einem Zusammenhang. Es gab keine Zufälle. Die ganze Angelegenheit war eine Verkettung von Ereignissen mit einer logischen Erklärung, deren Puzzleteile nur eine Person zusammensetzen konnte.

Aber wer war diese Person? Was hatte es mit dem Ring auf sich? Wer hatte den Notar angerufen? Wer wollte Phoebe fördern?

Charlie war noch immer der wichtigste Mensch in seinem Leben. Was mehr über ihn selbst aussagte als über sie.

Was wusste Charlie?

CHARLIE

»Ich habe genug von Ihren Spielchen.« DCI Young stand jetzt auf. Charlie konnte seine Frustration verstehen, denn auch sie hatte genug von ihren Spielchen. Sie saßen seit einer Stunde hier und kamen nicht weiter.

Gerade als er Luft holte, um etwas zu sagen, ging die Tür auf. Die Polizistin mit den unterschiedlichen Augenfarben kam ins Zimmer, Sergeant Clarke.

Eine Kellnerin, die nicht geübt war im Umgang mit Gästen. Zimmerservice auf der obersten Etage, obwohl Charlie nie einen anderen Gast gesehen hatte. »Sie sind die einzigen Gäste unter dem Dach«, hatte die Frau an der Rezeption, Natasha, im Waverly Inn gesagt. Charlie hätte es wissen müssen, mit der Kellnerin stimmte etwas nicht. Noch in der Pension, direkt nach der Tat, hatte Clarke sich vorgestellt. »*Sergeant* Patricia Clarke.«

Im Polizeiauto hatte Charlie die ganze Tragweite verstanden und eine Panikattacke erlitten. Phoebe hatte tatsächlich Leute engagiert, um sie im Auge zu behalten. Charlie war seit Tagen auf einem Seil balanciert, peinlich darauf bedacht, keinen falschen Schritt zu machen, und dann kam so eine Windböe, die stark genug gewesen wäre, sie runterzustoßen. Eine Polizistin vor Ort!

Young nickte Clarke zu, als bitte er sie, das Verhör zu übernehmen. Die Polizistin trug heute einen strengen Zopf, ihre Locken waren kaum zu sehen. Clarke räusperte sich. »Helfen Sie uns, Ihre Tat zu verstehen.«

Charlie presste die Lippen zusammen. Für sie waren diese

Dinge so klar, dass sie sich fragte, warum Clarke und Young nicht selbst darauf kamen. Natürlich würde sie den Polizisten nicht helfen. Was sollte sie auch sagen? *Auf frischer Tat ertappt zu werden, war Absicht. Bad press is better than no press. Das Gefängnis ist mein Alibi.*

»Lassen wir den Baldrian«, Clarke betonte das Wort, als hätte das Labor ihr eine Lüge aufgetischt, »... einmal außer Acht.« Sie zog eine Reihe von Fotoabzügen aus einem Umschlag, breitete sie auf dem Tisch aus. Die Fotos zeigten die Seiten aus Charlies schwarzem Notizbuch, die zu Asche verbrannt waren. »Ihre Schwester hat uns diese Bilder zur Verfügung gestellt.« Clarke fixierte sie. »Wir würden gern wissen, was es damit auf sich hat.«

»Stiefschwester.« Phoebe hatte also Fotos gemacht. Kurz überlegte sie, ob das Auswirkungen hatte. Nein, sie musste einfach bei ihrer Strategie bleiben. »Phoebe hat mein Notizbuch fotografiert?«, fragte sie und machte große Augen.

Sergeant Clarke ließ sich nicht beirren und zeigte jetzt auf vier Fotoabzüge mit ausformulierten Textpassagen. »Das ist die Pension in Hampstead«, sagte Clarke. »Nicht wahr?«

```
I. Der ausgestopfte Fuchs.
II. Der antike Fernseher.
III. Der verblichene Wandteppich.
IV. Die schwere Eingangstür.
```

Natürlich war es das Waverly Inn. Charlie hatte Wert darauf gelegt, diese Textabschnitte mit so vielen Details wie möglich zu versehen. Ihr Notizbuch begann mit einer Einleitung über einen ausgestopften Fuchs mit toten Augen, der über der

Rezeption hing. Mit dem Fuchs hatte tatsächlich alles begonnen – sobald Phoebe und sie die Pension betreten hatten.

Ihre Antwort schien Young und Clarke zu überraschen. Für eine Sekunde huschte Zufriedenheit über beide Gesichter. Legte die Verdächtige jetzt ein Geständnis ab?

Clarke zog weitere Fotos aus dem Umschlag, und kurze Zeit später lag der Inhalt des Notizbuchs fast lückenlos vor ihnen. Der Tisch war übersät mit Charlies Handschrift. Ein Memoryspiel aus Notizbuchseiten. Doch für die beiden Polizisten passte nichts zusammen. Sie hatten das Spiel nicht verstanden.

DCI Young schaltete sich wieder ein. »Eine Frau plant, die andere umzubringen«, sagte er und setzte sich jetzt wieder neben Clarke. »In jedem Paragraphen gibt es einen Hinweis auf eine Tat.«

»Das ist eine Unterstellung«, unterbrach ihn Charlies Anwalt. Auf seiner Stirn trat eine Ader hervor. »Sie brauchen darauf nicht zu antworten«, sagte er zu Charlie.

Sie las die kurzen Absätze, dann wandte sie sich an Young. »Ihr Job ist, alles zu hinterfragen. Mein Job ist es, mir Geschichten auszudenken. Ich kann schreiben, was ich will.«

Young griff nach den Fotos, ohne den Anwalt zu beachten. »Der tote Fuchs, die Augen der Schwester. Die Passage ist die Ankündigung: Eine Frau stirbt.« Schon nahm er das nächste Bild. »Ein Fernseher mit einem Standbild. Erstarrte Schauspieler, deren Körper ohne Leben sind. Tot.«

Charlie gab ihm keine Antwort.

Young fuhr fort: »Eine Schwester, die nicht weiß, was am nächsten Tag passieren wird. Das ist ein konkreter Hinweis auf eine Tat.« Seine Lippen wurden schmal.

»Konkret?«, fragte Charlie jetzt. Doch Young hatte recht. Er wusste nur nicht, warum.

Clarke nahm jetzt ein weiteres Foto. »Das Weinglas, aus dem die Frau trinkt«, sagte sie, und dann war direkt Foto Nummer vier an der Reihe. »Die Eingangstür aus Milchglas. Freiheit. Das Ergebnis ist eingetreten.«

»Sie haben Phantasie«, sagte der Anwalt zu den beiden Polizisten und lachte jenes Lachen der Juristen, bei dem Charlie sich stets fragte, ob die Studierenden es schon im Vorlesungssaal lernten.

»Und wir wissen ja, was das Ergebnis war.« DCI Young tippte auf das erste Foto. »Die leblosen Augen der Schwester.«

»Sie meinen die leblosen Augen des *Fuchses*.« Charlie lehnte sich nach hinten. »Es ist niemand zu Schaden gekommen«, sagte sie und kniff die Augen zusammen. »Das ist allein Ihre Interpretation.« Sie zeigte auf die Fotos: »Weder hier, in dieser Geschichte, noch im echten Leben. Phoebe geht es gut, oder nicht?«

Charlie hatte viel Sorgfalt auf diese Worte in dem Text gelegt, genau zu diesem Zweck. Niemand sollte Phoebe glauben. Allein ihre Stiefschwester sollte von einer Morddrohung überzeugt sein.

Das Erste, was Young und Clarke verstehen mussten, war, dass Charlies Aufenthalt im Gefängnis ihr Alibi war. Phoebes Tod würde in jedem Fall den Verdacht auf sie lenken. Ihr schlechtes Verhältnis war kein Geheimnis. Stieß Phoebe etwas zu, war Charlie die Hauptverdächtige. Ein wasserdichtes Alibi war die Voraussetzung für das Gelingen ihres Meisterstücks gewesen. Und welches Alibi war besser, als hinter Gittern zu sitzen und jeden Tag von einem Detective Chief Inspector vernommen zu werden?

Aus diesem Grund musste Charlie von Phoebe auf frischer Tat ertappt werden. Phoebe sollte mit voller Wucht agieren, und um das zu gewährleisten, musste Phoebe einen Verdacht haben.

»Was ist hiermit?«, fragte Clarke, als könnte sie Gedanken lesen, und zeigte auf das Foto mit der Drohung. *Irgendwann wachst du nicht mehr auf.*

»Was ist damit?«, fragte Charlie.

Young schrieb etwas auf die Rückseite des Laborberichts, dann schaute er auf. »Ihre Schwester hat ausgesagt, dass Sie ihr Notizbuch offen liegen ließen. Jeder konnte darin lesen.« Youngs Stimme klang gereizt. »Ich bezweifle allerdings, dass eine andere Person diese Zeilen entziffern kann.«

Sie hat ja Übung, wollte Charlie einwerfen und tat es nicht. *Jahrzehntelange Übung.*

»Stiefschwester«, sagte sie stattdessen. »Warum hätte ich das nicht tun sollen? Ich habe nichts zu verbergen. Das sind Notizen für ein Theaterstück.«

Das schwarze Notizbuch hatte bei den Proben gelegen, in der Garderobe, neben der Bühne, auf dem Boden, am Tisch zum Lunch. Im Gegensatz zu Charlies anderen Notizbüchern aber mit Absicht viel seltener. Phoebe sollte misstrauisch werden und von Neugier getrieben sein. Oft hatte Charlie das Notizbuch kaum aus den Augen gelassen, nur um Phoebe einige Tage später die Gelegenheit zu geben, einen Blick zu riskieren.

Phoebe wollte immer in die Köpfe ihrer Mitmenschen. Sie war eine Datenkrake wie Google, wie die NSA. Sie war ein

Kreativitätsvampir – verleibte sich den intellektuellen Lebenssaft anderer Menschen ein, ohne Rücksicht, es ging nur um ihr eigenes Fortbestehen. Phoebe saugte jedes Wort auf.

»Finden Sie nicht, ich habe das Recht zu verlangen, dass niemand in meinen Sachen schnüffelt?«, fragte Charlie.

Das schwarze Notizbuch hatte allein dem Zweck gedient, einen Verdacht in Phoebe zu säen. In Phoebes Universum drehte sich alles um sie. Charlies Notizen, die Worte – alle mit Bedacht gewählt – sollten zwei Fragen aufwerfen und Phoebe neugierig machen:

War dies ein neues Theaterstück?

Stand vor Phoebes Augen ein Racheplan?

Die Textpassagen, das Setting – das war nur der Start gewesen. Die größte Wirkung hatten die Worte auf jenem Zettel, den Clarke gerade in den Händen hielt. *Irgendwann wachst du nicht mehr auf.* Eine Drohung, die Phoebe verstehen würde. Dieser Satz hatte auch nach vierzehn Jahren nicht seine Wirkung verloren.

Hatte Phoebe erwartet, diesen Zettel zugesteckt zu bekommen? Doch Charlie ließ diese Drohung wieder verschwinden. Man sollte ihr nichts anhängen können.

Einige Zeit später notierte sie die Marke von Phoebes Lieblingswein in dem Notizbuch. *Gavi di Gavi.* Zu guter Letzt legte sie die Todesanzeige in das Buch. Julias Todesanzeige, die Phoebe ihr in den Briefkasten gesteckt hatte.

Charlie betrachtete jetzt die Fotos auf dem Tisch. Suchte mit ihren Augen alles ab. Die Todesanzeige war das Einzige, was fehlte. *Natürlich.*

Es waren nur Worte – kein Beweis, und doch würde alles zusammen in Phoebe einen Verdacht erzeugen. Charlies Vorschlag, das Wochenende in der Pension zu verbringen, hatte mit Sicherheit den letzten Zweifel in Phoebe beseitigt. Es gab keinen Grund für eine Strategiebesprechung in einer Pension.

Hätte Phoebe Charlies Worte nicht gelesen oder anders interpretiert, nicht auf sich bezogen, dann hätte die Tat im Waverly Inn für sich gesprochen. Eine Flüssigkeit landete in dem Getränk einer anderen Person – es gab keine harmlose Erklärung für diese Art von Szenario. Die Bedrohung wurde durch eine simple Handlung ausgelöst. Phoebe hätte in dem Fall genauso reagiert, wie sie es jetzt getan hatte.

Geschrei. Polizei. Aufmerksamkeit.

Young schob alle Fotos wieder zusammen. Das Memory wurde neu gemischt. DCI Young hatte eine Verdächtige, doch zum jetzigen Zeitpunkt hatte er keine Leiche. *Und wenn er dann eine Leiche hat, wird er keine Täterin haben.*

Das Zweite, was Young und Clarke verstehen mussten, war Phoebes Reaktion auf den Verdacht, dass ein Anschlag auf ihr Leben erfolgen könnte. Das war der Dreh- und Angelpunkt von Charlies Plan gewesen. Was tust du bei so einem Verdacht? Du gehst zur Polizei. Doch dein Freund und Helfer zuckt mit den Schultern. Du bist auf dich allein gestellt. Das ergibt zwei Reaktionsmöglichkeiten:

Du kommst der Person zuvor.

Du nutzt die Sache für deine eigenen Zwecke.

Das war der Köder, mit dem Charlie ihre Stiefschwester gelockt hatte. Phoebe bekam eine einmalige Chance auf dem Silbertablett präsentiert. Charlie gab Phoebe durch den Anschlag die Möglichkeit, ihren Namen und ihr Theaterstück in die Medien zu katapultieren. Und Aufmerksamkeit bedeutete Erfolg. Die Sucht nach Applaus war in Phoebes DNA verankert. Jede Art von Applaus.

In Charlies Kopf hatte es seit Monaten nur einen Gedanken gegeben: Wie groß war Phoebes Verlangen nach Berühmtheit?

Würde sie wirklich einen Skandal aus dem Anschlag zaubern? Würde sie die Polizei rufen? *Was ist, wenn ich mich täusche?*

Jede Provokation von Phoebe war eine Bestätigung, dass Charlies Plan funktionierte.

Phoebe war so gefangen gewesen von der Aussicht, Charlie das Handwerk zu legen, sie loszuwerden, für immer, und gleichzeitig durch den Skandal die Publicity zu bekommen, dass sie alles getan hätte, damit dieses Szenario eintraf. Phoebe ging über Leichen. Zur Not auch über ihre eigene. Der Skandal war die Lösung für ihren Durchbruch gewesen.

Charlies Prämisse wurde zu Phoebes Prämisse: Phoebe musste sie erwischen, sollte mit eigenen Augen die Tat sehen. Und wenn zwei Menschen, die sich hassten, dasselbe Ziel verfolgten, traf es mit hoher Wahrscheinlichkeit ein.

Denn das Dritte, was Young und Clarke verstehen mussten: *Bad press is better than no press.*

Mit Phoebes Reaktion, ihrer Entscheidung, den Anschlag auszuschlachten und die Polizei zu rufen, hatte sie zwar für Charlies Alibi gesorgt, doch der Hauptgrund für Charlies Vorgehensweise war ein anderer. Größtmögliche Aufmerksamkeit für Dorothys Stück.

In dem unsäglichen, verspäteten Testament hatte Dorothy

die Bedeutung des Manuskripts herausgestellt. Opus Magnum. Ihr wichtigstes Werk. Charlie würde nicht aus Eigennutz töten. Phoebes Ableben sollte einen Sinn haben, der über ihren persönlichen Vorteil und ihr Empfinden von Gerechtigkeit hinausging, ja, es brauchte ein höheres Ziel. Phoebe einfach aus dem Weg räumen? Heimlich? Es wäre der einfachere Weg gewesen. Und dann? Charlie wäre eine Mörderin. *Nur* eine Mörderin. Nichts sonst. So war sie nicht.

So wollte sie nicht sein.

Durch ihr Meisterstück wurde Dorothys Wille erfüllt. Durch Charlies Plan und Phoebes Reaktion würde das Stück zu einem Erfolg werden. Eine ausverkaufte Produktion, die in aller Munde war, und eine Premiere, die nicht in Vergessenheit geraten würde.

Charlie verdankte Dorothy ihre Existenz. Ihre Kindheit. Das Manuskript, die Idee – sie wollte den maximalen Erfolg. Das war ihr Ziel, sobald sie Dorothys Intention hinter dem Erbe verstanden hatte. Zu diesem Zweck brauchte sie den BESTEN PR-STUNT ALLER ZEITEN.

Der Zeitpunkt der Tat war dabei von größter Wichtigkeit. Phoebes Tod *vor* der Premiere hätte sich gegen Dorothys Willen gewendet. Phoebes Tod *nach* der Premiere hätte den Ticketverkäufen nicht geholfen.

Ohne Skandal, ohne Aufsehen – das Theaterstück hätte keinen Nutzen davon gehabt. Die Kunst sollte profitieren. Die Kunst war die Grundlage von Charlies Dasein, und die Premiere wurde zum Fixstern, um den sich alles gedreht hatte.

»Kennen Sie den obdachlosen Mann, der vor der Pension saß?«, fragte Sergeant Clarke und riss sie aus dem Gedankenkonstrukt ihres fiktiven Geständnisses.

Charlie holte Luft, wollte gerade verneinen, wollte mit der Erkenntnis glänzen, »er sieht aus wie ein Fußballer, oder?«, damit sie endlich mal eine Antwort gab, die weiterhalf, als ihr Unterbewusstsein sie zögern ließ. Ein winziger Moment, eine Erinnerung aus den letzten Monaten blitzte in ihrem Kopf auf. Doch sie konnte ihrem Gedächtnis nicht trauen.

Clarke und Young wechselten einen Blick. Sie hatten ihr Zögern bemerkt.

»Nein«, sagte sie. Und meinte es.

Beide sahen enttäuscht aus. »Warum die Pension?«, fragte Young nun. »Warum ein Ort mit Zeugen?«

Sie verstanden es wirklich nicht. Charlie hatte einen Ort gebraucht, an dem nicht nur eine Kamera über der Theke hing, für den Fall, dass eine Aufzeichnung benötigt wurde, um die Tat zu rekonstruieren. Nein, sie brauchte einen Ort, an dem Menschen waren. Je mehr Zeugen, desto besser. Nicht zu viele Personen allerdings, kein Lokal oder eine Pension, die überquoll vor Gästen und wo ein heilloses Chaos herrschte, niemand auf den Tischnachbarn achtete. Charlie hatte sich Sorgen um das Timing gemacht, den richtigen Moment, der über Scheitern und Gelingen entschied. Diese Sorge war im Nachhinein unnötig gewesen, denn alle Augen waren die gesamte Zeit auf sie gerichtet gewesen. *Auf frischer Tat ertappt zu werden, war Absicht.*

DCI Young schob ihr jetzt ein weiteres Foto rüber. »Was sagen Sie hierzu?«

Charlie erkannte sich selbst, fotografiert von Sean, in dem Moment, in dem die Flüssigkeit in Phoebes Glas tropfte.

»Sie brauchen sich nicht zu äußern«, sagte ihr Anwalt.

»Diese Fotos, Augenzeugen, Kameras ändern nichts an der Tatsache, dass in dem Wein nur Baldrian gewesen ist.«

Charlie schwieg also.

Das Waverly Inn war für ihren Zweck perfekt gewesen. Hampstead, jener Stadtteil, der traditionell Bohemiens und Intellektuelle angezogen hatte und trotzdem gediegen und exklusiv genug war, dass Charlies Tat für Aufsehen sorgen würde. Die Polizei sollte nicht zeitgleich mit fünf Messerattacken pro Stunde beschäftigt sein.

Charlie hatte dafür gesorgt, dass Phoebes Lieblingswein in der Pension auf Vorrat war. Genau wie es im Notizbuch stand.

Phoebes Drohung, frühzeitig abzureisen, hatte Charlie kurz aus der Bahn geworfen. Doch vermutlich hatte ihre Stiefschwester sie damit nur zur Eile treiben wollen. Sie hatte ja keine Geduld.

Phoebe hatte natürlich mit Absicht an jenem Tag ein weißes Kleid getragen. *Das unschuldige Opfer.*

»Die Ampulle geht in ein zweites Labor«, sagte Young jetzt und knickte den Bericht in der Mitte, als könnte er den Anblick keine Sekunde länger ertragen.

Die Ampulle. Charlie hatte sie auf dem Tisch in ihrem Hotelzimmer platziert mit der Intention, Phoebe am Morgen unter einem Vorwand in ihr Zimmer zu locken. Ihre Stiefschwester sollte die kleine Glasflasche bemerken und ihre Rückschlüsse ziehen – eine letzte Bestätigung. Dann hatte sich am Abend eine bessere Möglichkeit ergeben: Phoebe ließ ihre Armbanduhr im Restaurant liegen, und Charlie steckte sie ein. *Hat Phoebe die Ampulle gesehen?*

Beide Polizisten zogen jetzt ihre Augenbrauen nach oben. Sie sagten kein Wort.

Ahnten sie, dass sie Teil einer Inszenierung geworden waren, aus der es kein Entrinnen gab? Dass sie rekrutiert worden waren, nicht von Phoebe, sondern von ihr? Charlie könnte Young und Clarke von den Unwägbarkeiten berichten, den Variablen, zu denen auch sie selbst gehörten, von dem Grad an Improvisation, der notwendig gewesen war. Von den Plots, Twists und den doppelten Böden, den Worten, die nicht im Notizbuch standen, weil sie ihr echter Plan waren, jener Teil ihres Meisterstücks, den niemand je zu Gesicht bekommen würde, weil er nur in ihrem Kopf existierte.

Sie könnte jedes Wort aus dem Notizbuch erklären, die Bedeutung und Konsequenz und dass Phoebe zu Recht um ihr Leben gefürchtet hatte.

»Ja, ich habe den Baldrian verdünnt«, würde sie sagen. Phoebe musste den Anschlag, der vor aller Augen erfolgt war, nicht nur unbeschadet überstehen, sondern auch von einem Labor *attestiert* unbeschadet überstehen.

An dieser Stelle würden die beiden Polizisten an ihren Lippen hängen. Würden sie jetzt begreifen?

Nein, würden sie nicht.

Phoebe und die Polizei hatten sich so sehr auf den Inhalt der Ampulle und die Pension fixiert, dass ihnen nicht die Idee gekommen war, Phoebes Tod könnte an anderer Stelle eintreten. Durch ihre eigene Hand.

Während Charlie mit ihrem Alibi in einer Zelle saß.

Norlington

Der Regen der letzten Tage hatte sich in Nebel verwandelt. Die Luft triefte vor Nässe, und die Sicht war schlecht. Die Scheibenwischer schlugen von einer Seite zur anderen. Der Regen hatte aufgehört, doch die Luftfeuchtigkeit musste noch immer bei fast hundert Prozent liegen.

Charlie betrachtete sich im Spiegel der Sonnenblende des Ford Sierras, den Phoebe von einem Kumpel ausgeliehen hatte. Das Auto hatte schon bessere Zeiten gesehen. Die Farbe war irgendwo zwischen grau und rostig – doch dieses Auto war alles, was sie brauchten.

Charlie hatte Mühe, ihr eigenes Gesicht in dem schmalen Innenspiegel zu fokussieren. Ihr Spiegelbild drehte sich. Die drei Pints Lager und der Weißwein zeigten ihre Wirkung. Dabei mochte sie beides nicht besonders.

Phoebe hatte sich zunächst gesträubt, sie und Julia mitzunehmen. »Ich gebe mich nicht mit Kindern ab.« Doch am Ende hatte Phoebe eingewilligt, als Charlie drohte, die angebliche Schmerzerkrankung auffliegen zu lassen.

Charlie hatte ihre Stiefschwester nun in der Hand. Sie wusste, dass Phoebe keine Fibromyalgie hatte – selbst wenn ein Arzt es diagnostizieren würde. Es fühlte sich an wie ein Sieg. Nein, dachte sie. Es ist ein Sieg. Sie hatte eine richtige Erpressung durchgezogen.

»*Du siehst aus wie ein Junge.*« Phoebe hatte ihren Blick in den Spiegel bemerkt. *Phoebe hatte ebenfalls Alkohol getrunken, und das Auto lag bei dem Tempo gefährlich schief in der Kurve.*

Charlie erwiderte nichts. Sie hatte sich beim Friseur die eine Seite ihrer Haare abschneiden lassen. Ab dem Mittelscheitel zierten die rechte Seite ihres Kopfs jetzt kurze Strähnen, auf der linken Seite ihres Kopfs reichten die Haare noch immer bis zum Kinn. Je nachdem, von welcher Seite man sie betrachtete, sah sie aus wie ein Junge oder ein Mädchen.

»*Meine Mutter wird dir Hausarrest geben*«, sagte Phoebe. »*Die Frisur sieht richtig scheiße aus.*« *Meine Mutter. Phoebe stellte die Verwandtschaftsverhältnisse klar.*

»*Eleanor wird das überhaupt nicht bemerken.*« *Charlie strich sich über den Kopf. Es fühlte sich gut an. Irgendwie verrucht. Sie nahm noch einen Schluck von dem Wein, direkt aus der Flasche. Dann reichte sie die Flasche nach hinten zu Julia. Ihre Freundin nahm ohne zu zögern mehrere Schlucke.*

»*Was ist mit mir?*«, *fragte Phoebe.* »*Ich habe den Alkohol gekauft.*« *Charlie sah, wie Phoebe Julia im Rückspiegel beobachtete.*

»*Du fährst*«, *sagte Charlie.*

»*Entweder habe ich in fünf Sekunden die Flasche in der Hand, oder ich fahre nicht mehr. Dann halte ich nämlich an, um euch Babys rauszuschmeißen.*«

»*Wir würden nicht lange allein bleiben.*« *Charlie bedeutete Julia mit einer Kopfbewegung, Phoebe die Flasche zu geben. Das Verhältnis zwischen Phoebe und Julia war angespannt. Charlie wusste nicht, ob das an der Konkurrenz zwischen den beiden lag oder an der Tatsache, dass Julia ihre Freundin war.*

Die Situation hatte sich wieder einmal zugespitzt, denn Phoebes neueste Flamme, Graham, zeigte seit Wochen verstärktes Interesse an Julia. Es hatte sogar schon einen Kuss zwischen ihm und Julia gegeben.

»Der rote VW Golf von Oliver ist hinter uns«, sagte Charlie. Sie zwinkerte Julia zu. Es war kein Geheimnis, dass Oliver es auf ihre Freundin abgesehen hatte. Ohne Aussicht auf Erfolg. Er lief seit Jahren einem Traum hinterher.

Phoebe trat auf das Gaspedal. Der Sierra schoss auf der Landstraße in die nächste Kurve. Charlies Magen machte eine gefährliche Drehung. Sie sah die Leitplanke auf sich zukommen. Der Wagen blieb in der Spur, doch Charlie konnte das Entsetzen in Julias Gesicht sehen, als sie sich zu ihrer Freundin umdrehte.

»Willst du uns umbringen?«, herrschte Charlie ihre Stiefschwester an.

»Das ist das letzte Mal, dass ich euch mitnehme«, erwiderte Phoebe.

»Du fährst viel zu schnell.« Charlie biss sich auf die Unterlippe. Es war besser, die Klappe zu halten. Sie wollte Phoebe nicht weiter reizen.

»Ihr seid solche Schisser.« Phoebe ging vom Gas, und gerade als Charlie dachte, ihre Stiefschwester sei zur Vernunft gekommen, fuhr diese tatsächlich links ran. »Mir reicht's.«

»Was?« Charlie starrte Phoebe an. »Du kannst uns doch nicht hier absetzen?« Sie standen mitten in der Schwärze der Nacht auf der Landstraße. Der Treffpunkt war noch Meilen entfernt. Charlie starrte auf den Wald, der sich in alle Himmelsrichtungen erstreckte.

»Ich kann mich nicht mit Babys sehen lassen«, sagte Phoebe.

»Raus!« Für einen Moment war das Geräusch der Warnblinkanlage alles, was zu hören war.

Charlie schloss die Augen. Das durfte nicht wahr sein! »Du hast versprochen, uns mitzunehmen.« Sie funkelte Phoebe an.

»Stimmt, das habe ich versprochen. Aber nicht, wohin.« Phoebe grinste. »Die Reise endet hier.«

War Phoebes Bereitschaft, sie und Julia mitzunehmen, allein der Idee geschuldet, sie beide im Wald auszusetzen und damit freie Bahn bei Graham zu haben? War das von Anfang an Phoebes Plan gewesen?

Ein Blick auf Phoebes selbstgefälligen Gesichtsausdruck reichte, um Charlies Vermutung zu bestätigen. Sie hätte es ahnen müssen. Phoebe akzeptierte keine Niederlage. In der Seitentür lag eine Packung Kondome.

Doch Phoebes Plan ging nicht auf. Die Scheinwerfer eines Autos erleuchteten das Innere ihres Wagens. Charlie drehte sich um und sah jetzt tatsächlich Olivers alten Golf direkt hinter ihnen anhalten. Das Auto blendete kurz auf, als würde Oliver mit der Lichthupe fragen, ob alles in Ordnung war.

»Ist das dein Ernst?« Charlie starrte Phoebe an. »Du schmeißt uns hier raus?« Doch Erleichterung durchflutete sie, denn dank Oliver würden sie nicht hier in der Dunkelheit stranden.

»Komm«, Julia schnallte sich bereits ab. »Wir fahren mit ihm.«

»Die Flasche bleibt hier«, sagte Phoebe, als Charlie mit dem Alkohol in der Hand aussteigen wollte.

Oliver ließ sie und Julia mit einem Grinsen auf den Lippen ins Auto. »Brauchen die Damen einen Fahrdienst?« Er zwinkerte.

»Wie habt ihr Phoebe dazu gebracht, euch mitzunehmen?«,

fragte er, als sie vom Seitenstreifen wieder auf die Straße fuhren. Er zog an einem Joint, den er zwischen den Fingern hielt, während er lässig mit der anderen Hand das Lenkrad steuerte. »Ihr seid ja nicht gerade ein Herz und eine Seele.«

Das Auto rauschte durch die Nacht. Von Phoebes Sierra war bereits nichts mehr zu sehen.

»Das frage ich mich auch«, sagte Julia. »Sag schon, Charlie.«

Charlie guckte aus dem Fenster. Sie überlegte kurz, dann sagte sie: »Heute Morgen habe ich Phoebe überrascht, als sie Symptome für eine ärztliche Untersuchung einstudiert hat. Für eine Erkrankung, die Fibromyalgie heißt.« Charlie machte eine Pause. »Sie hat vor dem Spiegel gestanden und den Ausdruck von Schmerz geübt.«

»Nicht dein Ernst!« Oliver schüttelte den Kopf. »Was?« Er musste lachen.

»Sie hat die Symptome gelernt?« Julia schaute ungläubig.

»Mit Hilfe eines Videos im Internet. Das bleibt aber unter uns.«

»Das hat als Druckmittel gereicht?«, fragte Oliver.

»Ich habe letzte Woche in mein Tagebuch geschrieben, dass ich überlege, ihren Medikamentenhandel hinter der Zementfabrik auffliegen zu lassen«, sagte Charlie.

»In dein Tagebuch?«, fragte Oliver. »Was soll das bringen?«

»Phoebe liest darin.« Charlie zuckte mit den Schultern, als wäre es das Normalste der Welt. »Es war eine Drohung, die ich nicht aussprechen musste.«

Plötzlich mussten alle drei lachen. Sie konnten gar nicht mehr aufhören. Dann musste Charlie husten, Tränen stiegen ihr in die Augen. Der Geruch von Marihuana im Wagen raubte ihr fast die Luft. Erst der Hustenreiz stoppte den Lachanfall.

»Meinst du, sie hat auch gar keine Migräne?«, fragte Julia.
»Ist die Erde eine Scheibe?« Charlie guckte ihre Freundin im Rückspiegel an. »Phoebe hat absolut gar nichts. Keine Fibromyalgie, keine Migräne.« Dann krallte sie sich am Griff der Tür fest, als der Wagen plötzlich in eine Kurve schoss. Olivers Fahrstil war schlimmer als Phoebes, aber sie war einfach froh, nicht auf der Landstraße gestrandet zu sein. Charlie sah, wie Oliver im Rückspiegel einen Blick zu Julia warf. Sein Blick war weich. Charlie drehte sich zu ihrer Freundin, die nichts von der Bewunderung bemerkte und aus dem Fenster starrte.

Zehn Minuten später hielten sie auf dem Hügel, direkt neben dem Spielplatz. Ein Teil der Bäume war in den letzten Jahren gerodet worden. Man hatte einen Blick über das Tal, und selbst jetzt, in der Dunkelheit und im Nebel, sah man in einiger Entfernung die vereinzelten Lichter der umliegenden Dörfer. Eine seltsame Ruhe lag über diesem Ort. Charlie konnte verstehen, warum die Jugendlichen aus der Umgebung sich seit Jahrzehnten hier trafen. Die Lichtung und der alte Spielplatz verströmten etwas Magisches. Eine Seltenheit in Lincolnshire.
Oliver stieg nun mit dem Joint zwischen den Fingern aus dem Auto. Er stellte nicht einmal den Motor ab. Nur die Handbremse zog er an und legte die Parkposition ein. »Ich muss pissen«, nuschelte er. Charlie schaute ihm nach, wie er hinter den Bäumen verschwand.
Charlie drehte das Radio lauter. Hip Hop dröhnte aus den Lautsprechern. Die Heizung stieß auf Hochtouren heiße Luft aus. Der Motor brummte. Doch Charlie trug noch immer ihre Handschuhe und einen Schal um den Hals. Ihr war kalt.

»Ich glaube, mir wird schlecht«, sagte Julia in diesem Moment und riss mit einem Ruck die hintere Tür auf. Sie sprang aus dem Auto. Auf hektische Schritte folgten in einiger Entfernung Würgegeräusche.

Charlie blieb allein im Auto zurück. Sie kniff die Augen zusammen, wollte sehen, wo Julia war, doch sie konnte ihre Freundin in der Dunkelheit nicht erkennen. Brauchte Julia Hilfe?

Charlie wollte das Auto nicht mit laufendem Motor stehen lassen. Wie schaltete man ein Auto aus? Einfach den Schlüssel umdrehen? Der Wagen war ein Automatikauto, auch wenn sie nicht wusste, was das für Auswirkungen hatte. Wo blieb Oliver?

Aber kotzen würde Julia ja wohl noch allein können. Charlie war froh, dass ihr nicht ebenfalls schlecht war. Dafür war ihr allerdings im Kopf ziemlich schwummerig. Das lag vermutlich an der Luft im Auto. Sie kurbelte das Fenster runter.

Wenn sie den Kopf zu schnell bewegte, hatte sie das Gefühl, sich im Kreis zu drehen. Das war nicht gut. Sie durfte vor Tim keine Schwäche zeigen. Wo blieben denn eigentlich alle?

Außer Phoebe war noch niemand auf der Lichtung aufgetaucht. Sie waren die Einzigen hier oben.

Ein feiner Geruch von Tee – war es Früchtetee? – wehte jetzt um ihre Nase. Der Wind ließ die Ausdünstungen von Norlington Tea Ltd. bis in die entlegensten Winkel der Region ziehen.

Der Duft erinnerte Charlie an den Geruch von Zuckerwatte. Es gab dem Spielplatz den Anstrich einer verlassenen Kirmes. Nur die Spielbuden fehlten, das grelle Licht – und Menschen.

Eine Gänsehaut lief über Charlies Rücken. Sie lehnte den Kopf gegen die Nackenstütze.

Der Regen hatte wieder angefangen. Sie bekam langsam Zweifel, ob der Ausflug eine gute Idee gewesen war. Die Dunkel-

heit und die Bäume, der Wind – mit einem Mal schien nichts auf dem Spielplatz in diesem Wald mehr aufregend. Doch es war das erste Mal, dass Charlie diesen Ort der Legende nach Einbruch der Dunkelheit betreten würde. Sie musste sich zusammenreißen. Hauptsache, Oliver vermasselte ihr nicht die Tour mit Tim. Auch wenn Oliver es auf Julia und nicht auf sie abgesehen hatte, könnte er im falschen Moment stören. Aber von Oliver war weit und breit nichts zu sehen. Vermutlich war er beim Pinkeln eingeschlafen. Oder bastelte einen neuen Joint.

Charlie schielte auf die Uhr. Tim und seine Clique schlugen vor neun Uhr nie auf, hatte er gesagt. Sie brauchte nicht nervös zu werden.

Nebel kroch jetzt zwischen den Linden hervor. Das Klettergerüst war kaum noch zu erkennen, doch Charlie konnte die Bewegung der Schaukel trotz der Dunkelheit ausmachen. Eine Windböe streifte das Gerüst und ließ die Metallkette erzittern. Wie von Geisterhand wehte die Schaukel vor und zurück, als hätte jemand ihr einen Stoß versetzt.

Charlie richtete sich auf. Sie würde nach Julia sehen. Langsam machte sie sich Sorgen. Ihrer Freundin schien es nicht gut zu gehen.

»Sag Julia, sie soll ihre Finger von Graham lassen.« Phoebe steckte plötzlich den Kopf durch das Fenster. »Ich meine das ernst.«

»Was?« Charlie starrte Phoebe an. Phoebes Augen waren glasig. In der Hand hielt sie die Flasche Wein. »Julia kann machen, was sie will«, sagte Charlie.

Phoebe musterte sie. »Wenn du Julia nicht zur Vernunft bringst und Graham mir durch die Lappen geht, dann muss ich mir einen Ersatz suchen...« Sie machte eine Pause. »Tim ist auch nicht übel.« Phoebe zuckte mit den Schultern und zupfte sich ihre Bluse zurecht, machte dann den obersten Knopf auf.

Charlie starrte Phoebe an. »Tim?« Sie hörte das Entsetzen in ihrer Stimme. Ein Fehler. Ein Grinsen überzog das Gesicht ihrer Stiefschwester.

»Tim steht nicht auf Babys.« Phoebe legte den Kopf schief. »Du hast keine Chance, Lottie.«

»Lass Tim in Ruhe.«

»Keine Sorge. Der wird nur ein Zeitvertreib.« Phoebe lachte. Dann hielt sie inne. »Wobei ... Ich habe eine Idee. Setz dich mal hinter das Steuer.«

»Was?«

»Hinter dem Steuer würdest du ausnahmsweise cool aussehen.« Phoebe grinste und gab Charlie die Flasche Wein, um sich eine Zigarette anzustecken. »Tim könntest du damit bestimmt imponieren. Das ist deine einzige Chance, heute Abend Eindruck zu schinden.«

Charlie kaute auf der Unterlippe. Tim war zwei Jahre älter und hielt sie mit ihren fünfzehn Jahren vermutlich tatsächlich immer noch für ein Baby. »Ich habe doch gar keinen Führerschein«, sagte sie.

»Ich habe doch gar keinen Führerschein?« Phoebes Stimme nahm einen ätzenden Tonfall an. »Traust du dich nicht? Ich könnte Tim erzählen, dass meine Babystiefschwester in ihn verliebt ist.«

Charlie trank drei große Schlucke von dem Weißwein. Ihre Kehle brannte, und sie musste husten. Sie dachte an die Packung Kondome in Phoebes Auto.

Was sollte schon passieren? Sie würde sich hinter das Steuer *setzen und dort so lange warten, bis die Jungs auftauchten. Sie würde wirklich ziemlich cool aussehen.* Oliver hatte mit Sicherheit nichts dagegen.

Vorsichtig kletterte sie von der Beifahrerseite auf den Fahrersitz. Ihr Po streifte die Handbremse. Für einen Moment erstarrte sie. Rollte das Auto? Nein. Ihr war nur schwindelig von dem Alkohol.

»Können wir den Motor ausmachen?« Sie hörte den flehenden Tonfall ihrer Stimme und ärgerte sich. Doch ihr war diese ganze Sache nicht geheuer.

»Der Motor bleibt an. Sonst ist ja der Effekt weg.« Phoebe schüttelte den Kopf.

Charlie legte ihre Hände auf das Lenkrad. Ihre Finger kribbelten in den Handschuhen. Sie drückte ihre Schultern nach hinten. Sie stellte sich vor, wie es wäre, einfach loszufahren. Doch es machte ihr Angst. »Ich möchte lieber aussteigen.«

Phoebe lehnte sich durch das geöffnete Fenster und nahm ihr die Flasche aus der Hand. »Die Karre ist ein Automatik. Fahren ist ganz einfach. Du musst nur auf das Gas treten.«

»Ich fahre doch nicht!« Charlie starrte Phoebe an. »Spinnst du?«

»Schisser.« Phoebe guckte in den Außenspiegel und zog ihren Lippenstift nach. »Mir ist es echt peinlich, mit dir gesehen zu werden.« Phoebe betrachtete sich zufrieden im Spiegel und machte einen Kussmund.

»Dann geh doch weg.« Charlie spürte die Wut in ihrem Bauch. »Wie schalte ich das Auto aus?«

Phoebe schaute die Straße hoch. Dann griff sie plötzlich durch das Fenster. Doch statt den Schlüssel zu drehen oder irgendwas zu machen, um den Motor abzustellen, löste Phoebe

die Handbremse. Mit einer weiteren Bewegung riss sie den Schalthebel herum. »Was tust du?«, *schrie Charlie.* »Nein!«
Phoebe hatte die Parkposition gelöst.
Das Auto rollte sofort los. Rückwärts. Den Berg runter.
»*Ich schätze, das gibt einen Monat Hausarrest für dich.*« *Phoebe grinste verschlagen.* »*Oder zwei.*« *Phoebe hatte plötzlich ihr Handy in der Hand. Sie lachte und fokussierte Charlie hinter dem Steuer. Dann drückte sie auf den Auslöser.* »*Du kannst dich von deinem Führerschein verabschieden, bevor du angefangen hast.*«
Charlie konnte es nicht glauben. Sie war Phoebe in die Falle getappt. Die Wut in ihrem Inneren explodierte. »*Ich hasse dich!*«
Sie wollte nur noch raus aus dem Auto. Doch erst würde sie den verdammten Motor ausstellen müssen. Sie musste bremsen. Das Auto fuhr wie durch Geisterhand immer weiter. »*Phoebe, wie bremse ich?*« *Sie heulte nun fast.*
Charlie trat auf ein Pedal, doch das Auto stoppte nicht, sondern wurde schneller. Wieso hatte Phoebe den Rückwärtsgang eingelegt? Panik stieg in ihr auf. Durch die Beschleunigung wurde sie nach vorne gedrückt. Trat sie auf das Gaspedal? »*Hilfe!*« *Sie wusste überhaupt nicht mehr, was sie tat. Sie schaute nach hinten, doch da war nur schwarze Nacht.*
In ihrem Kopf drehte sich alles. »*Phoebe!*« *Charlie hörte ein Lachen. Hektisch versuchte sie, in ihrem benebelten Kopf den Sinn der Pedale zu erkennen. Wie konnte sie das Auto stoppen? In ihrer Panik trat sie jetzt auf beide Pedale. Rechts. Links. Wo war die Bremse? Hier. Nein. Das hatte sie eben schon versucht.*
Das Auto stoppte kurz. Doch dann heulte der Motor auf, und

der Wagen schoss plötzlich mit einem riesigen Satz weiter rückwärts. Sie hatte überhaupt keine Orientierung.

Schlingerte sie? Würde sie gegen einen Baum krachen?

Charlie griff nach der Handbremse. Konnte man damit ein Auto stoppen? Der Motor heulte, das Geräusch war laut. Sie konnte keinen klaren Gedanken fassen. Sie musste das Auto stoppen. Beide Füße von den Pedalen und mit voller Kraft ... Plötzlich gab es einen Knall.

Irgendwie schaffte sie es, das Auto zum Stehen zu bringen. Es war vorbei. Sie war gar nicht weit gefahren. Vor Erleichterung lachte sie beinahe auf. Sie war nicht gegen einen Baum gefahren, sie war immer noch auf der Straße. Das war gut.

Sie drehte den Schlüssel jetzt, ohne zu zögern. Der Motor ging aus. Warum hatte sie das nicht vorher gemacht?

Ihre Knie konnten ihr Gewicht kaum halten, als sie aus dem Auto stieg. Sie wollte keine Sekunde länger hinter dem Steuer sitzen.

Phoebe kam auf sie zugelaufen. Gestikulierte mit beiden Händen. Charlie drehte sich um. In der Dunkelheit war kaum etwas zu erkennen.

Doch. Da war etwas Grünes auf der Straße zu sehen. Stoff. Es sah aus wie Julias Mantel. Wo war Julia überhaupt? Hatte ihre Freundin mitbekommen, was passiert war? Wo war Oliver? Charlie schaute sich um. Sie hoffte, dass niemand außer ihrer Stiefschwester gesehen hatte, wie dumm sie sich angestellt hatte.

Wie es aussah, hatte sie Glück. Keine Menschenseele war weit und breit zu sehen.

»Wir müssen abhauen«, sagte Phoebe mit kalter Stimme, als sie bei ihr ankam.

Charlie starrte Phoebe an. »Was?«

Dann sah sie noch einmal zu dem grünen Mantel. Julias Mantel. Der grüne Mantel lag unter dem Auto. Das machte keinen Sinn.

Ihr Gehirn versuchte, eine Erklärung zu finden. Doch das Einzige, was sie denken konnte, war, dass der Mantel dort nicht hingehörte. Sie spürte, wie sich ihr Magen umdrehte.

Charlie verstand erst jetzt, was sie dort sah. Sie stürzte zu ihrer Freundin. »Oh mein Gott, Jules.«

Julias Kopf lag merkwürdig verdreht auf dem Asphalt. Der Winkel, der Nacken, alles war verkehrt. Da war Blut. Charlie konnte den Anblick kaum ertragen. Das Blut machte ihr Angst. Julia sah aus wie eine zerbrochene Puppe. War das wirklich ihre Freundin?

»Phoebe, wir müssen ihr helfen. Wir müssen einen Krankenwagen rufen, die Polizei.« Charlie drehte sich um. Wo war Phoebe? Hektisch griff sie in ihre Jackentasche, zog ihr Handy vor. Phoebe rannte zurück zu ihrem Auto. Holte sie Hilfe?

Charlie konnte Julias Gesicht nicht sehen, Haarsträhnen waren darüber, und sie traute sich nicht, ihre Freundin anzufassen. »Es tut mir so leid.«

Julia antwortete nicht. Charlies Finger zitterten, als sie auf ihrem Handy den Notruf tippte. Dann wurde sie plötzlich von hinten umgerissen. Phoebe nahm ihr das Telefon aus der Hand. Sie fasste Charlie am Arm, zerrte sie zu ihrem Auto. »Wir hauen ab.«

»Was? Nein!« Charlie riss sich los. Verstand Phoebe nicht?

»Komm …« Phoebes Finger krallten sich wie ein Schraubstock um ihr Handgelenk, sie zog Charlie weiter zum Auto. »… bevor Oliver uns sieht.«

»Wir müssen Hilfe holen. Julia ist verletzt.« Charlie schrie ihre Worte. Sie sah, wie Phoebe ausholte, konnte aber nicht mehr reagieren. Eine Ohrfeige traf ihre Wange. Ihre Haut begann zu glühen. Sie wollte nicht einsteigen, doch Phoebe hatte mehr Kraft. Ehe sie sichs versah, hatte Phoebe sie auf die Rückbank des Sierras gestoßen. »Wir müssen sofort nüchtern werden«, sagte Phoebe. »Und wir müssen hier weg.«

»Nein! Wir müssen Hilfe holen.« Charlie brüllte so laut, dass ihre Kehle schmerzte.

»Du kannst froh sein, dass ich dich mitnehme.« Phoebe stieg ein und schmiss eine Flasche Wasser nach hinten. »Du bist ja nicht bei Sinnen. Trink was.«

Wie konnte Charlie etwas trinken, wenn ihre Freundin unter dem Auto lag? Sie wollte nicht weg. Nicht weg von Julia.

Charlie trommelte gegen das Fenster. Heulte. Versuchte die Tür zu öffnen. Keine Chance. Phoebe hatte das Auto verriegelt. Hatte Oliver den Unfall gesehen? Würde er Julia helfen? Was war mit Tim und den anderen?

Sie fuhren bereits von der Lichtung. Charlie drehte sich um. Ihre Freundin – ein Bündel auf der Straße.

»Hast du gewusst, dass sie dort lag? Hast du in Kauf genommen, dass ich sie überfahren könnte? Wegen Graham?« Sie schrie ihre Worte. Phoebe reagierte nicht.

Charlie musste sich einen Plan überlegen. Wie konnte sie so schnell wie möglich Hilfe holen? Ihr Mund wurde trocken. Hastig trank sie die Flasche aus. Phoebe hatte recht, sie musste sofort nüchtern werden. Sie brauchte einen klaren Kopf. »Sobald wir zu Hause sind, rufe ich die Polizei«, schluchzte Charlie.

Noch nie in ihrem Leben hatte sie so einen Hass verspürt. Ihre Hilflosigkeit raubte ihr die Luft.

Sie waren schon fast wieder auf der Mitte des Bergs, umgeben von Wald, und rasten die Landstraße runter. Tränen liefen über Charlies Gesicht. Sie gab sich keine Mühe, sie vor Phoebe zu verstecken. Nichts zählte mehr. Sie lehnte ihren Kopf gegen das Polster. Ihr ganzer Körper zitterte, doch dann ließen die Muskelkontraktionen langsam nach. Das erschien ihr merkwürdig, aber zumindest konnte sie in diesem Zustand in Ruhe nachdenken. Sie musste einen Schock erlitten haben.

Wie konnte sie Hilfe holen? Wo hatte Phoebe das Handy versteckt?

Charlie sah aus dem Augenwinkel, wie Phoebe ihr einen Blick zuwarf, fast als könnte sie Gedanken lesen.

Charlie schloss für einen Moment die Augen. Das Wasser hatte sie nicht gerade wacher gemacht. Sie guckte jetzt auf die Flasche. Du bist ja nicht bei Sinnen. Trink was.

Sie fuhr hoch. »Phoebe ...« Ihre Zunge war plötzlich schwer. Es kostete sie Kraft zu sprechen. Sie wollte sich nach vorne beugen, doch die Bewegung erforderte ein immenses Aufbringen von Energie. Ihre Augen fielen zu. Sie kämpfte gegen die Müdigkeit. Und sie verstand.

»Irgendwann wachst du nicht mehr auf.« Phoebe spuckte ihre Worte aus. »Das verspreche ich dir.«

Das war das Letzte, was Charlie hörte. Während sie wegdämmerte, hatte sie einen Gedanken, einen letzten Gedanken, er entglitt ihr nicht, denn er war wichtig. Der Hass in ihrem Inneren und die Verzweiflung schenkten ihr einen kurzen Aufschub. Sie würde es Phoebe heimzahlen, oh ja, das würde sie. Charlie würde sich wehren. Zehnfach, hundertfach. Es würde ein Vergeltungsschlag werden.

Dann schlief sie ein.

Donnerstag – Zwei Tage nach der Premiere

CHARLIE

Vor ihr saß ein Gespenst. DCI Youngs Haut war heute Morgen so bleich, dass man die Adern sehen konnte. Er hatte einen Schock, und Charlie fragte sich, ob es der Schock über diese neue Information war, die er ohne Zweifel bekommen hatte, oder über die Erkenntnis, dass er jetzt ein Problem hatte. Charlie wusste, was jetzt kam.

»Ich hatte einen Anruf«, sagte er.

Ihr Herz begann zu rasen, sie spürte den Puls bis in ihre Halsschlagader. Der letzte Akt ihres Meisterstücks war erledigt. Es war vorbei.

Doch sie spürte keine Erleichterung. Sie spürte gar nichts. Nur ihr Körper reagierte, und das war das Einzige, was sie in diesem Moment wahrnahm. »Ja?«, fragte sie.

»Ihre Stiefschwester ist heute Morgen tot aufgefunden worden.«

Sie starrte den Polizisten an. »Was?« Ihr Herzschlag vibrierte durch ihren Körper, sie hatte das Gefühl zu platzen.

»Sie hat gestern Termine verpasst.« DCI Youngs Stimme war eisig. Er war kurz davor, die Beherrschung zu verlieren.

Sie saßen sich gegenüber, nur er und sie. Wo war ihr Anwalt? Wo war Sergeant Clarke? Waren beide noch auf dem Weg? Es war kurz vor neun Uhr.

»Die Presseagentin Ihrer Stiefschwester, Gemma Sabarsky, hat Alarm geschlagen. Phoebe hat mehrere Meetings im Perlman Theatre und in der PR-Agentur verpasst, dabei hatte sie zugesagt, am Mittwoch zu einigen Besprechungen zu kommen.«

Charlie starrte ihn an.

»Wir haben heute Morgen einen Wagen in die Elizabeth Avenue geschickt«, sagte er. »Dort wurde sie gefunden.«

Für einen Moment schloss Charlie die Augen. Sie wollte die Welt ausblenden. Sie wollte allein sein. Wollte niemanden sehen, niemanden hören. Niemand sollte durch einen Satz oder eine Handlung oder durch die reine Anwesenheit diesen kostbaren Augenblick zerstören. *Theater befreit uns von der Bürde unserer Existenz.*

Ihr Leben lief in einem Zeitraffer vor ihrem inneren Auge ab. Dad. Eleanor. Dorothy. Norlington. Schule. Theater. Julia. Die Bilder wechselten sich ab, eines nach dem anderen, wie eine Diashow. Die wichtigsten Momente der letzten neunundzwanzig Jahre, der Rückblick eines Lebens.

Doch dies war keine Nahtoderfahrung. Sie starb nicht. Ihr Gehirn schloss nicht ab mit ihrem Leben. Das Gegenteil war der Fall. *Ich lebe*, dachte sie. *Zum ersten Mal seit einer sehr langen Zeit. Ich lebe!*

Charlie machte die Augen wieder auf und sah DCI Young an.

Sie sagten beide keinen Ton. Der Polizist wusste, dass er außer ihrem Schweigen keine Reaktion bekommen würde. Er schüttelte den Kopf, mehr zu sich selbst als zu ihr.

Mit einem Ruck stand Young auf und stürmte ohne eine Erklärung aus dem Zimmer. Die Tür schlug hinter ihm zu. Der Knall hallte in ihren Ohren.

Charlie senkte den Blick und saß einfach nur da. Was sollte sie auch sonst tun? Wurde sie beobachtet? Wollte man sehen, wie sie auf diese Neuigkeit reagierte?

Die Kamera im Verhörzimmer zeichnete jeden Wimpernschlag auf.

Die meisten Menschen haben zu irgendeinem Zeitpunkt in ihrem Leben eine Mordphantasie, dachte Charlie, *die wenigsten geben ihr nach.* Sie hatte lange darüber nachgedacht: Wieso stoppte sie nichts? Warum griff keine Bremse?

Dann hatte sie einen Artikel gelesen. Menschen wurden zu einem Mörder, wenn sie das Opfer enthumanisierten. Sie nahmen die Person nicht mehr als einen vollständigen Menschen wahr. Und die einzige Erklärung, die Charlie hatte, war, dass ihr Unterbewusstsein vor langer Zeit aufgehört hatte, Phoebe als einen Menschen zu sehen. Falls sie das je getan hatte. Guckte Charlie ihre Stiefschwester an, sah sie ein Gesicht ohne Emotion. Aus diesem Grund hatte die Bremse versagt.

Tramadol, Morphium, Alkohol. Die richtige Menge, in diesem Fall die *tödliche* Menge, jene Dosierung also, die Charlie gewählt hatte, in dieser Kombination, führte bei gesunden Menschen zu einem Atemstillstand. Man wurde müde und schlief ein – das war es. Ende.

Die Pathologen würden Phoebe obduzieren, das Labor weitersuchen, nach Substanzen – verzweifelt, denn man hatte ja schließlich eine Hauptverdächtige –, doch man würde nichts finden außer der Chemie, die Phoebe »sich selbst« verabreicht hatte. Medikamente, die bei Fibromyalgie eingesetzt werden. Tramadol, Morphium.

Phoebe und ihre Sucht nach Aufmerksamkeit. Hatte sie keinen Applaus bekommen, diente die Erkrankung als Platzhalter. Fibromyalgie statt Erfolg – das war seit Jahren das Geheimrezept ihrer Stiefschwester gewesen. Phoebe hatte verschiedene Krankheiten ausprobiert wie Kleidungsstücke, die man an- und wieder auszog, und Fibromyalgie passte am besten.

Bereits vor dem Anschlag war Phoebe nicht müde geworden, über ihre Schmerzen zu klagen. Und nach dem Anschlag? Charlie war sicher, Phoebe hatte die Krankheit in den letzten Tagen zum Thema gemacht. Phoebe konnte nicht anders. Das war Teil ihrer Identität. Charlie hörte Phoebes Stimme in ihrem Ohr, so laut, dass selbst Young und Clarke es hören müssten.

Phoebe, wie sie über den emotionalen Stress klagte, jenen Stress, der ihre Erkrankung noch viel schlimmer machte. Ihre Muskeln, ihre Gelenke – die Schmerzen waren unerträglich. Aber für die Show im Perlman Theatre würde sie alles geben. Die Medikamente halfen ihr in diesen Tagen.

Starke Medikamente.

Ja, Charlie konnte es hören. Sie hörte es seit Jahren. Mit ihren Lügen hatte Phoebe der Polizei den Grund für eine Überdosis selbst geliefert.

Für DCI Young und Sergeant Clarke würde die Überdosis der Medikamente eine logische Erklärung sein. Phoebe, von Schmerzen geplagt, die sich durch den Anschlag und durch Charlies Schuld potenziert hatten, dieses Wort hatte sie gern gewählt, hatte zusammen mit dem Alkohol eine zu hohe

Dosierung ihrer Opiate zu sich genommen. Ein tödliches Versehen.

Phoebe war nicht die Erste, die an dieser Kombination verstarb. Die Zeitungen waren voll mit solchen Meldungen. Doch der Polizei fehlte eine entscheidende Information.

Phoebe nahm keine Medikamente.

Phoebe hatte keine Krankheit.

JR hatte Charlie die Opiate besorgt, nachdem Dr. Sherman in der Harley Street einer neuen Patientin namens Emma Wood ihre Optionen erklärt hatte. Natürlich hatte Charlie ihren echten Namen nicht genannt. Der Arzt hatte ihr von Opiaten bei einer Fibromyalgie abgeraten, sie würden oft nicht helfen, mit der Ausnahme von Tramadol. Charlie erinnerte sich, Tramadol tatsächlich als Teenager bei Phoebe gesehen zu haben. Phoebe hatte es verkauft, damals in Norlington, sie brauchte es ja nicht. Ihr Nebenerwerb hinter der Zementfabrik war lukrativ gewesen.

Dr. Sherman hatte von Antidepressiva gesprochen, die bei dieser Schmerzstörung halfen. Von stärkeren Opiaten, wie zum Beispiel Morphium. Diese konnten jedoch den Schmerz bei Fibromyalgie verschlimmern und würden seltener verschrieben. Doch gäbe es durchaus Patienten, die es nähmen – wenn nichts anderes mehr half oder Begleitschmerzen auftauchten, denen anders nicht beizukommen wäre.

JR hatte sich ihre Bestellung angehört: Tramadol. Morphium. Die Beschaffung wäre eine Kleinigkeit für ihn, hatte er gesagt. Fast hatte JR beleidigt ausgesehen; der Auftrag war wohl unter seiner Würde gewesen.

Er lieferte verschiedene Packungen. Marken. Tabletten. Tropfen. Eine bunte Tüte aus Opiaten.

Charlie hob den Blick in die Kamera, die über der Tür des Verhörzimmers hing. Sie war sicher, von der anderen Seite beobachtet zu werden.

Natürlich würde ein Beigeschmack bleiben. Man würde Charlie kritisch angucken, von der Seite, mit einem Verdacht, ja, vielleicht auch mit dem Wissen oder zumindest einem sehr ausgeprägten Gefühl, dass Charlie es irgendwie geschafft hatte, sie alle, die Welt, die Öffentlichkeit, auszutricksen. Doch ein Zweifel war kein Beweis, und ohne einen Beweis gab es keine Verurteilung. Die Indizien reichten nicht.

Charlie hatte sich am Freitagabend nach dem Joggen in der Dunkelheit Zugang zu Phoebes Wohnung verschafft. Das Küchenfenster, durch das der Regen lief, ließ sich von außen hochschieben. Der Zugang zu der Wohnung war kein Problem gewesen. In ihrem Rucksack hatte sie die Medikamente, eine Wasserflasche und Handschuhe verstaut. Sie hatte keine Fingerabdrücke hinterlassen wollen. Sie war durch Phoebes Wohnung geschlichen, hatte die Medikamente in der Wohnung deponiert.

Hinten in Phoebes Kosmetikschrank versteckt, zwischen ihrer Hausapotheke, fand Charlie die alte Medikamentendose aus Holz. Sie war leer. Charlie drückte die Tabletten aus dem Blister und füllte sie in diese Dose. Zusätzlich deponierte sie weitere Pillen in ein leeres Tablettenfläschchen, das laut Etikett ursprünglich ein harmloses Schmerzmittel beinhaltet hatte. Zwei Schachteln der Opiate, eingewickelt in Papier, legte sie hinten in den Küchenschrank. Zu guter Letzt schmiss sie einige Pillen, lose, in Phoebes Handtasche. Es sollte für die Polizei aussehen, als würde das Zeug überall rumliegen, denn man würde Phoebes Wohnung nach ihrem Tod durchsuchen. Phoebe musste einen Vorrat haben. Die ganze Aktion hatte keine zwei Minuten gedauert.

Alte Arztakten aus Norlington würden zeigen, dass Phoebe in der Vergangenheit mit der Erkrankung diagnostiziert worden war. Dass sie in der Jugend Tramadol bekommen hatte. Falls Phoebe länger nicht beim Arzt gewesen sein sollte: kein Problem. Ein privater Arzt, eine Freundin, die in einer Apotheke arbeitete, Schwarzmarkt – es gab Möglichkeiten, an die Chemie zu kommen. Charlie hatte es ja auch geschafft. Und wie ihr ausgerechnet JR versicherte, war es durchaus nicht unüblich bei Schmerzpatienten, die gerade bei dieser Krankheit so häufig von den Ärzten missverstanden wurden.

Sie könnte DCI Young und Sergeant Clarke all diese Dinge erklären. Sie würden den ganzen Tag in diesem Zimmer sitzen, sie würden Rückfragen stellen, und man würde an ihren Lippen hängen, versuchen, einen Sinn zu erkennen, die Logik zu begreifen, und am Ende würden beide erkennen, dass sie richtiggelegen hatten. Vor ihnen saß eine Mörderin.

Charlie hatte gewusst, dass Phoebe nach der Premiere einen Absinth trinken würde. Genau wie Dorothy es stets nach einer Premiere getan hatte. In einer Welt des Aberglaubens, wie es das Theater war – egal ob am Broadway, im West End oder in jeder anderen Stadt –, in der jedes Symbol eine Aussage hatte und jedes Ritual von Bedeutung war, niemand auf der Bühne Blau trug, der Name »Macbeth« nicht ausgesprochen werden durfte, in der hinter der Bühne nachts ein Licht brennen musste – in dieser Welt bedeutete jede Abweichung von einer Tradition eine Katastrophe. Selbst für jemanden wie Phoebe.

Phoebe würde den Absinth nicht mit Wasser aus der Leitung mischen, sondern mit kohlensäurehaltigem Mineralwasser – genau wie Dorothy. Sie würde Eiswürfel dazufügen und Zucker – genau wie Dorothy. Sie würde in ihrer Wohnung stehen, den Abend, ihren Triumph, in Gedanken Revue passieren lassen – genau wie Dorothy. Sie würde exakt den halben Liter Wasser nutzen, das Maß genau richtig, die Mischung zwei zu fünf – genau wie Dorothy. Man bekam auf diese Weise zwei Gläser, und zwei Gläser mussten es sein, seit Dorothy 1987 ihre erste Premiere auf diese Weise im *Three Little Words* gefeiert hatte und ihren Durchbruch damit besiegelte. Phoebe würde kein Risiko eingehen.

Es war so einfach gewesen. Phoebe, die Kohlensäure im Wasser gehasst hatte und stets behauptete, sie könne das Gas auf ihrer Magenschleimhaut spüren. Phoebe hatte die Flasche Mineralwasser einzig zu dem Zweck gekauft und in ihren Kühlschrank gestellt, um ihren Triumph mit dem Absinth zu feiern. Es bestand keine Gefahr, dass sie das Wasser vor der Premiere trinken würde.

Charlie brauchte nur die Wasserflasche in Phoebes Kühlschrank auszutauschen. Gegen jene Wasserflasche, die Charlie am Freitagabend in ihrem Rucksack verstaut hatte, als sie zu ihrem Lauf aufgebrochen war.

Schon am Donnerstag hatte sie Phoebes Wohnung einen Besuch abgestattet und in ihren Kühlschrank geguckt. Phoebe hatte bei den Proben der Maskenbildnerin von ihrem Einkauf erzählt. Alles sei vorbereitet für die Premiere, der Pernod gekauft. Und das Wasser.

Charlie hatte nur die Marke der Wasserflasche herausfinden müssen und dann zwei Flaschen derselben Marke gekauft. Highland Spring. Von der einen hatte sie den Deckel samt Flaschenhals abgeschnitten und mit kochendem Wasser erhitzt. Auf diese Weise konnte man den Deckel von der Flasche lösen, ohne das Siegel zu brechen. Ein Trick, um Alkohol auf ein Festivalgelände zu schmuggeln, denn eine Jugend in Norlington bereitete auf das Leben vor.

Diesen unversehrten Deckel steckte Charlie auf die zweite Flasche Mineralwasser, nachdem sie das Tramadol und Morphium hineingefüllt hatte.

Eine scheinbar ungeöffnete Flasche mit einer tödlichen Mischung. Phoebe durfte keinen Verdacht schöpfen.

Mit einem Stoß ging die Tür des Verhörzimmers auf. Der Griff schlug gegen die Wand. Young kam zurück. Hinter ihm trat jetzt auch Clarke durch die Tür. Charlie sah die Erschütterung in ihrem Gesicht. Sie schauten sich einen langen Moment an, Charlie hielt ihrem Blick stand.

»Wir haben Ihrem Anwalt Bescheid gegeben«, sagte Young.

»Danke.« Sie nickte ihm zu. Die Anwesenheit ihres Anwalts würde keinen Unterschied machen. Es würde keine Aussage geben. Nichts. Dabei würde Young es als persönlichen Sieg betrachten, würde sie ein Geständnis ablegen. Er würde verstehen, warum ihr Meisterstück ein Meisterstück war.

Das Opfer hatte ihr bei dem Alibi geholfen.

Das Opfer hatte ihr bei der Publicity geholfen.

Das Opfer hatte ihr bei der Verschleierung der Tat geholfen.

Young würde Charlie nach dem Motiv fragen, nach dem echten Motiv. Warum haben Sie das getan? Warum musste

Phoebe sterben? Nur aus Gründen der Publicity für das Theaterstück, das kann doch nicht sein, oder?

»Nein.« Sie würde den Kopf schütteln. »Sie haben recht. So ein Mensch bin ich nicht.« Publicity war die Antwort auf die Frage, warum sie die Tat mit einem Skandal verbunden hatte. Die Antwort auf die Frage, warum Phoebe sterben musste, war eine andere. Rache. Aber das war nicht die ganze Wahrheit.

Charlie hatte es als Zeichen gesehen, ein Flüstern aus der Vergangenheit, dass ausgerechnet Jeremy Bentham sie in ihrem Tun zu bestätigen schien. Moralisch richtig war, was der Allgemeinheit diente. *The greatest happiness of the greatest number.*

Charlie könnte versuchen, Young und Clarke ihre Tat mit wissenschaftlichen Erkenntnissen zu erläutern. Die psychologische Erklärung, die in der Forschung am häufigsten genannt wurde: »Die meisten Menschen sind bereit, einen einzelnen Menschen zu opfern, um eine größere Summe Menschen auf diese Weise zu retten.« Sie würde eine Pause machen, um diese Aussage in ihren Köpfen reifen zu lassen.

»Ich habe die Allgemeinheit, aber vor allem drei Leute durch meine Tat erlöst.« Charlie würde ihnen von jenem Abend auf dem Spielplatz erzählen. »Phoebe hat drei Leben auf dem Gewissen.«

»Sie hat drei Menschen getötet?«

»Julia, Oliver und mich.« Charlie hatte viel zu lange gewartet.

»Aber warum jetzt? Nach all der Zeit?« Sie würden Charlie mit großen Augen ansehen.

»Es gab keine Alternative. Phoebe oder ich. Ich hatte keine Wahl. Es war Notwehr.«

»Notwehr?« würden sie fragen.

»Es ging um meine Existenz, nicht nur meine berufliche – es ging um mein Leben, ja, es ging um Leben und Tod.«

Das war die ganze Wahrheit.

Während Charlie die Worte sprechen würde, würde in ihrem Kopf die Erinnerung auftauchen an das verspätete Erbe vor einem Jahr. Phoebe hatte die Drohung, die Warnung, verpackt als angebliche Frage der Nachbarin, ausgesprochen, die Charlie ihr ganzes Leben gefürchtet hatte. *Sophie wollte wissen, ob du Julia noch immer vermisst.*

Das Schlimmste an einer Katastrophe war, wenn man sie mit einer Person wie Phoebe teilte. Die Wunde, die nie heilte, wurde immer wieder neu aufgerissen, jedes Mal ein Stückchen weiter. Charlie hatte immer gewusst, dass Phoebe irgendwann über die Katastrophe auspacken würde. Dann, wenn sie den größten Nutzen davon erwartete. Es war nur eine Frage der Zeit gewesen, und die Zeit war gekommen. Größer wäre der Nutzen für Phoebe nicht geworden.

Phoebe hatte sich an der Situation, dem Ring, dem Manuskript ergötzt und ihre Beute bis auf das Blut verteidigt. Sie hatte Charlie mit der Drohung in ihre Schranken gewiesen, ihr aufzeigen wollen, wer hier, in diesem Leben, für immer und für alle Zeiten das Sagen hatte. Füge dich, mach, was ich dir sage, oder du wirst es bereuen.

Eine Grenze war überschritten worden, die all die Jahre eingehalten worden war. *Hast du die Sache im Wald je vergessen?*

Young und Clarke würden es nicht verstehen. »Notwehr?« würden sie ein weiteres Mal fragen. »Was ist denn passiert?«

Charlie würde ihnen von ihrer Kindheit erzählen, von

Eleanors Schlaftabletten, mit denen Phoebe sie außer Gefecht gesetzt hatte.

»Du bist ja nicht bei Sinnen«, hatte Phoebe gesagt, als sie Julia im Wald zurückließen – als sei es vollkommen absurd, einer sterbenden Person zu helfen. Charlie würde ihnen von Phoebes Drohung im Auto erzählen. »Irgendwann wachst du nicht mehr auf. Das verspreche ich dir.« Charlie hatte bis heute keinen Zweifel an diesem Versprechen.

Sie wusste, wozu Phoebe fähig gewesen war.

Ihr Leben lang hatte Phoebe Charlie loswerden wollen, denn Charlie hatte Phoebe durch ihre Anwesenheit bei Eleanor in ihrem Gleichgewicht gestört. Aus einem Einzelkind war ein Stiefgeschwisterkind geworden. Das hatte ein Trauma in Phoebe ausgelöst, irgendeine Störung in ihrer Psyche. Phoebe hasste sie allein für ihre Existenz, erst als Kind, dann als Teenager, und später machte sie Charlie für die Katastrophe verantwortlich.

Charlie hatte Phoebes Leben ruiniert. Und Phoebe hatte sie das jeden Tag spüren lassen.

Charlie hatte Phoebes Worte für ihr Meisterstück genutzt. *Irgendwann wachst du nicht mehr auf.*

Sie hatte von Phoebe gelernt. Und Phoebe hatte verstanden.

Doch Phoebe waren die Hände gebunden gewesen. Denn um der Polizei das tatsächliche Ausmaß dieser Drohung zu verdeutlichen, die da im Notizbuch auf einem Zettel stand, um ihnen den konkreten Kontext zu liefern, hätte Phoebe über sich selbst auspacken müssen. Deswegen fehlte auch die Todesanzeige in den Fotos von Young und Clarke.

»Ja«, würde Charlie den Polizisten versichern, »es war Notwehr.« Phoebe hätte sie irgendwann auffliegen lassen, hätte durch ihre Manipulationen die Welt glauben lassen, dass Charlie für Julias Tod verantwortlich war. Oder Charlie wäre irgendwann nicht mehr aufgewacht.

Es gab nur diese zwei Möglichkeiten.

Und weil Phoebe nie genug bekommen konnte, weil sie immer draufhauen musste, wenn jemand am Boden lag, weil sie immer das Gefühl haben musste zu gewinnen und immer das letzte Wort brauchte, hatte sie ihre Drohung gleich zweimal in den letzten zwölf Monaten geäußert. Am Tag des Erbes, als sie behauptete, eine Nachbarin aus Norlington hätte sie auf Julia angesprochen.

Und einige Monate später, als sie die Todesanzeige von Julia in Charlies Briefkasten steckte. Phoebe liebte Spielchen.

Die Todesanzeige hatte Charlie den Boden unter den Füßen weggezogen, direkter konnte man eine Drohung nicht zum Ausdruck bringen.

Charlie war in jener Nacht auf dem Spielplatz aus der Welt gefallen. Und jetzt, vierzehn Jahre später, war sie zurück.

Leider konnte Charlie DCI Young seinen Sieg nicht gönnen. Über ihre Lippen würde kein Ton kommen, kein Ton, der die Polizisten in ihrer Suche nach der Wahrheit auch nur einen Schritt weiterbrachte. Ihr Schweigen war ihr Joker. Es stellte sie in eine Reihe mit all den anderen Verdächtigen, den Mördern und Verbrechern, die schwiegen und hofften, sich damit einen Vorteil zu verschaffen. Doch es trennte Charlie auch von ihnen, denn sie würde am Ende nicht aufgrund von Indizien oder Beweisen überführt. Sie würde trotz ihres Schweigens, *wegen* ihres Schweigens, aus diesem Gebäude spazieren. In ihr neues Leben. Freiheit.

Es war alles so verdammt einfach gewesen. Warum gingen nicht mehr Menschen diesen Weg?

Nun, die Natur eines Meisterstücks lag ja gerade darin, dass es verborgen blieb. Die Welt war voll mit Meisterstücken, an deren Gelingen sich nur eine einzige Person erfreute.

Wer wusste schon, ob nicht im eigenen Umfeld ein Meisterstück gerade seine Wirkung entfaltete?

Ein Monat nach der Premiere

HAWK

Der Dominoeffekt war ein denkbar simpler wie effizienter Trick. Man stellte eine beliebige Anzahl von Dominosteinen in einer Reihe auf. Fiel der erste Stein, warf er den zweiten um, schon kippte der dritte Stein. Ein Kinderspiel. Das Umfallen setzte sich fort, bis jeder einzelne Stein am Boden lag. Eine Kettenreaktion, die auf ein Anfangsereignis zurückzuführen war, das ausreichend Energie freisetzte, um alle Folgeereignisse auszulösen. Genau das war sein Ziel gewesen. Es hatte am Ende alles funktioniert. Und es war so einfach gewesen.

Er machte es sich vor dem Perlman Theatre bequem, direkt gegenüber der Stage Door. Ein rotes Neonlicht wies auf den Ausgang. Er wollte Charlie nicht verpassen.

Seine Laune war so gut, dass er sich – als Erinnerung an seinen Aufenthalt vor dem Waverly Inn – entschieden hatte, noch einmal den Obdachlosen zu spielen. Er hatte sich sogar wieder einen Bart wachsen lassen.

Direkt vor seinen Augen hingen die Plakate am Eingang des Theaters. Er hatte fast damit gerechnet, dass es neue Ausdrucke geben würde, auf denen Charlie ihren Namen platzierte, doch es war alles beim Alten geblieben. Noch immer prangte Phoebes Name als Regisseurin auf den Werbetafeln. Unten auf den Plakaten stand in einer Zeile: »Idea by Dorothy J Buckley.« Sein Blick klebte auf dem Namen. *Irrtum.*

Ganz in Schwarz gekleidet und gezeichnet von den Ereignissen hatte Charlie bei einer Pressekonferenz vor drei Wochen die trauernde Stiefschwester gegeben. Die Stiefschwester, die es nie leicht gehabt hatte, ja, die mehr als nur eine Auseinandersetzung mit Phoebe gehabt hatte – bis hin zu dem Missverständnis in der Pension.

Charlie hatte ein Statement vorlesen lassen. Sie habe Verständnis, dass die Öffentlichkeit eine Reaktion von ihr erwarte. Sie würde aus Gründen der Privatsphäre aber nicht viel sagen. Sie fühle sich, als hätte sie ihre Stiefschwester auf dem Gewissen. Diese Schuld würde sie für den Rest ihres Lebens begleiten. Phoebes Krankheit sei ernster gewesen als gedacht. Der zusätzliche Stress sei zu viel für Phoebes Körper gewesen. Nicht nur die Premiere, auch ihre, Charlies, Tat, der vermeintliche Anschlag, habe dazu beigetragen. Hätte sie geahnt, dass Phoebe Opiate nahm, dass die Gefahr einer Überdosierung bestand – sie hätte die Ärzte eingeschaltet. Am Ende habe sie durch ihre Zusammenarbeit mit der Polizei ihren Namen reinwaschen können. Eine Tragödie sei das Ganze trotzdem.

Verdammt, das Statement war richtig gut gewesen. Das musste er ihr lassen. Charlie hatte die Tat nicht einmal geleugnet.

Hawk zuckte zusammen, als die Stage Door mit Schwung aufgestoßen wurde. Charlie trat auf den Gehweg. Mit großen

Schritten und einem Schal um den Hals kam sie jetzt direkt auf ihn zu. Es war der schnellste Weg zur Dalston Junction. Er hatte den Platz mit Bedacht gewählt.

Charlie stutzte erst im letzten Moment. Er konnte den Unglauben in ihrem Gesicht sehen. Der Obdachlose von der Pension in Hampstead, einer ganz anderen Ecke der Stadt, der mit dem tätowierten Hund, saß jetzt neben dem Theater in Dalston? Ihr Gehirn suchte nach einer Erklärung. Ein seltsamer Zufall? Ja, das musste es sein. Obdachlose waren schließlich überall. Jetzt probierte der Penner sein Glück eben hier.

Charlie eilte an ihm vorbei in die Nacht. Die Absätze ihrer Schuhe hallten auf dem Kopfsteinpflaster.

Die Sache war die: Seltsame Zufälle gab es nicht.

»Zeit für einen Spaziergang, Kumpel«, sagte Hawk zu Harrison. Der Hund sprang auf.

Charlie würde ihn nicht abschütteln können. Nie wieder. Denn was sie nicht ahnte: Sie war zu seiner Marionette geworden. Vom ersten Dominostein an waren beide Stiefschwestern ohne ihr Wissen seinem Plan gefolgt.

Der Schock hatte tief gesessen, nachdem er von Dorothys Tod erfahren hatte. Nicht wegen ihres Ablebens. Die Alte konnte ihm gestohlen bleiben. Sie war nicht seine biologische Mutter. Seine richtige Mutter hatte ihm den Namen Hawk verpasst und ihn im Alter von vier Jahren in einem Heim abgegeben. Dorothy hatte ihn adoptiert und in Oliver umbenannt. Wer tat so etwas? Einem Kind den Namen wegnehmen, die einzige Verbundenheit zum früheren Leben? Er war nicht Hawk. Er war nicht Oliver. Er hatte in seiner Kindheit nie Boden unter den Füßen gespürt.

Dorothy und er hatten keine Basis gehabt. Sie sprachen nicht dieselbe Sprache. Dorothy hatte in ihrer Theatergruppe die Sprache von Phoebe und Charlie gesprochen, und diese beiden Miststücke hatten ihm nicht nur seine Jugend ruiniert, sondern nun auch sein Erbe gestohlen.

Verdammte Scheiße, er hatte auch keine Eltern mehr gehabt. Zählte das mehr? Warum ging das gesamte Vermögen an Phoebe und Charlie?

Sein Gefängnisaufenthalt mit 17 Jahren war der Höhepunkt der Entfremdung zwischen Dorothy und ihm gewesen, die Enterbung die Konsequenz. Die Stiefschwestern trugen die Hauptschuld daran, und ausgerechnet *sie* erbten die Kohle?

»Das Testament ist wasserdicht«, hatte der Notar gesagt. »Das englische Recht erlaubt eine vollständige Enterbung. Eine Anfechtung des Testaments ist aussichtslos. Die Stiefschwestern bekommen das ganze Vermögen.«

Vollständige Enterbung? Diese Erniedrigung hatte er sich nicht gefallen lassen können. Ihm stand das Geld zu. Und er würde es sich holen.

Wind pfiff um seinen Kopf, während er Charlie folgte. Er hatte am ganzen Körper Gänsehaut. Der Tweedanzug aus den Sechzigerjahren, der letzte Schrei, war der Kälte nicht gewachsen. Der Sommer war vorbei, die Hitzewelle nur noch ein böser Spuk. London war wieder London.

Mit einigem Abstand, den er in wenigen Sekunden verkleinern würde, so viel Zeit ließ er Charlie noch von ihrer sorgenfreien Existenz, lief er hinter ihr her, die Ashwin Street runter. Wie oft war er in den letzten Monaten zu ihrem Schatten geworden? So oft, dass die Situation ein Gefühl von Vertrautheit auslöste. Auch bei ihr?

Kurz darauf hatte er sie fast eingeholt. Er roch ihr Parfum. Vanille wehte durch die Luft. Sie musste spüren, dass jemand hinter ihr war, doch sie traute sich nicht zu schauen. Das wäre ein Eingeständnis ihrer Furcht. Sie ging schneller. Hoffte, das erhöhte Tempo wäre ihr Freifahrtschein. *Falsch gedacht.*

Er wollte sein verdammtes Geld. Und wie bekam man sein Geld, wenn es anderen Menschen gehörte? *Eine Anfechtung des Testaments ist aussichtslos.*

Er hatte mit verschiedenen Ideen gespielt. Die Lösung hatte sich eines Tages aufgetan. Wie beim Häuten einer Zwiebel hatte er eine Schicht des Problems nach der anderen eliminiert, bis nur noch der Kern übrig geblieben war. Und alles war so klar, dass er beinahe fürchtete, jeder, der eins und eins zusammenzählen konnte, würde erkennen, was Sache war: Erpressung.

Womit machte man einen Menschen erpressbar? Nun, die Verdeckung einer Straftat war immer eine gute Idee.

In diesem speziellen Fall hatte es bereits eine Straftat gegeben. Julias Tod. Doch die Angelegenheit lag zu lange zurück. Er hatte keinen Beweis. Außerdem hatte *er* dank der Stiefschwestern für die Tat im Gefängnis gesessen. Er konnte Julias Tod nur in einem zweiten Schritt nutzen.

Wieder hatte er Ideen hin und her geschoben. Dann die Lösung: Eine der beiden Frauen würde sterben. Durch die Hand der anderen.

Er hatte Charlie nur dazu anstiften müssen, Phoebe zu töten. Und er hatte sie glauben lassen, es wäre ihre eigene Idee gewesen. Die Lösung seines Dilemmas hatte so klar auf der Hand gelegen, dass er sich fragte, wieso er auch nur eine Nacht nicht hatte schlafen können. Alles, was bisher in seinem Leben passiert war, hatte mit einem Schlag Sinn gemacht.

Doch wie brachte man jemanden dazu, einen anderen Menschen zu töten? Es handelte sich immerhin um die eigene Stiefschwester. Klassische Mordmotive wie Habgier, Befriedigung des Geschlechtstriebs, Mordlust – das alles fiel weg. Geltungssucht, Erniedrigung, Rache und sonstige niedrige Beweggründe waren in dieser Konstellation schon interessanter. Die Grundvoraussetzungen waren ideal. Beide Frauen hassten sich. Und: Die eine hatte die andere seit Jahren in der Hand. Das Mordmotiv hatte auf dem Präsentierteller vor ihm gelegen. Hier kam Julias Tod ins Spiel. Die Verdeckung der alten Straftat.

Es wurde jetzt Zeit, Charlie aufzuklären. Als sie an der Straßenecke stoppte, ein Auto abbiegen ließ, schloss er zu ihr auf. Gerade als sie einen Fuß auf die Dalston Lane setzen wollte, streckte er seinen Arm aus und tippte ihr von hinten auf die Schulter.

Sie fuhr herum. Ihre Augen waren glasig vor Kälte und Wind. Sie erkannte ihn nicht. Oder täuschte sie ihre Ahnungslosigkeit vor? Nein, ihr Blick verriet, dass sie nur den Obdachlosen aus Hampstead sah. Er würde ihr auf die Sprünge helfen müssen. »Charlie.« Er guckte sie an. »Ich bin es.« Er machte eine Pause. »Oliver Buckley.«

Namen aus der Kindheit vergaß man selten. Sie waren Teil der Welt, in der man sich jahrelang aufgehalten hatte. Die einzige Welt, die man kannte zu jenem Zeitpunkt.

Charlie starrte ihn mit offenem Mund an. Sie suchte nach Oliver Buckley in seinem Gesicht. Sekunden verstrichen. Er hatte als Kind und Jugendlicher seine innere Leere mit Essen kompensiert. Heutzutage war er abgemagert, sah Jahre älter aus, als er war. Doch unter seinem Bart, den Falten, dem müden Blick, der Ähnlichkeit mit einem Fußballer und seinen dreckigen Klamotten, fand Charlie irgendwann das Vertraute. Ihre Augen weiteten sich. Der Schock stand ihr ins Gesicht geschrieben. »Du lebst auf der Straße?«

Sie verstand überhaupt nichts. »Nein.« Er zeigte auf ein Pub am Ende der Straße. »Lass uns reden.«

Sie folgte ihm nur widerwillig.

Die Öffnungszeiten standen mit weißer Schrift auf der Scheibe. Das Pub hatte noch eine Stunde geöffnet. Das würde reichen. »Möchtest du etwas trinken?«, fragte er.

Sie schüttelte den Kopf und steuerte direkt auf einen Tisch zu, der in einer Ecke stand. Das Pub war fast leer. Über der Theke hingen Arsenal-Devotionalien neben einer Ukulele. Der Geruch von Alkohol hing in der Luft. Er bestellte ein Guinness.

Ihre Arme vor der Brust verschränkt, starrte Charlie ihn an, als er schließlich mit seinem Bier in der Hand Platz nahm. Er konnte sehen, wie ihr Gehirn arbeitete. Sie ging alle Szenarien durch. Und würde auf das Richtige nicht kommen.

Harrison machte es sich unter dem Tisch bequem. Zumindest der Hund schien zufrieden, der Kälte entkommen zu sein.

Sie sprach als Erste: »Hat Phoebe dich angeheuert?«

»Was?« Verblüfft guckte er sie an. »Angeheuert?«

»Mehrere Leute waren in Phoebes Auftrag in der Pension.«

»Sie hatte Leute engagiert?«, fragte er. Diese Information war bisher nicht an die Öffentlichkeit gedrungen. »Wen?«

Ihm fiel die Kellnerin ein, die ihn am Vorabend der Tat ausgefragt hatte. Er hatte sofort den Verdacht gehabt, mit der stimmte was nicht, hatte Sorge gehabt, sie könnte Wind von Charlies Plan bekommen haben – was immer der Plan gewesen war.

Charlie ging auf seine Frage nicht ein. »Du hast doch nicht aus Zufall vor der Pension gesessen.«

»Nein.«

Sie kniff die Augen zusammen. Die Antwort gefiel ihr nicht. Ihr Instinkt täuschte nicht. »Du hast mich die ganze Zeit an jemanden erinnert«, sagte sie.

»An einen Fußballer?« Er grinste sie an. »Oder an Oliver Buckley?«, fragte er.

»Du hast dich verändert.«

»Es gibt noch eine dritte Möglichkeit.«

Sie wartete.

»Hattest du vielleicht in den letzten Monaten öfter das Gefühl, beobachtet zu werden?«

Sie riss ihre Augen auf.

»Harley Street?«, fragte er. »Die Praxis eines Schmerztherapeuten? Ich stand auf dem Gehweg. Das alte Kino, *Screen on the Green,* in Islington? Ich hatte eine Gibson auf dem Rücken.«

Charlies Gesicht verlor jede Farbe, und für einen Moment glaubte er, sie könnte das Bewusstsein verlieren.

»Brixton Market?«, fuhr er fort. »Rushcroft Bakery. Ich stand nur wenige Meter neben dir. Ich hielt ein Handy in der Hand und trug einen dreckigen Maleranzug.«

Charlie schüttelte wieder den Kopf, konnte offenbar nicht glauben, was sie hörte.

»Seit Monaten habe ich mich an deine Fersen geheftet. Ich bin zu deinem Schatten geworden.«

»Warum?«, stieß sie hervor.

Er lächelte. »Ich wollte ein Gefühl für deine Routine bekommen.« Harrison hatte er bei diesen Gelegenheiten zu Hause gelassen. Das Risiko war zu groß gewesen, dass Charlie ihn wiedererkennen würde. Niemand achtete auf Menschen, wenn ein Hund dabei war. Vor allem, wenn der Hund ein Tattoo hatte.

»Du hast dich zweimal in der Woche mit deinem Ex getroffen. Du warst mit Phoebe im Perlman Theatre. Du warst in der juristischen Fakultät des University College London. Dort ist das Jeremy-Bentham-Projekt untergebracht, nicht wahr?«

Sie schüttelte den Kopf. »Warum diese Überwachung?«

Er ignorierte ihre Frage. »Du gehst selten vor zehn Uhr aus dem Haus. Du kaufst dreimal in der Woche im Sainsbury's ein. Abends rennst du wie eine Irre durch die Stadt.«

»Ich habe dich nie gesehen. Es war mehr ein Gefühl. Ich dachte…« Sie brach ab.

»Du dachtest, du hast dir alles nur eingebildet? Dein Gewissen verfolgt dich?«

Sie starrte ihn mit großen Augen an. Er hatte den Nagel auf den Kopf getroffen.

»Wieso mein Gewissen?« Sie war auf der Hut. Ihr Kinn nach vorn geschoben, fokussierte sie ihn. »Ich habe mir nichts zuschulden kommen lassen.«

»Meinst du, Phoebe würde das auch so sehen?«

Sie öffnete ihren Mund, als würde sie etwas sagen wollen. Doch es kam kein Ton.

Womit sollte er anfangen? Er streichelte Harrison über den Kopf. Nahm einen Schluck Bier. »Hast du schon einmal von dem Dominoeffekt gehört?«

»Was?«

Charlie hatte wirklich überhaupt keinen Verdacht. Die Dominosteine hatten in Reih und Glied gestanden – er hatte nur den ersten Stein zu Fall bringen müssen. Also los.

»Wo ist der Bentham-Ring? Er war ein Erinnerungsstück«, sagte er. »Ich hätte ihn gern zurück. Falls er nicht verkauft wurde. Hat Phoebe ihn verpfändet?«

Der Ring war das Einzige, was er in die Waagschale hatte werfen können, um für Gerechtigkeit zu sorgen. Alles oder nichts. Manchmal muss man Geld verlieren, um Geld zu gewinnen.

»Erinnerungsstück?« Ihr Mund stand wieder offen. »Der Bentham-Ring?«

»Ich habe den Ring von Dorothy mitgenommen, nachdem ich damals aus dem Gefängnis entlassen wurde. Ich packte meine Sachen und zog aus. Ich fand ihn irgendwie cool. Erst vor ein paar Jahren erfuhr ich, was es mit dem Klunker auf sich hat.«

»*Du* hattest den Ring?« Sie stöhnte auf. »Und du hattest keine Ahnung?«

»Ich war achtzehn Jahre alt und hatte andere Sorgen.« Er zuckte mit den Schultern. »Solange Dorothy am Leben war, konnte ich den Ring nicht verkaufen. Die Welt der Antiquitätenhändler ist klein. Die Alte hatte Kontakte.«

»Warum war der Ring dann in Dorothys Schließfach bei der Privatbank?«

»*Ich* habe den Ring dort reingelegt.«

»Was?« Sie starrte ihn an.

»Ich wusste von dem Schließfach. Am Tag nach Dorothys Tod bin ich hingefahren, wollte gucken, ob dort Wertgegenstände hinterlegt sind. Dorothy hatte mir an meinem 16. Geburtstag eine Vollmacht erteilt.« Er lachte bitter. »Als sie noch Hoffnung hatte, aus mir könne was werden.« Er konnte den harten Zug um seinen Mund spüren. »Ich war sicher, dass die Vollmacht längst aufgehoben wäre. Zu meiner Überraschung ließ man mich gewähren. Als ich das Schließfach öffnete, wurde mir klar, warum. Es war leer.«

»Leer?«

»Dorothy hatte es seit Jahren nicht genutzt. Sie hat es einfach nie gekündigt.«

»Und dann?«

»Ich zog wieder ab, ohne der Bank von Dorothys Tod zu berichten.« Er zuckte mit den Schultern. »Nachdem die Testamentseröffnung enthüllte, dass ich enterbt worden war«, er biss die Zähne zusammen, »… platzierte ich irgendwann den Ring und das Manuskript in dem Safe, gab mich am Telefon als Bankmitarbeiter aus und informierte den Notar über die Existenz des Schließfachs. Das juristische Prozedere nahm seinen Lauf. Phoebe bekam das zusätzliche Erbe.«

»Aber warum?« Charlie schüttelte den Kopf.

»Der Ring war mein erster Dominostein.«

»Dein erster Dominostein?« Die Verwirrung stand ihr ins Gesicht geschrieben.

»Laut Dorothys Worten war der Ring zweckgebunden. Er diente der Finanzierung eines Theaterstücks.« Er fixierte Charlie. »Ich sollte besser sagen: Laut *meinen* Worten. Dorothys Unterschrift war nicht leicht zu fälschen.«

Die Bedeutung seiner Worte dämmerte ihr. Sie starrte ihn an. »Dorothy hat also gar nicht …« Erleichterung zeigte sich für einen Moment in Charlies Augen. »Das verspätete Erbe kam nicht von Dorothy.« Sie verstand jetzt. »Was ist mit dem Manuskript?«

»Kannst du es dir denken?«

»*Du* hast das geschrieben?« Sie riss ihre Augen auf. »Das Stück über Jeremy Bentham ist überhaupt nicht von Dorothy? Ihr Opus Magnum?« Sie hielt sich eine Hand vor den Mund. Für einen Moment sah er Anerkennung in ihrem Gesicht. »Alle Achtung.«

»Dorothy hat oft im Scherz von einem Opus Magnum gesprochen. Ein Augenzwinkern aus dem Grab. Die Formulierung sollte die Wichtigkeit betonen.«

Charlie sah ihn fassungslos an. »Oliver, das Manuskript *ist* ein Opus Magnum.«

»Ich habe in meiner Kindheit und Jugend Dorothys Regieanweisungen zugehört, war jedes Jahr Teil der Theatergruppe, bis ich die Schnauze voll hatte.« Er zuckte mit den Schultern. »Dorothys Leidenschaft hat sich in meine DNA eingebrannt, ob ich wollte oder nicht. Und glaub mir: Ich wollte nicht.«

»Ich wusste, dass mit dem Erbe etwas nicht stimmt.« Charlie haute mit einer Hand auf die Tischplatte. »Es machte keinen Sinn.« Dann: »Warum diese ganze Aktion?«

»Seit unserer Jugend verfolgt ihr dasselbe Ziel: eine Theaterkarriere. Du als Dramatikerin, Phoebe als Regisseurin.«

Charlie nickte.

»Der Ring sollte Streit provozieren. Die Aufforderung, ihn für Phoebes Durchbruch zu nutzen, sollte in dir ein Gefühl von Ungerechtigkeit auslösen. Ich wollte dich in deiner Ehre kränken. Du warst immer besser als Phoebe. Sie hatte kein Talent. Ich wollte eine Eskalation verursachen.«

»Es ging nicht um den Wert des Rings?«

»Nein. Ich wollte in dir das absolute, zum Himmel schreiende Gefühl von Ungerechtigkeit hervorrufen. Es sollte von dir Besitz ergreifen, dich Tag und Nacht verfolgen. Ungerechtigkeit führt zu Wut.« Er hatte es selbst erlebt. »Die Finanzierung des Theaterstücks war ein Nebeneffekt.«

»Ich war tatsächlich außer mir vor Enttäuschung. Eine Zusammenarbeit mit Phoebe machte keinen Sinn. Dorothy kannte uns. Nie hätte sie das verlangt. Es konnte nicht gut gehen. Nicht nach dem Vorfall in der Schule, als wir beide dieselbe Rolle lernten, und ...«

»... Phoebe dich mit Schlaftabletten aus dem Verkehr gezogen hat.«

»Richtig.« Charlie sah ihn noch immer fassungslos an.

»Das Erbe, die erzwungene Zusammenarbeit – es war ein Selbstläufer. Niemand ist gefährlicher als ein Mensch, der mit ansehen muss, wie jemand, den man hasst, aus einer Ungerechtigkeit heraus den eigenen Traum verwirklichen kann.« Er zuckte mit den Schultern. »Phoebe hat als Erste die Gelegenheit für den Durchbruch bekommen. Der Ring war eine Starthilfe. Sie bekam einen Vorsprung.«

»Es hat keinen Sinn gemacht.«

Er lächelte.

»Warum das Manuskript?«, fragte sie. Charlie verstand das Ausmaß seiner Intrige noch nicht.

»Das Manuskript unter Dorothys Namen war Phoebes Zugang in die Theaterszene. Das Manuskript war die wichtigste Komponente in meinem Plan. Ihr solltet das Stück auf die

Bühne bringen. Phoebe musste Erfolg haben, nur dann würdest du reagieren. Dorothys Name auf dem Manuskript stellte Aufmerksamkeit sicher.« Er lehnte sich zurück. »Du und Phoebe hattet seit Jahren keinen Kontakt. Ich habe mit der Zusammenarbeit ein Pulverfass geschaffen. Und ...«, er machte eine Pause, um einen Schluck Bier zu nehmen, »... Glaubwürdigkeit war ein weiterer Faktor.«

»Glaubwürdigkeit?«

»Selbst Phoebe wäre misstrauisch geworden, wenn du leer ausgegangen wärst. Ich musste dir einen Knochen hinwerfen.«

»Du hast an alles gedacht.« Charlie schüttelte den Kopf. »Halten die Banken nicht jeden Besuch an einem Schließfach fest? Das war doch ein Risiko.«

»Ich war an dem Schließfach, bevor die Bank von Dorothys Tod wusste. *Reuben & Co* hat keinen Fehler gemacht.« Er zuckte mit den Schultern. »Das Bankgeheimnis war auf meiner Seite. Das ändert sich nach dem Tod einer Person. Der Notar hätte Auskunft verlangen können. Doch Verwirrung war das einzige Risiko. Man hätte festgestellt, dass ich an dem Schließfach war. Und dann? Ihr habt beide von dem Erbe profitiert.«

Charlie schaute nun zu Harrison, der eine Pfote auf ihrem Fuß abgelegt hatte. Ihr Blick ruhte auf dem Tattoo des Hundes. Dann sah sie wieder zu ihm. »Es tut mir leid, dass dein Leben so miserabel verlaufen ist. Aber deine Enterbung ist nicht meine Schuld.«

»Ach nein?«

Sie ignorierte die Anspielung. »Warum wolltest du Streit auslösen? Warum diese Eskalation?«

Es wurde Zeit, ihr den Todesstoß zu verpassen. Sie sollte die Tragweite seines Plans erkennen.

In seltenen Fällen konnte es passieren, dass der erste Dominostein nicht genug Schwung bekam. Die gesamte Kette konnte unterbrochen werden oder ins Stocken geraten. Um dieses Szenario zu vermeiden, hatte er einen zweiten Stein hinterhergeschmissen. Eine Drohung. Die Verdeckung einer Straftat. Julia.

Dieser zweite Dominostein war mit so viel Wucht gefallen, dass kein Zweifel an der Kettenreaktion bestanden hatte.

»Sophie wollte wissen, ob du Julia noch immer vermisst. Hast du die Sache im Wald je vergessen?« Er wiederholte den Wortlaut der Nachbarin aus Norlington im letzten Jahr. Sophie Jones, die mit ihren vier Katzen auf der Southgate Road wohnte.

Charlies Augen waren jetzt weit aufgerissen. Sie bewegte ihre Lippen, doch es kam kein Ton.

»Ich habe Sophie gebeten, Phoebe diese Frage zu stellen. Phoebe würde es dir ausrichten, sie hätte nie eine Gelegenheit ausgelassen, dich zu demütigen. Aber der Satz war nicht Phoebes Einfall. Sophie hat ihn zu Phoebe gesagt. Am Tag, als das ›Erbe‹ eintraf. In meinem Auftrag.«

Charlie starrte ihn an. »Wenn du nur eine Zeile hast, stell sicher, dass sie perfekt ist.« Sie flüsterte. »Wie oft hat Dorothy das gesagt.«

Er fuhr fort: »Du musstest handeln. Das Fass lief über. Julias Tod klebt an dir. Du dachtest, Phoebe habe diese Äußerung gemacht, um dir damit den Kampf anzusagen. Eine Warnung, dass sie dich jederzeit verraten könnte. Phoebe wollte den Triumph über das Theaterstück. Du dachtest, sie wollte dich mit der Drohung unter Kontrolle halten. Oder hast du eine Sekunde an die Nachbarin geglaubt?«

»Wer stellt nach dreizehn Jahren so eine Frage? Und wie könnte ich *die Sache im Wald* je vergessen? Niemand bei klarem Verstand fragt das. Für mich war es Phoebes Versuch, mich in meine Schranken zu weisen, ohne es konkret auszusprechen. Ein angebliches Gespräch mit einer Person von früher. Eines ihrer Spielchen.«

»Richtig.« Er nickte zufrieden. Genau das hatte er bewirken wollen. Die ersten beiden Dominosteine waren damit gefallen. Jeder wusste, was dann mit dem Rest passierte.

Eine Erkenntnis dämmerte Charlie, er konnte es in ihren Augen sehen. »Die Todesanzeige in meinem Briefkasten? Das warst auch du?« Auf ihrem Gesicht zeigte sich Entsetzen.

»Ich wollte die Drohung verstärken. Phoebes Skrupellosigkeit sollte aus deiner Sicht keine Grenze kennen. Die Todesanzeige war eine grausame Lösung. Du solltest Druck verspüren. Es war eine Provokation. Du musstest jederzeit damit rechnen, dass Phoebe deine Schuld an Julias Tod auffliegen lässt. Sie wollte den Erfolg für sich allein.«

»Und wenn ich Phoebe darauf angesprochen hätte?«

»Warum hättest du das tun sollen? Für dich war klar, dass nur sie von dem Vorfall wusste. Hättest du ihr geglaubt, wenn sie jede Schuld von sich gewiesen hätte?«

»Nein.«

»Siehst du.«

Charlie brauchte einen Moment, bis sie die letzte Konsequenz seiner Aussage realisiert hatte. Er hatte schon die ganze Zeit darauf gewartet. Jetzt erst wurde ihr die Dimension bewusst. Charlie sprang vom Stuhl auf. Die Erkenntnis durchzuckte sie wie ein Stromschlag. Sie verstand, dass es bei Julias Unfall einen Mitwisser gegeben hatte. »Du wusstest es?« Ungläubig starrte sie ihn an. »Die Sache mit Julia?«

»Hast du wirklich gedacht, ich würde das Ganze auf sich beruhen lassen?« Er schüttelte den Kopf. »Ihr habt mich reingelegt.«

»Phoebe hat …«

»Ich habe dich hinter dem Steuer gesehen. Ich saß in der Dunkelheit neben der Böschung, habe mir einen Joint gedreht und gelacht. Die Angst stand in deinem Gesicht.«

»All die Jahre …?« Sie brach ab, schien sich auf die Zunge zu beißen.

»Ich habe jedes Wort gehört. Phoebe hat dich hinter das Steuer genötigt. Sie hat dich erpresst. Wie sie es mit jedem gemacht hat, der ihr in die Quere kam.« Er musste schlucken. Plötzlich fühlte er sich, als wäre kein Schutzschild mehr da, keine Haut, keine Muskeln und Knochen, die sein Innerstes schützten. Er brauchte einen Moment, um die Kraft aufzubringen weiterzusprechen. »Ich hätte eingreifen müssen, du warst 15 Jahre alt. Stattdessen habe ich Phoebe gewähren lassen. Wie jeder in ihrem Umfeld. Niemand hat sie je gestoppt.« Er schüttelte den Kopf. »Es war mein Fahrzeug und damit meine Verantwortung. Sie hat Fotos von dir gemacht und dich gefilmt. Und ich habe zugeguckt und gelacht.« Er konnte den Selbsthass in seiner Stimme nicht unterdrücken. Er hatte einen Fehler gemacht, der ihn für den Rest seines Lebens verfolgen würde.

Charlie starrte ihn an. Mit einem Schlag war alles Leben aus ihr gewichen.

Außer ihnen beiden saßen nur zwei Frauen an einem Tisch

in einer Ecke des Pubs. Der Kellner hinter der Theke spielte an seinem Handy. Niemand ahnte, was an diesem Ecktisch besprochen wurde; zwei Menschen, jeder von ihnen mit einer Seele, die in tausend Teile zersplittert war.

»Jules war meine beste Freundin«, sagte Charlie schließlich. »Sie war meine einzige Freundin.«

Er konnte den Schmerz hören. Die Einsamkeit. Doch er gönnte ihr keine Pause. »Ich war vollkommen zugedröhnt«, fuhr er fort. »Irgendwann bin ich weggedöst. Das Nächste, an das ich mich erinnern kann, ist Geschrei. Tim und Arthur, die mich wachrütteln. Meine Karre, die plötzlich hundert Meter entfernt steht. Julia, die auf dem Asphalt liegt.« Er fixierte sie. »Und von euch beiden keine Spur. Ihr seid einfach abgehauen! Ihr habt Julia liegen lassen.« Er spürte einen bitteren Geschmack auf seiner Zunge. »Niemand hat mir geglaubt. Zwei Aussagen gegen eine. Am nächsten Tag habt ihr behauptet, nie am Spielplatz gewesen zu sein. Ich war an jenem Abend bis über beide Ohren dicht. Am Ende wusste ich selber nicht mehr, was ich gesehen habe.« Sein Herz raste. Er hatte noch nie über den Unfall gesprochen. »Hat Phoebe dich mit der Handyaufnahme unter Druck gesetzt?«, fragte er. »Hast du deswegen gelogen?«

Charlie presste die Lippen zusammen. Doch er konnte ihre Erschütterung sehen.

»Verdammt, Julia könnte vielleicht noch leben, wenn ihr Hilfe geholt hättet«, sagte er. Der Satz ließ seine Hände zittern.

Tränen traten in Charlies Augen. »Ich weiß nicht ...«, stieß sie hervor, »... von was du sprichst.« Sie sah aus, als würde sie sich übergeben müssen.

»Die Spurensicherung hat rausgefunden, dass mein Auto gefahren wurde. Jemand hat gebremst. Jemand hat den Motor ausgestellt. Aber außer mir war offiziell niemand vor Ort. Der Regen hat alle Spuren verwischt.« Er nahm einen Schluck von seinem Bier. Der malzige Geschmack des Guinness fühlte sich gut an in seinem Mund. Es überlagerte die Bitterkeit.

Einen Moment lang schwiegen sie beide. Er konnte die Schwere, die Melancholie, das Entsetzen spüren.

»Warum hast du gestanden?«, fragte Charlie schließlich. »Du bist für die Tat ins Gefängnis gegangen.«

»Mein Anwalt hat mir zu einem Geständnis geraten. Ich war minderjährig und hatte ein Drogenproblem. Meine Schuldanerkennung ermöglichte eine milde Verurteilung. Fahrlässige Tötung. Unfall mit Todesfolge.« Er ließ Charlie nicht aus den Augen. »Der Deal war zwölf Monate in einem Jugendgefängnis und ein Entzug.« Er zählte auf, hob einen Finger nach dem anderen. »Führerschein drei Jahre weg. Streit mit Dorothy.« Er kniff die Augen zusammen. Dann sagte er: »Euer Wort stand gegen meines. Julias und deine DNA wurden in meinem Auto gefunden, aber ich habe euch öfter mitgenommen. Du hattest Handschuhe an. Phoebe auch. An meinem Lenkrad und der Schaltung waren nur meine Fingerabdrücke.«

Charlie zog die Schultern hoch. Ihr Blick war stumpf.

»Die Sache hat meine Existenz ruiniert. Ein unschuldiger Mensch ist gestorben. Und ausgerechnet die *Hauptschuldigen* erben Dorothys Geld?« Er lachte ein bitteres Lachen. »Ich war Dorothys Sohn. Ich bin nicht verantwortlich für Julias Tod. Und *ich* bin der Einzige, der leer ausgeht!«

Charlie sah ihn betreten an. »Du hast mit deinem Geständnis Julias Familie eine Gerichtsverhandlung erspart«, sagte sie dann. »Ich habe das bewundert.«

Er ging nicht darauf ein. »Hat Phoebe den Rückwärtsgang aus Versehen eingelegt?«, fragte er.

Charlie zuckte mit den Schultern. »Das habe ich mich auch immer gefragt. Ich weiß es nicht.«

»Hat Phoebe verhindert, dass ihr Hilfe holt? Du hättest Julia doch nicht liegen lassen?«

»Nein, hätte ich nicht«, sagte sie mit fester Stimme. »Nie.«

»Wieso hast du es dann getan?«

Sie wartete einen Moment, überlegte. Dann gab sie sich einen Ruck. »Wir sprachen ja gerade über die Theateraufführung in der Schule, als Phoebe mich mit Schlaftabletten aus dem Verkehr gezogen hat.«

»Ja?«

»Phoebe hat das am Abend des Unfalls wiederholt. Ich bin erst am Morgen in meinem Bett wieder aufgewacht.«

Sein Puls wurde schneller. »Deswegen hast du keine Hilfe geholt? Sie hat dich betäubt?« Er starrte sie an. »Scheiße.«

»Ich habe mich lange gefragt, warum Phoebe wollte, dass wir abhauen. Warum sie nicht direkt am Abend versucht hat, mir den Unfall anzulasten. Sie hatte die Videoaufnahmen. Fotos.« Charlie zuckte mit den Schultern. »Doch sie wollte vermutlich nicht riskieren, zur Rechenschaft gezogen zu werden. Sie hat mich hinter das Steuer gezwungen. Sie war betrunken. Sie hat das Auto ins Rollen gebracht. Mein Wort hätte gegen ihres gestanden. Und jeder wusste, wie sie war.« Charlie lächelte traurig. »Sie war die Ältere. Sie hatte die Verantwortung. Und die hat sie missbraucht.«

»Und später konnte sie wegen der Fahrerflucht nichts mehr sagen, ohne sich selbst ans Messer zu liefern.«

»Richtig.« Charlie nickte. »Trotzdem drohte Phoebe mir am nächsten Tag mit der Fahrerflucht. Ich hatte Angst und log, bestätigte ihre Aussage.«

Er wusste nicht, was er sagen sollte.

»Sie hatte mich in der Hand«, fuhr Charlie fort. »Bilder lügen nicht. Zur Not hätte Phoebe es so gedreht, dass ich die Alleinschuld trage, hätte behauptet, den Spielplatz verlassen zu haben, nachdem sie mich gefilmt hatte. Ich hätte nur mein eigenes Wort gehabt.« Ihre Stimme brach. »Ich wusste ja nicht, dass du uns gesehen hast.«

Auch wenn er sich nur an Bruchstücke erinnern konnte, hatte er die richtige Schlussfolgerung gezogen. »Und wenn Julia überlebt hätte? Ihr hattet so ein Glück.« Er schüttelte den Kopf. »Und Julia so ein Pech.«

Jetzt schwiegen sie beide. Jeder von ihnen hing den Gedanken über Szenarien nach, die vor langer Zeit den Ausgang jener Nacht verändert hätten.

Dann sagte Charlie: »Ich verstehe immer noch nicht. Warum die vermeintliche Aussage der Nachbarin und die Todesanzeige?«

»Du musstest immer in Angst leben, Phoebe könnte die Sache gegen dich nutzen. Sie hatte Fotos, ein Video ... Auch wenn ich verurteilt worden bin, Phoebes angebliche Drohung, dich nach der ganzen Zeit auffliegen zu lassen, war ein Problem. Ich weiß, dass du keine Schuld hast. Aber die Bilder würden eine andere Sprache sprechen. Du hast es gerade selbst gesagt.«

Er warf einen Blick auf die Uhr. Es blieb nicht mehr viel Zeit, bis das Pub schließen würde. Der Kellner wischte bereits die Theke. »Die Eskalation und deine Wut – das war mein Plan. Ich habe zwei Fliegen mit einer Klappe geschlagen. Julias Tod ist gerächt. Und ich bekomme von dir mein legitimes Erbe.«

»Wieso bekommst du dein Erbe?« Sie sah ihn an, als habe er den Verstand verloren. »Julias Tod wurde nicht gerächt.« Charlie verschränkte ihre Arme vor der Brust. »Es gibt keinen Mord.« Ihre Stimme kippte. Sie ahnte, dass sie verloren hatte. Sie wusste nur noch nicht, warum.

»Seit vierzehn Jahren musstest du jeden Tag damit rechnen, dass Phoebe auspackt. Und zwar dann, wenn es den größten Vorteil für sie bringt. Du musstest deine Haut retten.« Er fixierte sie. »Du hast sie umgebracht.«

»Du spinnst ja.« Charlies Blick flackerte.

»Ich will mein Geld«, sagte er.

Für einen Moment glaubte er, sie würde aufstehen und gehen. Doch sie blieb sitzen. »Ich lasse mich nicht erpressen.«

Er atmete tief ein. »Phoebe ist an einer Überdosis Opiaten in Zusammenhang mit Alkohol gestorben. Richtig?«

»Richtig.«

»Die Polizei geht von einem Unfall aus. Phoebe hat das Zeug genommen, um ihre Schmerzen zu bekämpfen?«

»Ja.«

»Die Kombination aus Alkohol und Opiaten, vor allem Tramadol, ist echt gefährlich. Sehr clever. Todesfälle passieren öfter.« Er nickte. »Die Sache ist die: Du und ich haben eine Information, von der die Polizei in ihren kühnsten Träumen nichts ahnt. Oder?«

Charlie presste ihre Lippen aufeinander.

»Phoebe hatte keine Erkrankung«, sagte er.

Sie schloss für einen Moment die Augen.

»Es gibt keinen Grund, eine vorgetäuschte Krankheit mit Opiaten zu behandeln. Nicht wahr?«

Das Klingeln der Glocke an der Bar ließ sie beide zusammenfahren. »Last Orders«, rief der Kellner und schaute fragend zu ihnen rüber. Nein, beide schüttelten den Kopf.

»Die Methode lag auf der Hand«, sagte er. »Ich hätte es genauso gemacht.«

Charlies Stimme war nicht mehr als ein heiseres Wispern. »Du hast überhaupt kein Druckmittel.«

Sie verstand es einfach nicht. »Brixton«, sagte er.

Charlie zuckte zusammen.

»Du hast die Opiate dort gekauft: Tramadol. Morphium.«

»Das darf nicht wahr sein«, entfuhr es ihr. Dann hielt sie sich die Hand vor den Mund, als hätte sie zu viel gesagt.

»Die meiste Zeit war meine Beschattung Zeitverschwendung. Doch Brixton wich von deinem Muster ab. Niemand fährt für eine Bäckerei in den Süden der Stadt und schlägt dabei hundert Haken. Auf dem Brixton Market gehst du zu einem einzigen Stand. Eine Bäckerei, wie es sie zu Tausenden in London gibt. Du kriegst eine Tüte und haust wieder ab.«

»Na und?«

»Da ist ein Deal gelaufen. Du hast die Opiate gekauft.«

Charlie presste die Lippen aufeinander.

»Der Typ verwischt seine Spuren«, fuhr er fort. »Aber Dealer sind ein geschäftstüchtiges Volk. Geld gegen Info.« Er grinste Charlie an. »Die Logik ist bestechend, wenn man die Puzzleteile deuten kann.«

»Die Logik?«

»Dein Besuch in der Harley Street einige Monate zuvor bei

dem Schmerztherapeuten? Hast du Recherche betrieben? Wolltest du wissen, welche Opiate in Frage kommen? Oder bist du krank?«

Charlie starrte ihn an. Dann schien sie eine Entscheidung zu treffen. »Nehmen wir mal an, deine Theorie entspricht der Wahrheit. Du wusstest doch gar nicht, ob ich so weit gehen würde«, sagte sie. »Die eigene Stiefschwester umzubringen, meine ich.« Sie stockte. »Ich bin kein schlechter Mensch.« Sie senkte den Blick.

»Ich hatte nichts zu verlieren. Das ist eine perfekte Ausgangsposition.« Er zuckte mit den Schultern. »Eigentlich hat mich der Notar auf die Idee gebracht.«

»Der Notar?« Verblüfft sah sie ihn an. »Wie bitte?«

»Ich ließ es auf einen Versuch ankommen«, sagte er. »Wäre der Plan gescheitert, hätte ich mir eine Alternative überlegt. Ich habe mit einer Variablen gearbeitet, mit einer Annahme. Macht man das in der Wissenschaft nicht auch?«

»Eine Variable?«

»Der Notar informierte mich nach der Testamentseröffnung über meine Enterbung. Dabei machte er eine Bemerkung, die mir nicht aus dem Kopf ging. Er sagte, die zwei Erbinnen des Vermögens würden seit Jahren kein Wort miteinander sprechen. Er hätte selten so offene Abneigung, ja, Hass gesehen. Und das als Notar mit Fachrichtung Erbrecht. Da ist Verbitterung und Streit an der Tagesordnung.«

»Und?«

»Meine Annahme war, dass Menschen sich nicht ändern. Hass bleibt Hass.« Er trank einen Schluck Bier und griff in seine Jackentasche und zog den zerknickten Artikel aus der *Metro* hervor. Er schob ihn Charlie entgegen. »Konkurrentinnen seit Kindheitstagen – vereint für den Erfolg?«, las er eine Zeile vor.

Charlie verdrehte die Augen. »Phoebe hat die Information in den Medien gestreut. Sie wollte damit mehr Aufmerksamkeit erreichen.«

»Egal, wo ich hinhörte, die Antwort über euer Verhältnis war immer dieselbe. Warum sollte sich das auch geändert haben?«

»Trotzdem«, sie schüttelte den Kopf.

»Nach der Sache mit Julia, damals, da ist etwas in dir kaputtgegangen. Ich habe gesehen, wie du Phoebe angeguckt hast, wie du fortan durch die Welt gegangen bist. Ich kenne diesen Blick. Ich sehe ihn, wenn ich in den Spiegel schaue.« Er machte eine Pause. »Ich brauchte Geduld. Ich war mir sicher, dass Phoebe erst nach der Premiere sterben würde. Du hättest dich nicht über Dorothys Willen gesetzt. Phoebe sollte ihren Triumph haben. Dorothys Ehre, das Erbe – das war dir heilig.« Er musterte sie. Sah er ein Nicken? »Ich habe die Feuilletons der Zeitungen verfolgt. Im Internet recherchiert. Google. Social Media. Wollte wissen, ob das Theaterstück auf die Bühne kommt. Irgendwann tauchten tatsächlich Hinweise auf eine Premiere auf. Bei Twitter erfuhr ich dann von dem Wochenende im Waverly Inn«, fuhr er fort. »Phoebe hat ja gern jedes Detail gepostet. Du und Phoebe in einer Pension, kurz vor der Premiere? Das machte keinen Sinn. Die Neugier trieb mich vor Ort. Ich war mir sicher, etwas würde dort passieren.«

»Warum hast du dich als Obdachloser verkleidet? Nicht als Gast der Pension?«

»Ich hatte Sorge, ihr könntet den dicken Oliver in meinen

Gesichtszügen erkennen. Der Aufzug als Obdachloser erschien unverfänglicher. Niemand beachtet die Penner auf der Straße. Einen Abstecher ins Waverly Inn riskierte ich trotzdem. Ich war neugierig.« Er zuckte mit den Schultern. Konnte Charlie ihm folgen?

Ihm war das Herz in die Hose gerutscht, als die Polizei vor dem Waverly Inn aufgetaucht war. Er hatte auf dem Gehweg gestanden und versucht, seine Gedanken zu sortieren. Für das Gelingen seines Plans war es erforderlich gewesen, dass Charlie nicht erwischt wurde. Sein Druckmittel hätte sich mit einer Verhaftung in Luft aufgelöst. War Charlies Plan schiefgegangen? Dann hatte er ihren Gesichtsausdruck vor dem Polizeiauto gesehen. Da war kein Bedauern. Charlie hatte Selbstgefälligkeit ausgestrahlt. Trotz. Diese eine Sekunde, jener Ausdruck in ihren Augen, war zu seinem Anker der Hoffnung geworden. In manchen Situationen war eine Sekunde alles, was man brauchte.

»Phoebe stirbt an einer Überdosis Opiaten, und du sitzt mit einem Alibi in Untersuchungshaft.« Er nickte voller Anerkennung. »Gleichzeitig bekam das Theaterstück die größtmögliche Aufmerksamkeit. Bad press is better than no press, nicht wahr?«

Draußen hallte eine Sirene durch die Nacht. Die Polizei hatte keine Langeweile in Dalston. Ein normaler Abend in dem Stadtteil, der zwar als trendy galt, aber die Geister der Vergangenheit nicht loswurde. *Und auch nicht die Geister der Gegenwart*, dachte er mit einem Blick auf Charlie.

»Du hast keinen Beweis.« Ihre Stimme klang gepresst.

»Ich habe den Dealer aus Brixton. Und deinen Besuch beim Schmerztherapeuten in der Harley Street.«

»Du *hast* den Dealer?« Sie lachte. »Der wird keine Aussage machen.«

»Eine Drohung, ins Gefängnis zu wandern, kann Wunder wirken. Mord ist kein banaler Verstoß gegen das Betäubungsmittelgesetz.«

»Viel Glück.«

»Warum warst du in der Harley Street?«

»Darf ich nicht zum Arzt gehen?« Ihre Stimme krächzte. »Das ist kein Beweis.«

»Ich brauche die Harley Street nicht. Ich brauche auch den Dealer nicht«, sagte er.

»Nein?«

»Ich brauche keinen Beweis.« Sie verstand es noch immer nicht. »Das Ergebnis der Obduktion reicht, Phoebes Todesursache.« Er machte eine Pause. »Es gibt keine gute Erklärung für eine Überdosis Opiate, wenn eine Person keine Erkrankung hat. Nur zwei Menschen auf dieser Welt kennen die Wahrheit über Phoebes Fibromyalgie. Du und ich. Damit bleibt nur eine Verdächtige: Jene Verdächtige, die Scotland Yard eh schon am Wickel hat.« Er grinste sie an. »Dein Plan war gut. Niemand hätte Phoebes Erkrankung in Frage gestellt. Zumindest so lange nicht, *bis* sie jemand in Frage stellt. Jemand, der euch seit eurer Kindheit kennt. Ich könnte der Polizei leicht auf die Sprünge helfen.«

Charlie schüttelte den Kopf. Auf ihren Lippen lag ein trotziger Zug.

»In Phoebes Blut wurde so viel Tramadol gefunden, dass kein Zweifel an einer massiven Überdosierung besteht. Ich kenne mich nicht aus, aber ich kann lesen. Bei einer therapeutischen Dosierung, die nicht über 400 Milligramm liegen sollte, werden im Blut viel niedrigere Konzentrationen pro Liter ermittelt. Das stand in der Zeitung. Zusammen mit dem Alkohol, den Phoebe ohne Zweifel an jenem Abend trinken würde, war deine Dosierung eine sichere Angelegenheit. Dazu Morphium. Du wolltest kein Risiko eingehen.«

»Fibromyalgie ist eine Ausschlussdiagnose. Es gibt keine eindeutigen Befunde. Du hast keinen Beweis, dass sie es *nicht* hatte. Es steht in ihren Arztunterlagen aus Norlington.«

»In denselben Arztunterlagen steht mit Sicherheit auch, dass Phoebe es seit ihrer Kindheit mit der Wahrheit nicht so genau genommen hat. Sie hat sich selbst verletzt, Krankheiten erfunden. Sie wurde zu einer Psychologin geschickt.«

»Das ist kein Beweis.«

»Diese Sache ist dein Untergang. Du kannst dir nicht den Hauch eines Zweifels leisten. Weder vor der Polizei noch vor der Öffentlichkeit.«

»Blödsinn.« Ihre Stimme war heiser.

»Dein Ruf ist geschädigt. Ein Restzweifel ist geblieben. Das weißt du, genau wie ich. Es ist ein merkwürdiger Zufall, dass Phoebe stirbt, kurz nach einem vermeintlichen Mordanschlag. Solche Zufälle gibt es nicht. Ein einziger Polizist …«, er hielt einen Zeigefinger hoch, »… einer, der motiviert ist, seine Karriere startet oder einfach nicht an Zufälle glaubt, kann dein Verderben sein.« Er lehnte sich nach vorne. »Ein Hinweis hinsichtlich Phoebes Gesundheitszustand könnte das Ganze beschleunigen. Eine Anfrage, wie häufig Phoebe in letzter Zeit offiziell wegen ihrer Krankheit in Behandlung war. Mein Tipp? Gar nicht. Und das, obwohl Phoebe es überall erwähnte. ›Ich nehme starke Medikamente.‹ Doch die alten Arztunterlagen aus Norlington sind unter Garantie die einzigen Dokumente, in denen Phoebes Name im Zusammenhang mit der Diagnose auftaucht.«

Charlie starrte ihn an.

»Vor allem, wenn rauskommen würde«, er zwinkerte ihr zu, »dass Phoebe dich dein Leben lang in der Hand hatte. Was gibt es für ein besseres Motiv? Ich könnte dazu eine Aussage machen und deine Schuld an Julias Unfall ausbauen. Jetzt würde man mir eventuell Glauben schenken.«

»Du hast gerade gestanden, mich zu einem Mord angestiftet zu haben.« Charlie kniff mit den Fingern in ihren Oberarm, als versuchte sie, durch den Schmerz Erlösung zu bekommen.

»Du hast zwei Todesfälle in deinem Umfeld. Wir sprachen ja schon über Zufälle und ihre Wahrscheinlichkeit«, sagte er. »Ich will nur, was mir zusteht. Deine Hälfte des Erbes wandert an deinem Geburtstag auf mein Konto. Für den Fall, dass du Phoebes Teil geerbt hast, gibst du mir deren Anteil.« Er hatte lange überlegt, bevor er sich für diese Option entschied. Doch er musste Charlie etwas Geld lassen. Er wollte ihr die Angst vor einer erneuten Erpressung nicht nehmen. Mit dem Tod von Phoebe hatte Charlie sich einer Last entledigt. Doch Freiheit war relativ.

Sie machte den Mund auf, zögerte. So musste sich jemand fühlen, der beim Roulette mit einer falschen Zahl sein gesamtes Vermögen verspielte. »Das Geld ist ...«

»Meinst du wirklich«, unterbrach er sie, »dass du aus dieser Nummer rauskommst?« Er schüttelte den Kopf. »Die Tragödien deines Lebens sind Beweis genug für deine Tat.«

Er würde Charlie Zeit geben, alles zu verstehen. Sie sollte seinen Plan bis ins letzte Detail nachvollziehen können.

Sie hatte eine perfekte Show abgezogen. Charlie war gut. Nur war er besser. Sie hatte keine Chance gehabt, da ihr Plan auf seinem Plan basierte. Sie hatte mit allem gerechnet, jede Variante durchgespielt und war doch nicht auf den Dominoeffekt vorbereitet gewesen. »Ich möchte das Geld in bar. Sofort nach der Auszahlung. Wann hast du Geburtstag?« Er stand auf, leerte sein Glas mit einem Zug. »Am siebten Mai, nicht wahr?«

Charlie wollte etwas sagen, doch er ließ sie sitzen. Sie sollte einige Tage nachdenken, verstehen, dass sie keine Wahl hatte. Dass sie ausgespielt worden war. Dass jeder ihrer Schritte nicht nur von ihm vorausgesehen, sondern sogar geplant gewesen war.

»Komm«, er zog an Harrisons Leine.

Kalte Luft empfing ihn, als er aus dem Pub trat. Er fühlte sich voll neuer Energie. Das Einzige, worauf er in Zukunft achten musste, war, aus der Schusslinie der Polizei zu bleiben. Nicht der kleinste Kontakt mit den Bullen durfte ihm passieren. Er hatte Charlie die Wahrheit gesagt. Man konnte nie wissen, ob ein übereifriger Ermittler nicht auf eine Spur stieß. Mittäterschaft. Anstiftung zum Mord. Es gab Optionen, auch wenn es schwierig sein dürfte, das zu beweisen. Trotzdem musste er vorsichtig sein. Schon ein Parkticket konnte zu einem Verhängnis werden.

Die Erleichterung über das Gelingen seines Plans hielt nur wenige Sekunden. Er erreichte gerade den Zebrastreifen, jene Stelle, an der er vor einer knappen Stunde auf Charlies Schulter getippt hatte, als er plötzlich seinen Namen hörte. »Oliver.« Charlie kam hinter ihm hergelaufen.

Ihr Blick gefiel ihm nicht. Er erinnerte ihn an den Ausdruck auf ihrem Gesicht, als sie aus der Pension abgeführt worden war. Trotz? Triumph?

»Du hast einen Fehler gemacht«, sagte sie, als sie vor ihm stand.

Er konnte sehen, dass sie zitterte. Die Kälte setzte ihr zu.

»Einen Fehler?« Ein Lachen kam aus seiner Kehle. »Das glaube ich nicht.«

»Ich erbe kein Geld.«

»Was?«

»Der Betrag wird an meinem dreißigsten Geburtstag ausgezahlt. Aber auf meinem Konto landet kein einziger Penny.« Sie war außer Atem.

Er starrte sie an. »Du lügst.«

»Ich kann dir das Geld nicht geben.« Sie hob die Schultern. Ihr Lächeln war schief.

»Ich verstehe nicht.« Sein Herz schlug bis zum Hals.

»Ich habe das Erbe abgetreten. Ein Notar hat vor Monaten den Anspruch auf meinen Wunsch überschrieben. Ich kann dir den Vertrag zeigen. Die Kohle ist weg.«

»Überschrieben?« Er spürte, wie seine Knie weich wurden.

Charlie nickte. »Das Geld geht an eine gemeinnützige Organisation. Zur Unterstützung von Verkehrsopfern und deren Familien.« Sie holte Luft. »Ich wollte das Geld nicht. Von Anfang an nicht. Es fühlte sich falsch an. Ich verdiene es nicht.« Sie seufzte. »Ich habe schon gewonnen.«

»Was?« Die Welt stand für einen Moment still.

»Ich habe ein Theaterstück und dank Dorothy, nein – dank *dir* einen Start für meine Karriere. Das ist mein Sieg. Und ich habe Dorothy zu einer letzten Ehre verholfen. Das ist alles, was ich wollte. Der Erfolg der Premiere war für mich das wichtigste Ziel.«

In seinen Ohren rauschte es, fast als sei da ein Störsender in seinem Inneren, der ihn vor der Wahrheit schützen wollte. »Was ist mit Phoebes Anteil?«, fragte er, als er es schaffte, einen klaren Gedanken zu fassen.

»Phoebes Geld geht an einen Theaterfonds. Diese Regelung hat Dorothy verfügt, falls eine von uns vor der Auszahlung des Erbes, also vor dem Stichtag, zu Tode kommt.«

Er schloss die Augen. Er dachte an Julia. Er dachte an Phoebe. Und er dachte an Charlie, die vor ihm stand. Alles, was er spüren konnte, war Leere. Er hatte kein Interesse, Charlie an die Polizei auszuliefern. Was hätte er davon? Er wollte sein verdammtes Geld.

Charlie und er waren für den Rest ihres Lebens dazu verdammt, dasselbe Schicksal zu teilen.

Er hatte sie in der Hand. Sie hatte ihn in der Hand.

Und es half keinem von ihnen weiter.

Wie er sie alle hasste! Die gesamte Bevölkerung Londons. Die Menschheit. Alle.

Als er die Augen wieder aufmachte, und es kostete ihn einigermaßen Mühe, seine Lider nach oben zu zwingen, jede Energie war aus ihm gewichen, sah er, dass Charlie ihn musterte. »Du hättest das Manuskript unter deinem Namen veröffentlichen sollen.« Sie legte den Kopf zur Seite. »Du hättest Erfolg haben können. Dein Nachname hätte dir geholfen.« Ein trauriges Lächeln huschte über ihr Gesicht. »Mach es gut, Oliver.« Dann drehte sie sich um und lief in die Nacht.

Sie ließ ihn einfach stehen.

Dank

Ich möchte mich herzlich bei folgenden Personen bedanken, die zur Entstehung dieses Romans beigetragen haben:

Meiner Agentin Antje Hartmann für ihre Geduld, Ideen und Unterstützung – du bist die Beste, sowie dem Team der Literarischen Agentur Kossack für die Betreuung und jederzeit guten Rat.

Meinen Lektorinnen Maren Bellon und Maren Arzt für das Vertrauen, eure Anregungen und die tolle Zusammenarbeit. Ein großer Dank geht an alle bei btb und Penguin Random House, die geholfen haben, dieses Buch entstehen zu lassen.

Michaela Dälken für deine Kritik und Hilfe bei Fragen zum Plot. Ich kann immer auf dich zählen!

Carolin Legeler für pharmazeutisches Fachwissen. Deine Ideen haben maßgeblich zu der Handlung in diesem Roman beigetragen. Alle Fehler sind meine.

Zur Vorbereitung auf diesen Roman habe ich das Buch »Directing – a Handbook for Emerging Theatre Directors«

von Rob Swain gelesen, Programmdirektor des MFA Theatre Directing an der Birkbeck University of London und ehemaliger Vorsitzender des National Council for Drama Training. Das Handbuch gewährt einen Blick hinter die Kulissen der britischen Theaterwelt; die Interviews, Erfahrungsberichte und Ratschläge waren eine unglaubliche Inspiration.

Dank geht auch an das University College London und das Bentham Project. (Man kann Jeremy Bentham übrigens jederzeit auf dem Campus besuchen.)

Die Idee zu diesem Projekt basiert auf meiner Kurzgeschichte »Bühne frei«, die im Jahr 2014 veröffentlicht wurde.

Ich danke meiner Familie und meinen Freunden für die Unterstützung.

Last, but not least: Mein größter Dank geht an alle Menschen, die gern lesen und Bücher lieben!

Sarah Nisi

Ich will dir nah sein

Psychothriller

336 Seiten, btb 71891

Stell dir vor, er wohnt neben dir und weiß genau, was du gerade tust

London, Fundbüro des öffentlichen Nahverkehrs. Lester Sharp kümmert sich um herrenlose Fundsachen: Handys, Schlüssel, Portemonnaies. Er ist auch privat ein Sammler und Sonderling, der sich schwertut mit zwischenmenschlichen Beziehungen. Als er der jungen Erin begegnet, weiß er zunächst nicht, wie er sich verhalten soll – findet aber schon bald eine Möglichkeit, ihr nah zu sein. Näher, als es ihr lieb sein kann ...

»Gefährlich gut.«
Freies Wort

btb